中國古代文學闡釋學十講

周裕鍇 / 著

本書由上海文化發展基金會圖書出版專項基金資助出版

復旦大學出版社

　　周裕锴,1954年生,成都华阳人。文学博士,四川大学文新学院二级教授、博士生导师,中国俗文化研究所研究员。四川省学术与技术带头人,国务院特殊津贴获得者。任中国苏轼学会会长,韩国东方学会、中国宋代文学学会、中华诗教学会副会长,《文学遗产》、《中国诗学》、人大复印资料《古代近代文学研究》等刊编委。日本大阪大学客座研究员,台湾大学、东华大学客座教授。著有《中国禅宗与诗歌》《宋代诗学通论》《文字禅与宋代诗学》《禅宗语言》《中国古代阐释学研究》《宋僧惠洪行履著述编年总案》《法眼与诗心》《语言的张力》《梦幻与真如》等书,为《苏轼全集校注》三位主编之一。

目录

绪　论　阐释学研究的目的和意义　　001
第一讲　中国和西方阐释学主要原理和原则　　007
　　第一节　郢书燕说与郑璞周鼠　　009
　　第二节　西方阐释学的部分概念　　015
　　第三节　西方其他与文本阅读、理解相关的理论　　030
第二讲　关于中国文学阐释学方法的"右文说"　　037
　　第一节　驿：文献学与阐释学　　040
　　第二节　译：语言学与阐释学　　047
　　第三节　释：文学与阐释学　　054
　　第四节　绎：文艺学与阐释学　　058
　　第五节　择：阐释共同体的公论　　061
　　余　论　怿：学术研究的心态　　064
第三讲　诗歌、诗人与解释者的关系以及解诗原则　　067
　　第一节　诗言志——定义述略　　069
　　第二节　"诗言志"的方式　　077
　　第三节　断章取义　　085
　　第四节　以意逆志　　090
　　第五节　知人论世　　110

第四讲　诗之比兴与易之象的关系及由此产生的解释观念　121
第一节　比兴定义的演变　123
第二节　易之象的内涵　136
第三节　诗之兴与易之象的对应关系　140
第四节　仁者见仁，知者见知　146

第五讲　言意之辨以及诗歌的理解与解释　153
第一节　言尽意论　155
第二节　言不尽意论　159
第三节　得意忘言　175
第四节　言外之意　189

第六讲　诗歌"本义"与诗人"本意"的追求　199
第一节　从"正义"到"本义"　201
第二节　言与志的同一性　209
第三节　深观其意　218

第七讲　历史背景决定诗意理解与解释的观念　231
第一节　背景的意义　233
第二节　诗史说的泛化　239
第三节　年谱与编年诗　245
第四节　本事与本义　253
第五节　诗史互证　265

第八讲　典故密码的破解以及与作者对话　271
第一节　以故为新　273
第二节　齐言喻楚　279
第三节　抉隐发藏　283
第四节　以才学为注　292

第九讲 从去意图、尚韵味到反诠释、非诗史倾向　303
第一节　无意于文　305
第二节　九方皋相马　310
第三节　去意尚味　314
第四节　水月镜象　319
第五节　诗不必注　327
第六节　诗非史　330

第十讲 以解释者为中心的主观性诠释观念　339
第一节　观诗各随所得　341
第二节　借杯浇臆　348
第三节　公共产权　352
第四节　精神融合　358
第五节　意解与心解　366

余　论　中国古典诗歌的文本类型与阐释策略　373
后　记　396

 **绪 论**
阐释学研究的目的和意义

我们这门课名叫"中国文学阐释学",是给中文系各专业开设的平台课。在这里,我们首先要讲讲阐释学研究的目的和意义。阐释学是有关理解和解释的学问,这是西方对阐释学的定义。理解就是 understanding,解释就是 interpretation。其实在中国和西方都有源远流长的文本解释的传统。曾经在上海复旦大学举办的中国古今文学国际学术会议上,有位中国学者写的是中国阐释学方面的文章,一位名叫白马的德国汉学家就说,阐释学是他们德国的传统,中国人怎么能够研究阐释学。另外有一位美国的华裔汉学家反驳他说:"阐释学虽然是发源于德国,但是理解和解释的学问是所有国家和民族都可以用的。"就是说这门学问不能够被德国所垄断。所以从某种意义上来说,我们人类学术的发展就是一个不断地对经典文本理解和解释的过程,也就是阐释的过程。比如说西方的阐释学是源于对《圣经》的解释,中国的阐释学最经典的、最具有代表性的是对经学的解释,现代也有学者研究经学阐释学。除了经学以外,中国还有大量的有关文学文本的理解和解释,所以我们也可以把它称为文学阐释学。西方的《圣经》阐释就不用说了,它是一种正宗的阐释学的传统,但是其他的文化现象,比如说欧洲14世纪开始的文艺复兴,我们也可以把它看作对古希腊传统的一种全新的诠释。

在中国其实也是这样。从传统学术来看,儒家经学、魏晋玄学、隋唐佛学、宋明理学、清代的考据学,都与文本的阐释密切相关。也是各个时代,不同的学者对经典

> 从某种意义上来说,人类学术的发展就是一个不断地对经典文本理解和解释的过程,也就是阐释的过程

> 文学阐释学

> 儒家经学、魏晋玄学、隋唐佛学、宋明理学、清代的考据学,都与文本的阐释密切相关

经学阐释学

进行重新阐释，开创了自己一代新的学问。比如以经学阐释学来说，在汉代就有今文经学和古文经学这样两个不同的解释传统，到了后来魏晋时期对经学的解释又有新的发展，变成了玄学的一种解释。魏晋玄学大多还是讲解儒家经典《论语》《周易》等，用玄学观点重新解释儒家经典。当然唐代的经学解释主要继承了汉代。不过到了宋代，学者们就对汉唐的经学产生了全面的质疑，这种全面的质疑从北宋欧阳修等人开始，一直到南宋的朱熹讲《诗经》都有很多新的发现、发明，也就是说宋代的经学传统又是一种对经典文本的重新解释、重新认识的过程。欧阳修《诗本义》对"毛传"、"郑笺"提出怀疑，提出回到"本义"。《周易》在宋代有好几家著名的"传"。宋人对《诗经》翻案最多，南宋王质《诗总闻》、朱熹《诗集传》，对毛诗序进行质疑，从义理方面推断其是否符合人情常理。欧阳修《诗本义》核心是"人情"，即合不合理，是否符合常理。南宋朱熹更注重义理。朱熹用"四书"取代"五经"，因为"四书"是儒家最经典的读物。儒家的"四书"可能是仿照佛教"四书"，在之前儒家没有"四书"的说法。佛教"四书"《金刚经》《圆觉经》《维摩经》《楞严经》都易于阅读，是宋代士大夫最爱阅读的四部佛经。佛家这几部书就是对"心性"的解答，受到士大夫的欢迎。朱熹为了响应佛家"四书"的挑战，找出儒家《大学》《中庸》《论语》《孟子》这四部蕴含心性讨论的书，编为儒家"四书"。佛教"四书"的说法见于北宋徽宗时期郭印《云溪集》，儒家"四书"的编者朱熹生活在南宋孝宗时代，比前者晚了几十年。清代的乾嘉学派继承了汉代的古文经学的传统，但是同时也有与乾嘉学派对立的学派，就是宋学学派。宋学学派继承了宋代经学研究的传统。因此在中国来说，学术的发展，都是对儒家经典文本的重新的、不断的解释，形成了各个时代的学术风格和新的思想。

隋唐佛学也是如此。汉译佛经最早的解释方法"格义"，把佛教文化和中国传统文化进行比对，有点像比较文学的中国学派，比如把佛教的"空"和老子的"无"进行格义。隋唐对佛经进行解释，形成不同的佛教宗派，比如天台宗主要对《妙法莲华经》（简称《法华经》）进行解读，建构了自己的佛学体系。华严宗对《华严经》进行解释。玄奘的法相宗，编译《成唯识论》。玄奘翻译更注重文义的可靠性，翻译得最好，但是阅读的人比较少，太学者化。

佛学阐释学

我们要讲的是文学阐释。在中国古代，有各种各样的诗文选本、评点本，有各种各样的诗话，有各种各样的笔记，对中国文学有很多精彩的解释。我们这门课就是希望大家从现代学术的立场，用现代学术的眼光去重新观照中国古典文学，重新观照中国古代的文学阐释传统。在中国，经学、玄学、佛学、理学、考据学等无一不与文本阐释密切相关。可以说各个时代各种学术思潮就是在对经典的不同阐释中诞生。当今我们写论文、从事学术研究其实也就是对我们课题所涉及的古典文本进行理解和解释的过程。因此了解一些古今中外的阐释学理论对于我们如何选择一种学术的方法来提出问题、解决问题具有很大的启示

从现代学术的立场，用现代学术的眼光去重新观照中国古典文学，重新观照中国古代的文学阐释传统

意义。这不仅对于古代文学专业，而且对于现代文学、外国文学、文艺学、汉语史、文献学等专业的同学都会有所助益。就我个人的治学经验来说，我把它总结为五个字：研究即阐释。当然我们不要说建立什么学派，但是我自己的一种学术风格就是对文本进行细读，提出自己的一些新的见解。

研究即阐释

第一讲

中国和西方阐释学主要原理和原则

第一节　郢书燕说与郑璞周鼠

前面我们提到，德国汉学家白马先生曾经自豪而且傲慢地把阐释学看成是德国的传统，仿佛是他们的专利。而实际上呢，中国古代也有类似的阐释学传统，只不过表述的形态完全不同而已。所以这门课的任务是，在介绍一些西方（主要是德国）的与文本理解及解释相关的主要理论的基础上，重在揭示中国的阐释学传统以及基本原理和原则，对中国古人一些睿智的言论进行具有现代学术意义的解释演绎，或者说把一些重要言论的内核用现代学术术语阐发出来。

下面我们讲两个故事，一个叫"郢书燕说"，一个叫"郑璞周鼠"。这两个故事实际上是寓言，非常有意思。其中第一个"郢书燕说"出自《韩非子·外储说左上》，另外一个"郑璞周鼠"出自《尹文子·大道下》。清代乾嘉学派的大学者阮元在给王引之的《经义述闻》作序的时候，就引用了这两个故事，说明阐释学或者训诂学方面的一些重要的原理。

>　郢书燕说　郑璞周鼠

我们先看第一个故事"郢书燕说"。"郢人有遗燕相国书者"，这个"遗"字读"wèi"，"遗"就是赠送、寄给，寄给燕相国一封书信；"夜书"，晚上的时候写字；"火不明"，灯光不太明亮；"因谓持烛者曰：'举烛。'"因此就对旁边拿着蜡烛的人说，把蜡烛举起来。我们也都有这样的经验，有时你说话的时候正在写东西，你说的话就可能会被顺手写到书上，结果他在说"举烛"的时候，他自己在书信上就误书"举烛"二字。"举烛"这两个字本来不是书信的原文，他并不想写这两个字，就是因为灯光不亮

>　郢人有遗燕相国书者，夜书，火不明，因谓持烛者曰："举烛。"而误书"举烛"。举烛，非书意也。燕相受书而说之曰："举烛者，尚明也。尚明也者，举贤而任之。"燕相白王，王大说。国以治。治则治矣，非书意也。今世学者，多似此类。（《韩非子·外储说左上》）

的时候叫旁人举烛而误书了这两个字;"举烛,非书意也","举烛"并不是书信的原意,是一种错误。燕相国得到他寄的书信非常高兴,就说:"举烛者,尚明也。尚明也者,举贤而任之。"燕相国读到这封错误的书信就起了一种引申的联想,就作了这样的阐释:"举烛"意思就是"尚明","尚明"的意思就是"举贤而任之"。因此燕相就去把书信的内容告诉了燕王;"王大说",燕王非常高兴;"国以治",国家就因为"举贤而任之"得到了大治。韩非子说"治者治矣,非书意也。今世学者,多似此类"。这个故事后来就简化为一个成语叫"郢书燕说",就是郢国的书信在燕国得到了另外的解释,"郢书燕说"后来就一般用来比喻、形容错误的理解。但是这个错误的理解也是我们阐释学要研究的内容之一。误解本身也有价值,就像"举烛"这个误解,我们也可以反过来说"虽非书意,然则治也",虽然不是作者的原意,但是读者得到书信以后从中获益匪浅。这个故事和西方的"读者反应批评理论"有相通之处,或者说与"接受美学"有相通之处。后面我们要讲到"接受美学"和"读者反应批评理论"究竟是持一种什么样的观点。在我们古代也出现了这样的情况,只不过韩非子使用这个寓言的时候,他是批评了这种误解,批评了"郢书燕说"的这样的现象。西方的汉学家在读中国古籍的时候、研究中国学问的时候,他们经常会出现"郢书燕说"的情况,但是我们在读汉学家的文章的时候,会感受到"他山之石,可以攻玉"的另外一种喜悦——我们中国人绝对理解不到的、想不到的地方,西方汉学家用西方的眼光来进行阐释,也就是说"中书西说",中国的文章按照西方的观点来解说。这个解说里面,有时候这种误解我们可以把它称为一种创造性的误解、误读,这种创造性的误读其实是有一定的价值的。

第二个故事是"郑璞周鼠"。"郑人谓玉未理者为璞,周人谓鼠未腊者为璞",这个"腊"字在古代不读"là",读"xī",只不过古代的"臘"(là)字后来简化也成了"腊",这是我们现代简化汉字经常容易引起混乱的原因之一。同样的,古代"蜡"字读"zhà",和"蠟烛"的"蠟"(là)也不同,当然现在"蠟"也简化成"蜡"了,这是大家读古书的时候要注意的。如果你看到的书是繁体字的竖排本,那么这个很容易辨认,现在有很多书做成了简体横排本,就像我给大家写的简体横排本的讲义,所以我们不知道到底是"未腊者",还是"未臘者"。这个"腊"是一种肉的工艺制作,"未腊"就是肉未经风干处理过,没有风干处理过的老鼠肉叫作"璞",这是周人的说法。而郑人却把没有雕琢过的、粗糙的玉称为"璞",这样的"璞"还只是含有玉的石头,或者说是玉的矿石。"周人怀璞谓郑贾曰",周人怀里面揣了几只未处理过的死老鼠肉,就对这个郑国的商人说:"欲买璞乎?"郑国的商人以为他会买到一些璞玉,当然是很高兴,"欲之",想买。然后周人把他的"璞"拿出来一看,结果"乃鼠也",是鼠肉,"因谢不取",反悔不买了。所以后来宋代人戴埴有一本书,名叫《鼠璞》。这是宋代的一部著名的笔记,一本专门考证的书,专门纠正古人错误的,就是把玉的那

> 郑人谓玉未理者为璞,周人谓鼠未腊者为璞。周人怀璞谓郑贾曰:"欲买璞乎?"郑贾曰:"欲之。"出其璞,视之,乃鼠也。因谢不取。(《尹文子·大道下》)

个"璞"和鼠的那个"璞"弄混的这种情况。

阮元在《经义述闻序》里面，举了这两个例子以后，说"夫误会举烛之义，幸而治；误解鼠璞则大谬"。他讲到两个误解的例子，前面一个"郢书燕说"的例子，误会的后果不仅不严重，而且还很好，"幸而治"，就是碰运气碰上了。但是另外一种误解"鼠璞"则大谬，就完全错了。"由是言之，凡误解古书者，皆举烛、鼠璞之类也"，凡是误解古书的都是像"郢书燕说"和"郑璞周鼠"一样，都是错误的。"郑璞"和"周鼠"实际上涉及一个语言学方面的问题，就是说两个国家读的音是一样的，都读"pú"这个音，但是郑国读的这个"璞"是指的玉，周国人读的这个"璞"是指"鼠未腊者"。这个地方我给大家介绍一本书可以去看一下，瑞士的犹太人学者索绪尔的著作《普通语言学教程》，这本书有英文版，也翻译成中文了。这部书非常有意思的就是它提出了一个重要的概念，他说我们所有的语言，不同民族的所有的语言都是一个概念（concept）和有声意象（sound image）的结合体，在同一个语言系统里面有声意象和概念是对应的。比如说，液体的、透明的、无色无味的这样的一个概念，它的有声意象是什么呢？这就是"水"（shuǐ），"shuǐ"就是它的有声意象，它的概念就是透明的、无色无味的液体。但这样一个概念在英语里面也存在，英语里面这个概念的有声意象就是"water"。当然索绪尔举的是"树"的一个概念，英语里面叫"tree"，法语里面叫"arbre"，但是我们汉语叫"shù"，这样一个概念和有声意象在同样一个系统里面它

[旁注：
［瑞士］索绪尔《普通语言学教程》

词 { 有声意象 / 概念 }
]

是互相对应的,但是在不同的语言系统里面就会发生变化。我们举一个例子,比如说"water"这个有声意象,在英语里面它是"水"的概念,如果是给中国北方的老太太说,"water"她就会听成"窝头"(wōtóu),"窝头"的有声意象跟"water"相近,但完全就是另外一个概念了。所以说英国人跟你说要"water",中国老太太会给你"窝头",她不会给你水。"郑璞周鼠"也是这样的一个意思,在郑人的语言系统里面,"pú"这个读音对应的是"璞";在周人的语言系统里,"pú"这个读音对应的是"鼠",它的概念是不一样的。在同一个语言系统里面,声音和概念是统一的,用汉语说"水",我们都知道是透明的、无色无味的液体。反过来说,在不同的语言系统里,相同的声音对应的概念就不一样。普通语言学提醒我们要注意有声意象和概念之间的对应关系。从语言学的角度可以推出许多哲学或者文艺学方面的观点,所以索绪尔的《普通语言学教程》远远超出了语言学的领域,实际上是语言哲学的问题。其实好多问题,比如说我们今后要讲到"言不尽意",为什么会言不尽意,就有一个语言和有声意象之间的差异的问题。

下面我们看一下阮元在《经义述闻序》里面讲到的这两个寓言,实际上他告诉我们在读古代的经书的时候,会遇到两种我们阐释、理解的困难问题,这两种问题是什么呢?一种可以说是经典文本本身的错误,比如说那本书本身就错了,你在理解它的时候,你根据错误的文本去理解,肯定是一种错误的理解了。本来书信里面没有"举烛"这样的含义,"举烛"这两个字是写错了写上去的,然后根据写错了的这个意思去理解成是发信人的意思,那你就完全误解了发信人的思想。因此,第一个"郢书燕说"要解决的是文本、文献的错误。要解决这个错误的话,就需要校勘和其他的学术方法,来恢复原本的面貌。所以清代的乾嘉学派,《十三经注疏》中他们就致力于"十三经"的经典文本的校对、疏文的校对,首先在文本方面就要解决古人误书的情况,也包括古代的通假字,古代有一些通假字你不能够从本字的意思去理解,你要把它从通假字的角度去理解。其实古代的通假字有两种情况,一种情况可以说是流行的通假字,大家都这样通假;有一种通假有可能是大家写的错别字,我们把它视为通假字。古人写了错字,我们知道它不是这个意思,而是另外一个意思,那我们就把它看作通假字。所以经书里面首先要解决这样的一个文本的可靠性问题。另外一个"郑璞周鼠"实际上是解决一种文本理解的空间差异,周和郑实际上是因为空间距离造成的两个不同的语言系统之间的一种误会。我们在读古书的时候把这个"空间"转换为"时间",也就是时间距离。这就是阐释学上经常要用到的一个词,叫"时间距离"(temporal distance)。什么是"时间距离"呢?比如先秦的古书,它的那个语言系统和我们现代汉语的语言系统相差很多很多,这个相差就是一种时间距离。其实不光是先秦到现在,就是从汉朝到宋朝,汉宋之间也有时间距离,宋朝到清朝也有时间距离。因此,要正确地阅读古书,就一定要克服时间距离所带来的这种

> "郢书燕说"要解决的是文本、文献的错误

> "郑璞周鼠"要解决的是文本理解的空间差异(时间距离)

误解。

从这一点来说,有一门学问就是需要大家注意的,叫"训诂学"。"训诂学"是解决时间距离的一种方法。"训诂学"从某种意义上来说,它也就是一种翻译学。翻译是解决空间距离造成的语言隔阂,"训诂学"是解决时间距离造成的语言隔阂。这是中国经学家阮元的认识,一个是要解决古书本身的错误的问题,另外就是解决古书的语言和现在的语言之间的时间距离问题。

第二节 西方阐释学的部分概念

下面我们讲一下西方阐释学的部分概念。其实在中国古代,有很多和阐释学相通的学问,但在中国古代都不叫阐释学,我们之所以把它称为中国文学阐释学,乃是因为站在西方的现代学术的立场,对中国传统文化观照的结果。观照以后发现我们中国有这样一个阐释学的传统,但我们是借用西方的说法来概括这门学问的。西方的阐释学,我们先看一下第一条:阐释学的正名。赫尔墨斯(Hermes)是古希腊罗马神话中为神传递消息的信使。Hermes是这个词的词根、词源,然后在19世纪德国人就建立了阐释学,因此阐释学的原文是德文,就是Hermeneutik,然后又翻译为英语就是Hermeneutics,它是指解经说文的一门学问。我们去看其他书的时候,大家会看到不同的翻译法,有一种把它翻译为解释学,有一种翻译为诠释学,我们之所以把它翻译为阐释学,主要是基于

> **阐释学正名**
>
> 赫尔墨斯(Hermes),古希腊罗马神话中为神传递消息的信使。Hermeneutik、Hermeneutics,解经说文的一门学问

这样一个考虑：因为诠释和解释就是对文本本身的一种客观的说明，"阐释"的"阐"字除了解释说明以外，还有阐发、演绎的含义在里面，我们说阐发和阐述就有一种演绎、推广、推演这样的内容在里面。所以阐释学不光是包括文本本身的解释，实际上还包括作者或者解释者对文本的理解，它有很多主观的因素在里面。有几个学者是用"阐释学"这个名称的，比如说张隆溪的《道与逻各思》，他翻译成阐释学；湖南有个学者叫李清良，他写了一本《中国阐释学》，也用了这样一个名称。我们在探讨相关的学问的时候，会看到解释学、诠释学这样的说法，凡是这一类的书籍或者论文，都跟我们研究的相关。在中国古代，阐释学贯穿在中国传统学术里面，比如说经学的疏解、玄学的讨论与清谈，还有佛学的疏正和义理的探讨，以及理学的发明，乃至于诗学方面的注释、评点，诗话里面的一些讨论，等等，很多内容有关文本的解释、阐发，它都属于我们要考察的对象。

> 阐释学在19世纪初作为一种理论建立起来，是关于文字诠释技巧的科学方法

下面我们讲的第二点就是传统阐释学。阐释学在19世纪初作为一种理论建立起来，它是关于文字诠释技巧的科学方法。也就是说19世纪初它还不是一门本体论意义上的学问，它是一门技术、技巧，一种方法，一种科学的方法，这种科学的方法是关于文字诠释技巧的。因此阐释学无论怎样变化，都必须要有一个对象，这个对象就是文字。不管其他的哲学阐释学、法律阐释学、文学阐释学还是中国经学阐释学，它首先依赖于文字文

> 施莱尔马赫把语文学和《圣经》注疏的局部规则

本。德国神学家、哲学家弗里德利希·施莱尔马赫（F.

Schleiermacher)把语文学和《圣经》注疏的局部规则纳入普遍适用的原理，建立起总体的阐释学。从施莱尔马赫开始，阐释学正式成为一门学问，它是一种总体阐释学，也就是说从哲学层面上对以前的语文学和《圣经》注释的方法作了概括总结，建立起一些适用于其他文本阐释的一种普遍的原则。施莱尔马赫认为作品本文的意义，是在科学方法的指导之下消除解释者的先入之见和误解后的产物。这一点他和阮元的看法有一点相似。比如我们前面讲到"郢书燕说"的时候，燕相国肯定是成天到晚都在想着治国的问题，所以看到人家的"举烛"，他首先就想到是尚明任贤，也就是说郢人写的这封书信如果不是交到燕相国的手里，而是交到一个农民的手里，或者是一个樵夫、渔夫的手里，他绝对想不到这里去。因为书信是被交到燕相国手里，他实际上就有一种先入之见了——写这封信的人是跟我谈论治国的问题，因此他就可以把"举烛"这样一个生活的细节上升到治国的理论层面上去。阮元批评误会"举烛"之意，他就是要反对这种先入之见，阐释学首先要客观，要消除先入之见，还要消除误解。

"阐释的循环"是传统阐释学里面一个重要的概念，这个概念是由德国哲学家狄尔泰（W. Dilthey）提出来的。他始终致力于使精神科学的知识能够像自然科学的知识那样可靠，他和施莱尔马赫有一个不同点，他不像施莱尔马赫一样是一个专职的神学家，他是一个哲学家，哲学家就更多的是把阐释学从神学的桎梏中解放出来，成

> 纳入普遍适用的原理，建立起总体的阐释学

> 施莱尔马赫认为作品本文的意义，是在科学方法的指导之下消除解释者的先入之见和误解后的产物

> 阐释的循环

> 狄尔泰始终致力于使精神科学的知识能够像自然科学的知识那样可靠，而阐释学正好为"精神科学"奠定了科学的方法论基础

为像自然科学那样可靠的一门精神科学。关于人文科学，在19世纪的时候，传统人文科学因为受到自然科学的影响，所以比如说美学、阐释学，这些以前都是关于精神的学问，这个时候也都变成一种精神的科学建立起来，比如美学叫"Aesthetics"。狄尔泰认为阐释学正好为美学或者其他的一些精神科学奠定了一种科学的方法论的基础，后人通过前人留下的生活表现的痕迹（生活表现的痕迹主要是前代的文献记载）而跨越时空距离与之建立联系，通过阐释认识前人及当时的生活，认识历史。狄尔泰把文字的理解和解释看作最基本的阐释活动。当然我们也可以推广到其他非文字的东西，比如说图像，看到一幅壁画，你也可以进行阐释。但是人类留下的痕迹最主要的还是一种文字的记载，文字记载的痕迹应该是阐释学最需要关注的对象。关于文本理解，狄尔泰提出了著名的"阐释的循环"的说法，阐释的循环是德语"der hermeneutische Zirkel"。"der"是一个冠词，因为德语的词汇分为中性、阳性和阴性，每一个名词前面都有一个性。这个名词就是"Zirkel"，相当于英语里的"circle"，所以德语的名词第一个字母一定要大写。"hermeneutische"这个词是"Zirkel"的形容词，或者我们说的定语，因此是小写，翻译成英语叫"hemeneutic"。这是著名的阐释的循环。阐释的循环其实也是人类经常难以摆脱的一种困境，但这种阐释的循环也并非毫无意义，它是这样的一个意思：一部作品的整体要通过个别的词和词的组合来理解，可是个别词的理解又假定已经有了整体的理解为前提，这就是一个循环。局部和整体之间互为依托、互为基础，如果没有局部，那整体的意义没办法确定。但是没有整体的意义，个别词的意义又没有办法确定，整体与局部互相依赖，这就形成一个循环，互相为对方的前提，互为因果，这是一切阐释都摆脱不了的主要困难。我在讲义上面用了霍埃（D. C. Hoy）的一部书，霍埃是一位美国学者，他把阐释的循环用这样一个简单的说法表现出来了，他的意思是互相作为对方的依赖都是必需的，比如前面说局部的理解需要整体的理解为它的前提。霍埃的这本书叫作《批评的循环》，他实际上把阐释的循环换成了批评的循环，"circle"这个词后来我在《中国古代阐释学研究》里面把它发展为叫"理解的循环"，即"understanding circle"，实际上也是举一反三。《批评的循环》是一部文艺学的著作，也是非常有意思的一本书。另外还有一个学者Roy J. Howard（霍华德），他写出了一个公式：a part-whole-part movement。这个公式更简单地表述了什么叫阐释的循环，他这个公式就是从部分到整体，再从整体到部分的一个运动（movement）。这个运动当然就是一个圆圈的运动了，有点像我们电脑上word文档刷新的符号。关于这个循环可能同学们感觉还有一点抽象，那我们举一个比较具体的例子，以李商隐的《锦瑟》为例，从宋代到清代，一直到近代，关于这首诗的主题有十几种说法，那么为什么会形成这十几种说法呢？因为实际上每一种说法它都是阐释的循环。比如说宋代刘攽的《中山诗话》，他认为"锦瑟"是一个人的名字，是令狐楚家的一个青衣，青衣就是

> 整体的理解为前提。整体与局部相互依赖，互为因果，形成循环，这是构成一切阐释都摆脱不了的主要困难。（D. C. Hoy, *The Critical Circle*）

> Roy J. Howard, a part-whole-part movement（*Three Face of Hermeneutics*）

> 李商隐《锦瑟》

丫鬟一类的人，但跟丫鬟有一点不同，是能歌善舞能弹锦瑟的一个青衣，因此她的名字也没有，直接就叫她锦瑟。据说李商隐在令狐楚家就和这个青衣暗恋上了，结果后来令狐楚死了以后，李商隐和令狐楚儿子的关系又不好，就离开了令狐家，和锦瑟就失去了联系，后来就写了这首诗。当然这个是小说家言，是一个故事，但如果这个故事成立的话，我们去看每一句话，都可以说是在写他和青衣之间的情感，"锦瑟无端五十弦，一弦一柱思华年"，可以看出当年一起互相暗送秋波的美好光阴，但是后来却只能做一点庄周的蝴蝶梦而已，而且自己的一片真心或者是锦瑟的一片真心也只有付与杜鹃鸟啼血而已。那这样解释下去，每一句都可以解释为他们爱情的悲欢离合、这种深情的思念，等等。最后"此情可待成追忆，只是当时已惘然"，那么我们回想到他和青衣之间发生的故事，一切都是这么贴切，就是说青衣的故事。但是这里双方要有一个前提，就是说这样的解释必须要以锦瑟为青衣这样一个整体的观照作为前提，才能够将每一句都解释为青衣。同样，如果这首诗完全跟青衣没有关系，就不可能作这样的解释，就是说《锦瑟》的每一个词和主题是互为因果的，你一旦有这样的认识，从一个词里面发现了某一个意思，有可能这首诗的主题就变了。

<small>海德格尔把阐释学由认识论领域转移到本体论领域</small>

德国哲学家海德格尔（Martin Heidegger）把阐释学由认识论领域转移到本体论领域。他在其名著《存在与时间》中指出，任何存在都是在一定时空条件下的存在，即此在。"存在"这个概念德语写作"Sein"，英语译为

"being","此在"德语是"Dasein",在 Sein 前面加了冠词 das,相当于英语的"the being"。按我的理解,"此在"就是此时此刻此地的存在,比如说,我们今天下午在川大研究生院这间教室里上课,这就是我们的"此在"。海德格尔说,存在的历史性决定了理解的历史性;我们理解任何东西,都不是用空白的头脑去被动地接受,而是用活动的意识去积极参预。我们受过何种教育,生长于何种文化环境,处于什么样的历史时期,有过什么样的人生经历,这就是我们存在的历时性,或者说我们"此在"的历时性,这决定了我们对文本的理解。海德格尔认为,文本阐释以我们已经先有(Vorhabe)、先见(Vorsicht)、先把握(Vorgriff)的东西为基础。这种意识的先结构使理解和解释总带着解释者自己的历史环境所决定的成分,所以不可避免地形成阐释的循环。但它不是一种恶性循环,"具决定性意义的并不是摆脱这循环,而是以正确的方式参预这循环"。施莱尔马赫要求阐释者应该避免先入之见,消除误解,这当然是一种理想的目标,但是海德格尔却很敏锐地发现,这种先入之见从本体论上来说,是不可能避免消除的。最好的办法是承认先入之见带来的阐释的循环不可摆脱,而按照自己存在的历史性,去尽可能在循环中获得对文本完美的阐释。

德国哲学家伽达默尔(Hans-Georg Gadamer)在海德格尔的基础上进一步发展了阐释学理论。他的名著《真理与方法》是阐释学最重要的著作之一,影响很大。伽达默尔针对传统阐释学企图消除一切主观成见的努力,提出"成见是理解的前提",这个说法可以说完全颠覆了传统阐

> 伽达默尔提出"成见是理解的前提"

释学的观点。对于文本的理解来说，每个读者都有自己存在的历史性决定的"成见"，每个解释者也是如此。这样的话，不仅不同时代的读者有不同的成见，而且同时代的不同读者也有不同的成见。而正是这种由存在的历史性决定的成见，使得文本意义的理解和解释永远没有终结，因为新的时代有新的成见作为其理解的前提。比如说，关于杜甫诗歌的理解，清代仇兆鳌在《杜诗详注序》里面指出唐代、宋代、明代的人各有不同，唐代元稹、韩愈喜欢的是杜甫的"词句"之类的东西，宋代人就从"知人论世"方面看重杜甫的"诗史"价值，明代人又不同，看重的是杜诗的"立言忠厚"，是从"温柔敦厚"的诗教来理解杜诗。每个朝代的人都有他们的"成见"。当然，同一个朝代的人对杜甫的理解也各不相同，所以光是在宋代就有"千家注杜"的说法。大到诗意理解，小到字词判定，言人人殊。因此，我们可以说杜甫诗歌的意义并不是由杜甫给定的，而是由后代的"千家注杜"这些人不断地加进去的，而且这种"加"呈现为层层累积的方式，一叠一叠地累积起来，杜甫就形成一个很高大的形象了。用仇兆鳌的话来说，杜甫就这样由唐代至明代，一步步从"词人"到"诗史"，最后再到"诗圣"。杜甫的很多小诗也被赋予审美价值或者人文价值，这些都是后世给它们附上去的。陶渊明的情况也是如此，南朝的时候，他在人们的眼里差不多还是二三流诗人，《文心雕龙》基本没提他，钟嵘《诗品》把他归入中品，萧统对他评价稍微高些，《文选》选了一些他的作品，实际地位还在谢灵运之下。唐代杜甫对

> 正是这种由存在的历史性决定的成见，使得文本意义的理解和解释永远没有终结，因为新的时代有新的成见作为其理解的前提

陶渊明也不推崇，恨他的诗太"枯槁"。陶渊明的地位是在宋代建立起来的，尤其是苏轼作了《和陶诗》，极力推崇陶渊明，同时陶诗的趣味道学家也很欣赏，从此陶渊明就跻身于中国古代最伟大的诗人的行列，他的诗也一再被不断阐释，直到当代还有好几本笺注陶诗的著作。杜诗、陶诗还有其他诗人作品的意义，比如李商隐《锦瑟》诗的意义，都是后世不断增加上去的。这就是伽达默尔的观点之一——作品的原意并不是作者给定的。作品就像一个作家射出去的箭，射出去以后再也不属于作者自己了，至于这支箭射到哪个靶子上面，那是其他人关心的事情，作者已经没有办法控制。伽达默尔认为，在理解和解释的过程中，解释者的视野可以和解释对象的视野融为一体，实现视野融合（fusion of horizons）。"视野"的本意是地平线，在文本解读中，指对意义的前判断和预期。读者的视野与文本的视野之间呈现出的交互融合的状态，就叫"视野融合"。文本的视野是指文本中所可能具有的意义期待，所谓文本的意义，既不属于文本，也不属于读者，而是存在于读者视野和文本视野相交融的无限过程之中，解释者应该尽可能实现"视野融合"。他还提出了"对话"的概念，就是所谓的"dialogue"，或者"conversation"。"对话"是解释者和作者之间的对话，这种"对话"甚至可隔几千年，实际上是解释者和文本之间的对话，也就是视野融合。另外，伽达默尔还提出"效果历史"（effective history）的概念："真正的历史对象根本就不是对象，而是自己和他者统一体，或一种关系，在这种关系中同时存在

> 伽达默尔认为：作品的意义并不是作者给定的原意，而总是由解释者的历史环境乃至全部客观的历史进程共同决定的；在理解和解释过程中，解释者的视野可以和解释对象的视野融为一体，实现视野融合。他还提出了"效果历史"的概念

着历史的实在以及历史理解的实在。一种名副其实的诠释学必须在理解本身中显示历史的实在性。因此我就把所需要的这样一种东西称为'效果历史'。理解按其本性乃是一种效果历史事件。"关于这一点,美国汉学家宇文所安(Stephen Owen)曾经说过:"我们(读者)决不可能知道事实究竟如何,我们拥有的一切只是事实究竟如何的故事。"所谓的历史就是一种故事。"history"有点像"右文说",右边是"story",历史实际上就是一些故事的记载。我们现在都用这个词,但实际上它包括两种含义:一种是真实发生过的事件,另一种是对历史事件的记载。其实很多时候我们所谓的历史只是对历史事件的记载而已,是对一个故事的记载,特别是史书,连事件都算不上,只能说是故事。官方修正史,对很多材料都会有所选择,会抛弃一些材料,会改造一些材料,官方的历史肯定是一种书写。所以现在历史学界有一种新历史主义,即认为历史并不是真实的本身,而是一种书写。当然我们中国人的传统,总是相信历史是真实的。如果按这样更细致的区别来看的话,历史实际上是由真实发生过的历史事件这种客观的东西,和人类文字记载的主观的东西形成的统一体。一旦当历史事件被记载的时候,它肯定就会有变形——除了言不达意、言不尽意之外,还有一种人为的有意识的选择,或者叫选择性的失明。所以我们阅读中国的古书、历史书的时候,要带着怀疑批判的眼光,就是孟子所说的"尽信书不如无书"。我们把历史对象看作一种存在着的历史的实在以及历史理解实在的统一体。历史理解指的是我

> 历史实际上是由真实发生过的历史事件这种客观的东西,和人类文字记载的主观的东西形成的统一体

们对事件发生的理解，这种理解可能是史书，也有可能是其他的。这就是一种效果史。刚才我们说到的杜甫、陶渊明的接受史，其实也是一种效果历史。另外霍埃转述伽达默尔的观点："理解总是以对话的形式出现，传递着在其中发生的语言事件。"我们前面曾经讲过理解是一种对话，对话需要理解者和原作者之间有相同语言才可能进行。我们后面在讲阐释学的"右文说"的时候，会提到这种"对话"，在这个意义上，它实际上是一个用比喻的方式概括的学术术语，不是一种真正的对话，但是相当于对话，我们可以对话的人必然对事件有共同的理解。有的人是不可对话的，互相不在思维的一个层面上，没有共同对话的平台，所以有一个词叫"不可理喻"。对话一定是双方要对对方的语言熟悉。伽达默尔和海德格尔实际上都承认了阐释具有一种历史性的存在，历史性也就使他们对这种主观的阐释相对来说比较包容，认为每个人不可避免地要受自己当下存在的影响，因此不可避免地要带上自己时代的烙印，不可避免地带有先见和成见，这种先见和成见是理解的前提。这是伽达默尔和海德格尔的观点。

但是有一个学者不同意他们的观点，这就是美国批评家赫施（E. D. Hirsch）。他写了一本书 *Validity in Interpretation*，已经翻译成中文出版，叫《解释的有效性》。赫施从他的名字来看，可能也是日耳曼人的后裔、德国人的后裔，可能是美籍德人吧。他试图在胡塞尔的认识论和索绪尔的语言学中为狄尔泰的某些阐释原理寻找依据。胡塞尔是19、20世纪的哲学家，也是犹太人，他的弟子就

> 理解总是以对话的形式出现，传递着在其中发生的语言事件

> 美国批评家赫施试图在胡塞尔的认识论和索绪尔的语言学中为狄尔泰的某些阐释原理寻找依据

是海德格尔。以前德国哲学界有所谓的"3H"之说，就是黑格尔、胡塞尔和海德格尔三位名字以"H"起头的哲学家。胡塞尔的主要哲学就是现象学。另外就是瑞士语言学家索绪尔的语言学。赫施试图从认识论和语言学中为狄尔泰的某些阐释原理寻找依据，他是反对伽达默尔和海德格尔的观点的。刚才说到伽达默尔是主张存在的历史性——每个人的存在不同，于是他的理解和理解的历史性就不同。赫施批评这个观点，认为意义不可能是个人的，不同的人可以共有某一类型的意义。他的观点很像中国古人所说的"人同此心，心同此理"，大家都有一个共同的意义。这个共同类型的意义用胡塞尔现象学的术语来说，叫作"意向性"（intention）。"intent"是意图，"intention"就是所谓的"意向性"，就是我们的意图所施加的方向。对胡塞尔的这种观点，赫施认为在不同的时候不同的意向行动可以指向同一意向目的，英语是"different intentional acts"，就是行动；或者是"different occasions"，就是不同时候的不同行动，可以指向同一个意向目的，这个"意向目的"就是"intentional object"。不同时代、不同环境下的人，可能有共同的理解、共同的意向，古人和今人其实也有相通的，此人和彼人也有相通的，这就是"人同此心，心同此理"，古往今来都是如此。他提出这样一种认识。他认为批评家应该消除自我，完全以回到作者本意为目的。他相信有共同的人性、共同的心理结构，也就是共同的意志类型，就是"willed type"。因此今天的人对古代的人的理解，可以通过"心理重建"（psychological reconstruction）来进行。

> 意义不可能是个人的，不同的人可以共有某一类型的意义。用胡塞尔现象学的术语"意向性"来说，就是在不同时候不同的意向行动可以指向同一意向目的

> 批评家应消除自我，完全以回到作者本意为目的。他相信有共同的人性、共同的心理结构，

其实"心理重建"用中国的话来说叫作"设身处地",或者用陈寅恪的话来说就是"同情之理解,理解之同情",就是通过心理重建设身处地去重新经历作者的创作过程。当我们把我们自己消除了以后,我们去追寻作者,去设想,去设身处地,这时我们就可以回到作者的原意。至少我们是应该以这一点为出发点,消除自我,以回到作者的原意为我们阐释的目的。这就和伽达默尔、海德格尔有所不同了,伽达默尔和海德格尔认为人们不可避免地会带有自己主观的成见,是可以理解的,是可以让它存在的。但是赫施坚决反对那两位先辈的说法,认为那样的话会使阐释没有依据和客观标准了。他强调他追求的是一种客观的阐释(objective interpretation),这就非常符合中国传统学者的一些观点——应该回到本义。如果是经书,那一定要是本经,一定要求"本","本"具有原始的、原初的、最早的这样一种含义。"知人论世"、"以意逆志"的目的都是要追求"本"。那么赫施追求的客观的阐释性有什么标准呢?他提出,验证某种解说比其他解说合理的话,它就更具有或然性(probability)或者可信性(plausibility)。比如我们刚才讲到《锦瑟》这首诗,有十几种说法,还不断地有人提出新的说法,公说公有理,婆说婆有理,那我们怎么去判断它相对接近于哪种正确的理解呢?我们当然不敢说哪一种解释是绝对排他性的、唯一正确的,因为诗无达诂;但是我们可以这样说,相对来说某种解释是最能够说服我们的,是最具有可信性的。这中间还是有一条标准,如果没有这个标准那任何人都可以乱说了。这个标准就是合法

即意志类型,可通过"心理重建"去重新经历作者的创作过程

赫施追求一种客观的阐释。他提出验证某种解说比其他解说合理的话,它就更具或然性或可信性

四条标准:合法性,相应性,范型合适性,连贯性。(赫施《解释的有效性》)

性（legitimacy）、相应性（correspondence）、范型合适性（generic appropriateness）和连贯性（coherence）。所谓"合法性"就是是否遵循了学术界的一些基本原则；"相应性"就是使用的原则、解释的原则和文本之间是否能扣得上；"范型合适性"就是研究的范型、选择的方法是否正对应于文本，比如李商隐的《锦瑟》这首诗，如果采用政治批评的方法或者历史主义的方法或"以诗证史"的方法去解释它，那可能这个范型就不太合适，因为这首诗的文本里面不具备历史的因素，这首诗的意象不具备历史事件，或者是不具备叙述事件的要素。我个人不认可把《锦瑟》讲成是"政治寓意说"，这并不是我对"政治寓意说"带有偏见，比如说杜甫的《北征》或《自京赴奉先县咏怀五百字》，说它有政治寓意就没有问题，杜甫的文本适合这个范型。如果要把李商隐的《锦瑟》作政治的解读，范型就不合适。所以说今后同学们做研究的时候，范型到底合不合适要看研究的对象，然后选取一种学术的方法、研究的方法。"连贯性"就是你的解释在一系列的作品里面都可以用得上，如果在这里用得上，在其他地方用不上，是一个个别的例子，这样可能就不行。赫施是一个客观的阐释者，在哲学的层面上也许没有海德格尔、伽达默尔站得那么高，但是他的这种批评和方法我觉得是更有可效性的，正如他所阐释的有效性，对文本的解释来说，可能更具有指导意义。海德格尔和伽达默尔是在哲学层面上可以启发我们，开拓我们的视野。

另外，赫施提出了与伽达默尔相反的一种历史性的概念。我们先看伽达默尔的"历史性"(historicity)。伽达默尔曾经提出过"理解的历史性",认为理解是历史发生作用的活动,暗示意义必须随时间而改变,他不承认有客观的意义存在。比如说《诗经》里面的"蒹葭苍苍,白露为霜",可能在《诗经》经学的时代,人们对它的理解是不一样的,伽达默尔就认为不可能有一个"蒹葭苍苍"的本来的含义,它的含义都是在历史的理解中我们赋予它的。他就是暗示意义必须随时间而改变,当然这就给了每一个解释者一种权利了。

但是赫施提出了一个相反的历史性的概念。赫施的概念我们翻译成"历史性",但英文肯定不是这样的,这时候我们就发现汉语在表达概念方面有点苍白了。英语是"historicality",与伽达默尔的"historicity"稍微有一点不同,一个是"city",另外一个是"cality"。这个"历史性"的概念正好和伽达默尔相反,认为我们也可以设立一个历史性的原则,它肯定一个历史事件,即一个本来的传达意图(就是我们中国人说的本意),可以永远地决定意思的恒久不变的性质,也就是说它是一个绝对的意义、永久不变的意义,是一个历史客观存在的意义。我们的历史性有不同于伽达默尔历史性的视野。伽达默尔的历史性暗指意思必随时间而改变,我们的历史性则坚持:只要我们选择把意思视为历史决定了的客体,意思便可以始终如一。也就是说我们只要把一个文本的意思视为历史决定了的客体,那么这个客体的意思就可以始终如一。赫施曾经就有这样一个观点。也就是我们刚才讲的历史的两个含义,一种历

> 赫施提出了与伽达默尔相反的历史性的概念

> 它肯定一个历史事件,即一个本来的传达意图,可以永远地决定意思的恒久不变的性质。我们的历史性有不同于伽达默尔历史性的视野。伽达默尔的历史性暗指意思必随时间而改变,我们的历史性则坚持:只要我们选择把意思视为历史决定了的客体,意思便可以始终如一。(*Critical Inquiry* 11, December 1984, p.216)

史是在一直不断流动的、变动的这样的一种历史性，一种历史是恒定的已经凝固在那一刻的历史事件。既然有一个意思始终如一，那就有一个绝对客观的阐释了，所以他的书的名字叫《解释的有效性》，他认为是可以追求到、回溯到作者的原意的。明代人的想法有点像伽达默尔、海德格尔，但宋代人的想法有点像赫施，追求诗的本义。

第三节 西方其他与文本阅读、理解相关的理论

阅读的现象学

文学作品的本文只能提供一个多层次的结构框架，其中留有许多未定点，只有读者一面阅读一面将它具体化时，作品的主题意义才逐渐表现出来。读者并非被动地接受作品本文的信息，而是在积极地思考，对语句的接续、意义的展开、情节的推进都不断作出期待、预测和判断

我们再简单了解一下西方其他理论。先讲讲"阅读的现象学"。"阅读的现象学"是波兰哲学家罗曼·英伽登（Roman Ingarden）建立的。他认为，文学作品的本文只能提供一个多层次的结构框架，其中留有许多未定点，只有读者一面阅读一面将它具体化的时候，作品的主题意义才逐渐表现出来。读者在逐字逐句阅读一篇作品的时候，头脑里就流动着一连串的语句思维。读者并不是被动地接受作品本文的信息，而是在积极地思考，对语句的接续、意义的展开、情节的推进都不断作出期待、预测和判断。也就是说当我们读一首没有读过的诗的时候，比如说一首七律，我们可以看到它提供给我们五十六个字，五十六个字就是押四个韵，有四联，中间两联的结构、词语要对仗，但我们在阅读的时候就要展开思维的联想。比如说"庄生晓梦迷蝴蝶"，一方面它是用典，是用《庄子·齐物论》里面的典故；但同时我们要想象"梦蝴蝶"那样的情景，

设身处地自己如果是庄周,不知道自己是蝴蝶还是庄周,是怎样物化的,就会展开一些相应的联想,然后再去联想"蝴蝶梦"和《锦瑟》之间有什么样的关系,和诗人李商隐之间有什么样的关系,这就要填充很多未定点和空白之处。

我们再稍微介绍一下"接受美学"(Reception Aesthetics)。"intertext"是互文,文本的互文性。从这个角度,它是一种抽象的概念,本文不是等于具体的作品。当然我们现在有的时候用"本文"或者"文本"来取代作品,"本文"有的地方也翻译成"文本",但是据翻译家说正确的翻译应该是"本文"。作品本身显然既不能等同于本文,也不能等同于具体化,而必定处于这两者之间的某个地方,也就是作者和读者之间能够交融的某个地方,能够会心的、知音的、心心相印的地方。德国哲学家沃尔夫岗·伊塞尔(Wolfgang Iser)就在充分承认读者的创作作用的同时,又认为读者的反应无论多么独特,都总是由作品本文激发引导出来的。这还是有限度的,你不能够自由地联想,就像风筝一样飞得再高,也还是有一条线连着的。本文和读者的想象之间就像风筝和线的关系一样,一定是连在一起的。风筝不同于落叶、不同于飘扬的柳絮之处,就在于它不是完全自由的。同样,想象是要受制于本文本身的。所以阅读作品你可以自由地发挥,但是不能够脱离那条线。伊塞尔认为,读者的作用根据历史和个人的不同情况,可以以不同方式来完成,这一事实本身就说明本文的结构允许有不同的完成方式。他提出"暗含

> **接受美学**
> 文学作品有两极,一极是艺术的,即作者写出来的本文,另一极是审美的,即读者对本文的具体化或实现。而从这种两极化的观点来看,作品本身显然既不能等同于本文,也不能等同于具体化,而必定处于这两者之间的某个地方。伊塞尔他在充分承认读者的创造作用的同时,又认为读者的反应无论多么独特,都总是由作品本文激发引导出来的

> 伊塞尔提出"暗含的读者"(der implizite Leser, implicit reader)的概念,指出:"作为一个概念,暗含的读者牢牢地植根于本文结构之中。他只是一种构想,绝不能同任何真正的读者等同起来。"(The Act of Reading: A Theory of Aesthetic Response)

的读者",这个"暗含的读者"用英语来说就是"implicit reader",即隐藏的读者。伊塞尔认为,作为一个概念,暗含的读者牢牢地植根于本文结构之中,本文的结构规定了有这样一个暗含的读者;他只是一种构想,绝不能同任何真正的读者等同起来。也就是说,它不是现实的读者,实际的读者,而是一个概念,这个概念它隐藏在作品的本文规定的某个地方。换句话说,"暗含的读者"对作品的理解,就相当于两极之间的联系的某一点上面的那个读者。我们作为阅读者或者解释者,所要追求的目标,就是尽可能靠近这个"暗含的读者"。当然事实上是不可能达到的,因为这个"暗含的读者"实际上就是一种理想的读者。

> 姚斯主要从文学史的角度来看待文学的接受问题,认为作品之所以具有未定性不仅由于本文结构,还由于时代变迁造成的隔阂。研究文学应设法了解作品的接受过程,即重建当时读者的期待水平,然后考察这个水平与各时代读者水平之间的逐步变迁以及这种变迁对作品接受方面的影响。这种文学史不像过去的文学史那样,以作者、影响或流派为中心,而是集中考察文学作品在接受过程各个历史阶段所呈现出

另一个提倡"接受美学"的学者是罗伯特·姚斯(Hans Robert Jauss),他在《试论接受美学》中,主要从文学史的角度来看待文学的接受问题,也就是各时代的读者怎样理解和鉴赏文学作品。作品之所以有未定性,他认为不光是由于本文结构的问题,还由于时代变迁造成的隔阂。英伽登讲的本文的未定性是在于本文的结构,我们在阅读的过程中不断去填充它,具体实现它。但姚斯认为本文所具有的未定性不光是本文结构的原因,还在于时代变迁造成的隔阂,这有点像伽达默尔的"理解的历史性"的观点。由于过去时代和后代的读者具有不同的历史背景和期待水平,便必然形成阐释的差距,也就是理解的历史性的问题。研究文学应设法了解作品的接受过程,即重建当时读者的期待水平,然后考察这个水平与各时代读者水平

之间的逐步变迁，以及这种变迁对作品接受方面的影响。他的"接受美学"的观点对十多年间的中国古代文学学术研究的影响是非常大的，现在我们看中国古代文学研究的很多题目，叫某某接受史、某某的接受研究，其实我们不客气地说，有的是挂羊头卖狗肉的。有的说某个诗人的接受史，实际上就是把历代诗话里面关于这个作家的评价一条一条罗列出来，然后串上两三句话，叙述一下某某认为陶渊明的诗是怎样，某某又认为陶渊明怎样，我觉得这类研究是比较低层次的。要进行接受史的研究，一定要考察文学作品在接受过程中，也就是说各个阶段所呈现出来的面貌。我们要考虑到这个读者的期待水平与各个时代读者水平之间的逐步变迁，我们要探讨的是这样一个读者的水平、期待水平。比如说杜甫，唐代人期待他，是"李杜文章在，光焰万丈长"，是从文章的角度去期待他；宋代人认为杜子美的诗"善陈时事，律切精深"，从"善陈时事"的角度去期待他；明代人又怎么期待他呢？可能就是"一饭不忘君"这一类的忠义的角度。每个时代对杜甫的期待不同。比如说抗日战争时期，冯至写《杜甫传》，他有一个期待就是通过《杜甫传》的书写，来鼓励国人爱国。所以姚斯还提倡阅读过程中接受者的主动参与，他说："审美经验不仅仅是在作为'自由的创造'的生产性这方面表现出来。"也就是说不光是从作者这方面表现出来，"而且也能从'自由的接受'的接受性方面表现出来"。这句话很重要。这里两个"自由"，一个是作者自由的创造，另外一个是读者的自由的接受，这两个方面形成了一个作品的

来的面貌。(*Toward an Aesthetic of Reception*)

审美的完成。没有读者的接受，光有作者自由的创造，那本文还是不能够实现的，也就是作者在那里唱独角戏，没有人能够理解他，没有人能够欣赏他，没有人能够接受他，创造也就失去价值，所以本文的意义都是要通过读者的解读才能够实现。

再说说什么是"读者反应批评"（Reader-Response Criticism），这个是美国批评家斯坦利·费希（Stanley E. Fish）提出来的。他提出一种"感受派文体学"，认为文学不是白纸黑字的书本，而是读者在阅读过程中的体验，意义也并非可以从作品里单独抽取出来的一种实体，而是读者对作品本文的认识。这一点他和赫施不同，赫施认为意思就是一种客体，他当历史是一种历史的存在。费希认为读者对本文的认识，随着读者认识的差异而变化不定。因此费希宣称"本文的客观性只是一种幻想"。我们后面要讲"同一性的幻想"，就是作者和读者之间达到了一种所谓"同一性"，而实际上在读者反应批评理论看来只是一种幻想。由此看来，他是把批评注意的中心由文学作品的意义和内容逐渐转向读者的主观反应。他的这个观点，我们的文学批评可能是难以全部接受的，我们要有保留地接受。他就是走向另外一个方面了。西方学者有时候就是二元式的，从一个极端走到另外一个极端，追求一种片面的深刻。中国的学者更多主张一种包容、一种融合，就是取其精华、去其糟粕，这样的一种综合性思维。费希的"读者反应批评"过分地强调了读者的主观反应，基本上把作者抛开了。甚至20世纪罗兰·巴特曾经说过"上帝死

读者反应批评

文学不是白纸黑字的书本，而是读者在阅读过程中的体验，意义也并非可以从作品里单独抽取出来的一种实体，而是读者对作品本文的认识，并且随着读者认识的差异而变化不定，本文的客观性只是一种幻想。批评注意的中心由文学作品的意义和内容渐渐转向读者的主观反应。（Literature in the Reader: Affective Stylistics）

了"("作者死了"),19世纪、20世纪初的文学批评,作者就是上帝,一切文学批评应该围绕作者来进行,但是罗兰·巴特说"上帝死了"("作者死了"),那么后来读者就成了中心了,就是作者没有权利来干预读者对你的任意解读。

大卫·布莱奇(David Bleich)认为"主观性是每一个人认识事物的条件"。他认为人的认识不能脱离人的意图和目的,主观性是每一个人认识事物的条件,但人的认识不能脱离人的意图和目的。所以处于同一社会中的人互相商榷,共同决定什么是有意义的、什么是无意义的以及意义究竟是什么。他这个观点对"读者反应批评理论"作了一些补充限制,没有把个人夸大到极端。读者也应该和在同一个社会中的人互相商榷、讨论,来阅读、来看什么有意义、什么没有意义,以及文本的意义是什么。这样同一个社会中的人,就是费希和布莱奇都爱使用的一种概念,叫作"阐释共同体"(interpretation community)。"community"是联合体、共同体。其实这种阐释共同体,我们现在也可以叫作"学术共同体"。由于有了这个"学术共同体"或者"阐释共同体",对于主观性来说,就构成了一种客观的限制和保障。也就是说你的主观性不可以无边无际,而是要得到大家的认可,得到共同体的一致公认,"阐释共同体"就构成了一种客观的保证。你提出一种新的观点大家认可你,你的解读虽然是你个人的反应,但你这个人的反应得到大家的承认,大家不认为你是疯子,这样你就算成功了。如果你的主观性过分膨胀,完全

> 人的认识不能脱离人的意图和目的,所以处于同一社会中的人互相商榷,共同决定什么是有意义的、什么是无意义的以及意义究竟是什么。(*Subjective Criticism*)

> 费希和布莱奇都爱使用"阐释共同体"的术语。对于主观性来说,阐释共同体就构成了一种客观的限制

不管一切社会中的人、一个阐释共同体所定的原则,那么你的主观性会遭到大家的口诛笔伐。"读者反应批评"是通过阐释共同体来限制它的无边无际的主观性。我们写论文也是如此,在创新的同时,也要注意学术的基本的阐释共同体能否接受你的观点。所以说怎样把主观和客观结合起来,怎样理解伽达默尔的历史性和赫施的历史性,我们应该多多思考,怎样走一条更好的道路。

> "读者反应批评"是通过阐释共同体来限制它的无边无际的主观性

第二讲

关于中国文学阐释学方法的"右文说"

下面我想给大家讲一下阐释学当中的"右文说"。这个当然是我自己别出心裁搞的一个总结,但是我觉得这个总结也比较有意义,或许能给大家一些启示。"右文说"的说法最早见于宋代沈括的《梦溪笔谈》。沈括《梦溪笔谈》卷一四有这样一段记载,他同时代的一个人叫王圣美,"王圣美治字学","字学"是什么?"字学"就是文字学,王圣美的字学"演其义以为右文"。"古之字书皆从左文,凡字其类在左,其义在右。如水类",他举了例子,比如水这样的类,"其左皆从水",就是"水"字旁。现在我们都说左文,但王圣美提出右文,右文就是意义不依左边,而依右边,"所谓右文者,如戋,小也",这个"戋"字就是小的意思。"水之小者曰浅,金之小者曰钱,贝之小者曰贱。"当然我们还可以举一反三,比如丝之小者曰"线";还有器皿的"皿",皿之小者曰"盏"。他就举了这些例子,"如此之类,皆以戋为义也"。这就是所谓的"右文说"。

从"右文说"我们可以看出来,这种研究方法和传统的《说文》有点不同。传统的《说文》都是以左边来分类的,以左边分类就是某个偏旁归为一类,比如把"水"旁的归为一类,右边的都不管。我们以前的认识,以为这就是叫形声字。《说文》里面有形声字,认为左边只管形,右边只管声,右边只是声符而已。但这个"右文说"的提出就认为声符里面也有意义,有关这个字的读音部分也是有意义的。我们现在就模仿王圣美的方式,他举的这个"戋"字,我们也可以任何举一个字,比如说"青"字,

右文说

王圣美治字学,演其义以为右文。古之字书皆从左文,凡字其类在左,其义在右。如水类,其左皆从水。所谓右文者,如戋,小也。水之小者曰浅,金之小者曰钱,贝之小者曰贱。如此之类,皆以戋为义也。(《梦溪笔谈》卷一四)

都是跟美有关系,目之美者为"睛",日之美者为"晴",水之美者为"清",米之美者为"精",草之美者为"菁",人之美者为"倩",等等,都可以举一反三。

睪

我们今天要举的是这个字:"睪"。我要从阐释学的角度来给大家讲以这个字为右文的一些字,来进行阐释学方面的一些引申。这个字读"yì",实际上在古代是一个入声字。《说文解字》里面就曾经讲这个字是这样的意思——"司视",段玉裁注:"司者,今之伺字。"即伺机窥视。上面这个"罒"等于把"目"字横起来,是一个眼睛,所以跟观察有关系。《说文解字》的文字方面去看段玉裁的注,可以发现很多文艺学的东西,文学、文论有好多东西我们可以从语言学方面去发掘它、去认识它。我们下面要举的就是以这个字为右文,左边再给它加上偏旁的字,然后我来进行一番解释。

第一节　驿:文献学与阐释学

驿

第一个是"驛",驿站的"驿"。驿站是干什么用的呢?驿站是传递信息的。如果我们把这个"驿"作为一种方法,"驿站"或者"驿使"是传递消息的,那作为文学的研究方法来说,这个"驿"我把它理解为文献学的方法,实际上就是一种传递信息的方法,就是说要提供一种可靠的文学文本。《说文解字》说:"驿,置骑也,从马,睪声。"《说文》解释为"置骑也",我们知道一人一马称为"骑",作动词的时候就是"qí",作名词就是"jì",那

驿,置骑也,从马,睪声。(《说文解字》卷一〇上)

么"驿"之所以从马,因为它是靠一个骑兵送信的,后来发展到也可以用马车,除了马以外还有马车送信,也就是说"驿"就是传递官方文书的马或者马车。这里我们作一下比较的研究。西方的阐释学这门学问最早也叫"赫尔墨斯之学"。赫尔墨斯(Hermes)是古希腊神话里为宙斯传递神谕的一个信使,这个赫尔墨斯,就是一个人长着一双翅膀在天空飞翔的形象。在西方,阐释学德语叫"Hermeneutik",英语叫"Hermeneutics",我把阐释学庸俗化了,德国那个白马王子是不同意我这样的说法的。词源是来自"Hermes",赫尔墨斯就是一个送信的使者,并不是像我们这样的驿站,但是意思是一样的,一个是为神传递信息的使者,一个是官方传递文书的,之间有相通之处。所以说这个"驿","赫尔墨斯之学"如果翻译成中国汉语的说法,我们也可以叫作"驿使之学",就是说是驿使的学问,怎样带信、怎样带到。这里顺便给大家介绍一本书,著名学者张隆溪教授有一本书叫《道与逻各斯》,这本书是由我校中文系冯川教授翻译的。张隆溪现在在香港城市大学任讲席教授,是瑞典皇家学院院士中唯一一个华人。这本书的原作是由英文写成,英文版的封面画的就是天上一个赫尔墨斯,长着一双翅膀在飞,下面是中国的老子,骑了一头青牛在地上走。这是为什么呢?因为赫尔墨斯就代表西方的逻各斯的传统,道就代表了中国的老子"道可道,非常道"这样一种阐释学的传统。那个封面设计非常有意思,不过翻译成中文以后没有采用那样的封面设计。

> 赫尔墨斯之学

> 驿使之学

> 张隆溪《道与逻各斯》

下面我们就说一下中国的文献学、驿使之学和"赫尔墨斯之学"之间有相通之处，都是需要传递信息一定要忠实。那么我们把这个学问推广到中国古代文学作品的信息传递方面，就需要从文献学的角度尽可能恢复文本的原貌。我们中文系就有一个古典文献学专业，也是全国的重点学科。文献学大致说来就是包括目录、版本、校勘、辑佚、辨伪，等等。从目录学入手，了解某本书在每个朝代被记载的情况，也就是著录的情况。目录学需要我们了解《汉书·艺文志》《隋书·经籍志》《旧唐书·经籍志》《新唐书·艺文志》《宋史·艺文志》，还有比如《郡斋读书志》《直斋书录解题》，后来的《文献通考》，以及《四库全书总目提要》，等等，这些文献学的基本知识，我们研究古代文学或者是治古代一切学问的同学都需要了解。其实不光是古代文学，你研究外国文学、研究现代文学何尝不是如此。研究现代文学，你肯定要对新文学史料非常熟悉；研究外国文学，对外国的一些图书的情况也要有相当的了解。因此从目录学入手了解文本的著录情况，从版本学入手了解文本的刊刻情况，这个版本是宋本还是元本，是手抄本还是雕版或者是活字印刷，等等。有的时候同一本书它会有不同的版本系统，比如《水浒传》《红楼梦》，都有不同的版本系统，《文选》也是，有敦煌的抄本，有胡克家的刻本，等等。同样一本经典由于版本的不同，它们的文字就有比较大的区别，那么哪一种版本更接近于原貌、哪些版本是后世书商为了赚钱添进去的内容，这就需要文献学的人进行调查，调查的目的当然就是给我

> 从目录学入手了解文本的著录情况，从版本学入手了解文本的刊刻情况

们传递更准确的有关古代文本的信息。也就是说，要把古代的信息能够全面地、完整地、正确地传递到现代。当然说到版本的流传情况，有时候我们可能会去追求一种绝对正确的原始版本，但同时也要告诉大家，其实不可能找到一个绝对准确的版本。为什么呢？比如说苏东坡的那首《念奴娇·大江东去》，"大江东去，浪淘尽，千古风流人物"，有的版本就说"浪深沉"；还有其他的句子如"乱石穿空"，也有的版本说"乱石崩云"，这种情况的出现就有多种因素，其中有一种因素就是作者自己在不断地改动文本。一个文学家、一个作家，他的作品自己创作了以后，一方面是他会不断地改动，他觉得哪个字还不太好后来就要改动，但是他先前写作的东西已经流传出去了，已经有人把它刊刻了，他后来自己写给其他人的时候又作了改写。另外就是有些作家同时是书法家，就不断有人要求他给一个墨宝，他在写的时候可能就会涂改，或者是忘记了，就用自己新的创作去代替旧的创作。还有一些作家在晚年的时候要编集自己的文集，他就会毁其少作。毁其少作有两种形式，一种是焚烧，把过去的作品干脆就烧掉了；另一种就是改定。关于这个现象，就是关于文学定本的情况，日本有个学者叫浅见洋二，曾经发表过一篇文章就叫《"焚弃"与"改定"》，这篇文章是一次参加会议的论文，后来有中国学者给他翻译过来了，副标题是"宋代别集的编纂或定本的制定"，收录在《文本的密码——社会语境中的宋代文学》这本书中。这个也就是我们版本学研究的问题。我比较欣赏浅见洋二这种研究，就不光是以

> 不可能找到一个绝对准确的版本

前我们传统的版本学研究,以前的研究只是客观地说这个版本作什么什么、那个版本作什么什么,这个版本是哪一年、哪一个书坊刻的,那一个版本是哪一套系统、哪一个人抄写的。浅见洋二是把版本学的问题用一种文学理论去观照它,在《"焚弃"与"改定"》里面就探讨作者的心态和文本流传过程中可能出现的一些变化,这个变化里面有些什么样的其他的信息,他是从这个角度去研究。这里顺便说一下,在我们大家的印象中,文献学是一门非常枯燥的学问,但是文献学也要看你怎样去研究。就拿我们刚才讲的目录学来说,目录学当然很枯燥,但是如果你把不同时代的目录看成是该时代的人们一定的认识水平的体现,是该时代人们知识谱系的体现,这样去观照的话,我们就会通过比较发现:从《汉书·艺文志》到《隋书·经籍志》发生了哪些变化,这些变化里面告诉了我们古人的认识水平、他们的知识谱系发生了哪些改变,为什么会发生这些改变。其实还是有很多可做的课题。

从校勘学入手解决文本的文字问题

刚才我们谈到了目录学、版本学,下面再说一下从校勘学入手可以解决文本的文字问题。校勘学里面,文献有几种校勘的方法:本校、对校、他校,还有理校。本校、对校、他校,都是非常客观的一种校勘,但是还有理校法。这个"校"字读"jiào",其实它和"较"是相通的。前面三种本校、对校和他校,都是属于有版本依据的一种校勘,就是说那个是下苦功夫、笨功夫就可以完成的。但是这中间还是需要有一种理解与解释的能力。我们现在看到最懒惰的,或者也可以说最保守的那些校点者,他们只给你列

本校、对校、他校、理校

出校勘记，列出异文。至于我们一般的读者，肯定只会从若干异文里面选一种。我们写论文的时候，看到校勘记下面写一本作什么、另一本又作什么，那我们怎么办？我们往往就会根据出现在正文里面的字来进行引用，但是有的时候正文里面的字就不如校勘记里面的字合理。所以现在我觉得文献学要突破这个瓶颈，我们不能采取刚才所说的那种做法，只把异文给列出来。那当然是实事求是的态度，但是也是一个很懒惰的态度。我个人认为，你一定要有一个判断，这几个异文里面哪一个字最具有可能性，就是最具有正确的这种百分比，或者说或然率。另外还有一种叫"理校法"。理校法就是没有版本依据，但是又明明知道它错了，你就要根据文本的上下文、根据写作传统、根据相关的知识来对这个错字进行改正。古人一般不提倡理校法，理校法是很危险的一门学问、一种方法，为什么危险？就怕有人学问不够，任意在那里改动古书，说自己是理校法。如果你要采用理校法，一定要有多条证据来证明你的理校是正确的。理校法用得比较多的地方是敦煌卷子这种文字的认定。敦煌的卷子我们知道它的缺损严重，错别字很多，有的时候用同音字或者异体字、乱七八糟的简化字来代替，这样的话你就要用一些文化史、社会学、宗教学等的知识来予以纠正。这方面我的老师、我们学院的项楚教授做得非常好，他的学术成果得到了国际汉学界的公认，称他为最善于阅读敦煌卷子的专家，他能够把大家看不懂的地方读懂，认不得的字恢复到本来的面貌。因此理校法是一定需要的。项老师的成就表面上看起来是文献学的成就，但

> 理校法是一种既不可或缺、又具有危险性的方法

是实际上是他对宗教学、社会学、文化史等非常熟悉，才能够得出一个大家都认可的结论。从校勘学入手解决文本的文字问题，也就是信使、驿使传递信息的一个必要的途径。

> 从辑佚和辨伪的角度入手，解决文本的真伪问题

还有就是从辑佚和辨伪的角度入手，解决文本的真伪问题。"辑佚"就是说有些集子里面没有收这个人的作品，但是在其他方志或其他类书等文献里面记载有本人文集所失收的一些作品。当然辑佚还包括从地下出土的墓碑、墓志铭或者其他的流传到海外去的散失了的一些文献里面，都可以收集到一个作家的一些作品。不过辑佚近几年也有走火入魔的地方，不管三七二十一，不管这个材料来源可不可靠，凡是提到这个人的名字的，就说是他的作品。比如说前几年有一个搞理工科的学者在某个地方的家谱里面发现了苏轼的两篇文章，但是《苏轼全集》里面没有，就兴冲冲拿到《文学遗产》去，《文学遗产》当时有个编辑也不太清楚真伪就给他发表了，发表了以后曾枣庄老师就很生气，进行了大量的辩驳，说这明显就是与苏轼根本没有关系的文章，这个辑佚的文章实际上根本不是苏轼的文章。所以辑佚还需要辨伪。有些书里面鱼龙混杂，这个人的文集里面收了另外一个作家的作品，比如《全唐诗》里面收了宋人的诗作。莫砺锋先生曾经讲过《全唐诗》里面收的宋人作品，如蔡襄的作品就被收到《全唐诗》里面去了，此类的例子还有很多。所以文献整理编集，可以使我们的研究建立在更加可靠的、科学的基础上。比如说你把蔡襄的诗当成唐诗来研究，把它说成是盛唐人的诗，这首

诗表明了盛唐人的什么什么，那完全就错了。文献学研究是古代文学研究的基础，我们很难想象根据错误的文本信息能够得出实事求是的结论，因此这个"驿站"的"驿"字是要给我们一种正确的文本信息。

举个例子来说，十多年前学术界曾经发生过一次比较热烈的学术论争，是关于司空图《二十四诗品》的一场讨论。复旦大学的两位先生陈尚君和汪涌豪，提出了"《二十四诗品》不是司空图作的"这样的一个看法，对司空图的著作权进行了否定。那么这一否定之后，它就会引起中国文学批评史的重写，以前研究中国文学批评史的一些学者就建构了一个体系，从钟嵘《诗品》到司空图《二十四诗品》，再到严羽的《沧浪诗话》，中间一环扣一环，他们好像逻辑搞得非常严密。结果这个《二十四诗品》根本不是司空图的，那么这个所谓的文学批评的体系、大厦一下就垮掉了。垮掉的原因，就是以前写文学批评史的有些作者，有一个先入为主的倾向，即结论在前，自己先建构了一个体系，然后把这些人物往这个体系里面加，这个就是一种违背文献学的研究方法。所以说陈尚君等的辨伪成果足以使文学史和文学批评史重新检视以前构筑的从司空图、严羽到王士禛这样的诗歌理论线索的可靠性。类似的问题其实还有一些，只不过有的影响没有这么大而已。

> 关于《二十四诗品》作者的争论

第二节　译：语言学与阐释学

下面讲第二个字："譯"。"翻译"的"译"，这个"译"

> 译

字当然很好理解,就是翻译原文。那这个"译"字,我把它解释为一种语言学的方法。刚才是文献学的方法,现在是语言学的方法。文学的定义是什么呢?以前最常见的文学的定义叫"文学是一门语言艺术",所以研究文学的人切记不可忽视语言。如果不研究语言,我不知道你文学研究什么。有的人说文学就是人学,那研究人的学问还有很多;有的人说文学就是研究情感的学问,这也不可靠,因为情感,有的人哭和笑、发疯地闹,他的情感比你的文学还要冲动、还要激动,但是那个不叫文学,文学要把情感纳入语言的规范、系统里面来进行创造。所以研究文学首先要注意语言。这个"译"就是一种语言学的方法。我们又来讲《说文解字》,《说文解字》说:"译,传译四夷之言者。"当然,后面就说"从言,睪声"。今后我们去看《说文解字》的时候,"从"什么什么,都是指它是属于那个偏旁的,"睪声"就是它属于右边的那个读音。《说文解字》没有注意到右边读音其实也是有意义的,所以后来清代有一个学者,研究《说文解字》的专家叫朱骏声,就写过著作叫《说文通训定声》,这是一部非常重要的著作,它可以说就是对"右文说"的一种系统的、科学的发明。中国治《说文解字》的学者有几个很著名的人物,段玉裁的《说文解字注》是非常好的著作,另外就是朱骏声的这部著作也值得一读。"传译"的"传"可以说就是运输,"译"就是翻译,"传译"就是运输和翻译。运输刚才讲了,实际上驿站就是担任了运输的任务;但运输了还要翻译,都有一个由此及彼的转换问题。"运输"就是把

> 研究文学首先要重视语言

> 译,传译四夷之言者。(《说文解字》卷三上)

东西从此处搬到彼处。而"翻译"也是把此种语言翻译为彼种语言,都有一个转换问题。在英文里面也非常有意思,英文的"运输"和"翻译",它有同一个前缀,就是"trans-","transport"、"translate",它前面都是一个转换,翻译"translate"是语言的此处到彼处,那"transport"就是运输了。这非常巧合,都有相同的词源,也就是说中国所谓的"传译",就相当于把英文的"运输"和"翻译"这两个词都包含进去了,这是非常有意思的。各个民族的文化有相通之处,我们当然是说指那种发展比较成熟的文化,原始部落就可能没有这样的词。比如像二希(希伯来、希腊)和中国这样的国家,文化深厚,中间可以作一个文化与文化的比较。我们刚才讲了"翻译",讲了"驿使",中国古代还有一种驿使,就是专门坐着马车四方寻求方言的驿使,这叫"輶轩使者",中国有一种使者坐着马车代表中央到四方去考察方言,这样的使者坐着车,叫"輶轩使者"。汉代四川的一个大学问家扬雄就写过一本书,全名叫做《輶轩使者绝代语释别国方言》,由于书的名字太长了,所以现在一般简称《方言》。这是什么意思呢?其实就是扬雄把一些方言用当时的官方普通话进行了解释,"輶轩使者"就是代表朝廷专管别国方言的翻译。"解释"的"释"其实就是"翻译"的"译"。我们刚才讲到的运输者就是驿站的使者,如果是外国的信息传递给本国人的时候,你把外语传递给大家,大家不知道,所以这个使者在传递信息的同时,就自然而然要把它翻译成本国人能够理解的东西,所以说信息的发出者和接受者如果属于不同的语言系统，那么信息的传递者就要承担翻译的任务，信息的发出者和信息接受者这两种不同的语言系统的人，通过他的翻译而沟通起来。这个就是"译"。古代把周边的叫四夷，我们在中。现在管"四夷"事务的都统称外交部了，古代就不是这样子，它要分管，比如说在《礼记·王制》里面，"五方之民，言语不通，嗜欲不同，达其志，通其欲"，东方的这个译官叫作"寄"，管南方的叫作"象"，管西方的叫作"狄鞮"，管北方的叫作"译"。本来这个"译"只是中央通四方的其中之一而已，但后来中国对外战争最多的时候其实是跟西北方，东南方基本上没有什么边患，东南方的那些民族后来很多都归化了，西北方那边就不一样，经常跟中国打仗，所以后来北方成了主力了，经常要和外国人打交道，就用这个"译"字代表了所有的翻译活动。所以后来的"译"就不像《礼记·王制》里面说的只管北方，而是东南西北都管了。这个叫作"译"。

我们现在进行古代文学研究，研究的对象是古典的文言文，或者古代的诗词，包含了格律、各种用典，等等。很多难以理解的东西，比如说古典的文言文与现代的白话文之间、古代的旧体诗和现代的新诗之间、古典诗词和现代诗歌之间有语言的隔阂，这样的隔阂就需要翻译。古代文学的研究者就理应作为一个翻译者，或者是"輶轩使者"，这就需要我们能够自由地穿梭于古典与现代两套语言系统之间，要自由地穿梭就得将语言学的方法运用于文学作品的整理中，主要就是文字的训诂和词语的笺注。现在各个出版社经常会组织一些学者,有些学者就会组织一些学生,去搞这些普及性的读物,比如说有些古典文学作品有所谓的今译,有某名著的今译,还有选注这一类的书籍,就是这条路子——语言学的路子。不过有些今译和选注对语言学的方法重视不够,因此有些解释非常离谱,或者是不准确,用语言学的观点来看,就是残缺的、不对应的。本来古典是这样,他却翻译成那样,完全走样了。我曾经写过一篇文章,就是纠正学术界有关苏轼的一篇文章的翻译,苏轼的这篇文章叫《潮州韩文公庙碑》,我们四川大学编的《中国文学》的第三册《宋金元卷》收录了进去。这篇作品我就是遵循自认为是正确的一种方法去进行解释的。《潮州韩文公庙碑》最后有一段歌辞。这种碑文最后一般都有一段铭文,铭文都是歌辞的形式。苏轼这篇《潮州韩文公庙碑》用的其实是柏梁体七言古诗的形式,句句押韵。其中有三句就是评价韩愈的文学成就,这三句句句押韵——"追逐李杜参翱翔","李杜"当然是李白、杜甫,就说这个韩愈呢,他和李白、杜甫可以说是并驾齐驱而为三,这个"参"当然也可以是"三"的意思,就是参天地,就是说人和天、地三才,"参"其实有"三"的意思在里面,就是说韩愈和李白、杜甫并驾齐驱而为三,在天上"翱翔";下面"汗流籍湜走且僵",这个"籍湜"是韩愈的弟子张籍和皇甫湜,"走且僵"这个"走"是"跑"的意思,跑得一直跑不动了,"僵"当然就是倒地了,跑得累倒了,这是一个形象的说法,因为韩、李、杜在天上飞,籍、湜在地上跑不过;最后"灭

> 追逐李杜参翱翔,汗流籍湜走且僵,灭没倒景不可望。(《潮州韩文公庙碑》)

没倒景不可望"这句话的解释,"倒景"通"倒影",我看到有几种苏诗的选本,是这样解释的,说张籍、皇甫湜等如同倒影一般容易"灭没",难以仰望韩愈日月般的光辉。意思是说"灭没倒景"四个字是指张籍和皇甫湜就像太阳要下山的影子倒映在水中,他们"不可望"如日在中天的韩愈。但是这样解释的话它要增加很多诗句中没有的内容,从古代汉语上来说叫"增字为训","增"的什么字?"不可望"后面明明没有宾语了。他就要加上一个"不可望韩愈日月般的光辉",那么"韩愈日月般的光辉"文本上面没有告诉我们。这几位翻译者、解释者就给我们加进了这些东西,那这种情况出现的原因是什么呢?我认为就是没有从语言学的角度去认真地理解这几句话。这种翻译就是有增字为训之嫌,令人费解。其实这个问题很容易解决,这就需要我们去查字典,其实查一下字典就一切问题都解决了。一般的《汉语大词典》或者《辞海》《辞源》上面都有这样的解释,"灭没"两个字,除了容易灭掉、没掉之外,其实还是一个形容骏马跑得快的典故,"灭没"最早出自《列子》,《列子》里面就说"天下之马",天下的骏马,"若灭若没",跑得快,有时候影子都看不到了,那么后来"灭没"这两个字就成了骏马的代称,比如说颜延年的《赭白马赋》、李白的《天马歌》,还有好多人的有关咏马的诗、咏马的赋,都会用"灭没"这个词。比如李白的《天马歌》:"兰筋权奇走灭没。""走"就是跑,"走灭没"就是跑得很快,"灭没"是这样理解的。那么"倒景"是什么呢?"倒景"除了指水中的倒影以外，还有天上的"倒景"的意思，在扬雄的《甘泉赋》、司马相如的《大人赋》里面都有写到，《淮南子》里面也有。"倒景"是什么意思呢？就是天上极高之处，高得要下视日月，日月看上去影是倒的，也就是说在太阳的上面、月亮的上面往下看，一切影子都倒了。"倒景"这两个字，大家都习惯于用来形容很高的地方，它在汉赋里面和其他的游仙诗里面都有。这就是一个文学的写作传统、一个典故。苏轼的歌辞一开始就把韩愈比成一个仙人："公昔骑龙白云乡，手抉云汉分天章，天孙为织云锦裳。飘然乘风来帝旁，下与浊世扫秕糠。"也就是说韩愈是天上的神仙下凡，是上帝要派他来为污浊的世界扫除这些污泥浊水。整首歌辞充满了浪漫主义的思想，苏轼是仿照游仙诗来写韩愈的。如果我们把这个传统丢掉，把"倒景"理解为像太阳要下山的倒影，那就完全错了。因此这三句作为一个完整的意义，就应该这样来讲："灭没"两个字对应"汗流籍湜走且僵"，"倒景"这两个字是对应"追逐李杜参翱翔"这一句，"倒景"就是飞得很高，跟李白、杜甫一样"参翱翔"，这三句就成为一个完整的意群。我们可以作这样的翻译：韩愈的文章可以与李白、杜甫并驾齐驱、并翅翱翔，张籍、皇甫湜之辈竭尽全力也难以赶上，如同"天马"之疾，令其望尘莫及；如同"倒景"之高，令其不可仰望。"不可望"实际上是指不可望"倒景"和"灭没"，它是一个倒装句。张籍、皇甫湜"不可望"韩愈的"灭没"和"倒景"，"灭没"和"倒景"指的是韩愈，而非张籍和皇甫湜，也就是说他们再怎么跑也赶不上，我们现在有一个词叫望尘莫及。不可望"灭没"，还有"倒景"这么高，也是不可仰望的，因为他们是在地上走。

> 连文、互文、修辞惯例、写作传统

这个例子说明我们只有注意到古代文学作品的词语本义，还有就是连文、互文、修辞惯例，除了本义以外，还有连文、互文这样的一些关系，以及写作传统、修辞传统、修辞惯例，才能够对其意义作出准确的翻译。"连文"是指context，我不喜欢翻译成"语境"，因为它是从"本文"（text）衍生出来的，"互文"（intertext）也是如此。翻译应该按"文"这个序列来翻：本文、连文、互文。

第三节 释：文学与阐释学

> 释

第三个字就是解释的"释"，解释分析作品，我们说这个就是文学的方法。第一个是文献学的，第二个是语言学的，这一个就是文学的方法。文学的方法就是赏析作品的文学意义和价值。《说文解字》对"释"字也有一个解释：

> 释，解也。从釆，采取其分别物也。（《说文解字》卷二上）

这个字不读"cǎi"，读"biàn"。"釆"字和"采"字不一样，"采"字是一只手在木头上面抓东西，"釆"字那一竖是通的，"釆"是一个部首，比如说还有我们现在常用的一个字"審"（审），"审查"的"审"，在古代它也是属于"釆"部的，所以这个"釆"作为左边偏旁"左文"，就有分别、解释的意思，就是我们说的剖析、分别、区分。所以说解释的"释"除了"解释"的意思以外，还有"分析"的意思在里面。"释"是一种翻译,它和翻译是相通的。我们这里讲的南朝梁僧祐编的《出三藏记集》的卷一收录了一篇文章《胡汉译经音义同异记》,"译经"指的是译佛经,佛经是从印度梵文翻译过来的,除了梵文以外还有西域各种文字,也有巴利文等其他的文字,胡文指的是西域的各种版本,汉本就是汉译佛典,这些译经就是不同的翻译,比如说西域的各国和当时的中国(魏晋南北朝时期的后秦翻译的秦言),是有一点不同的。在讨论这个问题的时候,僧祐就这样说:"译者,释也,交释两国,言谬则理乖矣。"这里是说翻译也就是一种解释,翻译的解释也是要集中到语言方面的,语言错了,那么道理也就错了。"理乖",乖谬。就这一点来说,德国哲学家伽达默尔和僧祐的看法是大致相同的:"每一种翻译同时是一种解释。我们甚至可以说,翻译就是翻译者对先给予他的语词所作的解释的完成。"这个观点见于他的著作《真理与方法》,也就是说中国5、6世纪的僧祐和西方20世纪的伽达默尔对这个词语的看法是相同的,"翻译"就是"解释","解释"就是"翻译",是对不同的语言词语所作的解释。"释"就是阐释学的核心任务,也是古代文学研究的核心之一。凡是文本字句的注释、结构的解释,还有意义的诠释,都可以纳入"释"的范畴。比如说南京大学的教授程千帆先生和他的学生莫砺锋、张宏生这几位教授合著的《被开拓的诗世界》,这一本书是有关杜甫作品的阐释,对杜甫的各种各样的诗进行了非常精彩的文学赏析,用系列论文的形式,从各个方面揭示了杜甫的艺术规律以及在文学史上的价

> 每一种翻译同时是一种解释。我们甚至可以说,翻译就是翻译者对先给予他的语词所作的解释的完成。(*Truth and Method*)

值,这个就非常具有文学阐释的示范性。读学者的著作,你要读那些比较经典一点的,叫"取法乎上"。我们之所以要给大家讲文学的典范性,就是大家在研究的时候,看学术著作的时候,要"取法乎上",学习大家公认的文学经典,不要看到任何的东西你都去转抄。

> 伽达默尔把解释文本看作解释者与作者之间的对话

另外这个解释的"释"按照伽达默尔的观点来说,它就是一种解释者与作者之间的对话,他们对在对话中要出现的事物所具有的理解就必然意味着他们在对话中已经获得了某种共同的语言。这句话是什么意思呢?就是说我要和你对话,我们两个要在同样一个层次上面,要不然牛头不对马嘴,大家能够产生对话的对象一定是有一种共同的语言。也就是说我们要研究古代文学作品,要具有一种对话的资格。你要对古典文学进行研究解释,首先要对古人的语言有深入的掌握。所以我在文学研究的时候仍然强调语言,因为语言是一种存在的家园。我们现在的网络语言就是我们网络存在的一种家园。我们在网上灌水拍砖,还有乱七八糟的字的发明,不断有新的东西出来,那就是一种网络语言,是我们新的存在。但是,古代文学作品有它的存在,语言就是它存在的家园,也就是说对古人语言的理解也就意味着对古人存在的理解。我们举个例子:谈到宋代诗论的时候,我们会遇到"以禅喻诗"的问题,"以禅喻诗"其实就是当时宋代文人士大夫的存在在诗论里面的反映,如果你对宋代的禅学没有比较深入的理解,那么你对"以禅喻诗"的具体所指就会存在隔膜。比如说,如果你不知道南宋的时候,禅学的宗派纷争,你就不明白严羽的《沧浪诗话》中"临济下"和"曹洞下"何以有高下邪正之分。严羽说"学汉魏晋与盛唐诗者,临济下也;学大历以还之诗者,曹洞下也",是说学两种不同的古人的诗,就分成"曹洞"和"临济"。关于这一点,严羽生活的南宋时期"曹洞"和"临济"是有宗派的斗争的。严羽他自己是参"临济禅",所以他认为"临济"比"曹洞"要高,学"临济"的人就要比学"曹洞"的人高明,这是严羽他自己公开声明过的。但是关于这一点,明代、清代的一些学者不理解,对严羽的《沧浪诗话》作了纠谬,冯班所作叫《严氏纠谬》。钱谦益、冯班等人都批评严羽,认为严羽不懂禅学,"临济"和"曹洞"本来都是南宗的"禅",应该是一个等级的,但是严羽把它分成不同的等级,就说明严羽完全不懂禅。但是我们这里要说的是,钱谦益和冯班不懂南宋的禅学语境,因此对严羽有这样的误解。包括后来的郭绍虞、钱锺书先生他们也有同样的误解。也就是说,没有对南宋时期禅学的宗派纷争、宗派立场作全面的考察,没有对南宋士大夫存在的家园的理解,解释就会出现一些偏差,甚至一些错误。比如说在严羽的《沧浪诗话》里面,"曹洞下"就是邪,"临济下"就是正——只有在严羽的立场带有偏见的情况下才可能有这样的认识。钱谦益等人是从后来的宗教史这样的一个立场,认为两边都是正禅不是邪禅,所以双方缺乏一种对话、一种理解,也就没方法很好地解释了。

又比如,《沧浪诗话》里面提到"羚羊挂角"。严羽说盛唐诸人的诗"惟在兴趣,羚羊挂角,无迹可求"。如果你对"羚羊挂角,无迹可求"这八个字没有很好的理解的话,就会误认为严羽说的"兴趣",就是那种含蓄朦胧的神韵,其实不是这样。"羚羊挂角,无迹可求"是禅宗用来比喻语言透明,让你抓不住语言的痕迹。羚羊在树上睡觉,下面的猎狗找不到羚羊的痕迹;语言也是这样,有的话让你感觉不到语言的存在,你感觉到的只是它的意思,那么严羽就认为"盛唐诸人,惟在兴趣",我们读他们的诗,感觉不到语言的存在,我们直接感觉到的就是他们的"兴趣"。比如说读李白、孟浩然的诗,读的时候没有任何语言的障碍,直接就看到他们的真性情,"兴趣"就是感兴的趣味。所以严羽的《沧浪诗话》推崇的最伟大的诗人就是李白和杜甫,他认为李白和杜甫都达到了这样的境界。但是后来的学者对"羚羊挂角,无迹可求"类似的这些语言没有很好的理解,于是他们就分析"兴趣"就是神韵,因此误认为神韵就是以王维、孟浩然为最高标准。但其实严羽的《沧浪诗话》根本不提王维,王维在《沧浪诗话》里是没有地位的,所以王士禛建构的"神韵说"把王维诗推为最高境界,而且认为是严羽的说法,那是完全误解了严羽。

第四节 绎:文艺学与阐释学

下面我们讲第四个字:"繹"。《说文解字》:"绎,抽丝也。从糸,睪声。"我们的思维也是像丝一样,我们把它抽出来,我们的研究也应该像抽丝一样,有一种逻辑的抽象的能力、逻辑的推演的能力,所以说"糸"旁

> 绎
> 绎,抽丝也。从糸,睪声。(《说文解字》卷一二下)

的"绎",我把它称作文艺学的方法,从抽丝可以引申出探究、寻求、推究之意。逻辑学里面有两种方法,一种叫归纳法(induction),一种叫演绎法(deduction)。当然中国古代不讲西方这种逻辑学,但中国古代也有"演绎"这样一个词。我们可以把它称为创造性的阅读、理解与解释。在掌握原文信息的基础上,充分调动"自由地接受"的审美经验。德国哲学家施莱尔马赫曾经提出这样一种说法:"与作者一样甚至比作者更好地理解其语言。"按照这样的方法,就是说一部作品作成以后,它已经不属于作者自己了,每一个读者可以在作者原文的基础上进行自己的理解和解释,甚至有可能把作者自己都意识不到的东西挖掘出来。清代有一位词论家谭献,曾说过一句话:"作者之用心未必然,读者之用心何必不然。"也就是说读者有权利对作者的原意进行进一步的演绎、深化。古典文学对现代文艺学的价值也因为这个"绎"字而得以实现,就是因为演绎才能实现古代文学对于现代文艺学建构的价值。我们又讲到程千帆先生,在张伯伟编纂的一本书《程千帆诗论选集》里面,收录了几篇文章,就是程千帆先生在阅读古典诗歌的时候总结出来的一系列的规律,这些规律有哪些呢?就是一系列抽象的诗学概念,比如说程千帆先生用具体的作品作为例子,"形与神"、"曲与直"、"物与我"、"同与异"、"小与大"、"一与多",他总结出古典诗歌的描写里面这样一些两两对举的因素、矛盾的因素怎样辩证统一地形成一种艺术辩证法。他演绎出来的这些观点,在古人的诗话里面没有提到过,现代的西方文论著作里面也没

> 与作者一样甚至比作者更好地理解其语言

有提到过,他就是通过读文学作品,自己抽象演绎、总结出来的。其实我们的研究也可以自己大胆地去总结、提升、演绎。程千帆先生曾经说过这样的话:"我们不仅要研究古代的文学理论,也要研究古代文学的理论。"这两者有哪一点不同?"古代的文学理论"、"古代文学的理论",文字顺序有一点变化,这个概念大家怎样理解?比如说刘勰的《文心雕龙》、钟嵘的《诗品序》,还有严羽的《沧浪诗话》,等等,叫"古代的文学理论"。但是光有这点研究是不够的,"古代文学的理论"就是从古代文学里面抽象出的、自己总结出来的理论。除了程千帆先生以外,还有一位我们敬重的大师钱锺书先生,他曾经从中国文学作品里面总结出一种文学理论,叫"通感"。"通感"这个概念就是钱锺书在阅读了大量的古代作品的基础上,发现中国古代有这样的一种描写的传统,而这种描写传统古人没有提到过,西方文艺理论也没有提到过,因此他把它总结出来,这个叫"古代文学的理论"。又比如说朱自清先生,是现代散文大师,同时也是一位文学研究的专家。他晚年成了一位学者,曾经写过一篇文章,叫《论逼真与如画》,副标题是"关于传统的对于自然和艺术的态度的一个考察"。他说咱们中国人看到一幅画的时候就会说"这幅画好逼真啊!"看到一处风景非常优美的时候就说"这个风景如画一般"。就是从中国古人的这些说法里面发现、提升出来一种对待自然与艺术的态度,一种是艺术模仿自然,一种是自然模仿艺术。"逼真"就是艺术模仿自然,"如画"就是自然模仿艺术,这是朱自清提升出来的,提升出来以后他还进一步讲,到底是"逼真"出现早,还是"如画"出现早。也就是说古人到底是最早提倡艺术模仿自然,还是最早是提倡自然模仿艺术,他就演绎开来。这就是一种研究、一种文学的解释,他把那些材料提升到一个文艺学的层次。把古人并未自觉意识到的艺术的原则抽绎出来,我们可以说在抽绎的过程中能够获得很多乐趣,我们大脑的一种创造的乐趣。我们不光是跟着古人的脚步走,我们也在发现他们,重新塑造他们。另外"绎"字的一个含义是"抽丝",中国古人的诗话是用文言文写成的,还有《文心雕龙》是用骈文写成的,跟我们现代的学术语言都有一定的距离,我们怎样用现代的学术语言把它里面的内容精彩地讲出来,这也是一个"绎"的过程,就是"抽绎"出来,古代文学研究者使用现代学术语言阐释、揭示其理论价值的过程也就是演绎的过程。

第五节 择:阐释共同体的公论

最后还有一个字"择"。"择"是观点抉择,这就要用逻辑的、理性的态度在若干种学术观点里面选择一种最能被学术界认可的公论。前面四个字最后都要落实到这个"择"上面,因为前面四种文献学的方法、语言学的方法、文学的方法、文艺学的方法,都可能有几种情况会摆在我们面前,我们到底选择哪一种呢?"择"在《说文解字》里面的解释是:"择,柬选也。从手,睪声。"古代文学作品的解释,特别是诗歌的解释,会出现"仁

择

择,柬选也。从手,睪声。(《说文解字》卷一二上)

者见之谓之仁,智者见之谓之智"的这样一种有不同观点,或者很多观点同时存在的情况,这种情况也被称为"诗无达诂"。但是这并不意味着阐释者可以自由无拘地大放厥词,因为在众多的阐释中,总有一种阐释最具有或然性,最接近信息发出者也就是作者的本意。美国哲学家赫施认为,只有回到作者原意的阐释才具有有效性。那么怎样才能够从众多的解释中找到最具有或然性或者是可信性的解释呢?这就需要选择,"选择"的"择"可以说就是择善而从。那什么叫"善"?什么是阐释活动中的"善"呢?我们把它称为"公论",就是你说出来以后大家都被你说服,都认可你的观点,这就是"善"。我们说的这个"公论"并不是一般普通人的公论,我们所说的"公论"是具有学术训练的、同一个学术圈子里面的这样的一个"公论"。这个"学术圈子"西方叫作学术共同体,也可以叫阐释共同体,我们现在就叫作学术界。当然有的学者的解释也许能够获得公论,但他的公论在学术界是不被承认的。有些讲坛为了现实的需要,为了政治的需要,或者是为了娱乐大众的需要,有意识地"戏说"什么、"大话"什么,这一类的东西学术界就对其不承认。所以说学术界一定要有学术界的共同体,共同认可的一些基本逻辑、原则。

我们下面再举一个例子,大家熟悉的唐代诗人崔颢的《登黄鹤楼》,现在通行的版本那首诗的头两句是:"昔人已乘黄鹤去,此地空余黄鹤楼。"但是有文献学精深的学者根据敦煌的写本,还有唐宋时期编的选本,就认为第一

> 在众多的阐释中,总有一种阐释最具有或然性,最接近信息发出者也就是作者的本意

句是"昔人已乘白云去",然后是"此地空余黄鹤楼。黄鹤一去不复返,白云千载空悠悠"。"黄鹤"和"白云"出现两种版本的争论。有一个年轻学者比较了各种各样的版本,的确在敦煌本里面是作"白云",但是宋代也有唐诗选本和诗话作"黄鹤"。这个学者发现,"乘黄鹤"的故事至迟在唐代已出现,方志也有记载,并非后人附会。他在版本的考证以外,提出了这样的一个观点:旁证。因为光是比较两个版本谁也无法说服对方。我们知道有这样一个故事,李白到了黄鹤楼以后,看到崔颢的黄鹤楼的诗,"眼前有景道不得,崔颢题诗在上头"。但是李白一心想超越崔颢,所以李白后来写过两首七言律诗,都是模仿崔颢的这样的写作方式,一首叫做《鹦鹉洲》,一首叫作《登金陵凤凰台》。《登金陵凤凰台》是一首七言律诗,他模仿崔颢的痕迹非常浓:"凤凰台上凤凰游,凤去台空江自流。吴宫花草埋幽径,晋代衣冠成古丘。三山半落青天外,二水中分白鹭洲。总为浮云能蔽日,长安不见使人愁。"特别是中间"白鹭洲"这一联,跟"晴川历历汉阳树,芳草萋萋鹦鹉洲"差不多,而且最后"长安不见使人愁"也跟"日暮乡关何处是,烟波江上使人愁"很相像,模仿的痕迹非常明显。提倡"白云"的那一派学者就认为崔颢不会出现三个"黄鹤",他肯定是一边"黄鹤",一边"白云",怎么会出现三个"黄鹤",不通,而且对诗歌来说意象不好。那位年轻学者就从李白的诗里面出现了三处"凤凰"——"凤凰台上凤凰游"、"凤去台空",还有李白的《鹦鹉洲》诗出现三处"鹦鹉",来旁证三个"黄鹤"的合理。当然我们不能说这个学者的观点就一定正确,但是可以这样说,他比纯粹的版本研究提出更多其他证据,所以其观点更具有可信性,更具有或然性。

选择的目的就是我们对学术要保持一种严肃的态度,一种严谨的、学术的、科学的、理性的态度,不要让学术成为"戏说"、"大话",那是娱乐圈的,不是学术界的。顺便也说一下,娱乐圈和学术界还有一点不同,如果把娱乐圈的评判标准诸如点击率、曝光率之类移植来评判学术成就,也就是引用率来评价一本书、一篇文章的学术价值的高低,那就非常可笑了。古代曾经有一个故事,是宋玉讲的,就是说郢人唱《下里》《巴人》的时候,国中跟着唱的有几千人;唱《阳春》《白雪》的时候,国中跟着唱的只有几十个人了。他就得出一个结论:"曲愈高,和愈寡。"所以学术界的评判标准和娱乐界刚好相反,娱乐界里越是"下里巴人",那么受众就越广泛,几千人、几万人都来了,但是如果学术界要按照这个去要求它,是不可能的,学术界有时候是寂寞的,寂寞就需要守住它的底线。我们不能因为我们寂寞就也"大话"、"戏说"去吸引眼球,那是不可取的。

余 论 怿:学术研究的心态

以上讲了中国古代阐释学的"右文说",讲了五个字,五个字的右边都相同,最后再讲一个字是我补充的字,这个字不是一种方法,是一种心态,学术研究的心态,这个

字是"怿"。学术研究一定要有"怿",除了那五个字以外 　怿
再加上快乐的学术态度,这就是我们当前的博士生所需要
的一种方法和心态。你如果不怿就不要来考博,不要来读
研,一定要从中间得到快乐、愉悦,这个"怿"就是愉
悦、快乐的意思。除了学问我们还有人生,人生和学问要
很好地结合起来,要愉快地学习,要诗意地栖居,诗意地
治学,不要把学术当成好像受苦受难一样。如果你没有一
个好的态度,搞学术可以说是一条很清贫、很寂寞的道
路,但是如果你在这个工作中得到了快乐和愉悦,这就非
常好。这个愉悦就是说我自己实现了人生的价值,我觉得
我能够读书、写书,让我来完成我喜欢做的事情,对于学
者来说,人生的快乐莫过于此。

第三讲

诗歌、诗人与解释者的关系以及解诗原则

第一节　诗言志——定义述略

我们先简要看一下关于"诗言志"的各种说法。首先看《尚书·尧典》中的这条材料（《十三经注疏》本在《舜典》里面，但据清代的学者考证应该是《尧典》）："诗言志，歌永言，声依永，律和声。八音克谐，无相夺伦，神人以和。"这里的"诗言志"，实际上当时是诗、乐、舞三位一体的，它后面谈到的"歌永言，声依永，律和声，八音克谐"是音乐问题。"八音"就是所谓的金、石、丝、竹、土、革、木、匏八种乐器。"克谐"，就是能谐，和谐的"谐"。我们去看古代出土的那些编钟，和其他乐器摆在一起，就会成为一个古代音乐的体制，"八音克谐"就相当于古代交响乐队的配器。"金"就是钟这一类的，"石"是磬这一类的，"丝"是琴瑟，"竹"是箫管，"匏"是笙，"土"是埙，"革"是鼓，"木"是指柷。八种乐器就相当于我们现在去听交响乐，首席小提琴，琴瑟这一类的肯定是排在最前面，编钟就排在最后，声音就有一个排列顺序的问题，如果把大提琴排在最前面，把小提琴排在后面，音乐就不和谐了。所以说"八音克谐，无相夺伦"，"伦"就是次序、伦理，不能把它们的次序搞混。这样的话，诗、乐、舞献给神的时候，就能做到"神人以和"。郑玄注"诗言志"云"诗所以言人之志意也"，就多出一个"意"字，"志意"或者"意志"这个说法，在春秋时期没有这样的连用，在战国晚期和汉代的时候，"志"和"意"差不多就通用了。"永"，就是"长"的意思，"歌永

> 《尚书·尧典》："诗言志，歌永言，声依永，律和声。八音克谐，无相夺伦，神人以和。"郑玄注："诗所以言人之志意也。永，长也，歌又所以长言诗之意。声之曲折，又长言而为之。声中律乃为和。"

言"就是"歌长言",歌就是把诗的声音、节奏拖长了,节拍变缓了。"歌又所以长言诗之意"就是"歌永言"的意思。"声依永"就是歌的声音之曲折,"又长言而为之"。最后"声中律乃为和","律"指音的高低,五音不全的人唱歌,我们四川话叫作唱的歌是"左"的,就是他的声没有中律。"律"在中国一共分为十二律,十二律又分为六律、六吕,六律是阳,六吕是阴,十二律对应十二个月。十二律吕实际上是绝对音高,相当于西洋音乐里面的C调、D调等。可能同学们还会问十二律和五音的关系。五音是宫、商、角、徵、羽,五音是相对音高,十二律是绝对音高。学过钢琴或者其他乐器的人就知道,调弦的时候要定一个音准,十二律就是每一个调子。我们去看乐谱的时候,它都会标明是什么调,在中国古代就是什么律,也就是后来元曲中的某某宫,宫调。宫调就是这个唱腔给你定高低了。所以"声中律乃为和",声音要配合律,你的音高要和标准的音高相配合。关于中国诗学里面的"和"字,我们也顺便说一下,中国的诗歌,很多险怪的诗是不会被人喜欢的,过分伤感的也不会被喜欢,一般儒家评价诗歌以"和"为一个非常重要的标准,当然这个"和"和温柔敦厚等都有关系。《礼记·中庸》里面就谈到一个概念"中和",它是这样解释的:"喜怒哀乐之未发,谓之中;发而皆中节,谓之和。"喜怒哀乐在人的心中还没有表现出来的时候,在心中就已经把它都调和过的,叫作"中";发出来以后"皆中节",这个"中节"就有点像"中律"的意思,发出来它是这样和谐,就是"谓之和"。也就是

第三讲 诗歌、诗人与解释者的关系以及解诗原则

说我们喜怒哀乐的感情要通过人的节制调节，在心中就把它调节好，发出来的时候它就是和谐的一种表现。

《尚书·尧典》说到的"神人以和"，这个"和"或者"律和声"的"和"，主要还是指音乐方面的和谐，但在中国诗、乐、舞和人的心是相通的，声乐的和谐、诗乐的和谐跟人的性情和谐也就相关了。《中庸》是《礼记》里面的篇名，《大学》《中庸》后来就成了"四书"里面的两部了。《史记·五帝本纪》把"诗言志"改为"诗言意"。《史记·五帝本纪》好多是根据《尚书》里面的原始材料来改写的，有的时候直接抄写，有些字有点不同。字的变化有时候就反映了先秦和汉代这两个时代古代语言和现代语言的区别。所以《史记·五帝本纪》和《尚书》之间的关系是非常有意思的。《礼记·檀弓》"子盍言子之志于公乎"，这个"盍"字就等于"何不"，这一句郑玄的注是："志，意也。"这在《说文解字》里面也是"志，意也"，解释"意"的时候，又说"意，志也"，这两个字差不多就相通了。但是据我考证，在先秦时代，"志"的用法和"意"的用法是不一样的。《左传·襄公二十七年》："诗以言志。"《礼记·乐记》："诗言其志也。"《荀子·儒效》："诗言是其志也。"《庄子·天下》："诗以道志。"朱自清在他的论文《诗言志辨》里面就对这个问题作了详细的讨论。关于朱自清，我们当然知道他的《荷塘月色》《背影》《桨声灯影里的秦淮河》，他在晚年成了古典文学研究的专家。上海古籍出版社出了他的论文集《朱自清古典文学论文集》（上、下册），里面就收了这篇《诗言志辨》。

> 《礼记·檀弓》："子盍言子之志于公乎？"郑玄注："志，意也。"

他把"诗言志"称为中国诗学的开山纲领,这句话是很有道理的。我们看《说文解字》言部:"诗,志也。从言,寺声。"现代语言学家杨树达在《释诗》(见《积微居小学金石论丛》)一文里面根据《韵会》所引的《说文》补入了"志发于言"四个字,补进去以后就变成了"诗,志也。志发于言,从言,寺声"。"志发于言"就是诗,篆字的"𧥺"(诗)右边是一个"寺",左边是一个"言","㞢"(志)篆字下面是一个"心","寺"和这个"志"读音都一样,也就是说"诗"是"志发于言"的意思。那么"㞢"这个字读成"之",也读成"停止"的"止",闻一多把它读成"停止"的"止",就是说"止于心上",是停留在心上的意思,也就是"记忆"的意思,即把它记住。所以说"志"就有"记忆、记载"的意思,我们知道《左传》里面经常有"志有之"的说法,比如"志有之:'言之无文,行而不远。'"后来历史记载的图书也称为"志",比如《三国志》。但是这个也可以读成"之","之"就是到哪里去,就是心里想去的地方,"心之所之也","志之所之也","志"就是"心之所之"。"心之所之"就是所谓的意向,就相当于意之所向。所以说"志"就有志向、意图、愿望的意思,诗是表达人的意图的,用语言来表达人的心之所之的,所以它可能就有这样两方面的含义。

段玉裁的《说文解字注》解释"诗"这一条的时候,引用了很多材料,《毛诗序》曰:"诗者,志之所之也。在心为志,发言为诗。"段玉裁在注解"诗,志也"的时候,后面就加了这样的注,引用了《毛诗序》的材料。诗是什

<small>《毛诗序》曰:"诗者,志之所之也。在心为志,发言为诗。"按:许不云"志之所之",径云"志也"者,《序》析</small>

么意思呢？诗是"志之所之也，在心为志，发言为诗"，也就是说心中志向所往的一个方向，在心的时候就成为一个志向，发出言的时候就变成了诗，这是《毛诗序》的解释。段玉裁《说文解字注》："按：许不云'志之所之'，径云'志也，'者，《序》析言之，许浑言之也。"这句话什么意思呢？"许"就是《说文解字》的作者许慎，"径云"就是直接说。直接说"志也"，不说"诗，志之所之"，这是什么原因呢？就是因为《毛诗序》和许慎《说文解字》的不同点在于，《毛诗序》是"析言之"，"析"就是"分"的意思，"析言之"就是分别而言之；而许慎是"浑言之"，就是笼统而言之。就是说许慎的说法是一种很概括的说法，直接说"诗，志也"。但《毛诗序》就说得更详细了，就是分别而详细地说明，"诗，志之所之也"。"所以多浑言之者，欲使人因属以求别也"，为什么许慎多用这种笼统的说法呢？他主要是要使人因为这个字的归属而与其他的相区别。"又《特牲》：'礼，诗怀之。'"《特牲》是《礼记》的篇名，《礼记·特牲》的注是郑玄作的，这个注就是："诗犹承也，谓奉纳之怀中。""奉纳"就是"诗怀之"，就是诗承奉，即让它纳入怀中。也就是说他把"诗"解释成"承"。另外，《礼记·内则》说："诗负之。"郑玄的注是："诗之言承也。"第二次提到"诗"是"承"的意思。"按《正义》引《含神雾》"，这个"按"是段玉裁的按语，这个"正义"是孔颖达的《毛诗正义》，所以说这个"正义"是要加书名号的，《含神雾》是"诗纬"的一种。学术史上有"谶纬之说"，当时汉代有"七经"，

> 言之，许浑言之也。所以多浑言之者，欲使人因属以求别也。又《特牲》："礼，诗怀之。"注："诗犹承也，谓奉纳之怀中。"《内则》："诗负之。"注："诗之言承也。"按《正义》引《含神雾》云："诗，持也。"假诗为持，假持为承。一部与六部合音最近也。《上林赋》"葴持"，持音慭。（《说文解字注》三篇上）

除了"六经"以外还有《孝经》。有"七经"就有"七纬",纬书是配合经书而言的,纬书以前一般都被认为是荒诞不经的。"纬"字和"经"字正好相对,在地球仪上面也有经纬,但在古代经和纬本来是织布的纵横的线,后来用来比喻文本。"经"的文本当然是最高级的、经典的文本,"纬"是辅助它的一种文本。《诗纬》有好几种,很多《诗纬》都用阴阳五行的学说来解释《诗经》。比如说宋人欧阳修在讲诗本义的时候,就非常反对谶纬,因为谶纬里面有一些中国的原始思维,宋代人讲究理性,他觉得这些原始思维都是荒诞不经的。《诗纬》其中有一种就是《含神雾》。"《含神雾》云:'诗,持也。'"它把"诗"解释为"持也"。"假诗为持,假持为承。一部与六部合音最近也。《上林赋》'葴持',持音惩。"《上林赋》里面"持"字的读音就是"惩罚"的"惩","惩罚"的"惩"跟"奉承"的"承"是同一个音。所以段玉裁除了解释"诗者,志也",还解释了诗的另外一种说法——"诗者,持也",这是诗的第二定义。这里就涉及语言学里面的通假字,"诗"通假为"持",因为读音相同;"持"通假为"承","持"和"承"之间有一种意义上的相近,都是拿住、握住、抓住的意思。那么"诗"、"持"、"承"之间就是一种通假的关系,语言学上称为通假、假借,假借字的意义之间是相通的。《文心雕龙·明诗》里也说"诗者,持也"。范文澜的注也引用了《诗纬·含神雾》,就是"诗,持也"。可见这个定义在古代非常流行,"诗"不光是"志也",也是"持也"。从"诗者,持也"就引发了一个政治

_{诗的第二定义:诗者,持也}

性的作用、伦理性的作用,当我们说"诗者,志也"的时候,这个"志"是中性的、客观的,当我们说"诗者,持也"的时候,这个"持"字就包含了伦理性的、政治性的一种因素。所谓的"持"就是控持性情,使你的情不要变得疯狂,不要变得不符合儒家的需要,诗歌是对人的情性做教化的,所以要"持",控持、保持,要持住你的性情。所以"持"有自己把握、掌控这样的意思在里面。那怎样把握、掌控呢?就要做到温柔敦厚,也就我们刚才说的"喜怒哀乐之未发,谓之中;发而皆中节,谓之和","和"是通过对心灵、对语言的操控和保持而达到的。所谓的"一部与六部合音最近",意思是说"持"和"承"的通假是因为声音之转,"持"是一部的音,"承"是六部的音,六部的音它们可以通,它们的合音最近,就是说这两个音的合音最接近,所以它们可以通假。顺便给大家提一个建议,今后我们读《说文解字》,最好读《说文解字》的段注,段玉裁的《说文解字注》是一部学术价值很高的著作,它把很多相关的文献,比如先秦古书、两汉古书里面的文献来和《说文解字》印证。《说文解字》本身是说得很简单的,段玉裁就会有很多发挥,很多旁征博引,这些旁征博引里面有很多语言学的资料,同时也包含了阐释学或者文学的资料。有些文学的观念我们要探到它的源头,它是怎么形成的,它有什么样的传统,可以从这些语言学资料里面找到一些答案。比如说我以前写过一篇文章叫《自持与自适:宋人论诗的心理功能》,那个"持"字宋代人经常说"诗者,持也",以前我也没有去追究它的根源,认为这是宋代人的发明，但也知道它是出自《诗纬·含神雾》，在看了段玉裁的《说文解字注》以后，就对这个思想的来源理解得更清楚。

最后我们看一下闻一多的一篇论文《歌与诗》（见于《闻一多全集》）。如果看闻一多和朱自清的全集，会发现他们是以作家、散文家和诗人的眼光来治学，和传统的学者有些不同，会有一些敏锐的发现，然后又通过严谨的考证来论证自己的结论。闻一多的《歌与诗》也是一篇比较经典的学术文章，他说"志从'止'从'心'，本义是停止在心上"，如果是一般的学者（腐儒），就只是会说停止在心上，但闻一多作为一个诗人他就会想象和推测停止在心上是什么意思，停在心上就是说藏在心里，这就是他的演绎发挥了，古代的段玉裁也不可能这样说。闻一多这样发挥："志与诗原来是一个字。"它们原本是一个字，这可以从文字学上得到证明："'志'有三个意义：一记忆，二记录，三怀抱。这三个意义正代表诗的发展途径上三个主要阶级。"这个"阶级"就是我们所说的阶段。"志"和"诗"的三个阶级，第一是作为记诵的歌诀，这个大家容易理解，各行各业都有歌诀、歌谣，实际上各国的知识的传承都是从口传开始，像中国的汉语，口传的话就要押韵，押韵就是一种歌诀，歌诀便于记诵，这个后来就作为记事的史书。刚才我们讲到《左传》里面经常谈到"志有之……"，每个诸侯国都有志，比如说郑国有《郑志》，楚国有《楚志》，后来有《三国志》《华阳国志》，等等，即使在后代，"志"这个"记录"的意义还是保留了下来。

志从"止"从"心"，本义是停止在心上。停在心上亦可说是藏在心里。（《歌与诗》）

"志"和"诗"的三个阶级：作为记诵的歌诀；作为记事的史书；作为抒情的诗歌

第三个阶级是"作为抒情的诗歌",这个"志"出现得比较晚。闻一多的这个观点在《闻一多全集》中有详述,讲得很精彩,而且还探讨了《雅》《颂》和《风》诗中间的变化,怎样由记载历史的史书性的、叙事性的诗发展到后来讽咏怀抱的诗,如何变风、变雅。我们知道《大雅》里面叙事性的诗比较多,到了变风、变雅的时候,书写怀抱的诗就多了起来。其实它也就是这个字发展的这样几个阶级。

第二节 "诗言志"的方式

我们下面看一下"诗言志"的方式。我们举朱自清的《诗言志辨》里面提到的几种方式。第一种是"献诗陈志"。"献诗陈志"这个材料我们可以从《诗经》里面看到,同时《国语·周语》里面有比较详细的记载。"召公谏厉王","厉王"就是周厉王。这是一个著名的故事,就是后来说的"防民之口,甚于防川"。"为川者决之使导",也就是说统治者不要封住老百姓的口,不要什么事情都去屏蔽,古代的屏蔽就是不准人说话、不准提意见,周厉王的时代就是所谓的"道路以目",大家说话都不敢,只用眼睛打招呼。召公谏周厉王就说防洪水不要只是去堵,堵是堵不住的,"为川者决之使导",要使它疏通,流通以后洪水就不会泛滥。"为民者",这个"为"就是治理的意思,治理川的人、治理民的人就要"宣之使言",要让人民说话,"故天子听政,使公卿至于列士献诗",这个就是

献诗陈志

召公曰:"……为川者决之使导,为民者宣之使言。故天子听政,使公卿至于列士献诗,瞽献曲,史献书,师箴,瞍赋,矇诵,百工谏,庶人传语,近臣尽规,亲戚补察,瞽史教诲,耆艾修之,而后王斟酌焉,是以事行而不悖。……"《国语·周语》》

"献诗陈志"。下面就是:"瞽献曲,史献书,师箴,瞍赋,矇诵,百工谏,庶人传语,近臣尽规,亲戚补察,瞽史教诲,耆艾修之,而后王斟酌焉。"就是大家的意见、各阶层的意见汇集到统治者这里,然后统治者斟酌根据什么来处理政事,"是以事行而不悖"。当时"天子听政,使公卿至于列士献诗",献诗的目的就是陈志,这些诗有可能就是采集的诗,也可能是已经流行的《诗经》——《诗经》里哪一首诗可以用来规劝君王,就使用哪一首诗。这些诗并不一定是公卿、列士自己写的诗,而是他们认为可以规劝君王的已经有的文本、已经流行的诗。

《魏风·葛屦》《陈风·墓门》《小雅·节南山》的诗后都谈到了献诗的目的:"维是褊心,是以为刺。""夫也不良,歌以讯之。""家父作诵,以究王讻。"特别是《小雅·巷伯》直接说了这首诗的作者:"寺人孟子,作为此诗。凡百君子,敬而听之。"这可能是一个原始作者的名字,献的也许是自己写的诗,这也是一种情况。

第二种情况就是"赋诗言志"。"赋诗言志"其实涉及"听诗观志"与"听诗言志"两个方面。这里我们举《左传·襄公二十七年》中的一个故事。"郑伯享赵孟于垂陇,子展、伯有、子西、子产、子大叔、二子石从。"一共七个人跟从郑伯,宴享赵孟。"赵孟曰:'七子从君,以宠武也。'""武"就是赵孟自称,"宠"就是说自己感到非常荣幸。"请皆赋,以卒君贶",请大家都来赋诗,这样可以对君王的赐予作一个很好的回答。"武亦以观七子之志",我也可以借你们的赋诗来观你们七个人的各自的志。

赋诗言志

郑伯享赵孟于垂陇,子展、伯有、子西、子产、子大叔、二子石从。赵孟曰:"七子从君,以宠武也,请皆赋,以卒君贶。武亦以观七子之志。"子展赋《草虫》。赵孟曰:"善哉!民之主也!抑武也不足以当之。"伯有赋《鹑之贲贲》。赵孟曰:"床第之实际上这里"赋诗言志"也就是"听诗观志",听你们赋诗,我来观你们的志。"子展赋《草虫》。赵孟曰:'善哉!民之主也!抑武也不足以当之。'"《草虫》这首诗,《诗小序》称它的意义是:"大夫妻能以礼自防也。"我们知道毛诗有《诗大序》,有《诗小序》。"伯有赋《鹑之贲贲》",关于《鹑之贲贲》,《诗小序》说:"刺卫宣姜也,卫人以为宣姜鹑鹊之不若也。"我们知道凡是什么"姜"都是女人,齐国的女性嫁给其他的国君当妻子,宣姜肯定是一个不守妇道的女人。当伯有赋《鹑之贲贲》的时候,肯定不是歌颂,而是一种"刺"。我们知道毛诗的序分为两大类,一种称为"美",一种称为"刺"。《周南》《召南》里面都是"美",其他里面大多是"刺"。《鹑之贲贲》就是一首"刺"的诗,刺卫宣姜。"赵孟曰:'床笫之言不逾阈,况在野乎!非使人之所得闻也。'""床笫之言"就是指卫宣姜淫乱之事,这是不能够说出来的,家丑不能外扬。"况在野乎",你不要朗诵这样的诗,赋这样的诗给大家听。接下来子西赋的是《黍苗》之四章。《黍苗》这首诗《毛诗序》说:"刺幽王也。"就是说"刺"幽王"不能膏润天下,卿士不能行召伯之职焉"。但是我们这里要注意,他不是赋《黍苗》,而是赋《黍苗》之四章。为什么要赋第四章呢?这就涉及我们后面要讲到的"断章取义",他只把这首诗里面的一部分拿出来朗诵。这第四章的诗是什么样的呢?就是这四句:"肃肃谢功,召伯营之。烈烈征师,召伯成之。"这几句都是歌颂召伯的。这里他显然是用召伯来比喻赵孟,赵孟就觉得有一点不踏实了:"寡君在,武

言不逾阈,况在野乎!非使人之所得闻也。"子西赋《黍苗》之四章。赵孟曰:"寡君在,武何能焉!"子产赋《隰桑》。赵孟曰:"武请受其卒章。"子大叔赋《野有蔓草》。赵孟曰:"吾子之惠也!"印段(子石)赋《蟋蟀》。赵孟曰:"善哉保家之主也。吾有望矣。"公孙段赋《桑扈》。赵孟曰:"'匪交匪敖',福将焉往!若保是言也,欲辞福禄,得乎!"卒享,文子告叔向曰:"伯有将为戮矣。诗以言志。志诬其上而公怨之,以为宾荣,其能久乎!幸而后亡!"叔向曰:"然。已侈。所谓不及五稔者,夫子之谓矣。"文子曰:"其余皆数世之主也。子展其后亡者也,在上不忘降。印氏其次也,乐而不荒,乐以安民,不淫以使之,后亡,不亦可乎!"(《左传·襄公二十七年》)

何能焉！"接下来，"子产赋《隰桑》。赵孟曰：'武请受其卒章。'"子产是郑国一个有名的贤臣，赋了《隰桑》这首诗，赵孟就说，我只接受你的最后一章，"卒章"就是最后一章。《隰桑》的最后一章是什么呢？《隰桑》的最后四句是："心乎爱矣，遐不谓矣？中心藏之，何日忘之！"我们一看就知道是什么意思了，为什么他要请赋最后一章。赵孟就说请你把最后四句献给我，我就愿意接受这最后四句。接下来是子大叔赋《野有蔓草》。赵孟曰："吾子之惠也！"《诗小序》说《野有蔓草》的意思是："思遇时也。君之泽不下流，民穷于兵革，男女失时，思不期而会焉。"公孙段赋《桑扈》，赵孟曰："'匪交匪敖'，福将焉往！若保是言也，欲辞福禄，得乎！"《桑扈》这首诗，《毛诗序》说："刺幽王也。君臣上下，动无礼文焉。""匪交匪敖"是这首诗里面的一句："匪交匪敖，万福来求。"它本来是祈求保佑的词，但是如果君臣上下都没有礼文，这样的一个社会要祈求万福，是不可能的，反而是一种讽刺。所以赵孟说"'匪交匪敖'，福将焉往！"哪里有什么福禄。"卒享"，就是宴会结束了，文子就告叔向曰："伯有将为戮矣。"伯有将会被杀掉，为什么呢？就是因为"诗以言志"，诗歌是用来表现自己志向的。"志诬其上而公怨之，以为宾荣，其能久乎！"意思是说伯有赋的是《鹑之贲贲》，《鹑之贲贲》是讽刺卫宣姜的，就是把郑国国君私人床笫之间的淫乱的事情拿到宴会上来进行讽刺，当然公就会怨恨他。但是怨恨他的时候还让他来当宾客，这样他就大祸临头了。"其能久乎！幸而后亡！"肯定要倒霉了。

叔向曰:"然。已侈。所谓不及五稔者,夫子之谓矣。""五稔"就是五年,就是要不了五年他就会倒霉、会被杀的,"夫子之谓"就是指伯有这个人。文子曰:"其余皆数世之主也。"其余的人赋的诗都非常好。"子展其后亡者也,在上不忘降。印氏其次也,乐而不荒,乐以安民,不淫以使之,后亡,不亦可乎!"

我们如果从阐释学的观点来看这段记载的话,他们赋的诗都是哪里的呢?是不是都是他们自己创作的呢?都不是。这些诗现在幸好《诗经》里面都保留下来了,我们就可以看到《诗经》在当时外交场合的一种作用,每个人可以借《诗经》来表达自己的志向。这就是所谓的"赋诗言志",通过《诗经》里面的句子来表达自己的意志。我们可以这样说,这里《诗经》出现了四种文本。第一,我们可以叫作"原始诗意"。这个"原始诗意"也就是欧阳修、朱熹,以及到清代学者、到现代学者所追求的《诗经》本来的面目,当然这个"原始诗意"也只能是我们假定的"原始诗意",因为现在《诗经》的意思也是仁者见仁、智者见智的一个探讨话题,"原始诗意"可以说是一种理想的诗意,是抽象但是不能够确定为哪一种的原始的诗意。第二就是"赋诗者之意",每个人赋的诗,他们在断章取义的时候,有人赋全首诗,有人赋一章,有的人赋卒章,等等。根据《诗小序》的描写,我们知道他们取的诗到底是什么意思。第三就是"听诗者之意",即赵孟听了这七个人的赋诗以后的评价和理解。这七个人在赋诗的时候是他们对《诗经》的理解,现在是赵孟的理解。宴会结束了

_{原始诗意}

_{赋诗者之意}

_{听诗者之意}

评诗者之意

以后还有文子和叔向的评价,这是"评诗者之意",这是第四点。实际上《诗经》的意义就可以分为这四层,我们也可以说这里有四个《诗经》的文本。叔向和文子解释伯有为什么"将戮也",因为他的志就是"诬其上而公怨之",还有其他的人之所以能够"后亡",因为是"在上不忘降",或者是"乐而不荒,乐以安民",这是他们理解的诗意。这些诗意到底是不是跟《诗经》原始的意义相符合,那就不一定了。所以"赋诗言志"是春秋时代一个重要的传统,每个人根据自己的需要对《诗经》来进行自己的理解,这种理解往往是不顾上下文的,这就称之为"断章取义"。

根据杨伯峻的《春秋左传注》,《左传》里面引用《诗经》一共有277处,277处涉及152首诗。《诗》三百,差不多引用了一半,可以说引用得非常广泛。杨伯峻的《春秋左传注》,统计了《春秋左传》里面引用《诗经》的场合一共有四种,就是所谓的"聘"、"盟"、"会"、"成"。"聘"就是外交使节的往来,"盟"就是结盟,"会"是诸侯之间开大会,"成"的意思是议和。根据统计,这些断章取义的诗,断的是这一章大致约定俗成的一种意义,引用这几句诗,大概大家知道要表达什么样的意思,并不是断章取义以后自己随便乱说。因此外交辞令都是靠《诗经》的引用,来表达自己国家的政策、外交的态度。当时《诗经》可以说是一种贵族的典雅的语言,引用《诗经》进行外交可以说是一个国家的身份的体现。所以孔子说"不学《诗》无以言",就是说要想做一个贵族,今后要参政的话,如果不学会《诗经》,简直没办法开口说话。

第三讲 诗歌、诗人与解释者的关系以及解诗原则

《诗》是春秋时期的一个非常重要的教育课程。这些《诗经》里的诗有一些约定俗成的、固定的含义,比如说《十月之交》这首诗是《诗经》里面非常重要的一首诗,汉代的人经常引用它。《十月之交》主要写地震、灾变这些故事,其典故也经常被后人所使用,例如"高岸为谷,深谷为陵",这八个字当然是写大地震这样的灾变。但是在外交场合引用这两句诗的时候,一般都固定地指君臣关系位置的互换,君变为臣,臣变为君,上下高低错位了,它就成了一种象征的比喻。《左传》还常常使用《风》诗里面的一些男女恋爱的情歌来比喻国与国之间的关系。比如说《左传·成公三年》就引用《诗经·卫风》的《氓》:"氓之蚩蚩,抱布贸丝。匪来贸丝,来即我谋。"这首诗里面经常被引用的就是"士也罔极,二三其德",用于比喻国家之间的背叛,两个国家本来是建立盟约的,现在一方背叛另一方,那么在外交场合就会说"士也罔极,二三其德"。其实很多文本如果我们细加阐释的话,会发现很多有趣的东西。

下面我们谈第三种情况"教诗明志"。《诗大序》:"诗者,志之所之也。在心为志,发言为诗。情动于中而形于言,言之不足,故嗟叹之;嗟叹之不足,故永歌之;永歌之不足,不知手之舞之,足之蹈之也。情发于声,声成文谓之音。……故正得失,动天地,感鬼神,莫近于诗。先王是以经夫妇,成孝敬,厚人伦,美教化,移风俗。"这段话实际上是经学时代对诗的看法,是一种典型的经学的文艺观。关于这一段,以前一般的解释以为是谈诗歌创作的问题,诗歌是这样创作出来的,"在心为志,发言为

<small>教诗明志</small>

诗",然后"情动于中而形于言",等等。但是美国学者宇文所安(Stephen Owen)提出一个看法,认为这并不是作诗的一种状况,而很可能是"赋诗言志"的一种状况。宇文所安有一本著作《中国文论:英译与评论》(上海社会科学院出版社,2003年),他说按照传统的解释,这段话是在描述诗的产生,可是我们无法确知它描述的是作自己的诗还是吟诵他人的诗。也就是诗歌的本质在于吟诵,以及吟诵过程中吟诵者情感的内在性,它不涉及吟诵的诗归谁所有的问题,因此《诗大序》这段话可以说是描写了吟诵诗的一个过程。如果我们结合春秋时代具体的情况来看,宇文所安的说法是有相当的道理的。也就是说那个时代的人很少谈论诗歌是怎样创作的,而是谈诗歌是如何被吟诵的,即如何产生出它的功能的,所以《诗大序》提到的也都是诗的功能:"故正得失,动天地,感鬼神,莫近于诗。"它不讲诗怎样创作,而是讲诗有什么样的政治的功能。下面的几句"先王是以经夫妇,成孝敬,厚人伦,美教化,移风俗",也是指它的政治教化或者是伦理、道德教化这方面的功能。这也就是"教诗明志"。

作诗言志　　后世所谓的这种"作诗言志",它是指第四点,个人自作而成为诗,这是战国以来出现的情况。《楚辞·悲回风》:"介眇志之所惑兮,窃赋诗之所明。"这个"赋诗",就是楚辞的作者因为"志之所惑"而赋的诗。还有汉朝庄忌的《哀时命》:"志憾恨而不逞兮,抒中情而属诗。"这些都提到了抒情、作诗言志的事情。《汉书·艺文志》说得更明确:"春秋之后,周道寖坏。聘问歌咏不行于列国,学诗之士逸在布衣，而贤人失志之赋作矣。大儒孙卿及楚臣屈原，离谗忧国，皆作赋以风，咸有恻隐古诗之义。""孙卿"就是荀卿，因为避汉宣帝刘询的讳，改称孙卿。也就是说"作诗言志"这样的情况是战国以来才开始出现的，以前的"诗言志"实际上不是指"作诗言志"，而是指"赋诗言志"，即借用他人的诗或者引用他人的诗来表达自己的志向。也就是说"诗言志"这三个字实际上有很大的阐释空间。这三个字非常简略，但越简略的东西包容的可能性就越大。比如说这三个字都有多种可能的解释，"诗"到底是《诗经》的诗，还是前《诗经》时代的诗，还是作者个人的诗，可以有多种理解。显然《尧典》"诗言志"里面的"诗"，肯定不是"《诗》三百篇"的诗。假如文献是可靠的，《尧典》真是尧那个时代人们口传下来的话，那个时候《诗》三百篇还没有产生，所以"诗言志"是前《诗经》时代的诗就有可能了。那么《诗经》时代的"诗言志"就是指《春秋左传》里面"赋诗言志"的情况了，但到战国以后"诗言志"的"诗"可能就是指作者个人的诗。所以这个"诗"字就有几种解释。"言"字在后世也分裂为文、辞，等等，文和辞都是"言"的一种表现。"志"也可以分为意、志、情，等等。所以说"诗言志"这个概念是中国诗学的开山纲领，就在于它有很大的阐释空间。

> 诗言志：中国诗学的开山纲领

第三节 断章取义

下面我们看一下"断章取义"，这是第三大问题。《左

> 断章取义

传·襄公二十八年》出现了这样几句话:"赋诗断章,余取所求焉。"杜预注云:"譬如赋诗者,取其一章而已。"我们前面举的《左传·襄公二十七年》"郑伯享赵孟"这个故事就证明了很多人赋诗都是赋其中的一章,并不是朗诵全诗,而只是取他所求的那一章意思而已。《古文孝经·开宗明谊》里说:"《大雅》云亡。"汉代孔安国给《孝经》作传说:"断章取谊,上下相成。"这个"谊"后来也被称为"义","谊"本来是"言之宜也",断章取其语言之适宜者,"上下相成"。后来在《文心雕龙·章句》里面就出现了"断章取义"这样的词,"断章取义"就是"断章取谊"的意思。《文心雕龙·章句》里说:"寻诗人拟喻,虽断章取义,然章句在篇,如茧之抽绪,原始要终,体必鳞次。"《文心雕龙·章句》强调的是章句和篇章的统一,它说虽然古代的诗人们赋诗的时候,为了自己的比喻、寓言的需要,进行了"断章取义",但是如果真正作为一种文学批评的话,章句在一篇里面就像蚕丝从茧里面抽出来一样。我们知道蚕丝从茧里面抽出来时蚕丝和茧的关系,蚕茧是一个整体,丝只是它其中的一部分。抽出来的丝和原始的茧有千丝万缕的联系,是"原始要终,体必鳞次"。"鳞次"就是像鱼鳞一样排比,指要有固定的排列顺序。"原始要终"是《文心雕龙》对从章句去寻求篇章意义的一种理解,也就是说《文心雕龙》这里谈到的是要追寻作品篇章的原意,而不要只是断章取章句的一部分意义。刘勰对"断章取义"的这种批评反映了后世的文学的整体观念,但是它和春秋时代用诗的原则有所不同。其实"断章取义"只是春秋时代使用诗歌的一种情况,而刘勰《文心雕龙·章句》说的是后世的理解诗歌全篇的情况。因此刘勰主张要求上下文之意,不能够把篇章断裂开来,即"原始要终"。顺便说,"原始要终"四个字也出自《周易·系辞》。

下面我们再看一下清代沈德潜的《古诗源·例言》:"《诗》之为用甚广。范宣讨贰,爰赋《摽梅》;宗国无鸠,乃歌《圻父》。断章取义,原无达诂也。"这段话就把"断章取义"和"诗无达诂"这两个阐释学的观念联系起来了,他说范宣讨伐叛逆的时候赋的《摽梅》这首诗,和原来《诗经》里的《摽梅》是不一样的。这件事见于《左传·襄公八年》,晋国范宣子出使鲁国,襄公举办宴会招待他,范宣子赋"摽有梅"诗,希望鲁国能及时与晋国一起讨伐郑国。"摽有梅"取其及时之意。"歌《圻父》"的事见于《左传·襄公十六年》,也与《诗经》里的《圻父》原义不同。因此春秋时期每个人断章所取的意是有所不同的,这个人取这一章,那个人取那一章,或者是这个人从这一章里面取这样一个含义,另外一个人从这一章取另外一个含义,所以说"《诗》之为用甚广"。诗由于断章取义的原因,就没有"达诂"。"达诂"就是通达的、通行的、大家公认的一种解释。这个"诂"是"训诂"的"诂",也就是解释的意思。后面我们要讲到"诗无达诂"这个词。

我们再看清代人卢文弨。他是一位学者,也是清代著名的藏书家、校勘学家、古文经学家,是乾嘉学派的重

卢文弨《校本韩诗外传序》

要人物。我们看他的《抱经堂文集》名字本身，就知道他是一位经学家。《抱经堂文集》卷三有一篇《校本韩诗外传序》。我们知道汉代传《诗》有四家，即齐、鲁、韩、毛，现在只有毛诗传下来了，齐、鲁、韩三家诗都亡佚了。《韩诗内传》没有流传下来，我们现在能看到的只有《韩诗外传》。《韩诗外传》跟我们现在看到的毛诗是完全不同的。《韩诗外传》可以说是今文学派的一部书，我们知道齐、鲁、韩三家是属于今文学派，毛诗是古文学派。《韩诗外传》有一个特点，就是先讲一段故事，然后讲一番义理，在讲了一段儒家的伦理道德以后，再引《诗》曰"……"。例如先讲原宪居住贫穷的故事，然后阐述"养身者忘家，养志者忘身"的道理，最后引《诗》曰："我心匪石，不可转也。"也就是说《诗》是用来印证他的学术主张或政治观念的一种格言。《韩诗外传》并不是去解释韩诗，而是用韩诗来作为它的例证。《韩诗外传》这部书现在保留下来，也有各种注本，卢文弨就讲到《韩诗外传》的这样一个情况："夫诗有意中之情，亦有言外之旨。读诗者有因诗人之情，而忽触夫己之情；亦有己之情本不同乎诗人之情，而远者忽近焉，离者忽合焉。诗无定形，读诗者亦无定解。试观公卿所赠答，经传所援引，各有取义，而不必尽符乎本旨，则三百篇犹夫三千也。"这里说到的也是"《诗》之为用甚广"的问题，三百篇使用下来就相当于有三千篇了。"公卿所赠答"就是指《左传》里面一些"赋诗言志"的场合。"经传所援引"就是指《韩诗外传》这一类的儒学著作，《韩诗外传》里面援引了很多《诗经》的句子，但是这些句子都和《诗经》原始的意义不一样了。而且同样一句诗、同样一章的话，在"公卿所赠答"以及"经传所援引"里面，也有各人取义的角度不同。卢文弨作为一位经学家，他对《韩诗外传》，也就是说《诗经》的用法是持一种同情的态度，没有完全站在毛诗的立场去批评这些诗人的用法有哪一点不妥，他认为《诗经》在"五经"里面是一个特殊的文本。实际上乾嘉学派讨论经典的时候，对其他经典都是非常注重古文、古本、古意，只有对《诗经》，包括戴震在内都是持一种比较宽容的态度，《诗经》这个文本和其他经典有所不同。卢文弨谈到读诗的时候，读诗者由"诗人之情，而忽触夫己之情"，即读到诗里面的感情触动了自己的感情。还有一种就是《诗经》里面本来没有这种感情，因为自己的感情的主导，就把自己的感情强加在诗人的感情之上了。因此本来是跟自己隔得非常远的一个《诗经》文本，突然就变得很近了；本来跟自己完全不同的《诗经》文本，现在变得跟自己一样了，就是"离者忽合焉"。对这样的情况，他就说"诗无定形"，《诗经》是一个开放性的文本，那么它的意义也是开放性的意义，就是读诗者"亦无定解"。

在汉代经学里面，今文学派比较支持这种"断章取义"。比如说董仲舒说"《诗》无达诂"，其实也是那样的一种观念，董仲舒也算今文学派了。我们后面会讲到经典注释的两种状况，一种叫"我注六经"，一种叫"六经注我"。"断章取义"相当于"六经注我"这样的一种方式，它并不求对原典意义的正确阐释，而在于使用其中对自己的观点有利的意义。

春秋时期这种"断章取义"的情况，在战国时代孟子那里出现了一些变化，所以我们后面要讲孟子的"以意逆志"。"以意逆志"这应该是阐释学的一个观念。如果说"诗言志"是中国诗学的开山纲领的话，那么我个人就倾向于把"以意逆志"看作中国诗歌阐释学的开山纲领。"以意逆志"这个开山纲领后来引发了中国学者的各种解释，而且在中国的诗歌解释传统中源远流长。后来解杜甫的、解苏轼的都要用"以意逆志"的方法去解释，甚至杜诗的注本里面至少有两种叫"杜意"。一种"意"是没有"月"字旁的，陈式的《问斋杜意》这个"意"就是"以意逆志"的"意"。有一种"意"是加了"月"字旁的"臆"，即王嗣奭的《杜臆》，意思差不多。孟子的"以意逆志"的"意"字跟臆测、臆断那个"臆"是同样的意思，我们后面要具体讲到这一点。

> 以意逆志：中国诗歌阐释学的开山纲领

第四节　以意逆志

"以意逆志"见于《孟子·万章上》：

> 咸丘蒙曰："舜之不臣尧，则吾既得闻命矣。《诗》云：'普天之下，莫非王土；率土之滨，莫非王臣。'而舜既为天子矣，敢问瞽瞍之非臣，如何？"曰："是诗也，非是之谓也。劳于王事，而不得养父母也。曰：'此莫非王事，我独贤劳也。'故说诗者，不以文害辞，不以辞害志。以意逆志，是为得之。如以辞而已矣，《云

汉》之诗曰:'周余黎民,靡有孑遗。'信斯言也,是周无遗民也。"

这段话里面就出现了"说诗者"这样一个概念。"说诗者"就是指解说诗歌的人。以前我们看到那些诗,都不是说诗,而是引诗、赋诗。说诗就是对诗的解说。关于这一段,后世的注释有比较大的分歧,特别是几个概念。其中有这样四个概念,是后世学者分歧比较大的。我们说"诗言志","言"实际上分裂为"文"和"辞","志"又有"意"和"志"的意思,"诗言志"本来是简单的三个字,但在孟子这里他开始比较细化了。

我们下面就要看这几个概念,这几个概念最有争议性的两个地方,一个是"不以文害辞,不以辞害志"这两句话,另外是"以意逆志,是为得之"这两句话。下面我们分开谈一谈。我们先看"不以文害辞,不以辞害志"到底是什么意思。赵岐注:"文,诗之文章,所引以兴事也。辞,诗人所歌咏之辞。志,诗人志所欲之事。意,学者之心意也。"我们可以列一个表(见下页),赵岐说的"文"是指"诗之文章",他说的"辞"是指"诗人所歌咏之辞","意"是"学者之心意","学者"是指学诗者,"志"是"诗人志所欲之事"。"孟子言,说诗者当本之(志),不可以文害其辞,文不显乃反显也,不可以辞害其志。"关于"文"、"辞"、"意"、"志"这四个概念,赵岐是这样的一个解说。

下面我们看焦循的《孟子正义》,《孟子正义》关于"文"的解释是:"赵氏以文为文章,是所以引以兴事,即

<small>说诗者</small>

<small>不以文害辞,不以辞害志</small>

篇章上之文采。"焦循认为"文"就是指篇章的文采，这个"文采"和"文章"都是一个意思，就是篇章上之文采。他说的"辞"是："辞则孟子已明指'周余黎民，靡有孑遗'为辞，即'普天之下'四句为辞。"他应该是指"此是诗人所歌咏之辞已成篇章者也"。

那我们再看一下朱熹是怎样解释的，朱熹说："文，字也；辞，语也。"（《孟子集注》）有一个比朱熹的时代稍微晚一点的人，叫姚勉，他的文集叫《雪坡舍人集》，里面有一段话："文之为言，字也；辞之为言，句也。"也就是说"文"是字的意思，"辞"是句的意思。朱熹和姚勉都是宋代人，赵岐是汉代人，焦循是清代人，我们也可以看出清代的学说实际上是承接汉代的，也可以看出他们对这个问题说法有所不同。

	文	辞	意	志
赵岐	诗之文章	诗人所歌咏之词	学者之心意	诗人志所欲之事
焦循	文采	辞已成篇章者		
朱熹	字	句		
姚勉	字	句		

关于"意"和"志"，朱熹的观点是接近于赵岐的。赵岐注是"意，学者之心意也"，朱熹也是同样的看法。就是说，上面两个人的说法跟下面两个人的说法是有所不同。关键最重要的区别在于对"文"的理解：赵岐和焦循把"文"看成是一种文采，但文采一定要附着在文章上

面;朱熹和姚勉是把它落实到诗里面的具体的成分,落实到字或者句这样的成分上。

这两种说法是各自有其理由的。在孟子的原文中,"不以文害辞,不以辞害志"是一种排比的、递进的关系。那么按照赵岐等人的解说,就是没有这种递进关系。他是怎么解释呢?如果按照赵岐的说法,就是不以文章的辞来破坏诗人所咏的歌辞,不以歌辞来破坏诗人所表达的意。这是有一点问题的,既然"莫非王臣"是辞之文,"我独贤劳"是辞之志,那么"害志"的并不是辞而是文,这与孟子的原话不合。关键是孟子的那段话探讨的是什么,我们要把孟子那段话探讨的问题提出来。咸丘蒙提出的问题是关于舜的。"瞽瞍"是舜的父亲,但舜是天子。瞽瞍是一个非常糟糕的父亲,舜是一个孝子,但是他的父亲非常糟糕。舜为天子,就"敢问"瞽瞍为什么不是他的臣,《诗经》里面既然说"普天之下,莫非王土;率土之滨,莫非王臣",那么舜当了天子,为什么他的父亲不是他的臣呢?这个怎样解释呢?咸丘蒙引用的是"普天之下,莫非王土……"这样的诗。孟子就回答说:"是诗也,非是之谓也。"意思是这首诗并不是说舜的父亲瞽瞍的事情。也就是说咸丘蒙在用"普天之下……"的时候,是断章取义的用法。舜为天子,为什么他的父亲却非臣,这种用法就是典型的春秋时代的断章取义的用法。孟子说你这样说诗是不对的,这首诗并不是这样的内容,它说的是"劳于王事,而不得养父母也"。这几句诗出自《诗经·小雅·北山》,整首诗比较长:"陟彼北山,言采其杞。偕偕士子,朝夕从事。王事靡盬,忧我父母。溥天之下,莫非王土;率土之滨,莫非王臣。大夫不均,我从事独贤。四牡彭彭,王事傍傍。嘉我未老,鲜我方将。旅力方刚,经营四方。或燕燕居息,或尽瘁事国;或息偃在床,或不已于行。或不知叫号,或惨惨劬劳;或栖迟偃仰,或王事鞅掌。或湛乐饮酒,或惨惨畏咎;或出入风议,或靡事不为。"我们可以根据诗的文本来看哪些是辞,哪些是文,哪些是篇章,哪些是意或者志。咸丘蒙说的那四句就是从这里来的,但这首诗主要说的不是这四句话的意思,而是下面说的"大夫不均,我从事独贤"。这句话是很重要的,就是孟子所说的"此莫非王事,我独贤劳也"。"贤"就是"劳"的意思,就是"劳苦、劳累"的意思。"我从事独贤"就是我干的工作很累、很劳碌,下面就讲到他的工作怎样的劳碌:"四牡彭彭,王事傍傍。嘉我未老,鲜我方将。旅力方刚,经营四方。"就是各种事情都要去做,坐着马车到处去经营。然后下面作者就讲到了大家都是王臣,但是每个人做的事情不一样,"或燕燕居息"就是玩得很安逸、舒服的那种人,是一种享受的命。"或尽瘁事国"是一种劳碌的命。"或息偃在床,或不已于行",一种人在床上躺着休息,另一种在到处奔波。"或不知叫号,或惨惨劬劳;或栖迟偃仰,或王事鞅掌。或湛乐饮酒,或惨惨畏咎;或出入风议,或靡事不为",他讲了各种各样的情况,一种是吃喝玩乐、没事可干的,另外一种是四处辛劳。这首诗的作者就是"我从事独贤",因此他对自己的这种劳苦、大夫的这种"苦乐不均"表示了一种不满。所以孟子说"是诗也，非是之谓也"并不是"普天之下……"这四句断章所谓的那种意，而是从整首诗来看，他是说"劳于王事，而不得养父母也"。所以他前面有"王事靡盬，忧我父母"，就是王事做不完，我没有办法供养我的父母。这才是这首诗的诗人之志。"'此莫非王事，我独贤劳也。'故说诗者，不以文害辞，不以辞害志"，"说诗者"就是真正解释诗的人，他不会以"普天之下，莫非王土"去解释这首诗。它下面还有"以意逆志，是为得之。如以辞而已矣，《云汉》之诗曰：'周余黎民，靡有孑遗。'信斯言也，是周无遗民也"。《云汉》是另外一首诗，是写大旱的事情，大旱到一种什么样的程度呢？旱灾造成了很多土地的荒芜，人民的流离失所，饿死了很多人。但《云汉》之诗夸张地说："周余黎民，靡有孑遗。"就是周余下的这些黎民没有剩下一个。如果你相信他的话，那么周果然就没有遗下来一个幸存者了，都被旱灾饿死了。但实际上不是这样，它只是一种夸张的说法而已，所以这个辞就是一种夸张的说法。

按照《孟子》中的对话，"以文害辞"就是断章取义的读诗方法，所谓"断章"就是不考虑辞的终始。钱锺书先生的《管锥编》里面说："而观'辞'（text）必究其'终始'（context）耳。"钱锺书先生用了两个英语词来解释"辞"，用"text"来取代"辞"，也就是我们现在说的本文或者文本。那个"终始"他用了"context"，也就是说上下文或者语境。那么也就是说，咸丘蒙的这种理解方法是把篇章割断为文字的片段，只管文字片段的意义，而不顾篇章整体的意义。这里的"文"应该不是限于个别的字眼，而应该理解为整篇辞中的一部分，实际上整个篇章应该算是一个辞。"不以文害辞"就是不以个别的字句来破坏整个篇章的意义。这个"辞"按照钱锺书先生的理解，就是一种文本。既然这个篇章作为辞，那辞（text）中的一部分可以是词也可以是词组，甚至可以是句子，也就是说整个说来"文"是篇章中的一部分，"不以文害辞"就是不以部分的语句来破坏整个篇章的含义。我是这样理解的，我这样的理解不一定正确，以前我的学生就跟我商榷过，商榷文章后来还发表了，只是我自己的一个不成熟的观点吧。

我这个观点也有我的证据，我的证据就是段玉裁的《说文解字注》。《说文解字注》里面说"【许云】……"，前面就是许慎的《说文解字》。《说文解字》原本是这样解释"词"的："意内而言外也。"下面就是段玉裁的注，因为许慎的《说文解字》内容非常简单，段玉裁就进行解说申发，段玉裁注说："【段注】有是意于内，因有是言于外，谓之词。"——有这个意思在你的内心，由这个语言表现出来，就称之为词。"词"就是"言"字旁加一个"司"。他接下来说："意者，文字之义也。言者，文字之声也。词者，文字形声之合也。"我们前面讲过的索绪尔的《普通语言学教程》里面说的"有声意象"，就是"文字之声也"，就是"sound image"；"文字之义"就是概念，就是"concept"。文字之义和形声合起来称为词，"词与辛部之辞，其义迥别"，"辛部之辞"就是孟子说的"不以文害辞"的"辞"，它属于辛部。古代"辞"字写成"辭",我们知道有一个隐语叫"黄绢幼妇,外孙齑臼",即"绝妙好辞",那个"齑臼"就是"受辛"。"辭"是辛部,凡是辛部的字,在《说文解字》里面来说都是跟犯罪有关系的,比如说"无辜"的"辜","辜"就是一种罪。"辞者,说也",这个"辞"是一种"说",一种解说或者论说。"犹理辜,谓文辞足以排难解纷也。然则辞谓篇章也",这个"辜"是指罪,犯罪的意思。这就是段玉裁的说法,"词"和"辞"不一样。钱锺书说的是对的,"辞"就是篇章,"词"实际上就是"意内而言外也。从司从言"。也就是说这里"词"是指摹绘物状及发音语助之文字,"文义"与形声相结合,就是"词"。所谓摹绘物状以及发音语助之文字,我们所说的名词、动词、形容词,那就是摹绘物状,发声的词我们称为感叹词、助词,等等,这些词都表现为"文字"。"积文字而为篇章,积词而为辞。孟子曰'不以文害辞',不以词害辞也。"我们刚才说,我们不把"文"解释成文采,而采用了段玉裁的说法,也就是说"词"是英语里面的"word","辞"是英语里面的"text",是篇章的意思,篇章是由若干词组成的。"不以文害辞"就是说不以文字的这种"词"去害整个篇章的意义。段玉裁讲的这个"词",是指这种个别的词或者词组,但是我们更推广一点来看,也就是说"普天之下,莫非王土;率土之滨,莫非王臣"相对于整个篇章来说,它也只是一部分,只是一个词组而已。所以说前面"不以文害辞,不以辞害意"实际上就是不以部分来影响整个篇章。"不以文害辞"的意思就是不要拘泥于文字片段的

注意文本的上下文,不

> 拘泥于文字片段的意义来理解篇章整体的意义，不断章取义

意义来理解篇章整体的意义，不要以"普天之下，莫非王土；率土之滨，莫非王臣"这四句话来理解《小雅·北山》全诗的意义，也就是说要"考其辞之终始"，要注意文本的上下文，不要断章取义。孟子通过反对断章取义就获得了《小雅·北山》篇章的含义，这个篇章的含义就在于"我独贤劳"或者"不得养父母也"。

下面就是"不以辞害志"，我们知道"辞"就是篇章，那"以辞害志"是什么意思呢？"辞"应该是指篇章的言辞义，"志"是指诗人的本意。言辞义和诗人的本意是有一点区别的，诗人在篇章的言辞上体现出来的、表面上描写的和他内心想表达的是有区别的。就是说"言在此而意在彼"，言、意之间是有区别的，不要以此在之辞而去错误地理解诗人本来的意图。所以这里又有一个问题，当孟子说"不以辞害志"的时候，实际上说篇章外在的这种辞的意义，这种辞的意义一般我们用"义"来表示，"义"就是文字上表达出来的东西。"义"实际上是指语言外在的东西，是所谓的"言辞义"，在英语里面一般用"meaning"表示，指它的意思是什么，但是不等于它真实的意图是什么；另外一个"志"是内心的世界，英语是"intention"。"不以辞害志"就是不要以篇章本身外在这种意思去错误地理解诗人本来的意图，不要把言辞当作诗人的本意。孟子举了一个例子：如果我们相信这个"辞"的话，比如"周余黎民，靡有孑遗"就是言辞义，如果我们相信这样的言辞意义的话，那么我们就真的认为整个周朝人都没有了。但诗人的意思并不是这样，诗人的意思只

是夸张这个旱灾非常严重。也就是说"不以辞害志"的"辞"是外在的语言,"志"是内在的思想,但在诗歌里面语言和思想常常会发生错位的现象。《孟子·尽心下》曾经说过:"言近而指远者,善言也。"这个"言"就是我们刚才说的"诗言志"的"言",怎么"言"是很有考究的。表面的文辞意义看起来是很简单的,但文辞背后的意义,其实是非常深远的,就是"言近而指远"。诗歌这种文体是最善言的,"诗言志"也可以说是"诗善言志"。诗人常常使用夸张、比喻等修辞手段,因此在篇章之义和诗人的本意之间,还是有远和近的一种区别。"远和近"我们也可以说"近"是直接的,"远"是间接的,有直接和间接这样的一个区别,这样一个跨度的问题。

比如我们前面讲《小雅·北山》,《小雅·北山》里面的是:"此莫非王事,我独贤劳。"这里应该说是篇章文辞里面表现出来的"我从事独贤",这是篇章的意义。但是作者之志是在"不得养父母也",诗人的志在于感叹不得养父母,就是说是在篇章辞义之外的。另外诗歌的修辞手段就在于"周余黎民,靡有孑遗"这两句所写的不是事实,而是文学描写的艺术夸张,意另有所在,就是所谓的"志在忧旱灾,民无孑然遗脱不遭旱灾者,非无民也"。就是说他的志和他的辞里面的描写是不一样的,他的志向在于忧虑旱灾,不是在说周朝没有一个人活着。

所以"不以辞害志"我是这样理解的,跟赵岐、焦循的理解有一点不同,但是段玉裁这个语言学家就支持我们的这种看法。那么朱熹和姚勉所说的"字"、"句",是把"文"当作"字",他们也有一定的依据,因为古代的"文",除了文采之外,还有"字"的意思。所以对古代的特别是先秦的一些字的解释,比如说"文",我们到底是把它看成"文采"的"文",还是看成"字",这就要依据上下文考虑。因为"文"本身包括文字这样一个含义,我们知道《说文解字》里面的"文"指的就是"字"。姚勉说的"辞"是"句也",虽然注意到了递进结构的问题,但是把"辞"看成"句"就太拘泥了一点。他也知道"文"和"辞"之间有等级关系,但这个等级关系他没有处理好,他把它看成是"字"和"句"的关系。如果代到《孟子》的原文里面去,就不太讲得通。

以意逆志,是为得之

我们下面再来看一下第二个争议点,就是对"以意逆志"这句话的争议。"以意逆志"的第一种说法,就是把"意"解释成说诗者自己的心意,赵岐注说"学者之心意也","人情不远,以己之意逆诗人之志,是为得其实矣"。这个"以意逆志","意"是读诗者自己的意思,"志"是诗人的意图,所以"意"和"志"分属于读者和作者这两方面。也就是说"以意逆志"就是读者或者解说者以自己的心意去体会、揣测作者的创作意图。后世的学者大多同意这种解释,比如说朱熹的解释也是这样的:"当以己意逆取作者之志,乃可得之。"(《孟子集注》)但是清代有一个叫吴淇的人,他提出了不同的看法,他的一本书叫《六朝选诗定论》,其《缘起》中就谈到了六朝选诗,谈到了诗的"以意逆志"的问题。他说:"诗有内有外。显于外者曰文曰辞,蕴于内者曰志曰意。"这个说法我们是同意的。

诗有内有外。显于外者曰文曰辞,蕴于内者曰志曰意。此意字与"思无邪"思字皆出于志,然有辨:思就其惨淡经营言之,意就其淋漓尽兴言之。则志古人之志,而意古人之意,故选诗

"此意字与'思无邪'思字皆出于志,然有辨","意"和"思无邪"的"思"都出自"志",但是其中是有区别的。"思就其惨淡经营言之,意就其淋漓尽兴言之。则志古人之志,而意古人之意,故选诗中每每以古意命题是也。汉宋诸儒以一志字属古人,而意为自己之意。夫我非古人,而以己意说之,其贤于蒙之见也几何矣。"这个"蒙之见"是指谁呢?"蒙"就是指咸丘蒙,汉代和宋代这些儒者都认为"志"是古人的志,而"意"是自己的意。"不知志者古人之心事,以意为舆,载志而游",就是说"志"是古人的心事,"意"就是古人心志的马车。"舆"就是马车,马车载着古人的志而游。"或有方,或无方",或有规律,或者没有规律。"意之所到,即志之所在",因为"意"是淋漓尽兴之所到,那么志就在那里。"故以古人之意求古人之志,乃就诗论诗,犹之以人治人也",用古人的"意"去求古人的"志",这样的方法就是一种客观的方法,是就诗论诗的方法。他说比如说像"以人治人"一样,"即以此诗论之",就是以《小雅·北山》来讨论,"不得养父母,其志也;普天云云,文辞也。'莫非王事,我独贤劳',其意也。其辞有害,其意无害,故用此意以逆之,而得其志在养亲而已"。也就是说,吴淇把"意"看成是"meaning","志"是意图,是"intention"。我们刚才的说法和他的不一样,我们说的是"辞之义",他现在说是古人的意,从古人的意来求古人的志。这样的说法非常雄辩,而且好像看起来是一种客观的阐释,因为用古人的意去讨论古人的志,比我们以我们自己的意去讨论古

中每每以古意命题是也。汉宋诸儒以一志字属古人,而意为自己之意。夫我非古人,而以己意说之,其贤于蒙之见也几何矣。不知志者古人之心事,以意为舆,载志而游,或有方,或无方,意之所到,即志之所在,故以古人之意求古人之志,乃就诗论诗,犹之以人治人也。即以此诗论之,不得养父母,其志也;普天云云,文辞也。"莫非王事,我独贤劳",其意也。其辞有害,其意无害,故用此意以逆之,而得其志在养亲而已。(《六朝选诗定论·缘起》)

人的志，看起来更客观、更科学。

> 吴淇反对诗歌解释的主观臆断，提倡客观的文学批评，但其观点也有一些缺陷

吴淇反对诗歌解释的主观臆断，提倡客观的文学批评，因此他的说法被一些当代学者所吸收，比如说敏泽的《中国文学理论批评史》以及复旦大学的《先秦两汉文学批评史》都吸收了吴淇的观点，当然他们也不完全赞同吴淇。他的解说我认为有这样一些问题，第一个问题就是常识上不通：如果说说诗者已经了解了作者之意，那么再去考察作者之志就属多余了，作者之意和作者之志又有多大区别呢？既然已经知道作者的"意之所到"，那么其"志之所在"也不难掌握了，再去"以意逆志"就多余了。第二个问题就是他在训诂学上缺乏依据，他所谓的意"出于志"、"意就其淋漓尽兴言之"，或者"以意为舆，载志而游"的说法实际上是后起的一种文艺学的观点，由汉魏以后的文艺观念而臆造出来的。在孟子的时代，先秦的典籍里面，"意"字没有淋漓尽兴这种意思在里面。也就是说在先秦的时候"意"字有另外一种解释，训诂学上找不到"意出于志"的这样的依据。第三个问题就是它理论上有缺陷，以古人之意求古人之志的方法看起来非常客观，但是所谓客观的古人之意我们又是怎么得到的呢？我们也是通过阅读去揣测才能得到古人之意，所以说没有一个古人之意就是现成在那里的，也是需要我们去理解才能够把握古人之意，没有一个所谓的以古人去求古人的说法，以古人去求古人的话就没有办法求了，因为每个人去读古诗的时候，一定是以自己的意思去理解古诗的。所以说古人之意也是通过主观臆测才能得到，仍然摆脱不了"以己意说

之"的陷阱。只要我们阐释，我们肯定就有己意，就有一个预先的假设在里面。我们前面讲过"阐释的循环"，这是不可避免的。吴淇就设想好像有一种方法可以完全地避开这个循环，但是他就没有想到用此意逆志，这个"意"仍然是读者得到的"意"。退一步说，吴淇的说法即使完全正确，那也不是孟子的原意了。《孟子》原文的逻辑是文、辞、志三重等级，但吴淇加进了"意"这样一个等级。本来孟子说"不以文害辞，不以辞害志"，吴淇现在加进了一个等级，变成了"不以文害辞，不以辞害意，不以意害志"，其实他就是多加了一重，但《孟子》原文没有这样的说法，它不符合《孟子》原文的逻辑。

现在我们再来看"以意逆志"，我们还是从文字学、语言学上来分析。许慎的《说文解字》里说："意，志也，从心，察言而知意也。""意"就是心发出的声音，语言也是心发出的声音，所以"察言"就"知意"了。段玉裁的《说文解字注》就说："志即识，心所识也。意之训为测度、为记。""训为测度"的时候实际上就相当于"臆"，"训为记"的时候实际上就是"记憶"的"憶"。段玉裁考察了先秦的古书里面，比如《论语》里面"意"字的用法。我自己也考察了一下在先秦诸子著作里面"意"字的用法，比如说在《孟子》这本书里面，"意"字出现的时候很少。根据"十三经"字数的统计，香港中文大学曾经编过"十三经"每一部经典每一个字出现多少次这样的一部书，就是索引、引得。《论语》《孟子》的索引，都具体到每一个字出现的频率，我们查到《孟子》里面"意"字只有两处，但《孟子》里面

"志"字出现很多处,除了"以意逆志"之外,另一个用法见于《孟子·离娄上》:"我不意子学古之道。"这个"意"也是作动词用,"不意"就是没有想到、没有料到、没有猜到的意思,"意"可以训为测度。《论语》里面"意"字也出现过几次,一处是孔子说:"毋意毋必。"就是说不要妄自揣测、猜测,也不要太偏执。还有一处,是说子贡善于做生意,"億则屡中"。这个"億"实际上是通假字,通"意"。"億则屡中"意思是每次猜测他都能猜中,像投资做股票一样,每次都能赚钱,子贡当时就有这方面的才能。《论语》里面还有一个最重要的证据:"不逆诈,不億不信。"这两句话是什么意思呢?"億"就是"以意逆志"的"意","逆"是事先料到的意思。就是说不要事先料到人家是欺诈的,不要首先猜测人家是不诚信的,孔子提倡仁,做人要厚道。这里的"逆"字和"億"字意思是相同的,也可以说是"不億诈,不逆不信",对换一下都没有问题。"億"字和"逆"字都是揣度的意思。在《孟子》里面凡是有关主观思想意志这一类的概念都有类似"心"或者"志"的字眼,而"意"字都是用作动词。另外再看"逆"字,《说文解字》把它解释为"迎",《玉篇》解释"逆",不光是"迎也",还是"度也"。所以"逆"字有迎接的意思,也有揣度的意思。朱熹和赵岐的解释都从"迎"的角度来讲,即用我的意去迎古人的志。朱熹曾经还谈到过这个"迎"是"等待",就是我的心要把一切主观的偏见都去掉,在那里等待古人的志。另外一种解释就可以把它解释成"度"、"揣度"。"以意",以我自己的这种揣度去考察古人的志。我的理解,"逆"字就是一种主观的揣度，对古人的一种揣度、猜测、想象、料想。后代人其实好多也这样理解，比如我们前面讲到王嗣奭的《杜臆》，他在序言里面就明确地表示"臆"就是来自《孟子》的"以意逆志"。所以说我们也可以说《孟子》"以意逆志"的"意"字就是"臆"。另外清代人陈式写过注释杜甫的一本书叫《杜意》，他在序言里面也申明是用《孟子》的"以意逆志"的方法，因此我们说"臆"和"意"都是同一个来源。

"以意逆志"实际上就是心理重建，即"我"去设想古人当时是怎样的。我们设身处地地去合理设想和猜测古人写诗的意图，他为什么写这首诗，进行合理的想象。怎么才能证明我们的想象没有问题呢？《孟子·告子》说："口之于味也，有同耆焉；耳之于声也，有同听焉；目之于色也，有同美焉。至于心，独无所同然乎？心之所同然者，何也？谓理也，义也。"又说："欲贵者，人之同心也。"后来俗话说"人同此心，心同此理"，就是这个意思。孟子说的人心的共同性、审美趣味的共同性，就是我们以意逆志的前提。这种所谓的"人同此心，心同此理"，所谓的"心之所同然者"，就相当于赫施所说的"意志类型"，不同的人有共同的意志类型。不同时间、不同地点的人可以心理指向同样一个方向。如果每个人的想法都没有一点共同性的话，人类的文化、文明是不可能产生的。人类之所以互相之间还可以理解，就在于我们"人同此心，心同此理"，"心之所同然"。所以"以意逆志"的可能性就基于我们人类人性的共同点，也就是审美的共同

> 心理重建

性，也就是一种共同的义理或者常识，这样我们才可以理解。其实孟子的"以意逆志"和他的整个政治伦理学思想、哲学思想是一致的，孟子最主张的就是"推己及人"，比如说"老吾老以及人之老，幼吾幼以及人之幼"，从自己的心理推导到他人。其实儒家整个伦理的建设，"修身、齐家、治国、平天下"也都是一种推己及人、由近而远的扩散式的推进。诗歌理解的这种共同人性、推扩此心的思维方式，我们可以从《孟子》中找到答案，"以意逆志"和他"推己及人"、"推扩此心"的思维方式是一致的。

我们刚才讲到孟子"以意逆志"是针对具体的读诗的时候的两种错误观点提出来的，是哪两种错误观点呢？一种错误的观点我们可以把它称为"断章取义"，就是咸丘蒙的"普天之下，莫非王土"那样的读法。另外一种就是"以诗为史"的说法，比如《云汉》之诗曰'周余黎民，靡有孑遗'"，如果把这个夸张的说法当成真正的历史记载，说在某一首诗里面已经记载了周朝哪一年人都已经死光了，这样去判断历史，那就是错误地去理解这首诗。所以孟子批评的两种倾向，一种是太随便地读诗的倾向，"断章取义"；一种就是太认真、太严肃，"以诗为史"，把诗歌文本和历史文本等同起来。"断章取义"源于春秋以来赋诗言志的风气，赋诗者在外交、政治等场合以及著书立说的时候，往往借取诗中的部分章句来表述自己的意见。比如说《论语》里面，孔子曾经说过他也引用过《诗经》，例如"巧笑倩兮，美目盼兮，素以为绚兮"，借《诗经》的话来阐述他"绘事后素"的观点。比如说《论

> "以意逆志"是针对"断章取义"、"以诗为史"这两种读诗时候的错误观点提出来的

语》里面还有"如切如磋,如琢如磨"。《孟子》里面也有很多,孟子自己尽管是反对"断章取义"的,但是在《孟子》里面引用诗的时候,也难免有这样的情况,只不过孟子是分清楚的,一种是"引诗者",一种是"说诗者",引用诗歌的时候你可以断章取义,但是你说诗的时候就不可以断章取义。

另外就是"以诗为史",就是太认真地来看待诗歌。它与上古诗的功能有关。文字产生前的诗言志,就是诗"言"藏于心中的记忆,就是闻一多所说的"停止在心上",它凭借口耳相传;文字产生以后的诗言志,就是用文字记忆取代口头这种传递,取代这种记忆。诗是用来记事的,在散文产生以前,诗歌具有叙事的功能。所以我们可以说那个时候的诗就是历史。但是在殷周之际或者是在西周的时候,诗与史已经开始分道扬镳了,诗和歌合流。诗虽然有记事的功能,但是显然加进了抒情的成分,这个时候诗人就和历史家有了区别,历史家是描述已经发生的事,而诗人是描述可能发生的事。当然我们所说的"以诗为史"是我们现在的历史学观念,即把诗当成真实的历史的记载。古代的"史"这种概念,和后代的"历史"、"history"是有很大的不同的。古代的"史"指一种夸张的记载,我们知道有这样的一个说法——《论语》里面说"文胜质则史,质胜文则野",所以在先秦时代"史"和过分雕琢、过分修饰的言辞是有关系的,说到"史"的时候其实不等于是真实的东西,而是有修饰润色这样的因素在里面。我们后来的"史"才是一种历史,一种真实的记载,所以古代的"史"并不是像后代的"史"一样以真实为前提。孟子反对"以诗为史",实际上就是反对把诗当成真实的历史的记载。在《诗经》的文本里,作者采用的是不同于历史学家的叙述立场。刚才举的《云汉》里面的两句诗,是夸张的虚设之辞,写的是一种可能发生的事。如果大家带着当成读真实历史的态度把这两句诗看成已经发生的事,那就大错特错了。所以孟子特别指出,不能够相信诗人辞章的表面意义,而应该推测其心灵之所趋。

我们下面看一下《孟子·告子下》:"公孙丑问曰:'高子曰:《小弁》,小人之诗也。'孟子曰:'何以言之?'曰:'怨。'曰:'固哉,高叟之为诗也!'"公孙丑是孟子的学生,说高子这个人解释《诗经·小弁》的时候,认为《小弁》是一首"小人之诗",孟子问公孙丑为什么这样说呢?公孙丑就转述高子的话说,这首诗是"怨",孟子就感叹说"固哉","固哉"就是迂腐、固执的意思。"固哉,高叟之为诗也",这个"为诗"是说诗、解诗的意思,高叟这个人他解诗是这样固执啊!孟子下面就举了一个例子,关于"怨",孟子有这样的看法:"有人于此,越人关弓而射之,则己谈笑而道之;无他,疏之也。"就说越人(浙江那一带的人)有"关弓"而射杀他人的现象,而自己谈到这件事的时候,还是谈笑风生,为什么呢?没有其他的原因,只是因为跟他关系疏远。就像我们有的时候看到哪个国家发生恐怖袭击事件,我们虽然不是谈笑而道之,但反正我们就觉得是看新闻,也不会有什么特别难受的感觉,为什么呢?就是因为"疏之也",就是亲疏的关

公孙丑问曰:"高子曰:《小弁》,小人之诗也。"孟子曰:"何以言之?"曰:"怨。"曰:"固哉,高叟之为诗也!有人于此,越人关弓而射之,则己谈笑而道之;无他,疏之也。其兄关弓而射之,则己垂涕泣而道之;无他,戚之也。《小弁》之怨,亲亲也。亲亲,仁也。固矣夫,高叟之为诗也!"曰:"《凯风》何以不怨?"曰:"《凯风》,亲之过小者也;《小弁》,亲之过大者也。亲之过大而不怨,是愈疏也;亲之过小而怨,是不可矶也。愈疏,不孝也;不可矶,亦不孝也。孔子曰:舜其至孝矣,五十而慕。"(《孟子·告子下》)

系。所以就说"越人关弓而射之,则己谈笑而道之",没有其他原因,"疏之也"。"其兄关弓而射之,则己垂涕泣而道之;无他,戚之也","戚"就是"休戚相关"、"亲戚"的"戚",就是跟你关系非常密切的人,你的哥哥关弓射人,你自己说这个事情,就会流眼泪了。孟子就解释说:"《小弁》之怨,亲亲也。""亲亲"就是把亲人当作亲人来看待,《小弁》的"怨"是因为有亲人犯了错误。"亲亲,仁也","亲亲"是"仁"的表现。"仁"字是一个"人"字加一个"二"字,它是人与人之间的关系,那么亲人之间的关系当然就更不一般了。孟子就说,《小弁》之"怨"是"亲亲",因为关系跟自己很亲密,才有这样的怨,这样的怨是仁者之怨,不是小人之思,恰恰是君子、仁者的所为。公孙丑又问:"《凯风》何以不怨?"孟子曰:"《凯风》,亲之过小者也;《小弁》,亲之过大者也。亲之过大而不怨,是愈疏也;亲之过小而怨,是不可矶也。愈疏,不孝也;不可矶,亦不孝也。孔子曰:舜其至孝矣,五十而慕。"公孙丑问,都是亲人有问题、有过错,为什么《小弁》就这么怨,《凯风》不怨呢?孟子又区别了《凯风》是亲人的错误比较小的这样的一种状况,你如果去怨他的话,你就是过分了,是"不可矶也"。这个"矶"是激发、触犯的意思,亲人的错误很小就不要去激发、触犯,而要回避。"亲之过大而不怨,是愈疏也",如果你的亲人已经犯了很大的错误,你再不去规劝他,再不批评他的话,你就完全把他抛开了,就不把他当成亲人来看了,好像他跟你没有关系。所以说亲人过错大的时候，我们就要怨刺、帮助他；如果亲人过错很小的话，就最好不要去触犯他，不要去激发他，因为这个不值得你去怨他；亲人的过错很大的时候不去怨，这是疏远他，是不孝。孟子就这样区别了"怨"之间亲和疏的关系，后来宋代也有人发挥这样的观点，就是所谓的"不怨之怨"，对国君、对亲人的怨都要掌握尺度。

第五节　知人论世

子曰："视其所以，观其所由，察其所安，人焉廋哉！人焉廋哉！"（《论语·为政》）《正义》曰："此章言知人之法也。……言知人之法，但观察其终始，则人安所隐匿其情哉？再言之者，深明情不可隐也。"

我们下面看一下"知人论世"。孔子有一段话奠定了后世知人理论的重要基础，《论语·为政》里说："子曰：'视其所以，观其所由，察其所安，人焉廋哉？人焉廋哉？'"正义曰："此章言知人之法也。"这段话是讨论怎样判别一个人的方法的。"言知人之法，但观察其终始"，这个"终始"和文本的"终始"不一样，不是上下文的那个"终始"，"观察其终始"就是从头到尾地观察他。"则人安所隐匿其情哉？再言之者，深明情不可隐也"，"再言之"就是重复地说两遍"人焉廋哉"。"廋"实际上就是古代的隐语，其实就是"隐"的意思。我们知道《汉书》里面有廋词，它就是相当于隐语。我们看一个人，如果我们"视其所以，观其所由，察其所安"，把来龙去脉摸清楚，观察他的始终的表现，那么这个人还能够隐瞒他的真实的面貌吗？"隐匿其情"的"情"实际上是指人的真实的内心世界。这是孔子提出的观人的方法。这是用社会学考察作者的一种方法，我们以前的很多研究者，研究某个作家的

时候,"视其所以",就是观察他的交游情况;"观其所由",通过他的书信、日记,考察他的处事方法;"察其所安",考察他的思想感情,他所寄托的是儒家的思想还是道家的思想,等等。总之说来,如果是对一个作家的考察,"视其所以,观其所由,察其所安"是考他的交游、社会关系以及为人处事的方法和态度,还有他安身立命之本源。

《孟子·万章下》正式提出了"知人论世"的方法。"知人论世"在后世往往是和"以意逆志"并列起来的,作为两个互补的阐释学的方法。但是"知人论世"的原始含义、原始出处,可以说与"以意逆志"毫无关系,为什么毫无关系呢?因为在孟子的时代,或者在他以前的时代,"诗"并不是某一个作者具体的诗,虽然孟子已经开始注意到诗歌的怨与不怨,或者亲与疏的关系,但是他讨论"知人论世"的时候,完全不是针对读《诗经》的诗来展开的,而是从交朋友的角度来展开的。"孟子谓万章曰:'一乡之善士,斯友一乡之善士;一国之善士,斯友一国之善士;天下之善士,斯友天下之善士。'"就是说如果你是乡里面的一个君子的话,你就和乡里面的那些君子相交游;如果你是一个诸侯国的君子的话,你就和诸侯里面的那些君子相交游;如果你是整个天下的"善士"的话,那么你就和天下各地方的君子相交游。如果当今天下的那些君子跟你交朋友,你还感到不满足的话,"又尚论古之人"。这个"尚"字等于"上"字,那么你又往上去讨论古代的这些君子。"颂其诗",读到他们的诗,"读其书",读到他们的著作,"不知其人,可

> 孟子谓万章曰:"一乡之善士,斯友一乡之善士;一国之善士,斯友一国之善士;天下之善士,斯友天下之善士。以友天下之善士为未足,又尚论古之人。颂其诗,读其书,不知其人,可乎?是以论其世也,是尚友也。"(《孟子·万章下》)

乎？"不知道他们的为人，难道可以吗？这不行，读他们的书、诗，就必须知道他们的人。"是以论其世也"，因此就要探究其人所处的世。这种交朋友的方法——读古人的书和诗，考察古人以及他的时代，是一种"尚友"的方法，就是以古人为友的一种方法。你觉得当今的朋友不够了，当今天下的很多熟人不可交往，要跟古代的君子、圣君贤人交往的话，你就是去"尚友古人"。所以孟子的"知人论世"是一种交朋友的方法，要交那种有道德、品行很好的朋友，这是从政治伦理的角度出发的。后来这段话就被简称为"知人论世"。这里面就有一种"理解的循环"，即知人方面理解的循环。孔子曾经说过"不知言，无以知人也"，就是我们要通过知道一个人的言论来了解这个人，言辞是人品的表现，所以通过分析言辞可以了解其人品，这个过程就是从知言到知人的方法。孔子所说的"不知言，无以知人也"，有这样一个问题：孔子又凭什么来断定一个人的言辞是真实的呢？孔子曾经说过"巧言令色，鲜矣仁"，那么孔子怎么能够判断哪些言是"巧言"？他判定一个人的言辞是"巧言"，是依靠什么样的标准呢？难道仅仅是因为一个人的言非常富有文采，我们就可以说他是"巧言"吗？孔子不是也主张修饰润色吗？他不是也主张"言之无文，行而不远"吗？所以当孔子声称"有德者必有言，有言者不必有德"的时候，他意识到"言"与"德"之间有可能脱节，一个人不仅可能想一套说一套，而且可能说一套做一套。所以在这种情况下，孔子了解一个人是"听其言

知人的循环

而观其行",通过一个人的行为品质来判断他的言辞的性质。这个过程可以简化为先"知人"然后"知言"。但是这样的话,"知人"和"知言"之间就形成了一种循环,造成一种矛盾了。孔子曾经说过"不知言,无以知人也",但现在要知人,就要"听其言而观其行",也就是说要通过对一个人的了解来判断他言辞的性质,这样一来孔子的整个阐释理论就形成了一个首尾衔接的圈——要了解一个人的人品,必须先考察他的言辞;但是要判断一个人的言辞,又必须先知道他的人品。这就形成了我们所谓的理解的循环,也可以说是知人的循环。

孟子把这个循环的因素扩展了。孟子也相信通过语言分析能够了解一个人的精神品质,并且对知言的含义作了进一步的阐释:"诐辞知其所蔽,淫辞知其所陷,邪辞知其所离,遁辞知其所穷。"他认为,通过某些人偏颇的、过分的、歪曲的、晦涩的言辞,就能查知到他们蒙蔽、欺骗、悖谬、理穷的实质,孟子是通过观察一个人的语言来判断一个人的思想的。虽然言辞和思想不一定相对应,但是可以根据经验逻辑来分析言辞,从而推断出说话者的意向性,就是所谓的"闻人言,能知其情所趋也"(赵岐注)。孟子的意思实际上就是说即使思想与语言脱节,我们也可以通过外在的语言形态来认识内在的思想形态。你说的话过分花言巧语,我们就知道你说的话不是真的,通过你花言巧语时候的神色表现,甚至你的眼神、动作来判断你说的话是否真实。所以就有一种说法,叫作"察言观色":对一个人来说,不仅要听他的言,还要观察他的眼

> 将叛者,其辞惭;中心疑者,其辞枝;吉人之辞寡;躁人之辞多;诬善之人其辞游;失其守者其辞屈。(《周易·系辞下》)

色、面部表情,等等,这样才能够了解其人品。《周易·系辞下》曾经也说过类似的话:"将叛者,其词惭。"想叛变的人说话的时候总有一点惭愧的成分。"中心疑者,其辞枝",他说话很枝蔓,说明他心中充满疑惑,不能肯定。还有"吉人之辞寡;躁人之辞多;诬善之人其词游;失其守者其辞屈",都是通过一个人说话的表情来判断他的人品。

在儒家的知人系统里面,其实辞与人的关系比言与意的关系更加重要。我们说言与意就是语言和思想相统一,但是在儒家这样观察人的情况下,是注重考察一个人的"辞",这个"辞"就是一个人辩说的能力,就是言辞的能力。通过一个人的言辞的表现来判断这个人的人品,而并不是通过人的语言所表达的意义来判断他的思想,这是孟子和孔子相通的地方。也就是说辞与人的关系比言与意的关系更重要。语言的意义不在于它表达了什么信息,而在于显示了什么性格。这个可能就是我们后世谈到的"文如其人",或者"文不如其人"。关于这点,历史上展开的争论其实也就是双方的争论出发点不同。"文如其人"主要是在于一个人的文显示了什么样的性格,而不在于他的文显示了什么样的信息。"文如其人"是一个伦理学的概念,它不是言与意、语言和思想之间的一种关系概念。也就是说在孟子和孔子观察辞和人的关系的时候,语言不是运载思想的工具,而成了区别人品的标准。这就涉及阐释学中关于口头语言(言辞)和书面语言(文辞)的理解问题,其实两者之间是有差别的。一个人口头上说的言辞是伴随着特定的语境,伴随着特定的感情、表情、手势、躯体语言,等等。但是言辞被文字写下来以后,读者和作者之间就不是面对面了。言辞的发出者和接受者总是面对面的,面对面的、活生生的言说者是不可避免地会显示他的人品的。但是变成文辞以后,就比较麻烦了,因为言辞我们可以通过察言观色来判断它,但文辞已经凝固成文字,我们和作者对话的过程只能是一个比喻意义上的对话,就是伽达默尔说的"dialogue"。我们实际上看不到作者的表情,只能够通过他留下的文字来理解。文辞是冷冰冰的,不像言辞是活生生的,所以说"言"和"文"这两者之间有相当大的区别。文辞是以冷冰冰的简帛纸墨的媒介传递,没有物理的声波,只有抽象的符号,失去了语境的联系。对话者之间横亘着不可逾越的时空的距离,因此读者只能猜测,而不能断定作者的真实意图和可靠人品。孟子说"知言"的时候,把这个概念从口头语言扩展到了书面文本的阅读,所以"颂其诗,读其书"实际上是对书面文本的一种认识。孟子有关书面文本以及阐释学的理论,包含了两个循环,第一个循环我们可以说它跟孔子的理论一样是"知人"、"知言"的循环。另外一个循环,其实有四个概念:"其诗"、"其书"、"其人"、"其世"。阅读这种诗或者这种书的时候,书面文辞的难度就在于读者再也没有办法与作者进行面对面的交谈,倾听他的声音,观察他的表情,只有通过文辞所表达出来的意义去猜想、推测。假如说文辞与思想错位的话,那么猜想和推测就难免会误解和歪曲作者的意图。所以要知道文辞

> 孟子有关书面文本以及阐释学的理论,包含了两个循环

表达的志,就必须要先了解作者是一个什么样的人;要了解作者是什么样的人,就必须分析作者所处的时代和环境,就是"知人论世"。换句话说就是:考察时代和环境对于作者的影响,就可以了解作者的人品和思想;了解了作者的人品和思想,就可以领会文辞中蕴藏的真实意图。如果我们把"尚友"这个目的抛开的话,那么孟子这段话中间关于"知其人,论其世"就成了前提,而目的就是"颂其诗,读其书",并理解其内容,"知人论世"以后我们才能读懂他的诗和书,这样就变成第二个循环了。"知文"、"知辞"、"知志"、"知人",然后"知世",这是一个循序渐进的过程;这个过程也可以反过来,这就形成了循环。怎么理解这个循环呢?如果我们要知道一个人的"文",就要知道他的"辞",然后"知志",就是"不以文害辞,不以辞害志","知志"以后就能够知道他这个人,知道这个人以后可以"知世";但实际上也可以反过来看,我们先"知世",然后"知人"、"知志"、"知辞",最后"知文"。"以意逆志"的时候是顺时针循环的,"知人论世"的时候是逆时针循环回来的。

比如说孟子讲《小弁》,他阅读怨愤之辞以后,体会到作者的"亲亲之志",然后作出判断:这位作者是一个有孝心的人。而在这"以意逆志"的过程中却以"知人论世"为前提,就是孟子已经知道了《小弁》的创作背景,熟悉君父迫害作者这事,由此了解作者是无辜而善良的人,从而真正读懂怨愤之辞。也就是说孟子是先知道《小弁》的写作背景,然后了解这个人,再了解《小弁》里面那种"亲亲"之仁，那种孝心之所在，然后才知道辞是什么意思。这中间有一个循环的过程。

由于作者及其生活时代已经成为过去，只有在文献中留下印记，这就意味着要"知人论世"的话，必须阅读、考察历史的文献。如果"文献不足征"，就没有办法考察作者的身世，那么这就形成第二个循环，我们可以称为"阅读的循环"。也就是说阅读书面文本必须了解作者及其身世，但是要了解作者及其身世，又必须阅读书面文本。当然这个循环并不是在原地兜圈子，而是一种螺旋式的，我们可以不断地追寻下去。刚才谈到这两种循环，实际上对于文本的理解和解释来说，都是摆脱不了的困境，就像前面的阐释学的困境一样。但是正如海德格尔所说，决定性的不是要走出这个循环，而是要以正确的方式进入这个循环。所以孟子的"以意逆志"和"知人论世"两种方法在后代就被人们结合起来，在互为前提、预设的情况下，为正确地进入循环、实现完美的理解提供了一种可能性。

王国维在他的《玉溪生诗年谱会笺序》（《观堂集林》卷一九）里面就谈到了这两种方法之间互为前提，说明了这两种方法的结合对于文本阐释以及解决"阐释的循环"的有效性。王国维这一段话说得非常好，其实这里面也存在问题，不过"知人论世"和"以意逆志"的结合，的确是中国历代的注释者们最爱采用的方法。这样的方法在西方不一定这么受重视，可以说是非常具有中国特色的解读传统。《玉溪生诗年谱会笺》是王国维的朋

> 阅读的循环

> "知人论世"与"以意逆志"的结合，是非常具有中国特色的阐释传统

友张采田所作,是李商隐诗众多注本的一种。在我看来,《会笺》有牵强附会之处,它把李商隐的很多诗都解成政治诗,即采用"以史证诗"的方法来读李商隐诗,有些内容求之过深。不过王国维不管张采田的这本著作是否有真正的学术价值,在序里面主要是表达了自己的观点,其中最有价值的就是把中国古代两种阐释学的传统结合起来讨论。"善哉,孟子之言诗也!曰:'说诗者,不以文害辞,不以辞害志;以意逆志,是为得之。'顾意逆在我,志在古人,果何修而能使我之所意,不失古人之志乎?此其术,孟子亦言之曰:'诵其诗,读其书,不知其人,可乎?是以论其世也。'是故由其世以知其人,由其人以逆其志,则古诗虽有不能解者寡矣。"王国维对《孟子》的两段话作了评述,"意逆"(揣测)在"我"这一方,"志"在古人那一方,怎样使"我"的揣测不失去古人的"志"呢?他说孟子已经讨论过这种方法,即"知人论世",以弥补"以意逆志"的不足——通过对作者生活时代的考察,然后能得知这个人是怎样的一个人,由这个人再去揣测他的志向。采用这样的方法,很少有古诗不能被我们解释的。"汉人传《诗》,皆用此法,故四家《诗》皆有序。序者,序所以为作者之意也。《毛序》今存,鲁诗说之见于刘向所述者,于诗事尤为详尽。及北海郑君出,乃专用孟子之法以治《诗》。其于《诗》也,有谱有笺。谱也者,所以论古人之世也;笺也者,所以逆古人之志也。""汉人"是指两汉的经学家,"传"意为解释,"四家《诗》"指今文经学的齐、鲁、韩诗以

善哉,孟子之言诗也!曰:"说诗者,不以文害辞,不以辞害志;以意逆志,是为得之。"顾意逆在我,志在古人,果何修而能使我之所意,不失古人之志乎?此其术,孟子亦言之曰:"诵其诗,读其书,不知其人,可乎?是以论其世也。"是故由其世以知其人,由其人以逆其志,则古诗虽有不能解者寡矣。汉人传《诗》,皆用此法,故四家《诗》皆有序。序者,序所以为作者之意也。《毛序》今存,鲁诗说之见于刘向所述者,于诗事尤为详尽。及北海郑君出,乃专用孟子之法以治《诗》。其于《诗》也,有谱有笺。谱也者,所以论古人之世也;笺也者,所以逆古人之志也。故其书虽宗毛公,而亦兼采三家,则以论世所

及古文经学的毛诗。"序"的目的是说明作者为什么作这首诗。"孟子之法"即"以意逆志"和"知人论世"的结合。"谱"相当于后世所谓的年谱,但郑玄当时的谱还不叫年谱,因为后来的年谱都是指单个作家的谱,《诗谱》是对整个诗集的编年。郑玄的《诗谱》是给《诗经》系年,具有"知人论世"的功能。郑玄对毛传作的笺注,是用"逆古人之志"的方法。"故其书虽宗毛公,而亦兼采三家,则以论世所得者然也。"郑笺虽是对毛传的笺注,但也兼采了另外三家的说法,原因是他"论世"以后得出的结论不得不采用三家的说法。接下来王国维举了一个例子:"又《毛诗序》以小雅《十月之交》《雨无正》《小旻》《小宛》四篇为刺幽王作,郑君独据《国语》及纬候以为刺厉王之诗,于谱及笺,并加厘正。"幽王、厉王都是暴君,从诗的本文来看,只知道《十月之交》等四篇是刺暴君的,而不知具体是哪一个,《毛诗序》认为是刺周幽王,郑玄考证后认为是刺周厉王,在《诗谱》和《诗笺》中都加以改正。"尔后王基、王肃、孙毓之徒,申难相承。洎于近世,迄无定论。逮同治间,函皇父敦出于关中,而毛、郑是非,乃决于百世之下。信乎论世之不可以已也。"王基、王肃、孙毓都驳斥郑玄的说法,直到晚清都没有定论。同治年间出土了文物,通过"二重证据法"确定了毛传、郑笺孰是孰非,证明了刺周厉王的说法是正确的。"而毛、郑是非,乃决于百世之下"后王国维有一条自注,提到"周(娟)犹言周姜,即函皇父之女,归于周,而皇父为作媵器者。《十月

得者然也。又《毛诗序》以小雅《十月之交》《雨无正》《小旻》《小宛》四篇为刺幽王作,郑君独据《国语》及纬候以为刺厉王之诗,于谱及笺,并加厘止。尔后王基、王肃、孙毓之徒,申难相承。洎于近世,迄无定论。逮同治间,函皇父敦出于关中,而毛、郑是非,乃决于百世之下。信乎论世之不可以已也。(《玉溪生诗年谱会笺序》)

之交》'艳妻',鲁诗本作'阎妻',皆此敦'函'之假借字。'函'者,其国或氏;'娳'者,其姓。而幽王之后,则为姜为姒,均非娳姓。郑长于毛,即此可证"。即周幽王没有姓娳的皇后,而只有姓姜或姓姒的,所以《十月之交》等四篇不可能是刺周幽王的。王国维认为郑玄之所以长于毛传,就是因为采用了"知人论世"和"以意逆志"结合的方法,有《谱》作为"知人论世"的历史的编年,有《笺》作为意义的注释来探求作者之心,《笺》因为有"知人论世"的这种背景而得以保证其合理性和正确性。王国维之所以举这个例子,是为了说明张采田《玉溪生诗年谱会笺》也是采用了这样的方法:年谱就是"知人论世",会笺就是"以意逆志"。王国维认为这种方法是可行的。王国维的注释说明了另外一个问题:当我们进行学术研究的时候,特别是与史学有关的研究,应该注重"二重证据法",即传世之文献与出土之文物两重证据互相依赖。比如敦煌的文书、手抄本,与传世的刻印本相比照,也可以解决一些文献问题。顺便说,我们看《汉书》《后汉书》记载的那些经学家的时候,会发现《十月之交》是被提得最多的《诗经》中的一首诗,这是很有意思的一种现象。《诗》三百零五篇,我们现在的文学史看重的篇目,与不同时代的古人看重的篇目是有区别的。汉代的人是把《诗经》当成政治教科书或对皇帝进行劝谏的"谏书",而并不是作为文学读本来看待的。一个文本在不同时代的接受过程中,不同时代的立场或需要会使人对其某些方面进行特别的阐释。

第四讲

诗之比兴与易之象的关系及由此产生的解释观念

第一节　比兴定义的演变

这一讲主要是比较"诗之比兴"与"易之象"之间的关系以及由此而产生的解释观念。"比兴"可以说是古代说法最多的一种批评概念。《周礼·春官宗伯·大师》提到"教六诗：曰风，曰赋，曰比，曰兴，曰雅，曰颂"，注意那时的说法叫"六诗"，而不叫"六义"，"风"、"赋"、"比"、"兴"、"雅"、"颂"都是诗的范围，是六种诗。后来《诗大序》中谈到"诗有六义"。郑玄对"六诗"进行了这样的注释："风，言贤圣治道之遗化也。"关于"风"，在此不多讲，《毛诗序》里面有进一步的说明。"赋之言铺，直铺陈今之政教善恶。比，见今之失，不敢斥言，取比类以言之。""斥言"就是直接称名而言，中国古代是反对"称名直言"的，讲究语言的艺术。中国古代有很多避讳，即对自己的父祖、尊长都不能直接称名，这与反对"斥言"的思想也是有关系的。"比"就是见到当下不合理的地方，不敢直接说出来，于是"取比类以言之"，即打一个比方来说，而不是直接批评。"兴，见今之美，嫌于媚谀，取善事以喻劝之。"见到当下美的地方，不去直接歌颂，而是取另外一个好的东西来作比喻。在郑玄的解释中，"比"和"兴"的区别在于，"比"是"刺"，而"兴"是"美"，有善恶的区别。也就是说，郑玄对"比"和"兴"是一种政教伦理性质的定义，"比"是刺失的，"兴"是颂美的，但都是婉转的，不是直接说的。在注释中，郑玄引用了郑司农即郑众的说法："比者，比方于物

> 《周礼·春官宗伯·大师》："教六诗：曰风，曰赋，曰比，曰兴，曰雅，曰颂。"郑注："风，言贤圣治道之遗化也。赋之言铺，直铺陈今之政教善恶。比，见今之失，不敢斥言，取比类以言之。兴，见今之美，嫌于媚谀，取善事以喻劝之。雅，正也，言今之正者以为后世法。颂之言诵也，容也，诵今之德，广以美之。郑司农云：……比者，比方于物也；兴者，托事于物。"

也；兴者，托事于物。"这就没有善恶的区别，而只是方法的不同。"比方于物"和"托事于物"是有区别的，前者是说此物就像彼物，要出现"如"、"像"这类词；后者不直接说出某物像某物，没有"如"、"像"这类词。按照后世修辞学的概念，"比方于物"可以说是明喻，"托事于物"可以说是暗喻。

刘勰《文心雕龙·比兴》提到："诗文弘奥，包韫六义，毛公述传，独标兴体。岂不以风通而赋同，比显而兴隐哉！"即在刘勰的观念中，"比"是"显"，"兴"是"隐"。"显"就是事物与被喻事物之间是明显的关系，而"隐"就是我们表面上看不出比喻关系。"故比者，附也；兴者，起也。附理者切类以指事，起情者依微以拟议。"在此，"比"的另外一个涵义就是"附"，"兴"的另外一个涵义是"起"。"附"的是"理"，即"比"这种修辞是擅长用于说理的。说理的时候，我们找很多相类似的东西来比喻和指事。"兴"是要唤起人的感情的，起的是"情"。"拟议"一词出自《周易·系辞》，是探讨、思考之意，后来经常被禅宗所使用，比如说"不得拟议"。"起情故兴体以立，附理故比例以生"，因为要唤起情感，所以"兴"成立了；因为要比附哲理，所以"比"产生了。"比则畜愤以斥言"，他认为"比"就是要直接斥言，这跟郑玄的观点不同，比如"硕鼠硕鼠，无食我黍。三岁贯汝，莫我肯顾"，这就是"比"体，我们能够明显地看出其中的愤怒情绪。"兴则环譬以托讽"，"兴"不是直接的，而是回环的譬喻。"盖随时之义不一，故诗人之志有

> 诗文弘奥，包韫六义，毛公述传，独标兴体。岂不以风通而赋同，比显而兴隐哉！故比者，附也；兴者，起也。附理者切类以指事，起情者依微以拟议。起情故兴体以立，附理故比例以生。比则畜愤以斥言，兴则环譬以托讽。盖随时之义不一，故诗人之志有二也。观夫兴之托谕，婉而成章，称名也小，取类也大。（《文心雕龙·比兴》）

二也。观夫兴之托谕,婉而成章,称名也小,取类也大","兴"这种手法,跟《周易》是非常接近的,"称名也小,取类也大"出自《周易·系辞》。加上前面的"拟议"一词,刘勰在谈"兴"的时候有两处用到《周易·系辞》对《周易》意象特征的概括,所以"兴"和《周易》的"象"是有关系的。在刘勰之前,西晋有个文学家叫挚虞,他在《文章流别论》中提出了这种解释:"比者,喻类之言也;兴者,有感之辞也。"对"比"和"兴"特别是"兴"作了新的解释。这种观念,跟魏晋南北朝时期的思想有关系,当时有些诗的题目就叫"感兴"。

到钟嵘的《诗品序》,作出了更独特的解释。其解释与最初的原始意义有一定的距离,但可能符合南北朝时期诗歌发展的新动向:"文已尽而意有余,兴也;因物喻志,比也;直书其事,寓言写物,赋也。"把"兴"解释为"文已尽而意有余",这是全新的说法,传统中没有此说,我们可以把它看作魏晋南北朝以来"言不尽意"论对"兴"这一概念的渗透。"文已尽而意有余"以前被一些学者称为是钟嵘"滋味说"的中心,其实这个观点是错误的,"文已尽而意有余"只是钟嵘对"兴"的定义。钟嵘所谓的"滋味说",是说五言诗比四言诗有滋味,因为在"指事造形,穷情写物"(《诗品序》)这方面,五言诗比四言诗更有表现力,这是它优长的地方,即五言诗的"滋味"所在。这并非我们讲义的重点,但必须提醒的是,钟嵘所说的"滋味",被后世文学批评史建构为从滋味到韵味到兴趣到神韵这一诗学谱系,但这个谱系是很有问题

> 文已尽而意有余,兴也;因物喻志,比也;直书其事,寓言写物,赋也。(《诗品序》)

的。因为"滋味"在《诗品序》里面说得非常清楚,五言诗之所以有"滋味","岂不以指事造形、穷情写物最为详切者耶?"

孔颖达《毛诗正义》卷一对"赋"、"比"、"兴"作了更详细的解释,所谓"赋",即"铺也,铺陈善恶,则诗文直陈其事、不譬喻者,皆赋辞也",不用譬喻的手法,直接写的方法叫"赋辞"。比如杜甫的《北征》或《自京赴奉先县咏怀五百字》,主体部分都是使用了"赋辞"。"郑司农云:'比者,比方于物。'诸言'如'者,皆比辞也",《诗经》里面,凡有"如"字出现的,都是"比"体,比如"手如柔荑,肤如凝脂",是用比喻手法来写美人之美。"司农又云:'兴者,托事于物。'则兴者,起也,取譬引类,起发己心,诗文诸举草木鸟兽以见意者,皆兴辞也","风雨如晦,鸡鸣不已"之类的都是"兴辞"。孔颖达主要取了郑司农的说法,而他自己的解释是"诸言'如'者,皆比辞也",更为具体;所谓"兴",他认为是"取譬引类",比如《诗经》里面的"风雨如晦,鸡鸣不已。既见君子,云胡不喜",鸡本来是在太阳升起的时候鸣叫,但是在风雨之日照常鸣叫,"不改常度","引类"出来就是君子也像风雨中的鸡鸣一样,也是"不改常度"。所以后来陆游的祖父陆佃作《埤雅》(辅助《尔雅》的著作),在讲到鸡的时候就说"君子不改其度之譬也"。"风雨如晦,鸡鸣不已"实际上就是引发出"君子"的联想。除"取譬引类"以外,还有"起发己心",其实孔颖达的解释有一点发挥了,主要是根据当时的实际情况对"兴"

> 郑以赋之言铺也,铺陈善恶,则诗文直陈其事、不譬喻者,皆赋辞也。郑司农云:"比者,比方于物。"诸言"如"者,皆比辞也。司农又云:"兴者,托事于物。"则兴者,起也,取譬引类,起发己心,诗文诸举草木鸟兽以见意者,皆兴辞也。(《毛诗正义》卷一)

第四讲　诗之比兴与易之象的关系及由此产生的解释观念

的解释进行了调整。"起发己心"跟挚虞的"有感之辞"也挂上钩了，也就是"兴"可以感发每个人的内心，引起人的感动。

再看皎然。皎然是中唐的诗僧，有诗集《杼山集》、诗格著作《诗式》。《诗式》被收入张伯伟的《全唐五代诗格校考》。另郭绍虞《历代文论选》第2册也收录了《诗式》。《诗式》卷一说："诗人皆以征古为用事，不必尽然也。今且于六义之中，略论比兴。取象曰比，取义曰兴，义即象下之意。凡禽鱼草木人物名数，万象之中义类同者，尽入比兴，《关雎》即其义也。"皎然对"比"和"兴"的解释又有新的见解："取象"曰"比"，"取义"曰"兴"，"义"就是"象下之意"。取形象上类似的东西，他认为叫"取象"，比如《诗经·硕人》，比喻的时候说"手如柔荑"，"手"和"柔荑"之间形象很相近。"取义"则不是从形象上来取其相似之处，而是取抽象出来的义理之间的相似处，比如我们从"风雨鸡鸣"中抽象出义理"不改常度"，就和君子的"不改常度"之间有对应。后世虽然不用比兴，但有些诗人使用"曲喻"的比喻手法，比如黄庭坚的诗"我诗如曹郐，浅陋不成邦。公如大国楚，吞五湖三江"，并不是说自己的诗形象上像"曹郐"，而是抽象出的"浅陋"的性质像春秋时期曹、郐这样的小国；"公诗"即苏轼诗，和楚国之间有一个共同的抽象出来的气势宏阔的性质。两句都用了"如"字，但不是"取象"，而是"取义"。这样的例子还有很多，比如黄庭坚的"西风鏖残暑，如用霍去病"，西风与残暑鏖战，就像霍去病和

我诗——浅陋——曹郐
公诗——气势宏阔——楚国

匈奴打仗一样，百战百胜，取的就是"象下之意"。所以皎然的说法有一定的道理。

皎然之后，旧题贾岛《二南密旨》也解释了"比兴"。《二南密旨》也收入了《全唐五代诗格校考》。《二南密旨》的说法是："取类曰比，感物曰兴。"又说："比者，类也，妍媸相类、相显之理。或君臣昏佞，则物象比而刺之；或君臣贤明，亦取物比而象之。""兴者，情也，谓外感于物，内动于情，情不可遏，故曰兴。感君臣之德政废兴而形于言。"他把"比"看成是理性的选择，比类的事物之间抽象出共同的性质，比如"妍"和"贤明"、"媸"和"昏佞"之间就是相类、相显的关系；把"兴"看成是外物感动引起的情绪勃发，重点在感性的方面。这里面关于"比"的讲法，提到了"类"、"理"和"美刺"等方面；关于"兴"的讲法，着重强调"情"和"感物"，也加上了政教伦理的内容，有点像是郑玄、挚虞、刘勰说法的综合。

到了宋代，"比兴"的定义又有了改变。先来看朱熹之前的李仲蒙的说法，他说得非常完备和到位。南宋胡寅《斐然集》卷一八《致李叔易》记载了李仲蒙对"赋"、"比"、"兴"的解释。李仲蒙，名李育，北宋人，苏轼文集中有《李仲蒙哀词》，即此人。他说："叙物以言情谓之赋，情物尽也。索物以托情谓之比，情附物者也。触物以起情谓之兴，物动情者也。"赋的"叙物以言情"比较容易理解，前面我们说杜甫的《自京赴奉先县咏怀五百字》《北征》就属于这种手法。"索物以托情"即诗人主动找一个东西来寄托情感。这种情况下，"物"与"情"是什么

第四讲 诗之比兴与易之象的关系及由此产生的解释观念

关系呢?李仲蒙说,此时"情"处于被动的地位,"情附物者也",情附着在物上。也就是说,"比"的产生源于主动的修辞态度。什么是"兴"呢?就是"触物以起情,物动情者也",就是说"兴"是出于被动,是物来触动"我",引起"我"的情感。"比"是有意的,"兴"是无意的。我们使用"比"的时候,搜肠刮肚地寻找一个物象来寄托情感,就可能采用苦吟的态度。"兴"是指我本来不想写这首诗,但一个事物触动了自己,物触发了情,就是挚虞说的"有感之辞",是一种无意的态度。

朱熹的说法是"比者,以彼物比此物也","兴者,先言他物以引起所咏之词也"。这种观点很常见,所以在此我们不细述。他也用了"引起"一词,因为"兴"的本意就是"起"。前人多认为"引起"的是"情",而朱熹认为"引起"的是"所咏之词"。朱熹是从形式、外观上说的,而前人是从内涵上说的。比如《关雎》,主题是说君子和淑女的关系,"关关雎鸠,在河之洲"和主题是不一样的,朱熹认为是"先言他物以引起所咏之词",这与传统的解释是略有不同的。除了《诗集传》以外,朱熹还有《楚辞集注》。《楚辞集注》中对"赋"、"比"、"兴"的解释稍有不同:"赋则直陈其事,比则取物为比,兴则托物兴词。"

《诗集传》卷一《周南·葛覃》:"赋者,敷陈其事而直言之者也。"《螽斯》:"比者,以彼物比此物也。"《关雎》:"兴者,先言他物以引起所咏之词也。"

《楚辞集注》卷一:"赋则直陈其事,比则取物为比,兴则托物兴词。"

	比	兴
郑玄	刺失	颂美
郑众	比方于物	托事于物
挚虞	喻类之言	有感之辞
刘勰	显/附/理	隐/起/情

(续表)

	比	兴
孔颖达	诸言"如"者	取譬引类,起发己心
皎然	取象	取义(象下之意)
贾岛	取类/理/物象比君臣	感物/情/感君臣形于言
李仲蒙	索物以托情	触物以起情
	情附物(有意)	物动情(无意)
朱熹	以彼物比此物	先言他物以引起所咏之词
	取物为比	托物兴词

朱熹同时代的诗人杨万里在《答建康府大军库监门徐达书》中说:"触先焉,感随焉,而是诗出焉,我何与哉?天也!斯之谓兴。"(《诚斋集》卷六七)把"兴"看作一种天然的创作态度,先被物所触动,于是生出感慨、感动之类的情绪,然后诗就自然写出来。关于杨万里的观点,我们后面还要详细讨论,此处暂且不表。

另外南宋罗大经在其笔记《鹤林玉露》中,谈到他理解的"兴",是"言在于此,而意寄于彼"。《鹤林玉露》曾评价贺铸的《青玉案》(凌波不过横塘路)"试问闲愁都几许,一川烟草,满城风絮,梅子黄时雨"这几句是"盖以三者比愁之多也,尤为新奇,兼兴中有比,意味更长"。若从"比"的角度来理解,闲愁就像一川烟草,就像满城风絮,就像梅子黄时雨,飘荡弥漫,绵绵不断,无处不在;若从"兴"的角度看,"一川烟草,满城风絮,梅子黄时雨"都是即时景物,本身就能触动诗人的情感,引起诗人的闲愁。这就是"触物以起情"。"一川烟草,满城风

盖兴者,因物感触,言在于此,而意寄于彼,玩味乃可识,非若赋比之直言其事也。(《鹤林玉露》乙编卷四)

絮，梅子黄时雨"不是想象中的搜索的形象，而是贺铸眼前所看到的真实景象，也就是说，他写"闲愁"是被眼前的景物触动的。"兴"从两汉到宋，经历了很多变化。对"兴"的解释，和每个时代的诗学思想、时代的创作风潮、审美趣味是一一对应的。宋人这种"触物以起情"的概括，超越了东汉政教说诗的传统，政教说诗主要是从"美刺"、"讽喻"的角度谈的，宋代则主要是从文学本身的角度去理解的，作为修辞手段的"兴"和引起诗人想写诗的情绪的"兴"实际上是混在一起了。兴（xīng）也读作"xìng"。严羽《沧浪诗话》中有"兴趣"之说，按照以前中国文学批评史的解释，从钟嵘的"滋味说"，到司空图的"韵味说"，再到严羽的"兴趣说"，再到王士禛的"神韵说"，构成了中国诗歌审美的链条。这个链条的下一环与上一环之间其实是没有继承关系的。王士禛本人可能继承了司空图和严羽，但严羽对司空图没有继承关系，司空图对钟嵘也没有继承关系。而且严羽和王士禛对唐诗的认识，可以说是截然相反，但王士禛完全无视这一点，只是拿过来为我所用。王士禛的做法也干扰了现代学者，比如郭绍虞、钱锺书先生都受其干扰，认为"兴趣"就是"神韵"，这样的看法是错误的。因为《沧浪诗话》中提出的诗歌最高标准，是李白、杜甫的诗，而王士禛推崇王维、孟浩然。有一些学者指出：严羽一方面提倡"兴趣"，另一方面又主张诗歌的最高成就是李白、杜甫，这是矛盾的，应该推崇王、孟才对。实际上他们对"兴趣"两个字完全理解错了。"兴趣"实际上就是"感兴的趣味"，严羽认为李白、杜甫的诗最具有"感兴的趣味"。在《沧浪诗话》中,对"兴趣"这两个字,严羽还用"兴致"、"意兴"等来代替,说唐人的诗"尚意兴,而理在其中",批评苏轼、黄庭坚的诗"不问兴致","盖于一唱三叹之音有所歉焉"。"兴趣"、"兴致"、"意兴"的中心都是"兴",即情感。严羽举李白、杜甫诗时,举的都是慷慨激昂、激动人心的诗篇;同时严羽也喜欢《古诗十九首》《胡笳十八拍》《离骚》以及苏武、李陵的诗,等等,都是感动人意的诗。严羽的"兴",决不是王维、孟浩然那样的宁静的诗篇。关于这一点,我曾写过一篇文章《严羽〈沧浪诗话〉的隐喻系统和诗学旨趣新论》,发表在《文学遗产》,对学术界长期以来的一些错误观点作了正本清源。

现在我们已经知道,"兴"是可以从修辞学方面来讨论的,同时也可以从诗歌风格、创作态度,以及诗歌的思维方式(比如"有意"、"无意","取意"、"取象"等)等方面来进行讨论。

刚才谈的主要是"诗之兴"。之所以说"兴"而不说"比兴",是因为"比"历代以来都没有太大的变化,而对"兴"的解释历来差别非常大。苏轼在论述《诗经》的时候,也涉及了"比"和"兴"的解释问题。刚才我们所讲的从宋代李仲蒙开始到杨万里、罗大经,他们的解释都与苏轼有一定的关系,关系在"触"字。苏轼说:"自仲尼之亡,六经之道,遂散而不可解。盖其患在于责其义之太深,而求其法之太切。""责"的意思是求。即"六经"之道之所以不可解,原因就在于对其义求之过深,导致失去了

<small>自仲尼之亡,六经之道,遂散而不可解。盖其患在于责其义之太深,而求其法之太切。夫六经之道,惟其近于人情,是以久传而不废。而世之迂学,乃皆曲为之说,虽其义之不至于此者,必强牵合以为如此,故其论委曲而莫通也。夫圣人之为经,惟其《礼》与《春秋》合,然后无</small>

第四讲 诗之比兴与易之象的关系及由此产生的解释观念

"六经"本来的面目。"夫六经之道,惟其近于人情",这是从欧阳修到苏轼的一个重要思想。"人情"的"情"不等于"情感"的"情",而是指一般的生活常识或道理。"是以久传而不废。而世之迂学,乃皆曲为之说,虽其义之不至于此者,必强牵合以为如此,故其论委曲而莫通也",这些人的论述牵强附会、弯弯曲曲,但在逻辑上是不通的——因为"六经"之道是合乎人情的,被这些迂腐之说解释以后却变得不近人情。"夫圣人之为经,惟其《礼》与《春秋》合,然后无一言之虚而莫不可考,然犹未尝不近于人情",《礼》和《春秋》没有不近于人情的。"至于《书》出于一时言语之间,而《易》之文为卜筮而作,故时亦有所不可前定之说,此其于法度已不如《春秋》之严矣",《春秋》是每一个字都可以考证的,《尚书》和《周易》由于功能不同——《尚书》是记载一时的语言,《周易》是为卜筮而作的,所以都是不能确定的文本,因而《尚书》和《周易》的法度不如《春秋》的严格。"而况《诗》者,天下之人,匹夫匹妇羁臣贱隶悲忧愉佚之所为作也",《诗》都是普通的人作的。"夫天下之人,自伤其贫贱困苦之忧,而自述其丰美盛大之乐,上及于君臣、父子、天下兴亡、治乱之迹,而下及于饮食、床笫、昆虫、草木之类",各种各样的作者,有的在诗歌中诉说贫贱困苦的忧愁,有的在诗歌中表达丰美盛大的欢乐;主题既有天下、治乱这样的宏大叙事,也有饮食、床笫等个人叙事和昆虫、草木等微小叙事。"盖其中无所不具,而尚何以绳墨法度区区而求诸其间哉!"即对于各种各样的诗,我们为什么要用固定的尺度来考察它

一言之虚而莫不可考,然犹未尝不近于人情。至于《书》出于一时言语之间,而《易》之文为卜筮而作,故时亦有所不可前定之说,此其于法度已不如《春秋》之严矣。而况《诗》者,天下之人,匹夫匹妇羁臣贱隶悲忧愉佚之所为作也。夫天下之人,自伤其贫贱困苦之忧,而自述其丰美盛大之乐,上及于君臣、父子、天下兴亡、治乱之迹,而下及于饮食、床笫、昆虫、草木之类,盖其中无所不具,而尚何以绳墨法度区区而求诸其间哉!此亦足以见其志之无不通矣。夫圣人之于《诗》,以为其终要入于仁义,而不责其一言之无当,是以其意可观,而其言可通也。今之《诗传》曰:"殷其雷,在南山之阳"、"出自北门,忧心殷殷"、"扬之水,白石凿凿"、"终朝采绿,不盈一掬"、"瞻彼洛矣,维水泱泱",若此者,皆兴也。而至于"关关雎鸠,在河之洲"、"南有樛木,葛藟累之"、"南有乔木,不可休息"、

们呢?"此亦足以见其志之无不通矣。夫圣人之于《诗》,以为其终要入于仁义,而不责其一言之无当,是以其意可观,而其言可通也",苏轼认为孔子对《诗》的考察,是要使它最终符合仁义,而不是追究它哪一句话说得恰不恰当。"今之《诗传》曰:'殷其雷,在南山之阳'、'出自北门,忧心殷殷'、'扬之水,白石凿凿'、'终朝采绿,不盈一掬'、'瞻彼洛矣,维水泱泱',若此者,皆兴也。而至于'关关雎鸠,在河之洲'、'南有樛木,葛藟累之'、'南有乔木,不可休息'、'维鹊有巢,维鸠居之'、'喓喓草虫,趯趯阜螽',若此者,又皆兴也。其意以为兴者,有所象乎天下之物,以自见其事。故凡《诗》之为此事而作,其言有及于是物者,则必强为是物之说,以求合其事,盖其为学亦已劳矣。"这段话的意思是,有人认为"兴"这种手法都含有对天下之物的象征性在内,所以他们在解释的时候,对凡是为某事作的或提及某事的诗,就很牵强地说它合于某件事情。"且彼不知夫《诗》之体固有比矣",有些人不知道《诗》有一种体叫"比","而皆合之以为兴",把"比"和"兴"混为一谈。"夫兴之为言,犹曰其意云尔","兴"是由于它的"意"产生的。"意有所触乎当时,时已去而不可知",被当时的某件事情触动,但时间已经过去了,"故其类可以意推,而不可以言解也",我们只可以用"意"去推测它,而不可能用语言把它固定下来。"'殷其雷,在南山之阳',此非有所取乎雷也",有的人把雷和《周易》的震卦联系起来,追究"雷"与"阳"的关系等,而苏轼认为并不是要取雷的象征意义。"盖必其当时之所见而有动乎其意",可能当时正好打雷,触动了诗人的情感,而不是从《周易》里面找了一个雷的卦象来象征或比喻什么,"故后之人不可以求得其说,此其所以为兴也"。整个一段话,苏轼的意思是,"意有所触乎当时,时已去而不可知"的就是"兴",即一种自然发生的创作欲望、创作冲动,这种欲望和冲动过去以后我们就没办法考证作者的写作目的是什么,是一种我们前面所说的"无意"的状态,"触物以起情"。李仲蒙的时代比苏轼稍早,因此苏轼对"兴"提出这样的解释,可能是受李仲蒙影响。"嗟夫,天下之人,欲观于《诗》,其必先知比、兴。若夫'关关雎鸠,在河之洲',是诚有取于其挚而有别,是以谓之比而非兴也",他认为"关关雎鸠,在河之洲"可以说是"比",因为根据毛传、郑笺,雎鸠"鸟挚而有别",是知道伦理秩序的一种鸟,正好与君子、淑女形成一种比喻关系。苏轼认为"关关雎鸠"是"比",不能称为"兴",和"殷其雷"是不一样的,只有"无意"的、"意有所触乎当时"的才能称为"兴"。宋代关于"兴"的解释,源自李仲蒙,而苏轼的说法起了推波助澜的作用。当然这只是我的推测,但这种推测并不是毫无道理的,因为苏轼在宋代文坛的影响太大了,比如南宋有俗语"苏文生,吃菜羹;苏文熟,吃羊肉"、"家有眉山之书"。苏轼对于"兴"的这种不同于传统的解释,肯定也会影响到宋人。从杨万里到罗大经,他们讲"兴"的时候都涉及了"触"字。朱熹因为其祖师爷程颐经常受到苏轼的讽刺挖苦,所以不喜欢苏轼,从而没有涉及"触",与苏轼的解释不一样。但宋代更多的人是以"触"字为中心来解释"兴"的。

第二节 易之象的内涵

接下来我们再讲讲"易之象"。关于易象，古往今来的学者讨论很多，甚至可以说，《周易》就是一部由"象"为基础、为核心的文本，易象就是先民观察事物和景象而对之进行理解、分析、概括的产物。单看《周易·系辞》里面，"象"出现的频率就非常高。如果我们对"象"进行语言学的分析，就会发现它至少有以下几种含义，大致说来，一种是作名词使用，一种是作动词使用。以下我们看看具体的分类。

现象、物象

《周易·系辞》里第一种是指现象、物象，用英语说就是 phenomenon。"古者包犠氏之王天下也，仰则观象于天，俯则观法于地，观鸟兽之文，与地之宜，近取诸身，远取诸物，于是始作八卦，以通神明之德，以类万物之情。"包犠氏就是伏羲氏，"包"读为"庖"。"观象于天"的"象"就是一种现象、物象，"法"字与上文的"象"互文见义，实际上是等同的，相当于说"俯则观象于地"。"法"字在古代有事物、现象的意项，佛教典籍中所说"万法皆空"的"万法"，也是指万事万物，即万象。包犠氏观察天地间的万象，包括鸟兽的花纹和土地的出产，还观照自己的身体，由此进行总结。包犠氏创造八卦，是从万事万物中抽象出了八种元素，所以说"八卦成列，象在其中矣"。此外《周易·系辞》里面说的"太极生两仪，两仪生四象，四象生八卦"，"四象"的"象"也是现象、物象的意思。"太极"指天地未开、混沌未分的宇宙原始状态,"太极"生出阴阳,阴阳就是"两仪"。阴阳又生出"四象",就是太阳、太阴、少阳、少阴。

第二种"象"的概念,是指征象、迹象,用英语来说就是sign或是indication。《周易·系辞》说"见乃谓之象",韩康伯注:"兆见曰象。""爻象动乎内",孔颖达疏:"兆数见于卦也。""见"读音为"现",意思是显现、显露。"兆"就是征兆。征兆显现出来就叫作"象",换句话说,"象"就是征兆显现出来的迹象。当然,这个所谓的"象"是指爻象,就是《周易》的卦中爻象显示出来的征兆,有吉有凶,有庆有咎。"圣人设卦观象,系辞焉而明吉凶,刚柔相推而生变化。"圣人设置八卦,演绎为六十四卦,就是为了通过卦爻显现出的征象来判断吉凶祸福,这是《周易》易象最主要的功能之一——占卜。通过对卦爻的观察,来判断其征象中包蕴的意义,所以说"是故吉凶者,失得之象也;悔吝者,忧虞之象也;变化者,进退之象也;刚柔者,昼夜之象也"。也就是说,如果爻象显现为"吉",这就是有"得"的征兆,反之显现为"凶",就是有"失"的征兆,如此等等,不一而足。

<small>征象、迹象</small>

第三种我们可以理解为形象、意象,用英语来说就是image。《周易·系辞》里面有一段著名的话:"子曰:'书不尽言,言不尽意。然则圣人之意,其不可见乎?'子曰:'圣人立象以尽意,设卦以尽情伪,系辞焉以尽其言。'"可见"立象以尽意"是针对"书不尽言,言不尽意"这几句话而提出来的。"立象"的"象"意思很复杂,跟卦象、

<small>形象、意象</small>

爻象相关，但我们此处也可以把它理解为指形象，当然是一种抽象的形象、含有意义和思想的形象，也就是意象。文学理论有"形象大于思想"的说法，易之象也是如此，这种形象的表现功能超过了语言，语言不可尽意，而这种形象可以尽意。从这方面来说，易之象跟文学形象就有了相通的可能。

象征或用象征表示　　"象"的第四种意思，是指象征或用象征表示，是一种动词的用法，用英语来说就是symbol或是symbolize。"圣人有以见天下之赜，而拟诸其形容，象其物宜，是故谓之象。""赜"是最幽微的东西，"拟"是比拟，"形容"是指形状，"象"是象征，"物宜"是指事物的性质、道理。也就是说，圣人见到天下最幽深的哲理，但是无法说出来，就把这幽深的哲理比拟为某种形状，来象征事物的性质、道理、规律等形而上的东西。《周易·系辞》举了个例子，比如，圣人要表达"君子居其室，出其言善，则千里之外应之"的道理，就可用"鹤鸣在阴，其子和之，我有好爵，吾与尔靡之"这样的"形容"来象征，也就是用鹤鸣的唱和来象征君子之间的善言相应，因为鹤的鸣声可以传很远，《诗经》里说"鹤鸣于九皋，声闻于天"，所以可用来象征"千里之外应之"。这里的"象其物宜"，表现手法很像《诗经》里面"兴"的用法。

模仿、效法　　"象"的第五种用法，是模仿、效法的意思，相当于英语的imitate。"天垂象，见吉凶，圣人象之。""天垂象"的"象"是指物象，这物象显现出吉凶的征兆，所以也是迹象。而"圣人象之"的"象"是动词，指模仿、效法。

"是故《易》者，象也。象也者，像也。彖者，材也。爻也者，效天下之动者也。""象"本来是一种大型哺乳动物，后来用来代替"像"，段玉裁《说文解字注·人部》："似者，像也"，"像者，似也"。"象"同于"像"，也就是形象上的相似。作为动词，就是使其与之相像的意思。如何与之相像？就要仿效它。所以说"爻也者，效此者也；象也者，像此者也"。这个"象"和"效"是同样的意思，都指模仿、效法。圣人要模仿自然界垂示的种种现象，来制定人类的行为准则，而《周易》的"象"、"爻"就是这种模仿的体现。

"象"的第六种意思是模式、理式，近似于英语的 model 或者 ideal。"以制器者尚其象"，古代人造一个工具或器皿，要取法《周易》中的理念。换句话说，《周易》提供了工具或器皿的观念形态，一种理念中的模型。"象事知器"，取法《周易》，就可以制造出各种器物。这种"象"类似柏拉图所说"理式"的概念，即"ideal"。孔颖达解释"以制器者尚其象"一句引申说："若造弧矢，法睽之象；若造杵臼，法小过之象。""睽"和"小过"都是《周易》的卦名，意思是若要制造弧矢，那么就要效法"睽"的象；若要造杵臼，就要效法"小过"的象。"睽"和"小过"的象，实际上就是一种理式，一种抽象的模型。《系辞》里面还这样说："断木为杵，掘地为臼，杵臼之利，万民以济，盖取诸小过；弦木为弧，剡木为矢，弧矢之利，以威天下，盖取诸睽。"

以上是我对《周易》中"象"的分类，总的来说主要包括两层意思：一是象喻的方法，另一则是意象系统。当

> 模式、理式

> 易之象：象喻方法；意象系统

然，这不是很全面和完善。但是大家可以思考，《周易》里面的"象"和诗歌的"语象"或"意象"究竟有什么关系。所谓"圣人立象以尽意，设卦以尽情伪"，"立象"实际是用一种象喻的方法来传达事理，同时《周易》中又提供了各种各样的意象系统，比如解释乾卦的时候，就有天、马、龙、君、男、父等意象，都是有阳刚之气的，凡是具有刚健之气的事物，都可以说是乾卦的"象"。坤卦主要代表阴柔、柔顺，有地、牛、臣、女、母等意象。诸如此类，每个卦都有一个意象系统。无论是象喻方法还是意象系统，在某些方面都跟诗歌有相通之处，所以下面我们就来具体谈谈二者的关系。

第三节　诗之兴与易之象的对应关系

《周易》的象喻方法和意象系统，都和《诗经》的比兴有对应关系。历代学者都注意到《诗》之兴与《易》之象的关系，尤其是在明清两代，对《诗经》和《周易》的关系作了特别的强调，这种强调有其时代的特点。明代诗歌的主流思想是前后七子的"文必秦汉，诗必盛唐"，这八个字大家都耳熟能详，但究竟包含了哪些具体的意思？这是值得我们思考的。宋代的诗话中"意象"一词出现的频率较低，而在明代诗话中却大量涌现。明代诗学反对"诗史"之说，主张诗歌要有形象性、音乐性，在形象性方面他们爱用《周易》之象来比况。在中国古代文学批评著作中，《诗》之兴与《易》之象的对应关系，主要有如

下几个方面:

第一点,《易》设卦所使用的"拟诸形容,象其物宜"的象喻方法,对应于《诗》的"托事于物"、"取譬引类",即都是用形象的东西来比喻抽象的东西。《诗经》是把抽象的事物托于具体的物象,《周易》是把诸如刚健的精神通过乾卦的龙、马、天等展示出来。宋人陈骙《文则》卷上:"《易》之有象,以尽其意;《诗》之有比,以达其情。文之作也,可无喻乎?"意思是《周易》有象,《诗经》有比,难道作散文就可以不使用比喻吗?在谈比喻这种修辞手法时,把《周易》和《诗经》都利用了。陈骙《文则》中的这种说法,在宋代并不是主流观点,到明代前后七子那里才流行起来。前七子之首李梦阳,《空同集》卷六六《论学上篇第五》说:"知《易》者可与言《诗》,比兴者,悬象之义也。"正如我们前面讲到的,"比兴"是一种象喻的方法,李梦阳认为,理解了《易》的"悬象之义"的方法,才能明白《诗》之比兴的意义。顺便说,这种象喻方法在中古的佛经诠释中也经常被使用,比如隋朝释智顗、吉藏等人注疏《妙法莲华经》,就提倡"法喻双举","法"指妙法,"喻"指莲华。后来的惠洪在《法华经合论》里面说得更明白:"心法之微妙分别,语言所不能形容,然则终不可见之欤?曰:唯以方便设象,以达其意,使学者自求而得之,为可见也。"这也与《易》之象、《诗》之比兴相通,可看作我们传统文化中典型的思维模式的体现。不过,我们还必须说明,《易》和《诗》的象喻方法有相通之处,并不等于它们完全相同。钱锺书先生在《管锥编》

> 《易》设卦所使用的"拟诸形容,象其物宜"的象喻方法,对应于《诗》的"托事于物"、"取譬引类",即用形象的东西来比喻抽象的东西

（中华书局，1979年）第12页曾经对二者作过非常精彩的辨析，他说："《易》之有象，取譬明理也，'所以喻道，而非道也'（语本《淮南子·说山训》）。求道之能喻而理之能明，初不拘泥于某象，变其象可也；及道之既喻而理之既明，亦不恋着于象，舍象也可。到岸舍筏，见月忽指，获鱼兔而弃筌蹄，胥得意忘言之谓也。词章之拟象比喻则异乎是。诗也者，有象之言，依象以成言；舍象忘言，是无诗矣，变象易言，是别为一诗甚且非诗矣。故《易》之拟象不即，指示意义之符（sign）也；《诗》之比喻不离，体示意义之迹（icon）也。不即者可以取代，不离者勿容更张。"也就是说，诗的比喻和哲学的比喻是不相同的：哲学借比喻说理，只要能明理，换一个象喻没有关系，象喻只是一个假定的符号而已，即《易》之象是说理的工具，可以和意义分开；但是诗的比喻就完全不同，象喻和意义不能分离，每个象喻只属于它所在的那首诗，不能被取代，如果换了一个象喻，改变意象和语言，诗就成了另一首诗，甚至不成其为诗。即换了象喻，诗的意义也就不同了。我们一定要注意《易》之象和《诗》之兴的这个区别。

> 《易》之象的神变，对应于《诗》之比兴的变化莫测

第二点，《易》之象的神变，对应于《诗》之比兴的变化莫测。《空同集》卷五二《缶音序》："夫诗比兴错杂，假物以神变者也。难言不测之妙，感触突发，流动情思。"这一点与《易》非常像。《周易》最重的是"神变"，就是我们不能把卦象看得太死。比如乾卦，有"马"的意象，但如果马是母马，怎么办？遇到这种情况，以前的经学家感

到很困惑，到底从哪方面来判定意象的归属呢？王弼注《周易》的时候就批评有些人牵强附会。《周易》意象功能的实现，在于"神而明之，存乎其人"，这八个字既是《周易》的接受方法，也是《周易》的阐释方法。卦象的"神变"取决于读卦象的人，"仁者见之谓之仁，知者见之谓之知"，与读者反应批评有相似之处，即一个文本的功能与意义取决于阅读文本的个人。钱锺书《管锥编》开篇即开宗明义谈到"周易"的"易"有三义：变易、简易、不易。三义中，最重要的是变易，所以西方学者把"周易"这个书名翻译成"*The Book of Change*"（变化的书），当然西方学者也意识到这样的翻译不太准确，因为"易"还有另外两义。于是现在一般采用音译，译成"*I Ching*"。"难言不测之妙"是接受《周易》的最重要的态度，即不能把它固定化。解诗的时候也是这样，特别是比兴的诗，不能把它解释得太死。章学诚《文史通义》内篇一《易教下》多次点到《易》之象与《诗》之兴的关系："《易》之象也，《诗》之兴也，变化而不可方物矣。"也是从变化的角度来看待《易》之象和《诗》之兴开放性、不确定的文本。

第三点，《易》的意象系统对应于《诗》的意象系统。关于这一点，我们可以把汉代焦延寿的《焦氏易林》和《诗经》里的意象作一下比较。《焦氏易林》中有很多四言诗，与《诗经》的意象系统很有关系。比如《周易》里的中孚卦有"鹤鸣在阴"，《诗经》里有"鹤鸣于九皋"，如此等等，有不少意象是对应的。正因为有这种对应，所以古代的比兴很容易被理解，比兴使用哪个事物，就会让人

> 《易》的意象系统对应于《诗》的意象系统

联想到相应的意义，这就是所谓原始思维的一种遗留。某个意象对应于某种哲理，是一种固定的套路。章学诚说"《易》象通于《诗》之比兴"，大概就包括这一点。后世这种固定套路逐渐消失了，我们就很难在一首诗中看到比兴了，因为我们不具备比兴的思维。汉代的时候诗里使用比兴很多，唐宋的时候就已经不甚了了，所以解释《诗经》的时候也出现了各种各样的分歧。

第四点，《易》之象的功能对应于《诗》之兴的功能。《系辞》说："其称名也小，其取类也大。"即一个很小的事物，可以包含很大的内容或哲理。这正好跟中国古典诗歌的语言功能相通，也符合现代文学理论的一种说法——"形象大于思想"。比兴就是要"取譬引类"，对同类别的事物举一反三地联想，也就是说比兴具有联想的功能，从一个很小的事物可以联想到很多事物，所以"取类也大"，前面提到《文心雕龙·比兴》就有"观夫兴之托谕，婉而成章，称名也小，取类也大"。后来南宋张戒在《岁寒堂诗话》里面称赞李商隐的诗，如其中一首"内殿张弦管，中原绝鼓鼙。舞成青海马，斗杀汝南鸡。不睹华胥梦，空闻下蔡迷。宸襟他日泪，薄暮望贤西"，他评论道："夫鸡至于斗杀，马至于舞成，其穷欢极乐，不待言而可知也。'不睹华胥梦，空闻下蔡迷'，志欲神仙而反为所惑乱也。"他认为这种写法就与《易》的语言特点吻合："其言近而旨远，其称名也小，其取类也大。"章学诚《文史通义·易教下》说："《易》象虽包六艺，与《诗》之比兴，尤为表里。"就是意识到《易》之象和《诗》之比兴言近旨远的

第四讲 诗之比兴与易之象的关系及由此产生的解释观念

共同特点。

第五点，《易》之象的理解、解释与《诗》之兴的理解、解释相对应，即《系辞》所言"引而信之，触类而长之"。"信"是通假字，通"伸"。对《易》之象和《诗》之兴的文本，不能拘泥于一点，死于句下，而是要引申推衍，演绎发挥，在字面原始意义的基础上，发掘出更多潜在的意义，这就是我在第二讲说过的"绎"。《系辞》里面的这种说法，后来被经学家或诗歌批评家用来作为读《诗经》或一般诗歌的方法。宋人刘克《诗说·总说》："吾夫子之言诗，大抵推广诗之旨趣，极于精微，类出于诗人本旨之外，岂害于言诗哉？如许商、赐以言诗，皆为其能引而信之，触类而长之，以'切磋琢磨'为告往知来，以'素以为绚兮'之为礼后，其为充类至义者也。""商"指卜商，字子夏；"赐"指端木赐，字子贡，都是孔子的弟子。《论语·学而》记载孔子与子贡的对话："子贡曰：'贫而无谄，富而无骄，何如？'子曰：'可也。未若贫而乐，富而好礼者也。'子贡曰：'诗云：如切如磋，如琢如磨。其斯之谓与？'子曰：'赐也，始可与言诗已矣。告诸往而知来者。'"孔子称赞子贡是能够真正一起讨论《诗》的弟子，也就是说是一个真正懂得理解《诗》的读者，不仅因为他能根据已有的经验来推知未来的东西，而且也因为他读出了与《诗经》中"如切如磋，如琢如磨"原意不同的意义。子夏也是同样的读者，《论语·八佾》："子夏问曰：'巧笑倩兮，美目盼兮，素以为绚兮，何谓也？'子曰：'绘事后素。'曰：'礼后乎？'子曰：'起予者，商也。始可与

> 《易》之象的理解、解释对应于《诗》之兴的理解、解释

言诗已矣。'"孔子从"素以为绚兮"中引申出"绘事后素"的观点,而子夏进一步从中引申出"礼后"的结论,这甚至连孔子都没有意识到,这种读诗法超越了老师,所以孔子感叹"起予者,商也",学生启发了老师。跟同学们一起参加读书会,我常常就会产生这样的念头——"起予者,诸君也"。这就是所谓"教学相长",现在时髦的话叫作"师生互动"。值得注意的是,上面所举刘克这一段话,是把孔子言诗的旨趣,子夏、子贡言诗的触类旁通,与《周易·系辞》"引而信之,触类而长之"的方法联系起来。后来明代一些诗歌选本序中会引用"引而信之,触类而长之"的说法,要求读者根据选的这些诗举一反三,触类旁通。清代乾嘉学派领袖戴震,在《戴东原集》卷一〇《诗比义述序》中说道:"《易》曰:'引而信之,触类而长之。'《诗》之比兴固如是。"戴震谈的是《周易》的阅读方法,同时也是阅读理解《诗》之比兴的方法。

第四节　仁者见仁,知者见知

《易》之象与《诗》之兴的对应,还有重要的一点,这就是二者的理解和解释都没有固定的、标准的、统一的答案,对文本的理解和解释的权力都在读者手上,借用《系辞》的话来说,叫作"仁者见之谓之仁,知者见之谓之知",或者说"神而明之,存乎其人"。《易》和《诗》的文本如何能够做到"神而明之",理解其奥妙,全靠读者各自的领会。所以早在汉代,董仲舒在《春秋繁露》里面就说过:"所闻《诗》无达诂,《易》无达占,《春秋》无达辞。"他讨论的是《春秋》的用词,但这里的"所闻"二字,说明在他那个时代《诗》无达诂、《易》无达占已是学者的通识。刘向《说苑》里也说:"传曰:《诗》无通故,《易》无通占,《春秋》无通义。""故"同于"诂"。这当然说明汉代治《诗》、治《易》各种学说林立的现象,比如《诗》有齐、鲁、韩、毛四家,《易》有孟喜、京房的象数之学,费直、高相的义理之学,还有黄老学派的易学,同时也表明《易》之象和《诗》之兴本身的意义取决于读者的理解和学者的解释。在这一层次上,《易》和《诗》也是对应的。后世的文学批评家要借《周易》之象来讨论诗歌,当然不光包括诗,还包括其他文体,比如赋、文、词等。比如清人刘熙载在《艺概·赋概》里面就说:"皇甫士安《三都赋序》曰:'引而伸之,触类而长之。'刘彦和《诠赋》曰:'拟诸形容,象其物宜。'余论赋则曰:'仁者见之谓之仁,智者见之谓之智。'"况周颐在《蕙风词话》里面也借用"仁者见之谓之仁"来讨论咏芍药花的词作。

"仁者见之谓之仁,知者见之谓之知","知"就是"智",现在的成语把这两句简化为"见仁见智"。这可以说是中国最古老的"读者反应批评"。所以下面我们就来讲讲《周易》"见仁见知"的说法对诗歌理解、解释的启发和影响。

清初王夫之《姜斋诗话》卷上:"诗可以兴,可以观,可以群,可以怨。尽矣。辨汉、魏、唐、宋之雅俗得失以此,读《三百篇》者必此也。'可以'云者,随所以而皆

诗可以兴,可以观,可以群,可以怨。尽矣。辨汉、魏、唐、宋之雅俗得失以此,读《三百

可也。于所兴而可观,其兴也深;于所观而可兴,其观也审。以其群者而怨,怨愈不忘;以其怨者而群,群乃益挚。出于四情之外,以生起四情;游于四情之中,情无所窒。作者用一致之思,读者各以其情而自得。"最后这两句话很重要,是王夫之的中心观点:作者的构思是"一致"的、没有变化的,但每个读者根据自己情感的需要而得到不同的理解。有的读者读一首诗主要从"兴"的方面去看,注意诗的感兴功能;有的读者主要从"观"的方面去看,注意诗的认识功能;有的读者从"群"的方面去看,注意诗的社交功能;有的读者又从"怨"的方面去看,注意诗的宣泄功能。王夫之举例说:"故《关雎》,兴也;康王晏朝,而即为冰鉴。'讦谟定命,远猷辰告',观也;谢安欣赏,而增其遐心。"比如《关雎》,毛诗列于三百篇之首,《小序》称此诗为美"后妃之德也"。然而齐、鲁、韩三家诗都认为是讽刺"康王晏朝",也就是"从此君王不早朝",《后汉书·皇后纪序》说:"故康王晚朝,《关雎》作讽。"毛诗认为是"美"的诗篇,齐、鲁、韩三家诗却认为是"刺"的诗篇,希望引起君王的鉴戒。又比如"讦谟定命,远猷辰告"出自《诗经·大雅·抑》,谢安在读这首诗的时候,特别喜欢这八个字,当时他隐居东山,"遐心"指出世之心。本来这八个字是表达入世的态度,但谢安读了以后反而"增其遐心"。谢安对这八个字的欣赏,见于《世说新语·文学》。谢安把它当作感发自己"遐心"的"兴"来看待这两句诗。也就是说,"康王晏朝,而即为冰鉴"是"兴"的诗被当作"观"的诗来

篇》者必此也。"可以"云者,随所以而皆可也。于所兴而可观,其兴也深;于所观而可兴,其观也审。以其群者而怨,怨愈不忘,以其怨者而群,群乃益挚。出于四情之外,以生起四情;游于四情之中,情无所窒。作者用一致之思,读者各以其情而自得。故《关雎》,兴也;康王晏朝,而即为冰鉴。"讦谟定命,远猷辰告",观也;谢安欣赏,而增其遐心。人情之游也无涯,而各以其情遇,斯所贵于有诗。(《姜斋诗话》卷上)

看,"谢安欣赏,而增其遐心"是"观"的诗被当作"兴"的诗来看。"诗可以兴,可以观,可以群,可以怨",每个人根据自己的需要来理解。王夫之进一步说:"人情之游也无涯,而各以其情遇,斯所贵于有诗。"即每个人读作品的时候都以自己的情感来与作品相遇,作品中的有些句子、思想引起读者的共鸣,实际上作者原本可能没有这样的意思,但读者可以从另外的角度去理解。

沈德潜《唐诗别裁·凡例》说:"古人之言,包含无尽;后人读之,随其性情浅深高下,各有会心。"这样的例子大家应该见过很多。特别是我们读古诗鉴赏著作,每个鉴赏者的说法都不同,没有一种赏析能给我们提供标准答案。"董子云:'诗无达诂。'此物此志也,评点笺释,皆后人方隅之见",沈德潜引用董仲舒"诗无达诂"的观点来说明诗歌没有一种通达的解释,都随着读者的"性情浅深高下",也包括对诗歌认识水平的高下来各自理解领会。其实,这也就意味着存在的历时性决定理解的历时性,每个读者的"此在"不同,理解的程度和内容也就不同。

清代薛雪的《一瓢诗话》中提出一个更极端的观点:"杜少陵诗,止可读,不可解。"为什么呢?因为"公诗如溟渤,无流不纳;如日月,无幽不烛;如大圆镜,无物不现,如何可解?"也就是说,杜甫的诗像大海一样,没有什么河流不能容纳;像日月一样,没有什么幽暗的地方照不到;像大圆镜一样,没有什么东西不在其中显现,我们怎么能够解释呢?"小而言之,如《阴符》《道德》,兵家读之为兵,道家读之为道,治天下国家者读之为政,无往

> 古人之言,包含无尽;后人读之,随其性情浅深高下,各有会心。……董子云:"诗无达诂。"此物此志也,评点笺释,皆后人方隅之见。(《唐诗别裁·凡例》)

> 杜少陵诗,止可读,不可解。何也?公诗如溟渤,无流不纳;如日月,无幽不烛;如大圆镜,无物不现,如何可解?小而言之,如《阴符》《道德》,兵家读之为兵,道家读之为道,治天下国家者读之为政,无往不可。所以解之者不下数百余家,总无全

不可。"比如《道德经》中"以弱胜强"、"以柔克刚"之类的思想,如果从道家的立场看,那么就是"道";如果从军事的立场看,那么谈的就是兵家的事情,《孙子兵法》里面也有类似的思想;也可以作为政治家无为而治等政策仿效的对象,汉代初年就以黄老治天下,也有很多统治者采用《道德经》的思想来制定政策。薛雪说杜甫诗从小的方面看,就像《阴符》《道德经》这些著作,兵家读了不同,道家读了不同,政治家读了又不同,但都能各取所需。这显然是模仿《周易》"仁者见之谓之仁,知者见之谓之知"的句法和观念。"所以解之者不下数百余家,总无全璧。"解杜甫诗的有几百家,但没有一家敢号称自己的注释是没有缺陷的。"杨诚斋云:'可以意解,而不可以辞解;必不得已而解之,可以一句一首解,而不可以全帙解。'"这就是薛雪所说的"杜少陵诗,止可读,不可解"的论据。但这段话应该是杨升庵所说,而不是杨诚斋所说,薛雪是张冠李戴了。他又说:"读之既熟,思之既久,神将通之,不落言诠,自明妙理,何必断断然论今道古耶?""神将通之"实际上使用了《周易》"神而明之,存乎其人"的说法,意为我们领会了杜诗的精神,就不要被语言所限制,不拘泥于论今道古,才能得到妙理。

我们发现,王夫之、沈德潜、薛雪这些清代早期的诗歌评论家,都主张"诗不可以解"、"仁者见仁,知者见知"。这在中国是另一个源远流长的传统。后来这种观点也渗入词学批评里面,比如常州词派的周济在《介存斋论词杂著》里面提出:"既成格调,求无寄托,无寄托则指事

> 璧。杨诚斋云:"可以意解,而不可以辞解;必不得已而解之,可以一句一首解,而不可以全帙解。"余谓:读之既熟,思之既久,神将通之,不落言诠,自明妙理,何必断断然论今道古耶?(《一瓢诗话》)

类情,仁者见仁,知者见知。"这明显是《易》之象理解的思路。后来词学家谭献《复堂词录序》里的一段话更为知名:"而后侧出其言,旁通其情,触类以感,充类以尽,甚且作者之用心未必然,而读者之用心何必不然。"触类旁通的说法和思想,都是从《周易》中借用或引申出来的,特别是最后两句,更加强调了"读者之用心",强调读者在理解与解释过程中的权力和意义。"仁者见仁,知者见知"是中国文学批评的一个传统,既有它的优点,同时也有弊病,打着"诗无达诂"的旗号,可能会造成不负责任的批评、不负责任的解释。从现代学术的角度看,可能还是有一些问题。因为它完全搁置了"作者之用心",搁置了作者的创作意图,所以最终诠释的有效性就将大打折扣。

> "仁者见仁,知者见知"是中国文学批评的一个传统,既有优点,也有弊病

第五讲

言意之辨以及诗歌的理解与解释

第一节 言尽意论

所谓的"言意之辨",是关于思想与语言之间关系的讨论。这个问题比较复杂,最具有思辨色彩。语言到底能否穷尽思想?语言与思想到底有没有同一性?语言是否就是思想的真实表现?从这些问题出发,"言意之辨"主要就是两大命题:一是"言不尽意",另一则是"言尽意"。"言不尽意"论认为思想和语言是错位的,没有同一性,思想比语言更大;"言尽意"论认为人类共同构造了一个知识系统,约定俗成地为世界的各种事物定了语言的名称,这些名称在我们使用语言时就可以准确地反映世界,也可以准确地反映我们对世界的认识、反映我们的思想。这两大命题在魏晋时争论得非常激烈,但实际上在先秦时期,就已经有了"言不尽意"与"言尽意"这两种争论,当然这两种争论没有直接交火。相对来说,大体上儒家的言意观是主张"言尽意"的,而道家的言意观是主张"言不尽意"的。孔子的后学荀子,把"言"和"名"相并列起来看。"名"是什么?是人们认识世界得出的一种概念。这种概念以语言来表达,就是所谓的"名"。关于"名",孔子曾说过这样一段话:"必也正名乎?……名不正则言不顺,言不顺则事不成。"我们要理解一种概念,首先要把这种概念的内涵廓清。与"名"相对的是"实"。一个概念,会有一个具体的事物或抽象的理念与它相对应,"名"与"实"是对应的。先秦时期有所谓的"名实之辨",对儒家来说,"必也正名",他们认为名正就可以言顺,言顺

> "言意之辨"的两大命题:言不尽意;言尽意

就可以事成，承认语言可以运载概念、运载思想。

西晋文学家石崇的外甥欧阳建，有一篇著名的论文《言尽意论》。欧阳建所处的西晋，其时代背景就是魏晋玄学的"言不尽意"论广为流传。那么欧阳建认为在哪些方面言可尽意呢？他先列出"言不尽意"论者的观点，说："夫天不言，而四时行焉；圣人不言，而鉴识存焉。形不待名，而方圆已著；色不俟称，而黑白以彰。然则名之于物，无施者也；言之于理，无为者也。而古今务于正名，圣贤不能去言，其故何也？"他指出，上天（自然界）是没有语言的，但自然形成了春夏秋冬；圣人不说话，但对世界有着聪明的见解。不待我们说方的、圆的的时候，方的、圆的自身已经存在了，"形"是不依赖于我们赋予它们的名称的。颜色不待我们对它的称呼，黑、白就已经非常明显。也就是说，客观的事物、客观的大自然，不等待我们对它的命名，它就已经在那里运行，已经具备了自己的特征。如果承认自然界不依赖于我们对它的主观命名而得以存在的话，我们的"名"对于物来说就没有什么可以施加给它的，我们的语言对于天地间存在的道理也没有办法发生作用，"言之于理"的"理"就是天地间自然存在的一种客观规律，我们的语言对天地间存在的客观规律是"无为者也"，即无能为力的。比如说春夏秋冬的运行，春去秋来，寒来暑往，不依赖于我们的语言。我们的语言对于天地间的义理来说是无能为力的。从这个角度来说，"言"是没有意义的。然而，"古今务于正名，圣贤不能去言，其故何也？"古往今来，圣贤为什么说"必也正

> 夫天不言，而四时行焉；圣人不言，而鉴识存焉。形不待名，而方圆已著；色不俟称，而黑白以彰。然则名之于物，无施者也；言之于理，无为者也。而古今务于正名，圣贤不能去言，其故何也？诚以理得于心，非言不畅；物定于彼，非言不辨。言不畅志，则无以相接；名不辨物，则鉴识不显。鉴识显而名品殊，言称接而情志畅。原其所以，本其所由，非物有自然之名，理有必定之称也。欲辨其实，则殊其名；欲宣其志，则立其称。名逐物而迁，言因理而变，此犹声发响应，形存影附，不得相与为二。苟其不二，则无不尽，吾故以为尽矣。（《言尽意论》）

名乎",为什么不舍弃语言?"诚以理得于心,非言不畅;物定于彼,非言不辩",这里"诚"的意思是的确,就是说因为心里得到的道理如果没有语言把它表达出来,就不通畅;"物定于彼",是说事物的特征已经呈现在那里,如果没有语言,我们就不能够辨别事物;"言不畅志,则无以相接",如果没有语言,我们的心志就不能表现出来;"名不辩物,则鉴识不显",如果名不能辨别事物,我们思想中对事物的认识,即所谓的"鉴识"就不能显示出来。如果没有名称的话,我们的思想就是一团糨糊。思想是通过概念去实现的,我们很难想象一个人不通过语言就能进行思考,概念实际上是我们进行思考的必要条件。比如,我们说这是黑板、那是窗帘,如果我们没有"黑板"和"窗帘"这两个概念和名称,就根本没办法辨别客观事物了;如果没有"春"和"秋"的概念,没有"冷"和"热"的概念,我们的思想就无法区别。"鉴识显而名品殊",只要我们的思想对外物进行鉴别的时候,"名品"即事物的名称就一定是有不同的。"言称接而情志畅",语言与语言相接,例如人与人之间的对话,一个说英语,一个说中文,互相就衔接不上;如果两个人说的是同一种语言,那么"言"就可以相"接",彼此的观点就能畅达地表现出来。这是什么原因呢?欧阳建又说"原其所以,本其所由",即我们推究它的本原、它的来由,"非物有自然之名,理有必定之称也",并不是说客观事物自然而然就有一个名称,并不是说客观的道理必定就有一个固定的称呼,而是我们人类需要的时候给它们定的名和称呼。"欲辩其实,则殊其名",我们为了辨别两个事物的不同,即"实"的区别,比如我们为了要辨别黑板和白色墙壁的实质的不同,就一定要用两个字来区别它们,于是就把黑板颜色的"实"称为"黑",把墙壁颜色的"实"称为"白","黑"和"白"是我们为了认识世界而定出来的概念。"欲宣其志,则立其称",我们要表达内心的情感,就给很多事物拟定了名称,有了名称,我们的情感才能表达出来。"名逐物而迁,言因理而变,此犹声发响应,形存影附,不得相与为二",这是说名与物的关系、言与理的关系如影随形,不能分开。例如,"黑板"这个名称与实体是一回事,不能分开,一说到"黑板",我们就知道这个实体的存在。我们说到某个事物的时候,这个事物不仅有一个名称,而且有与名称对应的实体,这就像影子与身形相互依存一样,身形到哪里,影子也跟着到哪里,不能分开。"苟其不二,则无不尽,吾故以为尽矣",因为名与实不能分开,所以当语言说出来的时候,一定表达了某种概念、某种思想,所以只要有语言,思想就一定能够穷尽,思想与语言、名与实之间是一一对应的关系,不能分开。这样的话,言就可以尽意。人类为客观自然界定立了很多名称,我们认识世界的时候,就需要这些名称来帮助我们建构思想体系。只要有语言,语言就一定是我们思想的表达。很多时候,我们是用概念在进行思维。当然也有一种说法叫"形象思维",其实是我们做梦的时候是用形象在思维,但在现实中,我们在思考的时候,是通过名称、概念来进行的。欧阳建的言论有一定的道理。

上面我们所看的欧阳建的《言尽意论》只是节选，他在这篇的文章的前面还设立了两种人物——"雷同君子"和"违众先生"。在魏晋时期，这些"雷同君子"都是主张"言不尽意"的，"违众先生"即欧阳建自己则主张"言尽意"。从"雷同君子"和"违众先生"我们可以看出，魏晋时期主要的思想潮流是"言不尽意"。"言不尽意"是当时人们公认的一种说法，只有"违众先生"是认为"言尽意"的。

第二节　言不尽意论

我们再看"言不尽意"论者的观点。"言不尽意"的思想来源于《庄子》。"世之所贵者，书也。书不过语，语有贵也。语之所贵者，意也，意有所随。意之所随者，不可以言传也"，《庄子》在这里建了一个等级制，我们借用法国学者雅克·德里达（Jacques Derrida）的概念，叫"形上等级制"（metaphysical hierarchy）。形上等级制能帮助我们辨别一些事物，这些等级是有层次的。先秦时代有很多与形上等级制类似的表述，《庄子》里的这段话就很典型：第一个等级是"书"，即文字记载的东西；"书"表达的是"语"，即口头语言；再上面的等级是"意"；"意"上面的等级是"意之所随者"，即"道"。这样，最高的等级是"道"，最低的是"书"，《庄子》说"意之所随者，不可以言传也"，这句话的真正意思并非"意"不可以言传，而是"道"（即"意之所随者"）不可以言传。"意之

> 世之所贵者，书也。书不过语，语有贵也。语之所贵者，意也，意有所随。意之所随者，不可以言传也。而世因贵言传书。世虽贵之，我犹不足贵也，为其贵非其贵也。故视而可见者，形与色也；听而可闻者，名与声也。悲夫，世人以形色名声为足以得彼之情！夫形色名声果不足以得彼之情，则知者不言，言者不知，而世岂识之哉！（《庄子·天道》）

<small>书——语——意——道
文字——语言——意之所随者</small>

"所随者"就是我们的思想去追寻的一种"道","道"是在天地间存在的一种非常神秘、复杂、幽微的东西,我们的思想要追随它、寻求它。《道德经》开篇说:"道可道,非常道;名可名,非常名。"这也是很复杂的一个问题。"道可道",前一个"道"与后一个"道"是否是一样的呢?"道可道"至少可以有两种解释:一是如果"道"是可以说出来的"道",那就不是"常道"了,"常道"是说不出来的;另一种解释是,第二个"道"是"言说"的意思,即假如"道"可以言说,那就不是"道"了。张隆溪在他的著作《道与逻各斯》里面,认为"道"与西方的"逻各斯"非常接近。西方的"逻各斯"本身就是言说的意思,同时又是最抽象的思想、理性、判断、概念,等等,非常像"道"。"道"本来是指言说,同时也是一种概念,一种抽象的、无所不包的思想。不同的是,西方的"逻各斯"与言说、与思想,相互之间是统一的,用的是同一个词;而中国的第一个"道"与第二个"道"是不一样的,作为言说的"道"与作为思想概念的"道"是互相冲突的。在西方,"逻各斯"这个词可以理解为理性、判断、概念、定义,等等;但在中国,作为言说的"道"与它的另外一个意项是冲突的。另外,"逻各斯"主要是指思想,但中国的"道"不光是指思想,还指思想所追寻的那个东西。而且"道"在老子的哲学体系里面,具有非理性、超思想的性质。庄子的"道"和"言"之间,有一个中介——"意","道"是思想的对象,而并非思想本身。因此,张隆溪提出的一个"道"字包含了思想与语言二重性的说法，我觉得并不是老庄的本意，即"道"并不具备二重性，而是两个意项是对立、冲突的。

继续看《庄子》里的这一段。"而世因贵言传书"，意思是世上的人因为对语言重视，所以写成书。"世虽贵之"，世上的人虽然看重书，"我犹不足贵也"；"为其贵非其贵也"，因为他们看重的并不是真正值得看重的东西。庄子又进一步说，"故视而可见者，形与色也"，我们的眼睛可以看见形状与颜色；"听而可闻者，名与声也"，我们的耳朵能听到的，是名、声。"悲夫，世人以形色名声为足以得彼之情！夫形色名声果不足以得彼之情，则知者不言，言者不知，而世岂识之哉！"形色、名声实际上是指"书"和"语"这两方面，"书"是文字，文字有形色，"语"是语言，有名声。"世人以形色名声为足以得彼之情"，"彼之情"指"意之所随者"，即"道"。但庄子认为语言、文字实际上是不能得到"道"的真实的，如果明白这一点，那么"知者不言，言者不知"，真正智慧的人就不会说话，说出来的人就没有智慧，但世上的人怎能认识到这一点呢？事实上，庄子贬低语言、文字对于思想认识的作用，这里所谓的思想其实是指思想所寻求的深不可测的"道"，所以有人把老子、庄子称为神秘主义者。"意"本身并不神秘，只有"意"追寻的"道"才是真正神秘的东西，所以"言不尽意"在老庄那里应该等于"言不尽道"。

魏晋时期，出现了"言不尽意"这样一种思潮。我们读《三国志·魏书·荀彧传》的时候，可以看到裴松之注引《晋阳秋》载何劭《荀粲传》说"粲诸兄并以儒术论议",荀粲诸兄都是儒学家,"粲独好言道",这里的"道"特指老庄之道,但他仍然用儒家的观点来为自己的"好言道"作辩护,"子贡称夫子之言性与天道,不可得闻"这句话见于《论语》,既然孔子已经说过"性与天道不可闻",那么显然现在留传下来的"六籍"虽存,但都是"圣人之糠秕",不是圣人的精华而是圣人的糟粕。"糠秕"也是来自庄子的说法。《庄子》里有一个寓言"轮扁斫轮",是说齐桓公在堂上读书,下面有个做轮子的老木匠叫轮扁,问齐桓公读的是什么,齐桓公说:"我读的是古人之书。"轮扁问:"这些古人还活着吗?"齐桓公说:"古人早已经死了。"轮扁说:"那么你读的书都是古人的糟粕。"齐桓公说:"你不准乱说,这些都是圣人的书。为什么说它们是糟粕呢?"轮扁就说:"以我自己的经验来推断,我斫轮斫了几十年,现在达到的水平很高,斫轮的时候感觉到有'道'在里面,但是我感觉到的东西没办法传达给我的儿子。所以现在我到了70岁还在斫轮,这手艺没办法教给儿子。能教给儿子的只是一些技巧,心里真正体会到的一些精髓的东西,我没办法说出来。所以我说出来的教我儿子的,一定是表面的、糟粕的东西。根据我的经验来说,圣人已经死了,他们的那些精髓肯定也说不出来,你现在读的圣人的书肯定也是糟粕了。"齐桓公觉得他说的话有道理。《庄子》用"轮扁斫轮"的故事说明"言不尽意"的观点,说明最精密的、最幽微的、最微妙的"道"是没办法传达给他人的。

粲诸兄并以儒术论议,而粲独好言道,常以为子贡称夫子之言性与天道,不可得而闻,然则六籍虽存,固圣人之糠秕。粲兄俣难曰:"《易》亦云圣人立象以尽意,系辞焉以尽言,则微言胡为不可得而闻见哉?"粲答曰:"盖理之微者,非物象之所举也。今称立象以尽意,此非通于意(当作'象')外者也;系辞焉以尽言,此非言乎系表者也。斯则象外之意,系表之言,固蕴而不出矣。"及当时能言者不能屈也。(《三国志·魏书·荀彧传》裴松之注引《晋阳秋》载何劭《荀粲传》)

因为轮扁斫轮的时候,实际上已经不是技术了,而是由"技"进于"道",能传达给别人的只是"技"而已,而"道"是无法传达给他人的。有时我们看学者谈自己的治学经验,也是如此。从这个意义上来说,就是"言不尽意"。《易》亦云圣人立象以尽意,系辞焉以尽言,则微言胡为不可得而闻见哉?"荀粲的哥哥引用了《周易·系辞》里面的话,认为"微言"也是可以得而闻见的,即通过"立象"来见。荀粲就说:"盖理之微者,非物象之所举也。今称立象以尽意,此非通于意(当作'象')外者也;系辞焉以尽言,此非言乎系表者也。"意思是义理最精微的部分,非物象所能列举,物象只能举粗糙的东西,"立象以尽意"并不能真正通达于象外的东西,象外的东西就是指"意"。"表"也是外的意思,用《周易》的卦辞尽量表达语言,"言"也并非系辞之外的东西。"斯则象外之意,系表之言,固蕴而不出矣",他说按照这个观点来看的话,象外的"意"和系表的"言"是蕴藏在里面,不能够说出来的。"及当时能言者不能屈也",意思是当时善于辩论的人都没办法说服他。荀粲认为圣人之言是"系表之言",圣人之意是"象外之意",可以说是一种特殊的范畴。换句话说,他认为圣人对世界深微的认识体验,绝不在图像或符号能够象征的范围之内;圣人用来认识世界的语言,也超越了文字符号所能运载的范围。"系"是系辞的意思,"象"是立象的意思,"此非通于意外者","意"字当作"象",主要是根据上下文来判断的,如果是作"意",那么后面的"象外之意"就无法解释了。"系表"与"象外"是对应的,如果是"意外",就与"系表"不能够对应了。圣人的语言,是在系辞之外的一种语言,系辞本身不能表达圣人的语言;圣人的意是象外之意,"象"也不能尽意,"立象以尽意"、"系辞以尽言",实际上是不可能的,因为孔子曾经说过"性与天道,不可得而闻",我们得到的只能是圣人思想的粗浅外表。当时的荀粲,虽然是一个年轻人,但他的这种思想影响非常大。

另外,荀粲之后有一个学者殷融写过《象不尽意论》,见于《世说新语》刘孝标的一条注释中。殷融是东晋的清谈家、玄学家殷浩的叔父。《象不尽意论》显然是针对《周易》里面孔子所说的"圣人立象以尽意"而来的,认为立象并不能尽意。他的论说今天已经亡佚了,但是《世说新语·文学》里面记载了他的侄子殷浩论易象的一段话,其中可能保留了一些殷融的观点。刘孝标注引了殷浩的论。殷浩的观点大致是,圣人借用六爻的卦象,来表达对世界的认识,即所谓的"立象以尽意"。但六爻的卦象只是圣人之意的一种拟托,只是象征性的符号,这种象征性的符号本身并不等于变化的世界。比如同样是爻的一划,有的时候我们可以把它理解为吉,有的时候把它理解为凶,是吉是凶取决于人们对它的认识,因此不能够固定它的象征意义。所以在《周易》的卦象里面,乾、坤、巽、坎之类的卦象和自然界真正的变化是不能够完全等量齐观的。殷浩举例说,不同地方的人,对世界的认识用的象征性手段是不一样的,有的地方的人用蓍

象——意
象征——意义

草来占卜,有的地方的人用龟甲来占卜,有的地方的人用瓦和石之类的东西来进行占卜,这显然说明,占卜的卦象只是一种工具,并不能和世界等量齐观。所以这样的象是一种约定俗成的表意的符号。我们说"象"和"意"之间的关系就相当于"言"和"意"之间的关系,殷浩认为"象"与"意"之间的关系不是同一的。而欧阳建说的"言"与"意"的关系是统一的,"如影随形",形到哪里,影子就跟到哪里。殷浩认为"象"与"意"之间是分裂的,可以用这个象来表达这个意,也可以用那个象来表达这个意,也就是说两者是象征与意义之间的关系,并非同一,而是可以替换。我们可以用龟甲来象征,也可以用蓍草来象征,也可以用八卦的爻象来象征,也可以用瓦石来象征,等等,各个民族有所不同。也就是说,"象"是可以替换的,"象"与"意"并不是如影随形的,不是二而一的东西,而是两种东西。从"象不尽意"论推而广之,语言也是一种约定俗成的东西。所以魏晋时期提倡"言不尽意"观点的人,都有这种思想:"非物有自然之名,理有必定之称也。"这两句话是提倡"言不尽意"论者最重要的一条证据,即物并没有自然的名称,名称都是人为赋予的,是人给它们一种象征符号来代替某种事物。嵇康在《声无哀乐论》里面,也提到了这样一句话:"夫言非自然一定之物,五方殊俗,同事异号,举一名以为标识耳。"嵇康的《声无哀乐论》是一篇著名的论文,以前都认为声音是有情感的,有哀乐之分,嵇康认为音乐本身是没有哀乐的,所谓的哀乐是人们给它加进去的,一种音乐在某个地方被认为是快乐的，而在另一个地方可能被认为是悲伤的。与《声无哀乐论》相反的是阮籍写的《乐论》，认为声有哀乐。嵇康在论述"声无哀乐"的时候，提到的前提是"言非自然一定之物"，即语言实际上是一种约定俗成的东西。可见嵇康和欧阳建对同样一种现象，作出了不同的解释。前面我们已经讲过索绪尔《普通语言学教程》中，谈到"有声意象"与"概念"之间的统一，即在同一个语言系统里面，"有声意象"与"概念"是合二为一的。转换成中国的术语来说，"有声意象"就是"名"，"概念"就是"实"，在同一个语言系统中，名和实是统一的。比如我们说"黑板"就是指黑板这种东西；"shuǐ"这个有声意象，对应"透明的液体"这样一个概念；我们说"dēng"的时候，就会想到发光的物体——有声意象就是"dēng"，概念就是"发光的物体"，名与实是统一的。欧阳建的立论基础，是在同一语言系统中，"欲辩其实，则殊其名；欲宣其志，则立其称"，名和称都是我们为了认识世界而约定俗成的。但嵇康在提到"五方殊俗，同事异号"的时候，是指不同的语言系统。在不同的语言系统中，有声意象和概念就不一定是对应的了，"同事异号"，同样的事物有不同的有声意象，比如老虎，在中原地区叫"虎"（hǔ），在楚国叫"於菟"（wūtú），英语里叫"tiger"，日语里叫"とら"（tora）。也就是说，同样一个东西，在不同语言系统中，它们的有声意象就不一样了。当"言不尽意"论者在讨论名和实不同、不能够对应的时候，他们引用的是不同的语言系统里面会出现"同事异号"这

<small>同一语言系统</small>

<small>不同语言系统</small>

样的现象。嵇康论述的时候,他的出发点和欧阳建是不在一个立场上的,欧阳建是指有声意象对于概念而言虽然是约定俗成的,但是在同一个语言系统里面,既然约定俗成了,那么就一定是这个名指这个实,名和实之间一定是对应的。

陆机的《文赋序》,我们常把它作为"言不尽意"论的代表,其实它不是很纯粹的"言不尽意"。《文赋序》里有一个自谦的说法:"每自属文,尤见其情",就是每次写文章的时候,能够见到其中的情理;"恒患意不称物,文不逮意",常常担心自己的思想不能准确地对应于客观世界,不能很好地抓住事物,同时又担心自己的文笔不能够抓住自己的思想,"逮"的意思是及,更通俗地说是把握。这里就又有一种形上等级制,即文→意→物。有的学者把这里的"物"理解为"象",这样就有点问题。比如陈良运的《周易与中国文学》,认为陆机的意思是跟《周易》一样的,但《周易》里的形上等级制是怎么排列的呢?如果把"文"改成"言"的话,那就是言→象→意,"立言以尽象","立象以尽意"。因为《周易》的"象"不是真正的象,而是符号或象征的意思;但"物"就不是这样的意思,我们的思想不能很好地把握客观的世界,"物"是客观的外在的东西,是"object",并不等于"象"。陈良运先生认为陆机的这段话是受《周易》的影响,我觉得是不太妥当的,当然,陈良运先生的诗学观是非常有逻辑性的。我们在遇到这种情况的时候,对术语要进行逻辑的分析,通过形上等级制以及语言,分析其间的一些

同一语言系统 { 有声意象(名) — 同一 — 概念(实) }

每自属文,尤见其情。恒患意不称物,文不逮意。(《文赋序》)

文→意→物(象)

言→象→意

区别。关于这一点，我在《中国古代阐释学研究》（复旦大学出版社，2019年）第125页注释1中有说明："关于《周易》之'象'，学者常有误会。如陈良运把王弼所论之'象'称为'具象'或'意象'，并径直移植到文学领域，以陆机《文赋》为例，建构了文学创作和审美鉴赏正逆向两个程序。陈氏认为，陆机说的'物'，实即表现为文学作品的'象'。……然而，陆机的程序是'意不称物，文不逮意'，表示为文→意→物（象）的关系，即语言世界如何表达观念世界、观念世界如何反映现象世界的问题，与王弼所论言→象→意的关系，即循言之譬喻、象之象征去追寻圣人之意，在程序上和性质上都截然不同。尽管陈氏的郢书燕说未尝无益，然于学术研究毕竟理有未惬。"我们举这个例子，目的是说在中国文艺理论批评里面，有很多研究是下大包围的一种方法，没有去辨别彼此之间的区别。比如陆机的"恒患意不称物，文不逮意"，很容易把它和《周易》的"象"联系起来，它们之间可能有联系，但更多的是区别，不能混为一谈。我们一定要从细节方面去入手，因为对于《周易》的"象"误解实在是太多了，很多时候都把它直接说成"意象"或"物象"，其实王弼他们并没有这样的意思，只是"象征"的"象"而已，就是一种符号。

这里顺便也讲一下，《周易》里面"象"的这种符号性，使得《诗经》的"鹤鸣于九皋"、《周易》的"鹤鸣在阴"等这些表现是不一样的。也就是说，《周易》里的这些"象"，是一种符号或象征，这种符号或象征是可以用其他东西取代的，取代了以后它的意思不会变。比如

《周易》里的这些"象"，是一种符号或象征，这种符号或象征可以用其他东西取代

"乾"这个"象",我们可以用"天"去表示它,也可以用"龙"去表示它,也可以用"马"去表示它,它们反映的"意"是一样的。也就是说,不同的"象"反映同样的"意",义理不变。《诗》就不同了,比兴也要用"象",但比兴的"象"如果换了以后,诗就变成另外一首诗了,诗之"象"是独一无二、不可替换的,替换之后,它的情感变了,上下文变了,整个诗就变成另外一首诗了。比如"桃之夭夭"是比喻女性的青春年少、丰满、健康,同样的比喻,我们也可以在"桑之未落,其叶沃若"里找到,桑树没有落叶的时候,枝叶也很丰满,也是描写女性。但是,如果我们用"桃之夭夭"去取代"其叶沃若",那么诗就完全不一样了。也就是说,诗歌是唯一的、有个性的、独一无二的,意象就是这首诗的灵魂,换了意象,那么一首诗就成为另外一首诗了。这就是文学和哲学不一样的地方。哲学的"道"不管怎么说都是那个"道",而文学换了一个意象,表达的感觉、感情就不一样了。所以《周易》里面的"鹤鸣在阴"与《诗经》里面的"鹤鸣于九皋",虽然都有"鹤鸣"两个字,但效果、功能是不一样的,一个是说理的效果,一个是艺术的效果。文论界有些学者往往把王弼的"言不尽意"或者"言—象"之论直接移植到文学中去,作直接的替换,这种替换是有危险的,需要作具体分析。特别是现在学界关于意象与诗的论著汗牛充栋,但不知是否都能作很精细的分析。有时我们看到的是一些比较含糊的论述,分析是学术的灵魂,没有分析,只作阐述、描绘是没有意义的。比如有些学者介绍古代文论有哪些思想,指出第一是什么、第二是什么、第三是什么,就概括为这几点,这种研究方法其实是比较陈旧的。

下面我们再看卢谌的《赠刘琨一首并书》,所引这段是诗前的一段话:"《易》曰:'书不尽言,言不尽意。'然则书非尽言之器,言非尽意之具矣。况言有不得至于尽意,书有不得至于尽言邪?"这段话本来是写给刘琨的时候表达他们之间的友谊,引用了《周易》的"书不尽言,言不尽意",他的书信也无法传达对刘琨的感情。卢谌和刘琨都是西晋的人,西晋人在学《周易》的时候,已经把《周易》的前面一部分"书不尽言,言不尽意"单独抽出来作为一个命题,他们不去讨论"圣人立象以尽意"那一段话,"书不尽言,言不尽意"在当时已经成为一个流行的口头禅,成为大家共同认定的一个无需说明的常识。卢谌在给刘琨的信里面,就引用了这个大家都公认的观点,来说明自己写给刘琨的信和诗不能表达自己真实的感情。这也可以看出欧阳建所谓的"雷同君子"是有所指的,当时的人们都认为"言不尽意"是一个天然的常识、一个合理的命题,所以欧阳建才要当一个和众人不同的"违众先生"来为"言尽意"正名。

庚子嵩(庾敳)作《意赋》成,从子文康(庾亮)见,问曰:"若有意邪,非赋之所尽;若无意邪,复何所赋?"答曰:"正在有意无意之间。"(《世说新语·文学》)

下面看记载魏晋时期玄学家言论的《世说新语》,《文学》篇记载"庾子嵩作《意赋》成",庾敳写了一篇赋,题目叫《意赋》,即以意为赋,全篇围绕"意"字来立意、构思、铺陈。魏晋南北朝时期,很多赋是咏物赋,这篇咏物赋是以"意"为对象。庾亮提出了这样一个疑问:"若有意邪,非赋之所尽;若无意邪,复何所赋?"意思是如果有"意"的话,那么"意"不是这篇赋能够写尽的;如果没有"意",那就没有必要写《意赋》。庾子嵩作了一个时人叹为名言的机智的回答:"正在有意无意之间。"是说《意赋》是在有意无意之间。庾亮提问中所说的"若有意邪,非赋之所尽",也是当时的常识,也就是说庾子嵩认为"意"是赋不能够穷尽的。赋是用语言文字的,"意"不是语言文字所能穷尽的。

下面举的例子是《世说新语·文学》刘孝标注引殷浩的论。殷浩的叔父殷融曾写过《象不尽意论》,他的思想与《象不尽意论》是非常接近的。"圣人知观器不足以达变,故表圆应于蓍龟。圆应不可为典要,故寄妙迹于六爻。六爻周流,唯化所适。故虽一画,而吉凶并彰,微(疑当作"徵")一则失之矣",即一个爻象,有时把它解释为吉,有时把它解释为凶。"微"字疑当作"徵"。是说如果我们根据一画的征兆去看,就失去了真相了。"微"的位置上应该是个动词,因为下面跟它对应的是"系器则失之矣","系"字是一个动词。"系"与"徵"是互文见义的词。"拟器托象,而庆咎交著",如果我们拿一个器皿,把它托为一种象,有的时候显示出吉的象,有的时候显示出凶的象,"庆咎"其实就是"吉凶"的意思,"庆"相当于"吉","咎"相当于"凶","庆咎"与"吉凶"相对,是骈文书写的一个特点。骈文一定要骈四俪六对称,即使上一句话已经说清楚了,但还没有形成对仗,就要在下面再说一次。所以我们读骈文的时候一个非常便利的条件,就是

> 圣人知观器不足以达变,故表圆应于蓍龟。圆应不可为典要,故寄妙迹于六爻。六爻周流,唯化所适。故虽一画,而吉凶并彰,微(疑当作"徵")一则失之矣。拟器托象,而庆咎交著,系器则失之矣。故设八卦者,盖缘化之影迹也;天下者,寄见之一形也。圆影备未备之象,一形兼未形之形。故尽二仪之道,不与"乾"、"坤"齐妙;风雨之变,不与"巽"、"坎"同体矣。(《世说新语·文学》刘孝标注引殷浩论)

根据上下联的对称来判断它的意思。所以这里的"故虽一画，而吉凶并彰"、"拟器托象，而庆咎交著"，就可以通过对偶判断"庆咎"等同于"吉凶"。"徵一则失之矣"，则"系器则失之矣"是与它对仗的。这句话的意思是：一个"象"有的时候表示"庆"，有的时候表示"咎"，如果我们把它固定的话，就会出现问题，因为《周易》是变化的，不能把它固定死。"故设八卦者，盖缘化之影迹也；天下者，寄见之一形也。圆影备未备之象，一形兼未形之形。故尽二仪之道，不与'乾'、'坤'齐妙；风雨之变，不与'巽'、'坎'同体矣"，是说天地之间，"道"并不等于乾卦和坤卦，风雨的变化并不等于巽卦和坎卦，它们之间只是比喻的关系，并不是等于的关系。因此，"象"就不能够尽意，它只是一个暂定的、假设的象征性的符号而已。

下面看《文心雕龙》的《神思》篇。《文心雕龙》里面，有一些矛盾的论述：刘勰有的时候是主张"言不尽意"的，有的时候似乎又主张"言尽意"，在不同的场合说法不同。"至于思表纤旨，文外曲致，言所不追，笔固知止"，就是说我们思想之外的一些微妙的东西、文字之外的一些微妙的东西，语言是没办法追寻的，那么我们写的时候就知道停止下来，不要去追它了。"思表纤旨，文外曲致"，实际上就是《庄子》所说的"意之所随"的那些东西，当然《庄子》所说的是"道"，《文心雕龙》所说的是"神思"。"至精而后阐其妙，至变而后通其数"，"至变而后通其数"这句话就是受《周易》的影响，"数"在这里指尺度。"数"字在《庄子》中也经常出现，比如

> 至于思表纤旨，文外曲致，言所不追，笔固知止。至精而后阐其妙，至变而后通其数。伊挚不能言鼎，轮扁不能语斤，其微矣乎！（《文心雕龙·神思》）

"有数存焉"。"伊挚不能言鼎","伊挚"是商朝的大臣伊尹,善于调鼎,能把鼎里酸甜苦咸的食物调出好的味道来,但他不能具体说出放多少糖、多少盐。"轮扁不能语斤","斤"就是斧头,轮扁不能把怎么用斧头砍轮子的经验说出来。后来禅宗有一个类似的表达,叫"如人饮水,冷暖自知",意思是一杯水我们可以客观地测量它的温度,但是喝水的时候就说不出来了,比如36度的水对于有些人来说太凉,而对于有些人来说太热了,所以冷、暖对于每个人来说是不一样的,它是一种感觉,不是一种客观的尺度。味道也是这样,比如山东人觉得很淡的东西,四川人就觉得很咸,因为鲁菜是很咸的一种菜系;而四川人觉得微辣的东西,江浙的人已经觉得受不了了。"文外曲致"就像我们尝的这些滋味一样,每个人的感受是不一样的,《文心雕龙》认为这些就像《周易》的卦象,对于每个人的意义是不一样的,要懂得它的变化,才能了解其中的尺度、规律。《文心雕龙》是用"伊挚不能言鼎,轮扁不能语斤"来比喻言不能尽意或者言不能尽"意之所随"。但是,《文心雕龙·神思》又有另外一个说法:"神居胸臆,而志气统其关键;物沿耳目,而辞令管其枢机。"即外在客观的事物刺激了我们的耳目,引起了我们视觉和听觉上的反应,就要靠我们的"辞令"来描绘这种感受。"枢机方通,则物无隐貌",辞令如果写得很通达,物就没办法隐藏起来,会被我们全部呈现、表现出来。"关键将塞,而神有遁心",如果"志气"被堵塞,那么我们的神就会逃跑,"神思"也就没有了。所以"关键"是"志气","枢

神居胸臆,而志气统其关键;物沿耳目,而辞令管其枢机。枢机方通,则物无隐貌;关键将塞,而神有遁心。……方其搦翰,气倍辞前;暨乎篇成,半折心始。何则?意翻空而易奇,言征实而难巧也。是以意授于思,言授于意,密则无际,疏则千里。
(《文心雕龙·神思》)

机"是"辞令"。刘勰又进一步说:"方其搦翰,气倍辞前;暨乎篇成,半折心始。"我们写论文也都有这样的经验,写的时候觉得自己已经写得非常好了,但最后写出来还没有达到自己一半的期待,想的时候非常好,写出来却很糟糕。什么原因呢?"意翻空而易奇",我们的思想可以放野马在天空飞扬,但是要把思想落实为一个字一个字的语言,"言征实而难巧也"。所以文学家与疯子的区别就是要"言征实"。精神病院的疯子也能做到"意翻空而易奇",却不能做到"言征实",所以语言是文学的生命。刘勰这里的意思似乎是说"言不尽意"("言征实而难巧"),但是他后面也说了"是以意授于思,言授于意,密则无际,疏则千里","密则无际"可以理解成意与思、言与意中间没有缝隙、没有间隔,完全融为一体,非常紧密地结合在一起。如果处理不好,就会"疏则千里","言"与"意"是分离的,但至少承认,如果处理得好,"言"与"意"是可以"密则无际"的,言可以表达意和思。在《物色》篇,刘勰更进一步说明语言可以表现客观事物:"皎日嘒星,一言穷理","穷理"就是"尽理"的意思;"参差沃若,两字穷形",可见语言是能够表达理和形的;"并以少总多,情貌无遗矣",语言很少,但是它能够概括很多内容,所以情和貌都完全没有遗漏,比如一说到"沃若",我们就马上想到桑树枝叶繁茂、滋润的样子;一说到"参差",我们就想到水草高高低低的样子。"吟咏所发,志惟深远;体物为妙,功在密附","密附"就是前面说的"密则无际"的意思,体物的时候要选择语言,语言

> 皎日嘒星,一言穷理;参差沃若,两字穷形。并以少总多,情貌无遗矣。……吟咏所发,志惟深远;体物为妙,功在密附。故巧言切状,如印之印泥,不加雕削,而曲写毫芥。故能瞻言而见貌,印字而知时也。
> (《文心雕龙·物色》)

的功能就在于把物体的妙处表达出来。"故巧言切状,如印之印泥,不加雕削,而曲写毫芥",如果是很巧的语言,那么就能很恰切地写出事物的形状,像印泥一样能印出来,能把很细微的地方都写出来。"故能瞻言而见貌,印字而知时也",我们在读这些作品的时候,通过它的语言就能见到事物的风貌,根据字就能知道它表达的时空等。在《物色》篇中,刘勰仿佛又是一个"言尽意"者,或者说是"言穷理"者、"言穷形"者。

欧阳修的《系辞说》是对《周易·系辞》的解释,欧阳修是"言尽意"论的坚定支持者。"书不尽言,言不尽意,然自古圣贤之意,万古得以推而求之者,岂非言之传欤?圣人之意所以存者,得非书乎?然则书不尽言之烦,而尽其要;言不尽意之委曲,而尽其理。谓书不尽言,言不尽意者,非深明之论也。"这段话意思很容易理解,是说文字可以尽语言的概要,能够尽思想的义理。苏轼的《诗论》也是这样的意思:"夫圣人之于《诗》,以为其终要入于仁义,而不责其一言之无当。是以其意可观,而其言可通也。"从"其言可通"我们就知道"其意可观",即通过语言去观意。

第三节 得意忘言

下面讲第三个问题:得意忘言。"得意忘言"出自《庄子·外物》:"筌者所以在鱼,得鱼而忘筌;蹄者所以在兔,得兔而忘蹄;言者所以在意,得意而忘言。"这三句是比喻的关系。"筌"有两种解释,一是指捕鱼的工具,还有一种说法是相当于"荃",是一种香草,即鱼饵。不管是捕鱼的工具,还是捕鱼的鱼饵,对于我们"得鱼"来说都是一种手段,"得鱼而忘筌"是说得到鱼以后就可以不管捕鱼的这些工具。"蹄"是捕兽的夹子,是捕获兔子的工具。在庄子的眼里,语言也是一种工具——语言是捕获思想的工具,我们得到思想以后,就可以忘记工具的存在。类似的比喻,还有"舍筏登岸"等说法,是从佛教那里来的,只要登上了岸,就可以忘记帮助渡河的工具。这样的看法,我们可以把它叫作"语言工具论",即语言本身没有价值,只是一种工具。

语言工具论

儒家的看法与道家有点不同。前面我们已讲过,道家认为语言是不能穷尽思想的,即"言不尽意",但儒家刚好相反。儒家有一个形上等级制"言以足志,文以足言"(见《左传》),与"书不尽言,言不尽意"刚好相反。一般说来,"文"字都解释成"有文采的语言",但是也可以作另外一种解释,即把它看作"文字"的"文"。也就是说,在儒家看来,文字可以穷尽语言,而语言可以穷尽意志,即语言可以表达一个人的意志或情志。这个"志"我们也可以把它换成"意",因为在汉代,"志者,意也","诗言志"也可以说"诗言意"。"志"和"意"相通的话,那么"言以足志"也可以说成"言以足意";"文以足言",如果我们把"文"看成"文字"的"文",那么就是说文字可以很好地穷尽语言。当然,这只是我的一家之言,"文"的传统解释是"文采"的"文"。但"文采"的

"文"与"言"字、"意"字不构成形上等级制的关系,只有我们把它解释成"文字"的"文",才能构成这种形上等级制关系。从这两句的结构来说,它排列这么整齐,应该是一个形上等级制。"文"实际上就等于"书","书"就是书面的语言,即文字,"书不尽言,言不尽意"是说文字不能穷尽语言,语言不能穷尽意志,刚好与儒家的观点是相反的。儒家对"文"持一种信任的态度,信任语言、文字表达思想的能力,而道家却怀疑这种能力。对儒家的"文"字的这种解释,有我自己的依据。中国古代很多时候,"文"等于"字",比如《说文解字》的"文"就是"字"的意思,在先秦,"文"表示"字"的例子可以举出很多,另外文字记载的著作叫"文献",当然"文献"是由两部分组成的——文字记载的叫作"文",先贤口头流传下来的叫作"献","文献"就是书面的记载和口头的传承的结合。在儒家的言意观里面,"文"是非常重要的,孔子就曾经说过"文献不足征也",即没有文字记载的东西是不可靠的,所以孔子言古代的事,一定要有文献可征,他对"文"持一种信任态度。如果我们把"文"解释成文采、辞藻,反而不太符合孔子的观点。孔子主张表情达意时,"辞达而已矣",反对"巧言令色",不喜欢文采太多。因此我把它理解成"文字"的"文",更符合形上等级制。扬雄有一段话,也可以帮助我们说明儒家的这个观点:"君子之言,幽必有验乎明,远必有验乎近,大必有验乎小,微必有验乎著,无验而言之谓妄。君子妄乎?不妄。言不能达其心,书不能达其言,难矣哉!"也就是说,

君子之言,幽必有验乎明,远必有验乎近,大必有验乎小,微必有验乎著,无验而言之谓妄。君子妄乎?不妄。言不

> 能达其心,书不能达其言,难矣哉!惟圣人得言之解,得书之体,白日以照之,江河以涤之,灏灏乎其莫之御也。面相之辞相适,捈中心之所欲,通诸人之嚍嚍者,莫如言。弥纶天下之事,记久明远,著古昔之㖧㖧,传千里之忞忞者,莫如书。故言,心声也;书,心画也。声画形,君子小人见矣。声画者,君子小人之所以动情乎!
> (《法言·问神》)

只要一个君子足够诚实,扬雄就认为"言不能达其心,书不能达其言,难矣哉",这句话反过来说,就是言必能达其心,书必能达其言,再幽微的地方都可以通过语言文字表达出来。"言为心声,书为心画"是扬雄著名的观点,语言是一种有声的语言,书是有形的文字。最重要的是扬雄提到这一点:语言是当面说的话,是人与人之间的对话,有面部的表情与语言相适应的话,就可以表明心中之所欲("面相之辞相适,捈中心之所欲,通诸人之嚍嚍者,莫如言"),这就是语言的"对话"功能,即面对面的交谈能表达内心的思想,打通人与人之间的隔阂。但语言的这种功能,一定是"一时一地"的功能。接下来扬雄又说到书:"弥纶天下之事,记久明远,著古昔之㖧㖧,传千里之忞忞者,莫如书。""书"就是书面的文字。在扬雄看来,文字的作用比语言更重要,因为它不是当面的对话,而是可以跨越时间和空间:对于跨越时间来说,可以"著古昔之㖧㖧",把古代的东西留传到现在;对于跨越空间来说,可以"传千里之忞忞"。克服时间和空间的距离,是书面记载的功能。这显然是一种儒家的态度,对语言的功能十分肯定。反过来说,我们可以通过语言文字,充分理解言说者、写作者的思想意识,当面对话可以让我们理解对方的意思,阅读古人的著作可以了解古人的思想。也就是说,通过语言文字就可以充分理解言说者和写作者的思想意识,心和言、和书之间并不存在等级制,在表达和理解两个环节中,书、言、心可以自由地双向交流。我们通过语言文字来表达内心,而倾听者或阅读者可以通过语言文

文字→语言→意志

字来了解我们的内心，那么所谓的"以意逆志"实际上也是通过语言文字来实现的。大家一定要注意这个区别，其实语言和文字是很不相同的。

《庄子》里面的记载和《周易》里面的"书不尽言，言不尽意"都表达了道家的观念，还有老子说的"道可道，非常道；名可名，非常名"，都认为最重要的东西无法言说，更不能用文字来表达，文字是最低级的，语言是次低级的，思想是高级的，更高级的是"道"。

下面我们看王弼的《周易略例》的《明象》篇。众所周知，王弼是魏晋玄学比较早的代表人物，年纪很轻就去世了。魏晋玄学，魏有何晏、王弼，晋有注《庄子》的郭象和支遁。有所谓的"三玄"，即《老》《庄》《易》。何晏的《论语集解》也使用了玄学的一些方法。何晏曾写过《无名论》，对玄学思想作了很好的发挥。王弼的代表著作主要是《周易注》，现在"十三经注疏"里面的《周易注》署名是王弼和韩康伯，我们看的时候要注意哪些部分是王弼注的，哪些部分是韩康伯注的，否则引用文献的时候就会出笑话。王弼的《周易略例》，见于楼宇烈校注的《王弼集校释》。"夫象者，出意者也。言者，明象者也。尽意莫若象，尽象莫若言。言生于象，故可寻言以观象；象生于意，故可寻象以观意。意以象尽，象以言著。故言者所以明象，得象而忘言；象者所以存意，得意而忘象。犹蹄者所以在兔，得兔而忘蹄；筌者所以在鱼，得鱼而忘筌也。然则言者，象之蹄也；象者，意之筌也。是故存言者，非得象者也；存象者，非得意者也。象生于意而存象焉，则所存者乃非其象也；言生于象而存言焉，则所存者乃非其言也。然则忘象者，乃得意者也；忘言者，乃得象者也。得意在忘象，得象在忘言。故立象以尽意，而象可忘也；重画以尽情，而画可忘也。"最后的"重画"，是指《周易》的六爻，"画可忘也"是说《周易》的符号是可以忘记的。这段话看起来是王弼的一段非常雄辩、非常有逻辑的论述。玄学注重思辨，但有时候这种思辨会把人搅昏，因为中国人不太善于思辨。魏晋玄学能作这样的思辨，已经很了不起了。但王弼在进行这样的思辨的过程中，有些地方把概念偷换了。下面我们来看他是如何一层一层地表达自己的意思的。他最终的目的是要表明"得意在忘象，得象在忘言"，意思是说要忘了象才可以得意，忘了言才能得象。

我们先来分析王弼的这段话。这段论述可以分为四个层次，包含了儒家和道家都可以接受的一些内容，我们可以看出他调和儒家言意观和道家言意观的苦心，也可以看出他最后的倾向是把儒家的言意观偷偷转换为道家的言意观。第一个层次，是"夫象者……意以象尽，象以言著"，这个层次王弼是通过言、象、意三者之间存在的互动的递进关系来证明《周易·系辞》"立象以尽意，系辞焉以尽其言"的合理性。要理解王弼这段话，必须对照《周易·系辞》来看。《系辞》里面说"立象以尽意，系辞焉以尽其言"，这个说法到底有没有合理性呢？王弼这样解释：从功能的角度看，"象"的功能在于象征，象征"意"的内涵。第一句"夫象者，出意者也"是谈"象"的功

一、"象"的功能："出意"
"言"的功能："明象"

能——"出意",即象征出"意"的内涵。"言"的功能是说明"象"的象征意义,即"明象",因为如果没有语言去解释的话,"象"本身只是一个神秘的符号而已。"象"在《周易》里是以符号的形式存在的,在《周易》里是看不到"象"的,"象"如果转换成文本,那么就是符号的文本。这种符号的文本,我们再用象辞、爻辞等之类的语言去说明它。所以"明象"的"明"就是"说明"的"明"。既然"象"能够"出意",于是王弼就说"尽意莫若象";既然"言"能够"明象",那么就"尽象莫若言"。本来从生成的角度看,是先有"意"的存在,才有"象"对"意"的象征,也就是说"象"派生于"意";先有"象",然后我们才找语言来说明它——即先有"意"的存在,才有"象"的存在;先有"象"的存在,才有"言"的存在。但是从理解的角度反过来追寻,我们可以通过派生的"言"来了解派生的"象",通过派生的"象"来了解原生的"意"。这就是所谓的"言生于象,故可寻言以观象;象生于意,故可寻象以观意",这是从理解的角度反向逆推过去的。之所以可以这样反向逆推,是因为中间有一个前提"尽意莫若象,尽象莫若言",承认"象能尽意,言能尽象"。这个前提是儒家可以接受的。既然"象能尽意,言能尽象",那么就可以"寻言以观象"、"寻象以观意"了,即通过"言"和"象"来了解"意"。就这个层次来看,王弼的观点和儒家的观点是一样的,是"言尽意"论的支持者。他并没有搬用圣人现成的结论,而是通过逻辑的依据来进行推导,没有超越《周易·系辞》

"立象以尽意,系辞焉以尽其言"的范围。

二、"言"、"象"的工具性质

再看第二个层次"故言者所以明象……意之筌也"。在第二个层次,王弼引用了《庄子·外物》中著名的筌蹄之喻,论述的中心改变了。论述的中心,由"言"、"象"在表"意"方面的功能和作用,转向着重强调"言"、"象"的工具性质。"言"、"象"、"意"本来的递进关系,在这里变成了等级价值的评判。具体来看,他认为语言是用来说明"象"的,而"象"是用来象征"意"的,"言"和"象"都是工具,就像筌和蹄一样。所以"言者,象之蹄也;象者,意之筌也"就偷换了概念,由它们的功能变为强调是一种工具。既然只是工具,只是指事符号,实际意义是工具而非目的,那么因为言辞可以说明卦象,一旦我们了解了卦象,就不再需要执着于语言了。而卦象本来是象征意义的,如果知道了意义,那么卦象也不重要了,就不再需要执着于"象"了。也就是说,符号只是一种工具,一旦我们掌握了意义,就可以抛弃符号。所以在第二个层次中,王弼是强调"言"、"象"与"意"之间实质性的差别,"言"和"象"不能等同于"意",而都只是工具。这一点上,他和儒家有比较大的区别。

三、执着于"言"、"象",则"言"、"象"本身成为无用的符号和标记

第三个层次是"是故存言者……则所存者乃非其言也",用反证法论述了文本阐释的根本目的。"存"字我们可以把它翻译为"执着于",或是"停留在"。即如果我们执着于语言,就不能得到"象";如果我们停留于"象",就不能得到"意"。因为"言"和"象"都是工具,一旦我们执着于"言"和"象"本身,它们就成了无用的符号

和标记，就是他所谓的"非其言也"、"非其象也"。语言的目的在于求得"意"，如果我们执着于符号、工具本身，那么工具和符号也就变成了没有意义的东西，连工具也算不上了。就像一条船如果不用渡过河，成天停在岸边，船就失去它作为船的意义了，渡河的目的就不能达到，船作为渡河的工具这种性质也丧失了。同样的，如果我们是为了存"象"而存"象"、为了存"言"而存"言"，"象"和"言"本身也就没有意义了。

第四个层次"然则忘象者……而画可忘也"，特别值得注意的是，把第二个层次中说的"得意而忘象"、"得象而忘言"，偷换成了"忘象乃得意"、"忘言乃得象"，或者说更进一步偷换为"得意在忘象"、"得象在忘言"，也就是说我们必须"忘言"、"忘象"，才能得到"意"。第二个层次说的意思是我们达到目的以后，可以忘记曾经借助的工具，但是到第四个层次就变成了只有不注意工具才能达到目的、只有忘掉工具才能达到目的，两者是不一样的。第二个层次是把"言"、"象"看成到达"所指"的彼岸后可以随意拆除的"能指"之桥。所谓的"所指"和"能指"，是语言哲学的概念，"所指"指抽象的概念，即"concept"；"能指"是表达概念的语言词汇，实际上就是"有声意象"。这里说，只有不在乎"能指"的桥，才能够到达"所指"的岸，即只有不去管工具，才能达到目的。本来是说达到目的以后应该忘掉工具，这里进一步说成只有不管工具才能达到目的。这样"言"和"象"就作为具体的、有声的、有形的价值被彻底忘掉而失去了意义，甚

四、必须"忘言"、"忘象"，才能得"意"

至失去了作为工具的意义。王弼通过这种循序渐进的论述，消解了语言文字在洞察意义方面的有效性。前面所说的"立象以尽意"，到了最后只有"得意在忘象，得象在忘言"，"立象以尽意"得出的结论却是"象可忘也"、"画可忘也"。《周易略例·明象》的原文是"重画以尽情，而画可忘也"，其实根据上下文的逻辑应该是"立言以尽象，而言可忘也"。当代学者王晓毅《中国文化的清流》认为，王弼最后几句话的意思是只有不执着于"言"、"象"，停留在"言"、"象"阶段才能得"意"，我觉得"停留在'言'、'象'阶段"这个理解可能有问题，跟王弼的原意正好相反。

《周易略例·明象》并不是完全抽象的纯粹的思辨，而是有学术针对性的。中国古代的文艺理论或哲学思想，往往有具体的针对对象，有批驳、反击的对象，只有通过考察批驳、反击的对象才能更准确地理解原意。从《周易略例·明象》的上下文来看，王弼的"得意忘象"、"得象忘言"的本意是针对汉代易学中"案文责卦"的附会文辞的方法提出来的。"案文责卦"的"文"相当于"言"，"卦"相当于"象"，就是"存言"、"存象"的意思，把注意力集中在"文"和"卦"上。王弼也举例说明了汉儒讲《周易》时拘泥于"言"和"象"、"案文责卦"的荒谬性。比如在《周易》中，乾卦是用"马"这个"象"来比喻"健"的意，《周易·说卦》云"乾为马，坤为牛"，乾卦的三横就是"象"，"马"字就是"言"，象征的意思是"健"。坤卦也是同样的道理，"牛"是"言"，表达的"意"是"顺"。

"马"和"牛"只是一种权宜方便的譬喻，是一种语言的形象，是一种人为的假定，与"健"、"顺"没有必然的联系。同样一个意思可以用不同的"言"来作比喻，比如大壮卦，九三爻有"健"的意义，却说是"羝羊"；坤卦有"顺"的意义，象辞却称为"牝马"，即母马。"马"本身是"健"的，但修饰它的"牝"字是柔性的，是"顺"的，"牝马"即马中柔顺者，也可以用来表示坤。同样的，大壮卦里有"羝羊"这个意象，"羊"本来是柔顺的，而"羝"是雄性的、刚健的，"羝羊"就是公羊，有"健"的意思。如果我们拘泥于"案文责卦"，看到"马"就说它是"健"，看到"牛"就说它是"顺"，那么就会出现矛盾。汉儒"案文责卦"，就是把象辞固定化，却不知《周易》实际上是有变化的。所以我们不要拘泥于《周易》的"象"，不要把每个"象"看成是有固定的意义的。每个"象"，在不同的上下文语境中可能有不同的意思，如果我们拘泥于"案文责卦"，那么就会得不到《周易》某一卦所要表达的意思。

我们推导到文学上面，文学上面也有这样一种现象：同样一个"象"，具有多重含义。钱锺书在《管锥编》中提到"比喻有两柄而复具多边"，即同一个比喻，有两种不同的意思，甚至有多种不同的意思。具体到文学创作中就有这样的情况，比如有很多佛经中有这种比喻——"如虫食（或蚀）木，偶尔成文"，指外道有时也会说出几句跟佛祖类似的话，但他们实际上根本不知道这话的意思，完全是懵懂无知的，就像虫子腐蚀木

> 同样一个"象"，具有多重含义

材，有时形成的花纹很好看，正好形成一个文字，我们就以为这个虫子很厉害，但虫子是无知的。同样的，外道对于佛学也是完全无知的。所以"如虫食木，偶尔成文"在佛经中是用来比喻外道无知无明无识。最早的时候，这句话是用于贬义的。但还有一比，是褒义的，即宋代一些文学家用"如虫食木，偶尔成文"来比喻自然、天然、无心的创作，这种创作不是人为的，不是有意造作的，是最高境界。它与另外一个比喻——"如风吹水，自然成文"形成同一个意思，都是创作的很高境界。在这种情况下，"如虫食木，偶尔成文"就变成褒义了。在一个作家的文集里，它有的时候是褒义，有的时候是贬义，比如黄庭坚的诗里面就有两个地方用到这个比喻，一处是褒义，一处是贬义。所以我们在读一首诗或一篇文学作品的时候，看到一个典故，它本来有坏的含义，但是作者在用的时候可能会反其意而用之，就变成褒义了。

《周易》也是这样。《周易》的变化非常多，王弼的"得意在忘象，得象在忘言"是针对"案文责卦"这种非常拘泥的、学究气很浓的解释方法提出来的。所以在《周易略例·明象》里面，王弼又说："义苟在健，何必马乎？类苟在顺，何必牛乎？"也就是说，我们要得到它的"意"，就不要去管它是牛还是马的意象，是这样的解释还是那样的解释。所以王弼的观点是有针对性的。

"比喻有两柄而复具多边"是钱锺书先生提出来的。

钱锺书先生提出一些文艺理论，这些理论并不是古人论述过的，而是从古人的创作中总结出来的文学理论。古人没有注意和意识到，但是钱锺书先生把它总结出来了。程千帆先生也做过同样的工作。这就是我们前面已经讲过的，一是要研究"古代的文学理论"，比如《文心雕龙》《诗品序》《沧浪诗话》等之类；另一则是要研究程千帆先生所谓的"古代文学的理论"，比如程千帆先生所讲的唐诗中的一与多的关系、物与我的关系、虚与实的关系等古代文论家没有提出来的理论。钱锺书先生的论文和《管锥编》里面，经常会关注一些古人没有意识到，但是我们可以抽取出来的理论。顺便讲一下，以前我们讲过朱自清先生的《论逼真与如画》，"逼真"与"如画"也是根据中国古代文学里面的一些现象总结出来的。

下面看《世说新语》的《轻诋》篇注引《支遁传》。支遁是东晋的名僧，即支道林。魏晋以来的和尚多随师姓，支遁的老师是西域月支国的和尚。更早的还有东汉的支娄迦谶、三国的支谦，等等。那时的和尚还有姓康的，如康僧会，是来自西域的康居国。还有姓竺的，如竺法护等，其师为天竺人。到了后来和尚的姓才统一改为释。"遁每标举会宗，而不留心象喻"，即他阅读文本的时候，是标举文本的宗旨，而不留心对宗旨的比喻。"解释章句，或有所漏。文字之徒，多以为疑"，"文字之徒"是指专门从事训诂、注释的那些人，他们以为支遁的注释有很多疏漏，很不好。"谢安石闻而善之曰"，谢安石（谢安）是东晋的大臣，是支遁的方外之交。"此九方皋之相

> 遁每标举会宗，而不留心象喻，解释章句，或有所漏。文字之徒，多以为疑。谢安石闻而善之曰："此九方皋之相马也，略其玄黄，而取其俊逸。"（《世说新语·轻诋》刘孝标注引《支遁传》）

马也,略其玄黄,而取其俊逸",谢安对支遁注释的评价,是将他比作"九方皋相马"。支遁当时是在注《庄子》,他注其中的《逍遥游》跟传统的注释,甚至跟郭象的《逍遥游》注释不一样。注释的时候他不讲某个词是什么意思,比如"鲲"该怎么讲,"斥鷃"该怎么讲,他不管这些,而只管《逍遥游》里面究竟有什么含义。由于他不讲文字细节,所以当时搞训诂的人对他很不满。谢安说的"九方皋相马",是用了一个典故,这个典故见于《列子·说符》:秦穆公想要一匹千里马,就想派手下最善相马的人去找,听伯乐说九方皋善于相马,就把九方皋派去。九方皋回来报告说:"我已经找到一匹千里马了,是黄色的母马。"秦穆公看到以后,发现是一匹黑色的公马,九方皋把性别和颜色完全搞错了。这时候伯乐非常感慨:"九方皋真是比我高明得太多了!"秦穆公就问:"为什么你觉得九方皋比你更厉害呢?"因为伯乐是最善于相马的。伯乐回答说:"九方皋相马,已经完全忘记了外在的玄黄牝牡的形象,直接就取它是否是骏马这种实质的东西,直接深入马的精髓里面去了。是取千里马的俊逸,而不是取它的外形。"后来"九方皋相马"就成为中国阐释学上一个重要的比喻,比喻那种忽略文字、忽略章句、"得意忘言"的阐释学的方法。后来的注本,比如杜甫诗的注本等,在评价文学作品的时候都会用这一个词。甚至评价艺术也会用这个词,比如宋代诗人陈与义有绝句《墨梅》,墨梅是宋代画家创制的新的绘画题材,梅花本来是有颜色的,但墨梅是用墨去画花。它在颜色上已经不像梅花了,但是在气质上保留了梅花淡雅、高洁的神韵。陈与义用一个比喻来称赞画家:"意足不求颜色似,前身相马九方皋。"是说画家就像九方皋,不去管梅花的颜色像不像,而能把梅花的气质、神韵表现出来,因为画家对梅花淡雅、高洁的"意"把握得非常好。但是对于"得意忘言"的观念,作为现代学者,应该对它保持一种警惕的态度,不要落入其陷阱。中国人常说"只可意会,不可言传",但诗歌真的就是这么神秘吗?诗歌的理解就一定要抛弃语言吗?我认为这是值得怀疑的。如果没有对字词的准确解释,其他理解都是空中楼阁,都是不可信的,也是不科学、不严谨的。

<small>对"得意忘言"应保持警惕的态度</small>

第四节 言外之意

"言外之意"与言意之辨也是有关系的。在此主要来看文学理论的材料。《文心雕龙·隐秀》:"隐也者,文外之重旨者也;秀也者,篇中之独拔者也。隐以复意为工,秀以卓绝为巧,斯乃旧章之懿绩,才情之嘉会也。夫隐之为体,义主文外;秘响傍通,伏采潜发,譬爻象之变互体,川渎之韫珠玉也。故互体变爻,而化成四象;珠玉潜水,而澜表方圆。"主要是从"隐"的角度来谈。宇文所安认为《文心雕龙》是被骈文这种"话语机器"控制了,一定要追求对偶,所以谈"隐",一定要再举出"秀"来相对。《文心雕龙》谈这些艺术概念,都是两两相对的,比如"比"和"兴"。这里主要是谈"隐",没怎么谈"秀",

"秀"是指一篇文章中的名章警句,一两句警句在全篇中显得木秀于林,跟一般的句子不一样。在南北朝时期,很多人以一两句佳句(即所谓"警策")而驰名诗坛,其实"秀"就是一篇之警策,六朝时期诗歌讲求文采辞藻,不像后世那样讲求全篇的浑融的整体感,比如谢朓的"余霞散成绮,澄江静如练",就是非常"秀拔"的句子,以至于后来李白也说"解道澄江净如练,令人长忆谢玄晖"。《诗品》里面也举了很多诗人的"秀拔"的句子。这里《文心雕龙》在讲"隐"的时候,把它和《周易》的互体联系起来:"隐之为体,义主文外",即它的含义在文之外;"秘响傍通,伏采潜发",就是我们没有直接听到它的声音,但是声音从旁边通出来,看不到它的文采,但是文采从别的地方展现出来。就像爻象的变互体(即爻的错综变化)一样,比如一个爻在这个卦里是一种意思,在另一个卦里由于位置不一样意思也发生变化,有些人通过《周易》爻象的变化来发现其中的意义,爻在这个卦里意义还是单一的,但是在另一个卦里面含义又不一样,爻象变来变去(即意象的叠加)就会产生一些新的含义。就像电影的蒙太奇(montage)手法,这里一个镜头,那里一个镜头,加起来就有新的东西出现了。当然,我们不能把爻象直接说成蒙太奇,但它们之间有相通之处。

《文心雕龙》的这段话主要讨论《周易》的卦象与文学的意象之间的关系。"川渎之韫珠玉也",是古人认为水里如果有珍珠的话,水的波澜会不一样,山上如果蕴藏宝玉,山川的草木都会不同,即所谓"石韫玉而山辉,水怀珠而川媚"。虽然玉和珠都藏起来了，但是我们通过山的草木、水的波澜，可以判断出山藏有玉，水含有珠。这是中国古人的一个说法。

我们再看皎然的《诗式·重意诗例》。皎然是中唐诗僧，集子名为《杼山集》，里面有很多好诗，特别有"诗禅相通"的意境。皎然是谢灵运的十世孙，俗姓谢，后来出家，所以他在《诗式》里经常会称"康乐公"。谢灵运是谢玄的孙子，谢玄因淝水之战立了大功，封"康乐公"。谢玄的儿子死得早，所以由谢灵运承继了这个爵位，世称"谢康乐"。皎然是谢灵运的后代，所以称本家祖先谢灵运为"康乐公"，若是他人，则会称"谢康乐"。"两重意已上，皆文外之旨。若遇高手如康乐公，览而察之"，即如果遇到谢灵运这样的写诗高手，阅读其作品时，"但见情性，不睹文字"，就好似后来传为司空图作的《二十四诗品》所说的"不着一字，尽得风流"，并不是没有文字，而是如王弼的说法一样，我们不会去注意文字，而是直接见到性情——直接得"意"，见不到"象"和"言"。为什么能够产生这样的效果呢？这是因为他的语言在表达意思时具有一种透明性，即语言没有遮蔽意义。有的人写的诗语言是遮蔽意义的，辞不达意；当文章、诗歌的高手写到极点的时候，我们直接感受到扑面而来的情感，而不会去关注文字，"不睹文字"实际上是说不关注文字。这就是"诗道之极也"。"但见情性，不睹文字"这八个字，之前的文论选、批评史都有一些阐述，讲得都很深刻，在此我只很浅显地说语言的透明性：不注重语言本身的时候，就

> 两重意已上，皆文外之旨。若遇高手如康乐公，览而察之，但见情性，不睹文字，盖诗道之极也。(《诗式·重意诗例》)

会发现其思想。后来有个和尚惠洪曾经说过这样的话："譬如世人同看文字,不识字者但见纸墨,义理了不关思;而识字者但见义理,不碍纸墨也。"(《智证传》)不识字的人看书的时候看到的都是纸和墨,识字的人看书的时候看到的就不是纸和墨,而是意思。再举例来说,如果我们读一本德文书,感觉会和读中文书完全不一样——读德文书时会"但见文字,不见情性",而读中文书时会"但见情性,不睹文字"。"但见情性,不睹文字"又有程度的差别,举例来说,比如一首诗都是用典故,你读的时候就"但见典故",不知它的"情性"是什么了;有的人只认识简体字,不认识繁体字,当他读竖排繁体字的书时,"但见情性,不睹文字"是不可能的,而一定是"但见文字,不见情性"。也就是说,没有文字障碍的时候,我们就不会关注文字了,文字对我们来说是透明的,就像水一样。那么哪些诗让我们"但见情性"或是"但见文字"呢?王国维在《人间词话》里提到"隔"与"不隔","不隔"的东西就是"但见情性,不睹文字","隔"的东西就是"但睹文字,不见情性"了。"隔"又有程度的不同,比如一个人读古书的时候,觉得很顺、"不隔",但另一个人可能文言文水平不高或知识面不广,看了就觉得很"隔";一个研究古代文学的人读到常见的典故,一点障碍也没有,但对于一个研究现代文学的人来说,就可能无法读懂。所以"隔"与"不隔"是相对的,"但见情性,不睹文字"也是相对的。这里面既有作者的因素,也有读者的因素。对于作者来说,想尽量表现自己的性情,不要雕琢文字;对于读者来说，要跳过文字直接领悟其含义。这是双向的。

司空图《与李生论诗书》是非常重要的书信，司空图的主要思想都在这封书信中，而且对后世影响很大。至于《二十四诗品》，第二讲中我们已经讲过不一定是司空图作的。现在学术界一般认为，司空图在《与李生论诗书》中提出了"韵味说"，其实我们看司空图的原文，并非"韵味说"，而是"韵外之致"，此外还有"味外之旨"，简称为"韵味说"是不符合原文的精神的。有时候一些简称，回到原文来看是有点荒谬的。为什么说"韵味说"不符合原文精神呢？因为借用哲学术语来说，"韵"和"味"在司空图的原文中是形而下的东西："味"是咸和酸，但咸和酸并不是司空图追求的，他追求的是"旨"，是一种美味，而"味"是舌头的感觉，是很具体的；关于"韵"，司空图说"自列其诗之有得于文字之表者二十四韵"，举了二十四联诗，苏轼的《书黄子思诗集后》可以与《与李生论诗书》对照起来读，苏轼说司空图列了二十四韵，但是自己年轻时读的时候没有找到感觉，晚年读的时候觉得非常好，有一唱三叹之妙，所以后来非常推崇司空图。所以"韵外之致"的"韵"是指诗歌形式，唐代人作诗，常说多少"韵"，比如元稹和白居易唱和《××一百韵》《××五十韵》、杜甫《奉赠韦左丞丈二十二韵》，一"韵"就是一联。其实司空图追求的是韵外的"致"，而不是"韵"本身。诗歌的"韵"是形而下的东西，食品的"味"也是形而下的东西，感觉才是形而上的。所以"韵"和"味"都是形式方面的，而只有"致"和"旨"才是内容和精神

> 近而不浮，远而不尽，然后可以言韵外之致耳。（《与李生论诗书》）

> 韵外之致、味外之旨 ≠ 韵味说

方面的。"韵外之致"、"味外之旨"是说在语言和形式之外，有一种精神需要我们把握。

司空图的《与极浦书》引用戴容州的话："诗家之景，如蓝田日暖，良玉生烟，可望而不可置于眉睫之前也。"戴容州就是中唐诗人戴叔伦，曾当过容州刺史。蓝田是产玉的地方，玉埋在地下，但在太阳照耀下，玉的光芒已经散发出来了。好的诗也是这样。但是这种"烟"是摸不到、把握不住的东西，只能远远地观望，走近的话就看不到了。这就是诗家的景色。诗人描写的景色，是似幻似真的"虚幻的真实"，不是固定的一幅画，与画家描写的景色不同，"象外之象，景外之景，岂容易可谭哉！"因此，司空图主要的诗学理论就被概括为四个"外"：韵外之致、味外之旨、象外之象、景外之景。前两个概念更大，包涵了后两个概念。"象外之象"、"景外之景"主要是针对写景诗而言，《与极浦书》主要是谈纪行诗的问题，这些诗有关景物的描写，我们看上下文就可以知道，司空图是从这两个角度去讲的。

欧阳修《六一诗话》转述梅尧臣的话："诗家虽率意，而造语亦难，若意新语工，得前人所未道者，斯为善也。必能状难写之景如在目前，含不尽之意见于言外，然后为至矣。""状难写之景如在目前，含不尽之意见于言外"这两句非常有名，对此梅尧臣、欧阳修曾经举过例子，比如"鸡声茅店月，人迹板桥霜"是写景如画：鸡叫的时候残月还挂在茅店旁边，人走过的脚印已经印在板桥清霜的上面。这个画面包含的言外之意是夜宿早行，道路辛苦。它表面上看起

旁注：
戴容州云："诗家之景，如蓝田日暖，良玉生烟，可望而不可置于眉睫之前也。"象外之象，景外之景，岂容易可谭哉！（《与极浦书》）

韵外之致、味外之旨、象外之象、景外之景

来是写景,但这些景加起来就有另外的含义在里面了。

严羽《沧浪诗话·诗辨》:"盛唐诸人,惟在兴趣,羚羊挂角,无迹可求。故其妙处透彻玲珑,不可凑泊,如空中之音,相中之色,水中之月,镜中之象,言有尽而意无穷。"关于"惟在兴趣"的"兴趣",前面已经讲过,是感兴的趣味。"羚羊挂角,无迹可求"出自禅宗的一个比喻,是说羚羊晚上把角挂在树上睡觉,避免猎犬嗅到它的痕迹把它抓住,禅宗经常用来比喻祖师说的话不留痕迹。如雪峰义存禅师说:"我若东道西道,汝则寻言逐句;我若羚羊挂角,汝向什么处扪摸?"(《景德传灯录》卷一六)因为禅宗是主张"不立文字"的,只要立了文字,抓住文字本身,就完全错了。在此严羽是以禅喻诗,是说我们读那些有"兴趣"的诗,根本不会注意到它的语言本身,语言就像空中的声音、相中的颜色、水中的月亮、镜中的影象一样。这四个比喻,在以前的批评史著作中大多被解释为含蓄、朦胧之类,但我的理解与前人不同,我认为是一种透明的比喻。语言是我们表达思想的一种媒介或工具,严羽提倡的是当我们表达思想时,要使媒介让人看起来就像没有媒介一样。空是媒介,相是媒介,水是媒介,镜是媒介。声音是通过"空"传递的,但我们不知道"空"这种东西,而只听到空中之音,"空"这个媒介好像就不存在了。同样,我们看到任何一个东西,看到它的颜色,就不会注意"相"本身,因为"相"呈现出来的就是一种颜色。水是透明的,我们不会感觉水的存在,而只看到水中的月。我们照镜子的时候,不会感觉镜子的存在,看到的只是镜中的"象"。这些媒介都是透明的、没有遮蔽的,也就是说这时候要寻找语言是找不到的,看到的只是"兴趣",它不是朦胧含蓄,而是透明的。《沧浪诗话》推崇的是李白、杜甫,因为李白、杜甫的诗给人以激情;另外还推崇《古诗十九首》、古乐府、楚辞、高适岑参的边塞诗等,他认为这些诗是慷慨激昂、感情非常丰富的,"但见情性,不睹文字"就是从这里来的。《沧浪诗话》之所以被人误解,王士禛的影响很大。王士禛的《带经堂诗话》已经把严羽的意思有意地误读了,误读的目的在于为"神韵说"寻找理论根据。《带经堂诗话》卷三说:"严沧浪以禅喻诗,余深契其说,而五言尤为近之。"但我们看严羽的"以禅喻诗"的时候,根本不提五言绝句,提的都是古诗、歌行。王士禛改造了严羽的原意,严羽的原意是"以禅喻诗",诗与禅是一种比喻关系,王士禛把它偷换为"字字入禅",即诗和禅是一样的东西。以前很多学者对严羽的误解,主要是受王士禛的误导。

最后看钱锺书先生《管锥编》(生活·读书·新知三联书店,2007年)里面的一段话。"夫'言外之意'(extralocution),说诗之常,然有含蓄与寄托之辨",即"言外之意"分为两种,一种是含蓄,一种是寄托。什么是"含蓄"呢?"诗中言之而未尽,欲吐复吞,有待引申,俾能圆足,所谓'含不尽之意,见于言外',此一事也",即没有说完的东西在言外体现出来。什么是"寄托"?"诗中所未尝言,别取事物,凑泊以合,所谓'言在于此,意在于彼',又一事也",即说的是一件事,但

> 严沧浪以禅喻诗,余深契其说,而五言尤为近之。如王、裴辋川绝句,字字入禅。他如"雨中山果落,灯下草虫鸣"、"明月松间照,清泉石上流",以及太白"却下水精帘,玲珑望秋月"、常建"松际露微月,清光犹为君"、浩然"樵子暗相失,草虫寒不闻"、刘眘虚"时有落花至,远随流水香",妙谛微言,与世尊拈花,迦叶微笑,等无差别。通其解者,可语上乘。(《带经堂诗话》卷三)

> 夫"言外之意"(extralocution),说诗之常,然有含蓄与寄托之辨。诗中言之而未尽,欲吐复吞,有待引申,

实际上射影另外一件事,"言"与"意"是分离的,言在此而意在于彼。"含蓄"是"言"里面包含了"意",而"意"是不尽的,是语言不能够完全传达的。所以在读这两种诗的时候,如果把"含蓄"和"寄托"搞反了,就会出现问题。对于"含蓄"的诗,"顺诗利导,亦即蕴于言中","言"中含有"意";对于"寄托"的诗,"辅诗齐行,必须求之文外"。"含蓄比于形之与神,寄托则类形之与影","形之与神"是一种内在的关系,"形之与影"则是一种外在的关系,"影"虽然是与"形"连在一起的,但毕竟是在"形"之外而非"形"之内。因此读"含蓄"的诗的时候,我们要"遗貌取神"或"遗形取神"。但是往往会出现"捕风捉影"的阅读方法。"遗貌取神"和"捕风捉影"都是读诗的方法,我们提倡的是"遗貌取神",反对"捕风捉影"。"捕风捉影"就是把所有"含蓄"的诗都看作"寄托"的诗,把任何写景的诗都看成有比兴的意思在里面,于是出现牵强附会的批评、疑神疑鬼的批评。

> 俾能圆足,所谓"含不尽之意,见于言外",此一事也。诗中所未尝言,别取事物,凑泊以合,所谓"言在于此,意在于彼",又一事也。前者顺诗利导,亦即蕴于言中,后者辅诗齐行,必须求之文外。含蓄比于形之与神,寄托则类形之与影。(《管锥编》第1册,186页)

> 对于"含蓄"的诗,阅读时须"遗貌取神",而不"捕风捉影"

第六讲

诗歌"本义"与诗人
"本意"的追求

第一节 从"正义"到"本义"

这一讲我们要谈谈宋代士人对诗歌"本义"和诗人"本意"的追求。什么叫"本义"呢?就是指诗歌文本原有的意义,文本的语言文字所呈现出来的意义。什么叫"本意"呢?就是指诗人为了什么而写诗,他写诗有什么意图,也就是诗人的创作意图,即前面讲过的"诗言志"的"志"、"以意逆志"的"志"。用更简洁的话来说,"本义"是诗歌的意义,"本意"是诗人的意图,二者有联系又有区别。我国古代诗歌的经典文本是《诗经》,因此要讨论"本义"和"本意",还是要先从《诗经》的阐释切入。

在《诗经》阐释史上最早提出"本义"概念的是北宋的欧阳修。前面讲过,欧阳修是信奉"言尽意"论的学者,所以他也相信语言文字能表现作者的本意,诗歌文本中存在着一种原初的符合作者本意的意义,即"本义"。欧阳修关于《诗经》学的一部名作就以"诗本义"来命名。要知道欧阳修为什么给自己的书取名《诗本义》,就得先看看在他之前,经学阐释追求的目标是什么。欧阳修《欧阳文忠公集》卷一一二《论删去九经正义中谶纬札子》说道:"至唐太宗时,始诏名儒撰定九经之疏,号为'正义',凡数百篇。自尔以来,著为定论。凡不本正义者,谓之异端。则学者之宗师,百世之取信也。然其所载既博,所择不精,多引谶纬之书,以相杂乱,怪奇诡僻,所谓非圣之书,异乎正义之名也。"那个时候的《九经正义》,基本上相当于一种定论,是大家都要引用的。

> 本义:诗歌的意义
> 本意:诗人的意图

> 欧阳修《论删去九经正义中谶纬札子》对"正义"的质疑

但欧阳修觉得里面有问题，因为其中有一种排斥异端的思想，限制了各家各派的不同理解和解释。"正义"两字出自《后汉书·桓谭传》"屏群小之曲说，述五经之正义"，意思是正确意义的解释，所以"正义"后来成为官方的经学阐释学名称，强调其释义的唯一正确性，即权威性。这种"正义"一方面在精神上受到官方意识形态的制约，就是官方确定某种旧注本，然后采用"疏不破注"的原则，专宗一家之注，比如《毛诗正义》就排除了齐、鲁、韩三家诗，只宗一家之注，即毛传郑笺，不管毛传郑笺有多荒唐，孔颖达作疏的时候都一定要千方百计地维护它的权威性，因为原则是"疏不破注"，绝对不允许反驳注，除非是不以它为对象。另一方面，"正义"是名儒撰定的九经义疏的别称，这些义疏在形式上受到佛教义疏的影响。从南北朝到隋唐时期，佛教有很多义疏，非常流行，比如隋代的智𫖮、吉藏等作过《法华经》的义疏。佛教的义疏，讲解的时候特别详尽、不厌其烦，"正义"也是如此，对传、注的句子逐字逐句详尽解释，这样往往有点流于繁琐。

欧阳修提及的《九经正义》，是指唐代官方的经学注疏，在孔颖达的《五经正义》之外，还加上贾公彦的《周礼注疏》《仪礼疏》、杨士勋的《穀梁传疏》、徐彦的《公羊传疏》等四种。唐代明经科就以《九经正义》取士，这九种注疏相当于朝廷指定的教科书，士人只要死记硬背，把这些"正义"背熟，就很容易考中明经科。所以唐代有"三十老明经"的说法，意思是说如果到了三十岁才考上明经，已经算是很老的了。这种官方指定的教科书，目的在于统一思想,这很容易理解。我们从阐释学的角度来看,可看出在《九经正义》,特别是《五经正义》这类著作中,明显表现出儒家经学阐释的三种倾向。第一种倾向是传统的旧说排斥了新颖的创见,因为《五经正义》是唐前经学注释的集结,而且因为有"疏不破注"的基本原则,所以排除了重新提出新颖创见的可能。你如果想提出新见,那就破坏了"正义"的传统。第二种倾向是,集体的解释取代了个人的理解,因为《五经正义》是太宗时期由孔颖达领衔,率领一帮名儒共同撰修的,孔颖达死后,高宗朝又由马嘉运等人修订为定本。这有点像唐朝的重大攻关项目,密切服务于唐朝的文化战略需要,必须体现经学团队的集体意见,不能加进太多的个人看法。第三种倾向是,权威的文本压抑了多元的注疏,为了统一思想的需要,"凡不本正义者,谓之异端",异端的理解注释自然会遭到压制,遭到淘汰。总体说来,在《九经正义》的文本里面,注释者不再是独立的研究者、思想者,而只是传统经义的忠实辩护者和守护者。自汉代以来经学阐释领域的众声喧哗,因为绝对权威的"正义"的出现而销声匿迹。所以说《九经正义》尽管具有总结思想与知识的集大成意义,但是在阐释观念上却体现出一种保守和平庸,造成经学研究的停滞和倒退。在欧阳修看来,这些"正义"不仅总体上并未超越汉魏经学的藩篱,而且有不少地方违背儒家圣人的思想,违背了经学著作文本的"本义"。欧阳修的《诗本义》就是对这样的权威进行了质疑,对"正义"提出挑战,可以说是吹响了宋代"疑经"时代的号角。

> 传统的旧说排斥了新颖的创见,集体的解释取代了个人的理解,权威的文本压抑了多元的注疏

那么，什么是欧阳修说的"本义"呢？让我们来看看他《诗本义》卷一四的《本末论》。首先欧阳修把《诗》的意义分为四个层次，第一个层次是"诗人之意"："诗之作也，触事感物，文之以言，善者美之，恶者刺之，以发其揄扬怨愤于口，道其哀乐喜怒于心，此诗人之意也。"外界的事物触发感动了诗人，用文学的语言对善事善物赞美，对恶事恶物讥刺，表达内心喜怒哀乐的各种感情，这就是诗人所想表现的意义。第二个层次是"太师之职"："古者国有采诗之官，得而录之，以属太师，播之于乐，于是考其义类而别之，以为风、雅、颂而次比之，以藏于有司，而用之宗庙朝廷，下至乡人聚会，此太师之职也。""太师"是古代掌管音乐的长官，"乐官之长，掌教诗乐"，所以有采集诗歌、制为音乐的任务。欧阳修把"太师之职"概括为"正其名，别其类，或系于彼，或系于此"。按照《周礼》的说法，太师把采集的诗歌按其性质和功能分为"六诗"，即风、雅、颂、赋、比、兴几种，用于朝廷和地方的各种仪式。太师给采集诗歌的分类、写小序，其实也体现了他自己的阐释学观念，不一定跟诗人的原意相同。第三个层次是"圣人之志"："世久而失其传，乱其雅颂，亡其次序，又采者积多而无所择，孔子生于周末，方修礼乐之坏，于是正其雅颂，删其繁重，列于六经，著其善恶，以为劝戒，此圣人之志也。""圣人"指孔子，大家都知道孔子删《诗》为三百零五篇，略称"诗三百"。删诗是为了礼乐教化，这里面加进了孔子的道德评判，虽然孔子没有直接注诗，但实际上删诗这件事本身就体现了他对诗的理解，诗的文本编排取舍过程中，加进了他的意志。第四个层次是"经师之业"："周道既衰，学校废而异端起，及汉承秦焚书之后，诸儒讲说者，整齐残缺，以为之义训，耻于不知，而人人各自为说，至或迁就其事，以曲成其己学，其于圣人有得有失，此经师之业也。""经师"指汉代那些讲说儒家经典的学者，比如《诗经》的讲说，就有齐、鲁、韩、毛四家，各家的解说不同。这些经师是真正意义上的经典文本的解释者，目的就在于解释《诗》的意义。而他们的解释体现了各自不同的阐释学观念，今文经学比较喜欢借《诗》来阐明自己的政治观点，近似于"六经注我"；古文经学更注重《诗》的"本事"和"本义"，诗小序说明本事，毛传郑笺解说字词句本义，态度是"我注六经"。在欧阳修所说的这四个意义层次里面，"诗人之意"是诗歌文本最原初的意义；"太师之职"和"圣人之志"是对诗的归类整理以及删节订正，这一过程我们也可看作是阐释学中"驿"的过程，即文献学意义上的阐释；"经师之业"可以看作是"译"和"释"，主要是字词训诂和章句解释。

经师之业

接下来，欧阳修把这四个意义层次分为"本"和"末"两类，诗人之意、圣人之志为"本"，太师之职为"末"；经师如果是为了求诗人之意、达圣人之志，那么这种"经师之业"可算作"本"；但是如果经师只讲太师之职，而且因为太师的正名分类的原则失传，经师自己妄自为之解说，那么这种只能算作"末"。实际上这就是说，《九经正义》中的《毛诗正义》，就属于"经师之业"，因此其中既有符合诗人之意和圣人之志的"本义",也有依据太师之职而妄自为之解说的"末义"。欧阳修提醒后世的经学家,不应该"逐其末而忘其本",所以特别辨明《诗》意的本末,写下这篇《本末论》。我们知道,《诗经》的解说历代众说纷纭,那么如何来判定哪一种解说符合诗人之意和圣人之志呢?有没有什么具体的标准呢?我们读欧阳修的《诗本义》,可以发现他的解说贯穿了一个重要的标准,这就是所谓"人情"。"人情"的内涵包括自然和社会的常识,也就是所谓人情物理,或者说"情理"。我们前面讲过孟子说的"心之所同然",人同此心,心同此理,欧阳修的"人情"大概就是继承了这样的思想。

下面我们举几个《诗本义》解释诗歌的例子。《诗本义》卷一:"《关雎》《麟趾》,作非一人,作《麟趾》者了无及《关雎》之意。……然则《序》之所述乃非诗人作诗之本意,是太师编诗假设之义也。毛、郑遂执《序》意以解诗。是以太师假设之义解诗人之本义,宜其失之远也。"毛诗里面《关雎》和《麟趾》的作者并非一人,两首诗不相关,但是太师编诗的时候把两首编在一起,毛传郑笺根据小序来解诗,这就是只讲"太师编诗假设之义",跟诗人作诗的本意相隔太远,所以毛传郑笺的解释只能算"末义"。孔颖达的"正义",无非是在"末义"的基础上演绎发挥,距离诗真正的"本义"差得太远。又比如《诗本义》卷三论《考槃》:"如郑之说,进则喜乐,退则怨怼,乃不知命之狠人尔,安得为贤者也。……使诗人之意果如郑说,孔子录诗必不取也。"这条解说就是以"圣人之志"

来判断"诗人之意",认为如果《考槃》这首诗如郑笺所说,那么作诗的诗人就称不上是"贤者",而只是一个"狠人"。根据情理推导,如果《考槃》表达的是"狠人之意",那么孔子删诗的时候,肯定就不会取这首诗。所以,郑笺对诗意的解释是不可信的,是妄自为之解说的"末义"。又如《诗本义》卷七论《小雅·正月》:"郑谓苟欲免身,而后学者因益之曰:'宁贻患于父祖子孙以苟自免者。'岂诗人之意哉?"《诗本义》卷八论《小雅·四月》:"今此大夫不幸而遭乱世,反深责其先祖以人情不及之事。诗人之意决不如此。就使如此,不可垂训,圣人删诗必弃而不录也。"这些解说都根据"人情"来判断诗人之意,设身处地想象诗人应有的写作意图。当然这里面包含了伦理判断,"圣人"的取舍是判断诗意的标准。

欧阳修的门生苏轼解说《诗经》,也是"人情"论的鼓吹者。《苏轼文集》卷二《诗论》有段话跟欧阳修的观点很接近:"自仲尼之亡,六经之道,遂散而不可解。盖其患在于责其义之太深,而求其法之太切。夫六经之道,惟其近于人情,是以久传而不废。而世之迂学,乃皆曲为之说,虽其义之不至于此者,必强牵合以为如此,故其论委曲而莫通也。"经典的大道和意义,正在于其"近于人情",所以能够流传久远。而那些解释者,即经师这类人,总要用迂曲的方法作牵强附会的解说,疑神疑鬼,最终是道理不通。所以在《诗论》里面,苏轼用是否合乎情理来解释"比"、"兴"的定义。关于这一点,我们前面已经讲过。

欧、苏所说"人情"的"情",不是情感的"情",而

> 苏轼解说《诗经》,也鼓吹"人情"

是指一种符合人伦、符合常识的道理。违背常识、违背人的基本认知的东西，就是不近人情。欧阳修也把这种"人情"称为"理"，他在《易或问》里面提出："大儒君子之于学也，理达而已矣。"在《六一诗话》里他也用"理"来评论诗歌，比如五代和尚贯休有一首描写诗思的诗："尽日觅不得，有时还自来。"诗原本是写"诗思"不可强求，有时偶然会产生，但有人嘲笑说这两句是写人家丢失猫儿的诗。又比如贾岛写诗哭死去的僧人："写留行道影，焚却坐禅身。"本意是写僧人死后火化，但给人的感觉是烧杀活和尚。欧阳修说为什么这些诗句遭人故意误解呢？就是因为写诗的人"贪求好句而理有不通"，没有考虑到基本生活常识，没有考虑到诗句描写具有歧义，易引人误解。

欧阳修以人情物理为准来诠释诗歌"本义"的做法，推翻了不少《毛诗正义》关于诗意的解释。朱熹把这种人情物理称为"理义大本"，《朱子语类》卷八〇记载他的话："理义大本复明于世，固自周（敦颐）、程（程颢、程颐），然先此诸儒亦多有助。旧来儒者不越注疏而已，至永叔（欧阳修）、原父（刘敞）、孙明复（孙复）诸公，始自出议论，如李泰伯（李觏）文字亦自好。此是运数将开，理义渐欲复明于世故也。"这是宋代儒家学者的共识，一切以"理义大本"为准则，"理义大本"就是指一种由各种经典文本共同构成的历史与逻辑相统一的思想体系。比如说"诗三百"，既然经过孔子删诗，那么前后思想体系就不应该有矛盾，"诗三百"的上下文（context）应该都体现了"圣人之志"，所以解释时就要想想圣人会不会这样

> 理义大本：由各种经典文本共同构成的历史与逻辑相统一的思想体系

取舍、这样理解。比如,郑笺把《考槃》的诗人之意讲成"进则喜乐,退则怨怼",那就不合"圣人之志"的"理义大本"。另一方面,在《诗经》和其他儒家经典里面,这个"理义大本"也应该是相互统一的,在注释经典文本时,就要考虑不同经典之间的关系,也就是说,一系列经典相互之间(intertext)也贯穿着同样的"理义大本"。你在此处讲得通,在彼处讲不通,那就是违背了"理义大本"的原则。宋代的《诗经》诠释可以说取得了诸经中最突出的成绩,而欧阳修最先提出以《诗》的"本义"取代唐代官方经学的"正义",由此而形成宋代《诗经》诠释突破旧注的全新局面,学者们各有创获,不定于一尊,不迷信权威,各抒己见,都以"理义大本"为准。正如朱熹《吕氏家塾读诗记序》所说:"唐初诸儒为作疏义,因讪踵陋,百千万言,而不能有以出乎二氏(指毛、郑)之区域。至于本朝,刘侍读(刘敞)、欧阳公、王丞相(王安石)、苏黄门(苏辙)、河南程氏(程颐)、横渠张氏(张载),始用己意,有所发明。虽其浅深得失有不能同,然自是之后,三百五篇之微词奥义,乃可得而寻绎。"张载读《诗》的方法值得一提:"置心平易始知《诗》。"这个方法就是要求消除理解和解释的"先入之见",对宋人的阅读、理解经典具有一定的指导意义。

第二节 言与志的同一性

欧阳修所说的"本义",虽然包括诗人之意和圣人之志两个方面,但实际上更重视圣人之志。所以欧阳修所说的"本义",只是符合儒家政教立场"理义大本"的"本义",并不完全等同于诗人的创作意图和诗歌的原始意义。如果我们要知道诗人之意究竟如何,必须要承认"诗言志"这一前提,即诗歌言说了诗人的意志;同时我们还要承认"言尽意"这一前提,也就是说诗歌的语言说尽了诗人的意志。前面我们说过,儒家对语言文字的表意功能持一种信任的态度,下面就谈谈关于诗歌作品(包括其他文学作品)"言"与"志"的同一性问题。

在儒家经典诠释之外,刘勰大概是第一个从阐释学角度谈到文学的批评家,在前面讲《诗》之兴与《易》之象时,我们已经提到过《文心雕龙》,下面再看看这本书《知音》篇里的一段话:"夫缀文者情动而辞发,观文者披文以入情,沿波讨源,虽幽必显。世远莫见其面,觇文辄见其心。岂成篇之足深,患识照之自浅耳。夫志在山水,琴表其情,况形之笔端,理将焉匿?故心之照理,譬目之照形,目瞭则形无不分,心敏则理无不达。""缀文者"就是作者,他将辞句连缀起来形成文章,这些辞句都是因为性情的感动而生发出来的。顺便说,我认为刘勰时代的文章观念是一种工艺的文章、人工精制的文章,如文采斐然的丝织品,所以他用"缀文"一词。这文章里面隐藏着作者的感情,所以"观文者"也就是读者,"披"有翻阅的意思,也有剖析的意思,读者通过阅读和剖析辞句去反向进入作者的情感世界。<u>这是创作和欣赏的双向过程</u>,作者由情动而辞发,是"情→文"的过程;读者因披文以入情,是"文→情"的过程。在这里,两个过程仿佛是双向列车，可以自由往返来回。又像是一条河流，作者情感如波浪奔流下来，读者沿着波浪上溯，去寻找情感的源头。所谓"沿波讨源，虽幽必显"，是说根据文章辞句提供的波澜，一定能找到情感泉源的幽微之处。进一步说，"文"来自"情"，正如"波"来自"源"，"披文者"一定能根据文辞理解"缀文者"的情感。在刘勰看来，"文"与"情"二者是相通的，甚至可以说是同一的东西，披读一篇文章或一首诗，就相当于发现了作者的情感。所以他说"世远莫见其面，觇文辄见其心"，文辞超越了时间距离和空间距离，"觇文"指阅读文章，就可看到作者的内心世界。"文"与"心"的关系，就是"言"与"志"的关系，所以读者不要说作者的情感隐藏得太深，不容易把握，而应该检讨自己的见识太浅薄。我们现在有的同学读古代文学作品很吃力，体会不了作者的意思，是不是也该"患识照之自浅"呢？刘勰进一步说，像琴声这样的音乐，从中尚且能够听出高山流水之意，何况笔下的白纸黑字，还有什么情理可以隐藏呢？读者读文章，就如同眼睛看东西，是否能看得清楚，跟读者自己的视力有很大的关系。总之，如果读者有很高的见识、很敏捷的心思，那么就必然能读懂作品。

我们再看看宋代人对"言"与"志"关系的看法。欧阳修肯定认为二者之间具有同一性，前面我们已讲过他的看法："书不尽言之烦，而尽其要；言不尽意之委曲，而尽其理。"这个观点移植到诗歌，当然就是"言可尽志"。司马光的认识大体上和欧阳修是一个思路。他在《传家集》

宋人对"言"与"志"关系的看法

欧阳修、司马光相信"言可尽志"

卷六九《薛密学田诗集序》里面说:"扬子《法言》曰:'言,心声也;书,心画也。'声画之美者无如文,文之精者无如诗。诗者,志之所之也。然则观其诗,其人之心可见矣。今人亲没则画像而事之。画像,外貌也,岂若诗之见其中心哉?"扬雄的《法言》是赞同"言以足志,文以足言"、"言之无文,行而不远"的,他认为语言文字与心意有同一性,语言是内心的声音的体现,文字是内心图画的体现。司马光引申扬雄的观点,认为声音图画最美的是文章,而文章中最精美的是诗歌。既然诗是诗人意图之所向,那么读诗人的诗,就可知道他的内心。也就是说,诗歌是心声、心画中精华之精华。有人的父亲去世后,画肖像来纪念他,但是画像只是外貌,远不如诗歌能展现他的内心世界,因此不如读父亲的诗歌来怀念他。在司马光的眼中,诗歌作为语言文字的精华,与诗人的内心世界是一致的。和扬雄、刘勰的看法相近,司马光也是充分信任语言文字的表意功能的。

南宋姚勉《雪坡舍人集》卷三七《诗意序》,集中代表了宋人追求"诗人之意"的观点:"孟子曰:'说《诗》者,不以文害辞,不以辞害志,以意逆志,是为得之。'文之为言,字也;辞之为言,句也。意者,诗之所以为诗也。在心为志,发言为诗。诗者,志之所之也。《书》曰:'诗言志。'其此之谓乎?古今人殊,而人之所以为心则同也。心同,志斯同矣。是故以学诗者今日之意,逆作诗者昔日之志,吾意如此,则诗之志必如此矣。《诗》虽三百,其志则一也。虽然,不可以私意逆之也。横渠张先生曰:

姚勉强调读者之"意"

'置心平易始知《诗》。'夫惟置心于平易,则可以逆志矣。不然,凿吾意以求诗,果诗矣乎!"这篇文章不长,信息量却比较大。首先一点是这篇文章表明孟子"说《诗》"的意见在宋代得到了充分的重视。"以意逆志"这段话,在《毛诗正义》里面没处提及,而在宋代的《诗经》注疏、诗文集、诗话、语录里面随处可见。这就是学术界所说宋代的"《孟子》升格运动"的结果,乃至到南宋《孟子》与《论语》《大学》《中庸》并列为"四书",其文句和思想家喻户晓。姚勉的《诗意序》可以说就是围绕孟子的观点来论述的。第二点,姚勉给"文"、"辞"、"意"、"诗"等概念下了定义,关于"文"、"辞"的定义我们前面已经讲过。这里要注意的是"意"字,他说"意者,诗之所以为诗也",好像是在说"意"是诗之所以成为诗的关键。但是他又引用古老的观念说:"在心为志,发言为诗。诗者,志之所之也。"好像"意"和"志"为一回事。不过我们接下去看这篇文章的第三点,就会发现实际上姚勉所说的"意"是指"学诗者今日之意","志"是指"作诗者昔日之志","意"就读者而言,"志"就作者而言。既然如此,那么"意者,诗之所以为诗也",意思就是诗之所以成为诗,决定权在于读者的"意","吾意如此,则诗之志必如此矣",读者的"吾意",决定着"诗之志",决定着到底怎样理解诗歌的创作意图和意义。第四点,姚勉对"吾意"的肯定,是这篇文章的核心,而它的理论前提是"古今人殊,而人之所以为心则同也。心同,志斯同矣"。读者的"吾意"和作者的"志",都是"心"

的表现,"志斯同矣"其实就是"意志斯同矣"。这来自《孟子》"心之所同然"的观点,类似赫施的"意志类型",我们在第三讲已有详细解说。这里姚勉所说的"志斯同",是克服阐释过程中"古今人殊"的时间距离和空间距离的保证。第五点,姚勉指出"以意逆志"的心理重建,并不是放任读者去肆意解读诗歌,而是必须排除主观的偏见,即"私意"。"私意"的"私"字与"公"字相对,一是私人的"私",二是偏私的"私",特别是指后一个意思。"私意"充满偏见,穿凿附会,与"公意"、"公论"相背离,所以"学诗者"(读者)一定要避免不让"吾意"成为"私意"。第六点,姚勉引用横渠先生张载主张的读诗方法:"置心平易始知《诗》。"认为心平气和,没有先入为主的看法,才能真正依据诗的文本"以意逆志",获得《诗》的"本义",获得"诗人之意"。在《诗意序》里面,姚勉强调的是"意"字,这个"意"字就是他治《诗》的阐释方法。所以"意者,诗之所以为诗也",意味着只有经过学诗者的"意逆",诗的文本意义和价值得以实现,诗才能成其为真正的诗。

接下来我们再讲讲朱熹关于如何消除理解和解释过程中的"私意"以及如何追求"本文本意"的观点。先看看朱熹理解的"以意逆志"。《朱子语类》卷一一一:"且如孟子说《诗》,要'以意逆志,是为得之'。逆者,等待之谓也。如前途等待一人,未来时且须耐心等待,将来自有来时候。他未来,其心急切,又要进前寻求,却不是'以意逆志',是以意捉志也。如此,只是牵率古人言语,入做

> 朱熹主张消除理解和解释过程中的"私意",反对"以意捉志"

自家意中来,终无进益。"他认为一个读者或解释者,不应该用自己的意志去理解古人的语言,不能"以意捉志",不能用一种主观性很强、很急切的"捕"的方式,把古人言语牵到自己的意志中来。他认为"以意捉志"这种主观的诠释对读者毫无益处。正确的理解方法是排除"自家意"耐心等待,等待古人意自己出现。那么,怎样才能真正做到这样的"以意逆志"呢?

朱熹另一段话说得更清楚。《晦庵先生朱文公文集》卷四八《答吕子约书》:"如《诗》《易》之类,则为先儒穿凿所坏,使人不见当来立言本意。此又是一种工夫,直是要人虚心平气,本文之下打叠交空荡荡地,不要留一字先儒旧说,莫问他是何人所说,所尊所亲,所憎所恶,一切莫问,而唯本文本意是求,则圣贤之指得矣。"儒家的经典本如《诗》《易》都有"立言本意",即作者想通过语言文字表现的思想内容。经典的原始形态就是"本文",它是作者设立的语言文字,没有经过阐释者的干扰。但是我们知道,在朱熹那个时代,已经存在着很多关于《诗》和《易》的注疏,其中以孔颖达的"正义"为代表。经典读本的原文后面已经附上各式各样的"先儒旧说",已经不是纯粹的"本文"。所以要想了解作者立言的"本意",就必须排除"先有"、"先见"、"先把握",把所有"先儒旧说"清除得干干净净,"打叠交空荡荡地"。先儒"穿凿所坏"的固然要去掉,即使是"所尊所亲"的人的解说,也都不要管他。只管原始的"本文",从这纯粹的"本文"出发去探求"本意",语言文字是怎样说的,就按语言文字所说去理解,这

> 从纯粹的"本文"出发去探求"本意"

就是所谓要见"立言本意",即客观地把握作者之意。这有点像德国阐释学奠基者施莱尔马赫(F. Schleiermacher)所主张——作品本文的意义,是在科学方法的指导之下消除解释者的先入之见和误解后的产物。当然,朱熹用的不是"科学方法",而是一种涵泳玩味的读书方法。

我们还要注意一点,"言"与"志"固然有同一性,通过诗人的"立言"而见到他的"本意",但是还有另外一种情况,就是孟子所说的"不以文害辞,不以辞害志",在理解与解释的时候要充分注意文学性的修辞手段,注意"文辞"与"意志"的表面错位。在宋代的"《孟子》升格运动"中,孟子的这两句话也常被诗歌批评家所引用。比如范温的《潜溪诗眼》说:"形似之语,盖出于诗人之赋,'萧萧马鸣,悠悠旆旌'是也。激昂之语,盖出于诗人之兴,'周余黎民,靡有孑遗'是也。古人形似之语,如镜取形,灯取影也,故老杜所题诗,往往亲到其处,益知其工。激昂之言,孟子所谓'不以文害辞,不以辞害志',初不可形迹考,然如此乃见一时之意。余游武侯庙,然后知古柏诗所谓'柯如青铜根如石',信然决不可改,此乃形似之语。'霜皮溜雨四十围,黛色参天二千尺。云来气接巫峡长,月出寒通雪山白',此激昂之语,不如此则不见柏之大也。"范温的《潜溪诗眼》收在郭绍虞先生编的《宋诗话辑佚》里面,有不少精彩的看法。范温的父亲是北宋史学家范祖禹,协助司马光编《资治通鉴》,编写其中的《唐鉴》,所以当时的人称范温为"唐鉴儿",意思是编《唐鉴》那人的儿子。范温还有个别号叫"山抹微云女婿",他的岳父秦观

> "文辞"与"意志"的表面错位
>
> 形似之语
> 激昂之语

是苏门四学士之一,善填词,其《满庭芳》词"山抹微云"一句被世人称赏。范温自己跟着黄庭坚学诗,他的《潜溪诗眼》命名就有得于黄庭坚提倡的"句中有眼",主要理念是从文句中看出诗眼,把握作者的本意。上面所引这段话中,范温提醒读者要注意诗歌里面的两种表现方法。一种是"形似之语",就是指一种依据事物的本来面目进行的真实描写,就像镜子里面的形象,或灯光下的影子,诗歌对事物的描写没有走形,这就是"赋"的手法,也可以说是一种客观真实的表现法。比如《诗经·小雅·车攻》里面的"萧萧马鸣,悠悠旆旌","萧萧"是象声词,摹状马鸣的声音,"悠悠"是形容词,摹状旌旗飘扬的样子,两句诗绘声绘色,展现出战马悲鸣、战旗飘飘的真实场景。另一种是"激昂之语",是诗人为了表现强烈的情感、"激昂"的情感而采用的夸张修辞手法,它不追求客观真实,而是为了表现主观的情感,不惜夸大事实。读者要特别注意,"激昂之语"所写的不是真实的事物,不能根据它的言辞意义去理解,也就是孟子所说"不以文害辞,不以辞害志"。换句话说,"激昂之语"的文辞和意义是分离的,言在此而意在彼,读者在理解的时候必须透过现象看本质,通过文辞的描写去追寻诗人的意志。比如说《诗经·大雅·云汉》里的"周余黎民,靡有孑遗",从表面的文辞来看,是说因为大旱,周的平民百姓都死光了,一个都没遗留下来,但是显然事实并非这样,诗人只是想表达大旱的严重性,死了很多人。关于这两句诗的解释,我们在前面讲孟子"以意逆志"时已经有详细解说。范温把《诗经》里面的"形

> "激昂之语"的文辞与意义是分离的,读者必须通过文辞的描写去追寻诗人的意志

似之语"和"激昂之语"推衍到杜甫诗歌的解读。杜甫《古柏行》这首诗里面,两种表现手法同时存在,比如"柯如青铜根如石"这句,描写古柏遒劲的根枝太逼真了,惟妙惟肖,范温以自己游武侯庙时的亲眼所见证实了这种描写,这就是"形似之语"。《古柏行》里面还有"霜皮溜雨四十围,黛色参天二千尺"的两句,这就不是真实的描写,就算古柏有四十围那么粗,但是怎么能有二千尺那么高呢?二千尺等于二百丈,古柏根本不可能有那么高,就算有那么高,与它的四十围也不成比例,就像沈括调侃的"无乃太细长乎?"(《梦溪笔谈》卷二三)接下去两句"云来气接巫峡长,月出寒通雪山白",更是想象之辞,巫峡在东,雪山在西,相隔千里,古柏怎么能跟巫峡、雪山相接相通呢?所以读者需要通过《古柏行》的文辞去体会诗人所要表达的意义,"霜皮"两句是夸张地形容古柏的高大,"云来"两句是"从高大处想见其耸峙阴森气象"(仇兆鳌注),这阴森气象以至于与巫峡云气、西山白雪相通。这种"激昂之语"的使用,是为了增强诗歌的感染力,如范温所说,"不如此则不见柏之大也"。读者就是要透过文辞去寻找诗歌的"本义"。

第三节 深观其意

> 宋人对孟子"说诗者"阐释理论的演绎发挥

下面我们再讲讲宋人对孟子"说诗者"阐释理论的演绎发挥。前面说过姚勉的《诗意序》对"意"的重视,其实整个宋代诗歌阐释学都关注"诗人之意"的理解和解释。《苏轼文集》卷二《既醉备五福论》:"夫《诗》者,不可以言语求而得,必将深观其意焉。故其讥刺是人也,不言其所为之恶,而言其爵位之尊、车服之美而民疾之,以见其不堪也。'君子偕老,副笄六珈'、'赫赫师尹,民具尔瞻'是也。其颂美是人也,不言其所为之善,而言其冠佩之华、容貌之盛而民安之,以见其无愧也。'缁衣之宜兮,敝,予又改为兮'、'服其命服,朱芾斯皇'是也。"苏轼虽然没有引用孟子"不以文害辞,不以辞害志"的语录,但是他阅读理解的实际经验,也是注意到文辞之外隐藏的诗人之意。苏轼这里提出的读《诗》方法是"不可以言语求而得,必将深观其意焉",强调一定要深入体验把握言语后面的意义。他注意到《诗经》里面"讥刺"和"颂美"的运用,不是直接的批判和歌颂,而是迂回曲折地表现。比如"君子偕老,副笄六珈"两句,出自《鄘风·君子偕老》,《毛诗序》说这是讽刺卫宣公夫人宣姜淫乱的诗。诗开头不说卫夫人到底有哪些恶行,而只是称赞她服饰的华丽,而后面说"子之不淑",那么写她"车服之美"的深意,就是反过来凸显了其人是何等的不堪。又比如"赫赫师尹,民具尔瞻"两句,出自《小雅·节南山》,《毛诗序》说是讽刺周幽王的诗,但一般都认为是讽刺周王和权臣"师尹"的诗。"民具尔瞻"写师尹尊贵的地位,大家都要仰望他,但接下来的句子是"忧心如惔,不敢戏谈",诗写其"爵位之尊",人民却是敢忧而不敢言,可见师尹是何等糟糕的权臣。相反的例子是"缁衣之宜兮,敝,予又改为兮",这几句出自《郑风·缁衣》,

> 整个宋代诗歌阐释学都关注"诗人之意"的理解和解释

《毛诗序》说是颂美郑武公的诗。"服其命服，朱芾斯皇"这两句出自《小雅·采芑》，这首诗是歌颂周宣王派方叔南征的事。"缁衣"是见天子的黑色礼服，"朱芾"是指命服上的大红蔽膝，总之都是写"冠佩之华、容貌之盛"，但这样尊贵的诸侯使人民安居乐业，所以他们的着装再华贵也受之无愧。苏轼提醒读者注意，表面上看来同样是写服饰的华丽，但是却有"讥刺"和"颂美"的区别，这就不要简单从言语本身去解释，而要"深观其意"。如何"深观"呢？从苏轼的示例可以看出，要"深观其意"就要了解全诗的上下文，了解《毛诗序》关于诗歌主旨的介绍提示。如果车服美、爵位尊而"民疾之"，那么其意就在"讥刺"；如果冠佩华、容貌盛而"民安之"，那么其意就是"颂美"。当然这里面可能就会产生"阐释的循环"：苏轼判断车服之美、爵位之尊、冠佩之华、容貌之盛所含的"深意"，其实来自关于整首诗的理解；而关于整首诗意义的理解，又与车服、爵位、冠佩、容貌描写的理解分不开。

我们再来看看范温的诗歌分析，可看作"深观其意"的一个范例。范温的《潜溪诗眼》有一段关于读诗方法的介绍：

> 识文章者，当如禅家有悟门。夫法门百千差别，要须自一转语悟入。如古人文章，直须先悟得一处，乃可通其他妙处。向因读子厚《晨诣超师院读禅经》诗一段，至诚洁清之意，参然在前。"真源了无取，妄迹世所逐，微言冀可冥，缮性何由熟"，真妄以尽佛理，言

行以尽薰修,此外亦无词矣。"道人庭宇静,苔色连深竹",盖远过"竹径通幽处,禅房花木深"。"日出雾露余,青松如膏沐",予家旧有大松,偶见露洗而雾披,真如洗沐未干,染以翠色,然后知此语能传造化之妙。"澹然离言说,悟悦心自足",盖言因指而见月,遗经而得道,于是终焉。其本末立意遣词,可谓曲尽其妙,毫发无遗恨者也。

  范温说的"文章",主要是指诗歌。他借用禅家的"悟门"来说诗,认为读古人的诗歌,要先领悟到一处,然后一通百通。比如他读柳宗元《晨诣超师院读禅经》一诗,最关键就是对"真源了无取"四句的领悟,认为"真妄以尽佛理,言行以尽薰修,此外亦无词矣"。以下写景的诗句,如庭宇、苔色、深竹、雾露、青松等意象,都是围绕着这四句表达的思想来展开的。范温指出,这些禅院早晨的自然景色,静谧洁清,在读罢禅经的诗人眼中,成了令人无法言说的"悟悦"之来源,在沉默无言之中,性灵得到陶冶。这些写景的句子表明了诗人"因指而见月,遗经而得道"的过程。我们要注意到,范温特别重视这首诗的"本末立意遣词",这就是一切描写围绕题目来进行,比如说"日出雾露余,青松如膏沐"扣合"晨诣","道人庭宇静"扣合"超师院","真源了无取"四句扣合"读禅经",叙述、议论、抒情、描写都是紧扣着"晨诣超师院读禅经"来写。诗人读的什么禅经已不重要,因为一切都"澹然离言说",不需要再解释说明。这段话我们可看出范温心目中的好诗,就是"本末立意遣词,可谓曲尽其妙,

> 通过"离言说"的感悟来领悟诗歌的"本末立意遣词",又通过"本末立意遣词"的解析来得到"离言说"的感悟

毫发无遗恨者",同时也可看出他心目中理想的读者就是要"悟得一处",触类旁通,由此而探讨领悟诗人的"本末立意遣词",在阅读过程中充分理解诗人的"立意",并且做到"曲尽其妙,毫发无遗恨"。当然我们会发现,范温关于"离言说"的感悟,其实是通过分析诗歌的"遣词"来获得的,通过对"遣词"的分析来理解"离言说"的禅理,这是中国诗歌阐释所不得不面临的矛盾,这大概也算得上是另一个意义上的"阐释的循环",即通过"离言说"的感悟来领悟诗歌的"本末立意遣词",但又必须通过"本末立意遣词"的解析来得到这种"离言说"的感悟。直觉与理性、无言与有言形成循环。

我们可以按照范温的思路来解读黄山谷的诗歌,比如山谷这首名作《六月十七日昼寝》:

> 红尘席帽乌靴里,想见沧洲白鸟双。马龁枯萁喧午枕,梦成风雨浪翻江。

这首诗场景是跳动的,午睡的梦境也是出人意料的,但是其中也有范温所说的"悟门",这就是黄山谷的"一转语",那么"一转语"在哪句呢?我们说,就是"想见沧洲白鸟双"这句,这句也就是领会山谷"本末立意遣词"的"悟门"。惠洪《冷斋夜话》说:"山谷寄傲士林,而意趣不忘江湖。"他有不少诗都表达了这一主题,比如说"九陌黄尘乌帽底,五湖春水白鸥前"、"梦作白鸥去,江湖水粘天"、"江南野水碧于天,中有白鸥闲似我"、"万里归船弄长笛,此心吾与白鸥盟",等等。知道"意趣不忘江湖"的"本末立意",我们就可明白他为什么会做这样一个梦。除了"本末立意"之外,我们还要注意这首诗的"遣词",特别是头两句之间的对立因素。比如"红尘"与"沧洲"这两个词,"沧"是青色,同"苍"的意思一样,指江水的颜色,那么"红"与"沧"形成色彩的对比;"尘"与"洲",一个是土字旁,一个是水字旁,形成物质上土与水的对比。顺便说,西晋陆机诗称"京洛多风尘,素衣化为缁",所以"红尘"一般指都城的尘土,由此"红尘"与"沧洲"之间又形成魏阙与江湖的对比。头两句之间还有一组意象对比,即"乌靴"与"白鸟"。《后汉书·王乔传》记载,王乔有神术,汉明帝见他经常来朝时没有车骑,感觉有异,密令太史监视。太史发现,每次王乔来朝时就有双凫从东南飞来,于是张网捕捉,但是只得到一只舄,即尚书省属官的官靴。《艺文类聚》卷九一引应劭《风俗通》,说是"一双舄"。因此,一双乌靴能引起一双白鸟的联想。沧洲间自由的白鸟一旦进入官场,就变成奔走红尘的乌靴,这里"乌"和"白"之间色彩也对比强烈。还要注意"双"字的意义,白鸟一定要成双,黄庭坚曾经改写徐陵的《鸳鸯赋》:"山鸡照影空自爱,孤鸾舞镜不作双。天下真成长会合,两凫相倚睡秋江。"归隐江湖一定要带上自己的伴侣,不要像孤单的山鸡和舞鸾那样照水照镜,顾影自怜。可以说,黄庭坚这首诗的头两句构成一个复义的文本,表达了"不忘江湖"的"意趣"。再看后两句"马龁枯萁喧午枕,梦成风雨浪翻江",这是写午睡时听到旁边马厩里马吃枯豆萁发出的喧闹声响,梦中就成为江上的风雨翻浪之声。任渊注释这两句:"言江湖之念深，兼想与因，遂成此梦。""想"指"想梦"，是心理上的梦，即所谓日有所思，夜有所梦，就是黄庭坚的江湖之念深。"因"指"因梦"，是生理上的梦，引起梦的生理原因，这里指马龁枯萁的响声，作用于听觉而引起的梦。任渊认为这两句是想梦和因梦结合而产生这种"风雨浪翻江"的奇怪之梦。那么，这首诗表面上的场景跳动以及出人意料的梦，就都能得到圆满的解释。通过这样的分析，我们就能发现作者"本末立意遣词，可谓曲尽其妙，毫发无遗恨者"。

在宋代，朱熹的《诗经》阐释方法最值得重视，他在《诗集传序》中详细介绍了具体步骤："本之二南以求其端，参之列国以尽其变，正之于雅以大其规，和之于颂以要其止，此学《诗》之大旨也。于是乎章句以纲之，训诂以纪之，讽咏以昌之，涵濡以体之，察之情性隐微之间，审之言行枢机之始，则修身及家、平均天下之道，其亦不待他求而得之于此矣。"前面四句是"学《诗》"的总纲，以《周南》《召南》为本，为开端，因为二南是"正始之道，王化之基"，具有教化的典范性；然后参看比较《国风》，以穷尽其与二南不同之处，这就可以了解何为"变风"；再以《大雅》《小雅》的雅正来作学诗的规范；最后是以《颂》的中和品格，使学诗者做到"发乎情止乎礼义"。这是从了解《风》《雅》《颂》主旨的角度而言。接下来的理解诠释的过程是，先将《诗》的文本分为"章句"，纲举目张，在此基础上进行"训诂"，训释字词古今含义的不同，帮助文义理解。然后是"讽咏"，作一种有声的阅读，体会《诗》的音乐美及情感性，再用一种"涵濡"的方式，将身心潜入文本中去，以《诗》来濡染自己的灵魂。进一步设身处地，体察作者的内心隐微的情性；再作客观的审视，考察作者一言一行的关键之处。这样一来，修身、齐家、治国、平天下的道理，都从学《诗》中可以获得。这一点可以举朱熹关于"思无邪"的理解为例。孔子说："《诗》三百，一言以蔽之曰：思无邪。"后人解说"思无邪"，大多是从性情之"正"的角度来理解，"正"就是"无邪"。但是朱熹经过自己对《诗经》的讽咏涵濡、阅读理解，发现其中有一部分是"淫奔"之诗，很难从"正"的角度解释。于是他沿用了程颐的说法，把"思无邪"理解为"诚"。也就是说，《诗》的作者即使行为邪，也可称为"思无邪"，因为诗中表达了自己真实的想法，修辞立其诚，这种真实的"淫奔"之诗，也是诗人"思无邪"的表现，即"诚"的表现，不管它是不是"性情之正"。朱熹这样的解说，可以说给后来解释《诗经》的学者开了方便之门，《诗经》中那些所谓"淫奔"之诗，即爱情诗，也可在"思无邪"的旗号下获得符合原意的说明。后来从文学角度阐释《诗经》的学者，或多或少受到朱熹的启发。

"以意逆志"的阐释思路在杜甫诗歌注释中普遍存在。明清之际有两部注释杜诗的著作不约而同以"杜意"命名。王嗣奭的《杜臆原始》自称"臆者，意也。以意逆志，孟子读诗法也"。稍后陈式《问斋杜意》也是来自孟子"以意逆志"的读诗法。根据《问斋杜意》卷首友人潘江作的序，可看出陈式的阐释程序近于完美：

> 在杜甫诗歌注释中，"以意逆志"的阐释思路普遍存在

> 每遇一作，先审其命题之指归，既按其字句以研其义，既又考之时势以处其地，既又合之本传、年谱以证其伪，既又证之经史子集以取其据，既又参之舆图方俗、官爵制度以通其故，既又核之鸟兽、草木、虫鱼以穷其变。当其冥思默会，辗转中宵，忽而疑窦欲开，鬼神来牖，夫然后纡曲以意之，而其想愈灵；层折次第以意之，而其味愈永；极浅深、兼虚实以意之，而其解愈神也。又宁有弗当乎杜意者哉！

先看阐释的技术层面，要解释一首杜诗，一共分为以下几道程序：

<small>审题</small>

第一点是审题，"审其命题之指归"。古人写诗命题很考究，作诗时会紧紧围绕题目来展开描写，这称为"着题"。比如黄庭坚参加乡试，考试写诗，以《野无遗贤》命题，黄庭坚试卷诗里有"渭水空藏月，傅岩深锁烟"两句，主考官击节称赏。姜太公渭水垂钓，遇周文王，后辅佐武王灭商。傅说在傅岩服苦役，筑城，商王武丁梦到贤人，找到傅说，任命为丞相。而现在诗中写渭水空空只有月亮倒影，傅岩深深被烟雾遮掩，暗示渭水、傅岩再也没有贤人，这就符合《野无遗贤》的题目。解读杜诗当然也要这样去理解。

<small>字词句的训诂</small>

第二点是指字词句的训诂，即"按其字句以研其义"，这是理解诗歌正文的基础。比如杜甫《羌村三首》里面有"娇儿不离膝，畏我复却去"，以前的学者解释说：娇儿本来不离膝，但是害怕我又走开了。是说娇儿怕父亲的威严。郭在贻先生根据唐代大量关于"复却"二字的语料，

认为这两句是说：娇儿害怕我再次离家，所以不离膝缠着我。按这样的解释，杜甫就是慈祥的父亲。所以说"按其字句以研其义"，对于诗歌的诠释非常重要。

第三点是根据杜甫所处的时代来判断他所处的地位，设身处地理解其时代和环境。设身处地理解诗人的时代和环境

第四点是把诗歌的编年和杜甫的本传相对照，证明编年的真伪。以上两点是"知人论世"和"以意逆志"的结合，也可以说是诗歌文本的外部研究。辨明编年的真伪

第五点是以经史子集的各种文献，来获取杜甫用典的证据。这是一种文本互涉的阐释方法，利用经史子集文献来与杜诗相互发明，这也可以说是诗歌文本的内部研究。以经史子集文献与杜诗相互发明

第六点是运用关于"舆图方俗"的知识，即地理学和民俗学的知识。比如说，关于杜甫入蜀的路线，就可根据舆图来排列入蜀组诗的先后顺序。又比如说杜甫在夔州的诗有"家家养乌鬼，顿顿食黄鱼"两句，历代注释者解释"乌鬼"有各种说法，或说是祭祀的鬼，或说是鸬鹚，或说是猪，这就需要用方俗知识去判断。运用舆图、方俗知识

第七点是要了解杜甫时代的"官爵制度"，包括官制和其他典章制度的知识。读古人文集，要了解官爵的各种别称，比如王维，因为他的官名，人称"王右丞"，有的典籍又称"王右辖"，因为右辖就是右丞的意思。又比如苏轼晚年提举成都玉局观，所以自称"玉局翁"。拿杜甫本人来说，"检校工部员外郎"，了解官制的历史沿革就知道，唐代"检校"官为散官，没有实权。安史之乱以后，了解当时的官爵制度

检校官更滥，节度使的幕府参谋都采用"检校"官职。严武任剑南节度使，以杜甫为幕府参谋，表荐为"检校工部员外郎"。所以宋人既称杜甫为"杜工部"，又称其为"杜参谋"。比如李彭《庆上人以再闻诵新作突过黄初诗为韵作十诗见寄次韵酬之》组诗其三："蝉噪嗟齐梁，凤鸣推沈宋。诸人勤着脚，何尝窥妙用。独有杜参谋，变态无与共。绝唱冠古今，孤高追《惜诵》。"又如方回《怪梦十首》其五："文宗韩吏部，诗学杜参谋。余子焉能浼，吾徒别有愁。潮阳宁远谪，补阙肯中留。往事惊棋局，余生付酒楼。"韩吏部指韩愈，曾经贬谪为潮州刺史，所以又以"潮阳"代指。杜参谋指杜甫，又因为杜甫曾任左拾遗，所以又以"补阙"代指。同样，杜诗里面称他人官爵，是什么官，都应该弄清楚。

利用博物学知识　　第八点是利用博物学的知识，即"核之鸟兽、草木、虫鱼以穷其变"。孔子曾经说过："小子何莫学夫诗？诗可以兴，可以观，可以群，可以怨，迩之事父，远之事君，多识于鸟兽草木之名。"郭璞作注的《尔雅》，就可以说是"多识于鸟兽草木之名"的工具书。杜甫诗中涉及很多鸟兽、草木、虫鱼之名，关系到纪事、咏物以及比兴手法的运用，若不清楚就会误解诗意。比如《乾元中寓居同谷县作歌七首》中的"黄精无苗山雪盛"一句，有人说"黄精"应作"黄独"。《广雅》说黄精就是龙衔草。据《本草》说，黄精久服可轻身延年。而黄独，按黄庭坚的说法是土芋的一种，可充饥。阐释者采用不同的文本，不同的植物之名，直接关系到诗意的理解。又比如杜诗"天棘蔓青丝",有人说天棘是天门冬,一名颠棘,又有人说是柳。韩愈曾写诗嘲笑"《尔雅》注虫鱼,定非磊落人"(《读皇甫湜公安园池诗书其后》),但是杜诗的阐释者却不得不熟悉《尔雅》。黄庭坚曾经为驸马都尉王诜书写《尔雅》,苏轼调侃道:"以平等观作欹侧字,以真实相出游戏法,以磊落人书细碎事,可谓三反。"(《跋鲁直为王晋卿小书尔雅》)黄庭坚作《演雅》诗,以诗句演绎《尔雅》,写了四十多种动物,把诗歌"多识于鸟兽草木之名"的功能推向极点。后来不少诗人仿作《演雅》诗,关于这一点,我曾写过一篇文章《宋代〈演雅〉诗研究》专门介绍分析。

潘江认为,在解决了技术层面的理解障碍之后,读者或解释者就可进入"以意逆志"的心灵交流的程序。这个程序的核心是"冥思默会"的想象,其过程简直像是一次再创造,在辗转中宵的冥思苦想中,去意逆作者"纡曲"的内心世界,去意逆作者"层折次第"的构思意图,去意逆作者或深或浅、或虚或实的表达方式。这样注释者之意和杜甫之意就达到了融合统一,"又宁有弗当乎杜意者哉!"不管陈式的《杜意》是不是真正做到了这一点,反正潘江的序大体总结了中国古代诗歌阐释的最佳路径。

> 从技术层面的理解,到"以意逆志"的心灵交流

第七讲

历史背景决定诗意理解与解释的观念

第一节　背景的意义

今天我们要讲孟子的"知人论世"说在宋代及后世阐释活动中的流行。在北宋中叶，儒学上出现了一个所谓"《孟子》升格运动"，孟子的地位大大提高，成了"亚圣"，研读《孟子》成了士大夫的日常功课之一。到了南宋，朱熹编定儒学教材，《孟子》更升格为"四书"之一。孟子学说全面普及，"知人论世"自然也被文本阐释者所重视，由一种"尚友"的方法成为一种阐释观念或方法。在宋代以前的文学阐释活动中，几乎没有人提及"知人论世"，王逸《楚辞章句》、李善和五臣的《文选注》里面，都没有"知人论世"的观念，在"《孟子》升格运动"之后，这个观念逐渐深入人心。当然，孟子的"以意逆志"影响更大，更为直接地被用在文本阐释活动中。

朱熹是"以意逆志"的大力提倡者，他告诉学者读经典的方法是，"本文之下打叠交空荡荡地，不要留一字先儒旧说"，"唯本文本意是求，则圣贤之指得矣"。这对于消除"先有"、"先见"、"先把握"当然是很好的方法，但是还有个问题，如果《诗经》本文之下一切都空荡荡地，只按语言文字所说去理解，那么还要不要先儒的《诗序》《诗谱》之类的背景文献呢？朱熹的《诗集传》有废序的倾向，王质的《诗总闻》走得更远，完全抛开《诗序》，主张"说诗当即辞求事，即事求意"。王质在《诗总闻原例》中将其解说分为闻音、闻训、闻章、闻句、闻字、闻物、闻用、闻迹、闻事、闻人十门，其中完全贯彻了"以意逆志"的"意逆",即揣测的方法,"推"字贯穿始终,比如他的闻章:"大率以意细推自见。"闻物:"宛转推测,其众所共识,已所经见者不与。"闻用:"但首尾前后,以意细推自出。"闻迹:"有不必左右前后,参伍错综,以相推测,或可得其真。"闻事:"虽无可考,而亦可旁见隔推。"闻人:"就本文本意及旁人左右前后推量。"十门中一大半都用了"推"字,这是王质《诗总闻》的主要方法。陈日强为《诗总闻》作跋,称王质"其删除诗序,实与文公朱先生合,至于以意逆志,自成一家"。

但是,单纯的"以意逆志"是有其局限的,因为存在的历史性决定理解的历史性,任何人都不能保证完全清除"先有"、"先见"、"先把握",任何人都不可能用空荡荡的心去理解,因此也就不能保证阐释的有效性。前面我们讲过,王国维在《玉溪生诗年谱会笺序》里指出,为了避免使用"以意逆志"的方法而失去"古人之志",就得搭配"知人论世"的手段,也就是要做到"逆古人之志"与"论古人之世"相结合。换句话说,文学阐释需要了解古人所处的环境以及文本产生的背景,背景具有不可替代的独特意义。

所以,面对南宋《诗经》阐释活动中废序的倾向,叶适特别强调了《诗序》作为理解诗的背景的意义。在《习学记言》卷六《诗序周南召南至豳》一条他指出:

> 作诗者必有所指,故集诗者必有所系。无所系,无以诗为也。其余随文发明,或记本事,或释诗意,皆在秦汉之前。虽浅深不能尽当,读诗者以其时考之,以其

第七讲 历史背景决定诗意理解与解释的观念

> 义断之,惟是之从可也。专溺旧文,因而推衍,固不能得诗意;欲尽去本序,自为之说,失诗意愈多矣。

这里叶适讨论的是《诗序》的作用问题,他用了两个"必"字来谈《诗序》存在的理由:既然"作诗者"必然有其创作意图,那么"集诗者"就必然要有序跟诗相联系。没有序来联系,诗也就不成其为诗。《诗序》有的记载"本事",有的解释"诗意",也就是诗人的本意。一首诗到底产生于哪个时代,到底是关于哪个本事的美刺,都需要通过《诗序》才能了解。这里他还提到"读诗者",必须"以其时考之",了解写作背景,"以其义断之",了解诗人本意。所以一方面只依据"先儒旧说"进行推衍,固然不能真正获得诗意;但另一方面完全去掉《诗序》,自创新说,那丧失的诗意就更多。叶适特别提到,这些《诗序》产生于秦汉之前,这就意味着"集诗者"的《诗序》较接近"作诗者"的年代;从阐释学角度来说,这意味着《诗序》与诗的"时间距离"很小,因而时间、空间距离而造成的理解隔阂也相对较小,因此比后儒新说更具有可信性。叶适把《诗序》称为"本序",这意味着他把《诗序》看作是理解"本意"、"本事"的唯一途径,因此决不能抛弃。换句话说,"读诗者"通过"本序"能更好地掌握诗歌的"本事"和诗人的"本意"。

叶适为《诗序》辩护的态度虽然略显保守,但是也与宋人"知人论世"的观点合拍,所谓"读诗者以其时考之,以其义断之",已隐然包含着将"知人论世"与"以意逆志"相结合的认识。其实,宋代那些怀疑《诗序》的

> 将"知人论世"与"以意逆志"相结合

学者,也相信"知人论世"的基本原则,也相信"本意"与"本事"之间具有同一性,而只是质疑《诗序》记载的"本事"的可靠性,并不愿承认《诗序》具有"本序"的权威。所以即便是废序的《诗总闻》,其中仍有"闻事"、"闻迹"、"闻人"这样探究诗创作背景的内容。

《诗经》之外的文本诠释,宋人也爱使用"知人论世"的方法,来辅助"以意逆志"的有效进行。下面我们将要谈到的"诗史"说、年谱、编年诗、本事,等等,可以说都是"知人论世"观念的产物,以至于清代学者厉鹗提出"有宋知人论世之学"(《宋诗纪事序》)的说法。这在后面我们还要进一步讲解。

> "诗史"说、年谱、编年诗、本事等,都是"知人论世"观念的产物

当然,清代学者对于"知人论世"与"以意逆志"关系的论述更为全面,对于背景意义的理解,也比宋人更深入。比如仇兆鳌在《杜诗详注序》中先引用孟子之论诗曰:"颂其诗,读其书,不知其人,可乎?是以论其世也。"然后说:"诗有关于世运,非作诗之实乎?"也就是强调诗与时代环境相关。既然杜诗与时代、社会环境相关,那么注杜者就需要细读文本,了解历史,"必反覆沉潜,求其归宿所在,又从而句栉字比之,庶几得作者苦心于千百年之上"。"归宿"指杜甫的创作指归,"苦心"指杜甫的创作意图。由于有"知人论世"的支持,这时注杜者的"以意逆志"就达到一个很高的境界,仇兆鳌形容这种境界是"恍然如身历其世,面接其人,而慨乎有余悲,悄乎有余思也",也就是说注释者仿佛跟诗人杜甫一起同呼吸共命运,仿佛亲身经历其时代,并完全楔入其心灵,对杜甫有

一种真正的同情理解。

杨伦在《杜诗镜铨》卷首的《自序》里表达了与仇兆鳌相类似的观点:"惟设身处地,因诗以得其人,因人以论其世,虽一登临感兴之暂,述事咏物之微,皆指归有在,不为徒作。……今也年经月纬,句栉字比,以求合乎作者之意,殆尚所云镜象未离铨者。"我前面讲过"以意逆志"就是要"设身处地"地理解,而"知人论世"又是"设身处地"的前提,所以"年经月纬"的编年方法、"句栉字比"的文本细读,是获得作者之意的解释的根本途径。

其实我们去看清代人注释杜诗、苏诗,其阐释学理念都与仇兆鳌、杨伦差不多,这几乎是一代学者的共识。王文诰有部注释苏诗的书,叫作《苏文忠公诗编注集成》,卷首有一篇达三写的序,详细地论述了读者、注释者与古人作者"情性融洽"的问题:

> 至于前人往矣,后人生于数百千年以下,取数百千年以上之诗,伏而诵之,若非脱去形骸,独以神运,以古人之心为心,以古人之境为境,设身处地,情性融洽,则我之精神命脉,与古人之精神命脉,隔碍不通,又何能领略其中之甘苦?读书岂易事哉!迨夫声入心通,神与古会,复念天下至大,来世正长,我既窥古人之堂奥,又欲天下共窥;我既通其性情,亦欲来世尽通。此注之所以不容已也。然欲论其文,必论其人;欲论其人,必论其世。苟于作者生平之事迹,君臣之际遇,品诣之崇卑,贤奸之分判,一事不合,则古人之面目不明,精神反晦,此编纪之不可不详,其难不更甚乎!

<small>情性融洽</small>

如何克服"数百千年以下之人"与"数百千年以上之诗"之间的时间距离呢?达三给出的方法是"欲论其文,必论其人;欲论其人,必论其世",两个"必"字强调,要想与古人"精神命脉"相通,必须用"知人论世"的方法,了解作者的生平事迹。换句话说,如果没有"知人论世"的强有力支持,如果不了解作者的生平事迹和历史背景,那么古人的精神面貌反而遭到遮蔽,注释者与作者之间的精神命脉也会隔碍不通。所以,在清人诸多的诗注著作中,"知人论世"几乎是不可或缺的最重要的方法之一。

> "知人论世"在宋代、清代的流行,基于注释者对历史背景的迷恋

"知人论世"在宋代、清代的流行,基于注释者对历史背景的迷恋,这也可以说是中国传统史学观念在文学阐释领域的投影。注释者相信,无论是"登临感兴之暂",还是"述事咏物之微",都与诗人的历史时代有紧密的关系。因此只要考证出诗人所处的时代背景,特别是具体的时间、地点、人物、事件,那么诗人的创作意图便可迎刃而解。时间、地点、人物、事件是历史上曾经存在过的事实,因此作者的本意也应该是可以确切把握的。这种观念很容易使我们联想到美国阐释学家赫施(E. D. Hirsch)在《意义与意思的再诠释》(Meaning and Significance Reinterpreted)中提出的概念:"与(伽达默尔)这一历史性(historicity)原则相反,我们也可以设立一个'历史性'(historicality)原则,它肯定一个历史事件,即一个本来的传达意图,可以永远地决定意思的恒久不变的性质。我们的历史性有不同于伽达默尔历史性的视野。伽达默尔的历史性暗指意思必随时间而改变,我们的历史性则

坚持：只要我们选择把意思视为历史决定了的客体，意思便可以始终如一。"（*Critical Inquiry* 11, December 1984, p.216）正是从这个意义上，"知人论世"的迷恋者相信可以设身处地重现作者的"意思"，因为作者的"意思"已经凝定为一个"历史决定了的客体"。

第二节　诗史说的泛化

今天我要从阐释学的角度讲讲中国古代诗学中一个重要的论题"诗史"说。那么，"诗史"说与阐释学有什么关系呢？所谓"诗史"，就是以诗为史，把诗歌文本当作历史文本来看待。这里面包含着对诗歌文本的认识和理解，同时意味着包含了一种阐释学观念，因为在"诗史"观念的影响下，注释者会特别注重诗歌文本中的历史因素。带着"诗史"观念的注释者，一方面会把古人的诗作看作"历史之诗"，即记叙历史的诗歌，另一方面也会把古人的诗作看作有前后次第的"诗之历史"。而后一种做法，正是中国传统阐释学中"知人论世"的体现。

大家都知道，"诗史"二字最早是用来评论杜甫诗的，见于晚唐孟启《本事诗》的"高逸"第三。《本事诗》的作者，旧本都题为"孟棨"，据陈尚君先生考证当作"孟启"。孟启在评论李白诗时顺带提到杜甫：

> 杜所赠二十韵，备叙其（李白）事。读其文，尽得其故迹。杜逢禄山之难，流离陇蜀，毕陈于诗，推见至隐，殆无遗事，故当时号为诗史。

旁注：
- 诗史
- 带着"诗史"观念的注释者，一方面会把古人的诗作看作"历史之诗"，另一方面也会把古人的诗作看作有前后次第的"诗之历史"
- 《本事诗》最早将"诗史"用于评论杜甫诗

杜甫的诗题为《寄李十二白二十韵》，这是一首五言排律，诗中叙述了李白一生的遭遇，写了李白"笔落惊风雨，诗成泣鬼神"的才华，"龙舟移棹晚，兽锦夺袍新"的宠遇，以及"乞归优诏许"的赐金还山，还写了自己与李白"醉舞梁园夜，行歌泗水春"的同游经历，再写李白"五岭炎蒸地，三危放逐臣"，被馋遭贬，流放夜郎。读杜甫这首诗，就可完全了解李白的生平。孟棨由此评价杜甫能将自己所遭逢的安史之乱灾难时代的纷繁事件，不仅"毕陈于诗"，即完全在诗歌中表现出来，而且"推见至隐"，即揭示极其微妙隐秘的历史细节，没有任何遗留，所以在当时被称为"诗史"。

根据"诗史"一词最早出现的上下文，我们会注意到孟棨所说的其实是个专有名词，有特定的限制性：一是专指杜甫的诗，二是专指记述历史事件的诗。在《本事诗》里，"诗史"这个概念并不重要，因为"高逸"第三的这段"本事"是有关李白的，杜甫只是个配角，由李白引带出来。但是从北宋开始，宋祁在《新唐书·杜甫传赞》里引用了"诗史"的说法，他说杜甫"善陈时事，律切精深，至千言不少衰，世号'诗史'"。从此以后，不断有诗话引用杜诗来证明这种说法。

从杜诗善陈当时事、叙事如史传的角度来理解"诗史"

比如蔡絛的《西清诗话》引用《新唐书·列女传》中关于王珪之母卢氏慧眼识房玄龄、杜如晦的简单记载，然后对照杜甫《送重表侄王砅》诗，指出《新唐书》记载"事未究"，太简略，而且有错误，比如据杜诗记载王珪母为杜氏，非卢氏；而且杜诗中描写了《新唐书》不曾记载

的故事："次问最少年，虬髯十八九。子等成大名，皆因此人手。"即王珪母识察"真主"唐太宗李世民于座中。蔡絛认为，"史缺失而缪误，独少陵载之"，这就是其"号'诗史'"的原因之一。蔡絛把所谓"善陈时事"、"推见至隐"的"诗史"落实到具体的文本解读中，赞叹杜诗的描写"其上下详谛如此"，这显然是从纪实性和叙事性来理解"诗史"性质的。又如李复《潏水集》卷五《与侯谟秀才书》："杜诗谓之'诗史'，以班班可见当时事，至于诗之叙事，亦若史传矣。"也是从杜诗善陈当时事、叙事如史传的角度来理解"诗史"的。

还有人是从诗歌的编年性质来称赞杜甫"诗史"的。比如黄彻《䂬溪诗话》卷一说："子美世号诗史，观《北征》诗云：'皇帝二载秋，闰八月初吉。'《送李校书》云：'乾元元年春，万姓始安宅。'又《戏友》二诗：'元年建巳月，郎有焦校书。''元年建巳月，官有王司直。'史笔森严，未易及也。"他是从诗歌首句的年月书写来理解"诗史"的，也就是说，"诗史"具有编年性质。我们知道，宋代最伟大的史学名著《资治通鉴》采用的是编年方式，后来的史学家纷纷仿效，如《续资治通鉴长编》《建炎以来系年要录》都采用编年的形式。《资治通鉴》的意义不仅在于创立了一种贯穿历代统一编年的史书体裁，而且在于建构了一种以时代先后顺序来审视历史人物和事件的编年史学观。这种史学观移植到诗歌文本中，便很容易与"诗史"说联系起来。在黄彻眼里，"诗史"就是指符合编年标准的诗歌。

> 从诗歌的编年性质来称赞杜甫"诗史"

当然也有从杜甫个人心灵史的角度来解释"诗史"内涵的。比如北宋胡宗愈《成都新刻草堂先生诗碑序》这样说:"先生以诗鸣于唐,凡出处去就,动息劳佚,悲欢忧乐,忠愤感激,好贤恶恶,一见于诗。读之可以知其世,学士大夫谓之诗史。"这里的"出处去就,动息劳佚",是指杜甫的生平经历和生活细节,而"悲欢忧乐,忠愤感激,好贤恶恶",则是指杜甫丰富的情感世界,这些都是读者了解杜甫、"知其世"的阅读材料。胡宗愈有意改造了"诗史"和"知人论世"之说,认为通过"颂其诗,读其书",就可以"知其人,论其世",诗歌文本自身就提供了"知人论世"的信息。因为诗歌吟咏情性的性质,提供了诗人在出处去就、动息劳佚的经历中的情感活动,所以通过这些情感活动可以去想象其所处的时代环境。这是我在第三讲谈到的对孟子"知人论世"说反向循环的理解。换句话说,胡宗愈为什么把杜诗看作"诗史"呢?是因为杜诗提供了可供读者"知人论世"的生活史和心灵史的丰富历史信息。

在宋代,"诗史"的概念不断扩大,演绎出一些新的内涵。比如阮阅《诗话总龟》卷五引《诗史》的评价:"聂夷中,河南人,有诗曰:'二月卖新丝,五月粜新谷。医得眼前疮,剜却心头肉。'孙光宪谓有《三百篇》之旨,此亦谓诗史。"这里的"诗史"之说已不同于《本事诗》的概念:首先号称"诗史"的诗人不是杜甫,而是晚唐聂夷中;其次,"诗史"不在于它的纪实性,而在于它具有"《三百篇》之旨",即"下以风刺上"的讽喻精神。那么,"《三百篇》

之旨"是怎样与"诗史"发生关系的呢？我们来看看《毛诗序》的说法："国史明乎得失之迹，伤人伦之废，哀刑政之苛，吟咏情性，以风其上。"聂夷中的诗正是"哀刑政之苛"，"以风其上"，这符合所谓"国史"的讽喻功能，也符合"《三百篇》之旨"。而《毛诗序》中所谓"国史"，不正是"吟咏情性"的"诗史"吗？所以《诗史》作者称"此亦谓诗史"，从《诗经》古老的传统观念来说，一点问题也没有。不过，用"诗史"这一术语来替代《三百篇》之旨"，却隐含着宋人"以诗为史"的新观念。

我们还可看到另一种倾向，不从"国史"的角度，而从个人记事的角度来理解"诗史"，比如王楙《野客丛书》卷二七提到："白乐天诗多纪岁时，每岁必纪其气血之如何，与夫一时之事。后人能以其诗次第而考之，则乐天平生大略可睹，亦可谓诗史者焉。"这又扩大了"诗史"的范围，虽然白居易诗的"多纪岁时"，有点接近黄彻称道杜诗的编年性质，但是在这里王楙更关心的是白居易个人的平生大略，包括他"气血之如何"的身体状况，也包括他经历的"一时之事"，往往是一时的琐事，这其实就是白居易诗歌的日常化书写。我们知道，宋诗发展的方向就是趋于日常化书写，其中杜甫、韩愈、白居易是宋人仿效的典型，比如韩愈的诗中，经常描写其牙齿脱落的情况，注释者也可根据诗中描写的"落齿"的多少而给韩诗编年。在这方面白诗尤其突出，他把纪岁时、纪气血、纪一时之事结合起来，成为诗歌日常化编年书写的代表。王楙关注的是白居易个人的"平生大略"，而不是杜甫那样的

_{从个人记事的角度来理解"诗史"}

_{编年史学观渗透到更多的诗歌文本阐释活动中来}

"善陈时事",这表明宋人已逐渐将诗歌个人日常化书写也看作是"诗史"的表现之一。诗人生活的书写,也成为可以"次第而考之"的诗之历史,这表明编年史学观渗透到更多的诗歌文本阐释活动中来。

用"诗史"的说法来诠释诗歌,在历代杜甫诗注中随处可见,随便举几个例子,比如郭知达《九家集注杜诗》卷二二《草堂即事》:"荒村建子月,独树老夫家。"赵次公注:"此诗正以纪著事始,既著朝廷改月号之始,又著其所居之处止有独树,岂不可谓之'诗史'乎?"第一句写年月,第二句写居处,这就是姚宽《西溪丛语》卷上所言:"或谓'诗史'者,有年月、地里、本末之类,故名'诗史'。"又比如蔡梦弼《杜工部草堂诗笺》卷三《戏赠郑广文兼呈苏司业》:"才名四十年,坐客寒无毡。"笺曰:"按《唐书·郑虔传》:虔在官贫约,澹如也。乃引杜甫尝赠以诗曰:'才名三十载,坐客寒无毡。'则知公之作真诗史矣。"以史传引杜诗为例,说明杜诗的史料价值。当然还有其他的例子。总之,"诗史"说在阐释活动中有各种体现,在没有出现"诗史"字样的注释里面,仍然能看到以史解诗或以诗证史的现象。

在清代注释者的眼中,"诗史"的概念与"知人论世"之学密不可分,比如仇兆鳌《杜诗详注序》就认为:"故宋人之论诗者,称杜为诗史,谓得其诗可以论世知人也。"所以清人特别强调诗歌注释者应具备深厚的历史知识,注杜甫诗,就得熟悉唐史,注苏轼诗,就得熟悉宋史,即使是注释李贺、李商隐这样的并不以书写历史事件见长的诗

_{清人特别强调诗歌注释者应具备深厚的历史知识}

人,同样需要从历史的角度去理解和解释,比如姚文燮在为李贺诗集所作《昌谷诗注》自序中表示:"吾谓读古人书者,必以心心古人,而以身身古人,则古人见也。人不能身心为贺,又安能见贺之身心耶?故必善读史者,始可注书;善论唐史者,始可注贺。""以心心古人"、"以身身古人",就是设身处地、以意逆志的更形象生动的说法。要做到这一点,就必须善读史书,进一步说,只有善读史书的人、善读唐史的人,才有资格注释李贺诗歌。

第三节 年谱与编年诗

"知人论世"在宋代文学阐释活动中的另一个突出表现是年谱的出现与流行。所谓"年谱",是一种把某著名人物的生涯记录按年月顺序整理排列而成的文献形式,著名人物也包括文学家和诗人。在此之前,汉代的《诗经》阐释活动中曾出现过郑玄编的《诗谱》,《诗谱》是依据《史记》的"年表"而作,但他的目的是把《诗经》的全部作品按年代顺序编排出来,并不涉及个体诗人的生平,也就是说,《诗谱》谱的是诗,而并没有谱人。郑玄《诗谱序》明确指出:"夷、厉已上,岁数不明;太史年表,自共和始。历宣、幽、平王,而得春秋次第,以立斯谱。欲知源流清浊之所处,则循其上下而省之;欲知风化芳臭气泽之所及,则傍行而观之;此《诗》之大纲也。举一纲而万目张,解一卷而众篇明,于力则鲜,于思则寡,其诸君子亦有乐于是与?"这段话当然非常具有经典性,它不仅

年谱的出现与流行

表明如何用"春秋次第"来给《诗经》建立谱表,而且说明这个《诗谱》可供读者"循其上下"来纵向了解诗歌的源流演变,同时还可供读者"傍行"来横向了解诗歌产生的时代风气。这种"循其上下而省之"、"傍行而观之"的方法,就是直到今天我们还提倡的纵向研究和横向研究的结合。不过,尽管《诗谱序》提供了一种非常科学的阐释方法,但它只有"论世",还缺少"知人",它只针对《诗经》这样一部诗歌总集,并没有提供如何处理个人诗歌别集的有效手段。所以,当后世读者和注释者有"知人论世"之需的时候,一种为个体诗人作"年表"的形式就应运而生,这就是"年谱"。

清代学者一致认为,年谱之学创始于宋代。比如杭世骏在《施愚山先生年谱序》中指出:"年谱之作,其当有宋之世耶?自一二巨公长德,大集流布,后人景仰其休风,即其所著,按其行事,年经而月纬之。"(《道古堂全集·文集》卷五)是说宋人仰慕前辈有文集流布的"巨公长德",即那些著名的文学大家,把他们的著作和行事按照年月而排列出来,这样的著述形式就叫"年谱"。钱大昕在《归震川先生年谱序》中继承杭世骏的说法,认为年谱是宋人为唐代文学家而创制的:"年谱一家,昉于宋。唐人集有年谱者,皆宋人为之。"(《潜研堂文集》卷二六)又在《郑康成年谱序》里面再次重申:"年谱之学,昉于宋世。唐贤杜、韩、柳、白诸谱,皆宋人追述之也。"(同上)"昉"的原意是天方明,引申为"开始"的意思。这种说法当然有依据,因为今存最早的年谱是北宋吕大防于元丰七年(1084)编成的《韩吏部文公集年谱》和《杜工部诗年谱》，这两位文学家正是北宋诗文革新运动以来分别被文苑和诗坛尊崇的典范。吕大防在《杜少陵年谱后记》中说明编年谱的目的："予苦韩文、杜诗之多误，既雠正之，又各为年谱，以次第其出处之岁月，而略见其为文之时，则其歌时伤世，幽忧切叹之意，粲然可观。又得以考其辞力，少而锐，壮而肆，老而严。非妙于文章，不足以至此。"（《分门集注杜工部诗》卷首）显然，年谱是为了"见其为文"、"考其辞力"，也就是说，为了更好地理解韩文、杜诗"歌时伤世，幽忧切叹之意"，更好地把握其一生艺术风格的变化，同时也更好地体悟其如何"妙于文章"之处。

年谱的出现，一方面来自宋代编年史学观的启发，既然官方的历史可以编年，那么个人的历史为什么不可以编年呢？另一方面也与宋代"知人论世"之学的盛行密切相关。也就是说，编年史学观和"知人论世"之学的合力，导致年谱这一独特的撰述形式的出现。所以钱大昕在《郑康成年谱序》中指出："读古人之书，必知其人而论其世，则年谱要矣。"章学诚对年谱与"知人论世"的关系认识也很清楚，他在《韩柳二先生年谱书后》这样说："年谱之体，仿于宋人。考次前人撰著，因而谱其生平时事，与其人之出处进退，而知其所以为言。是亦论世知人之学也。"这篇文章中他又再次说："文人之有年谱，前此所无，宋人为之，颇觉有补于知人论世之学。"（《文史通义》外篇二）我们前面说过，"知人论世"是"以意逆志"的前提，你要"颂其诗，读其书"，就首先要"知其人，论其世"，如

> 编年史学观和"知人论世"之学的合力，导致年谱这一独特的撰述形式的出现

何做到这一点呢?具体的方式就是编年谱,注释者必须先编年谱,才能对文本作出正确的理解和解释,了解了作者的"出处进退",你才能知道他"所以为言",才能知道他的诗歌语言到底要表现什么。

年谱的编撰一开始就与诗文的理解与解释密不可分,宋以后历代学者以及当今学者研究某位文学家或其他著名历史人物时,都往往先编年谱,这可以说是最具有中国特色的文本阐释传统。清人钱龙惕认为编年谱是注诗者必须首先做的事,他在《玉溪生诗笺叙》里说:"古人读其书,论其世,即如注陶渊明、杜子美之诗,必先立年谱,然后其游历出处,感时论事,皆可考据。师欲注义山,当先事此。"玉溪生诗,是李商隐的诗,我们知道,李商隐的诗并不像杜甫的"诗史",很多"无题"和咏物诗,其中并没有记事的因素,但是不妨注释者对年谱的要求。在钱龙惕眼中,李诗到底具不具备"诗史"特质并不重要,关键是注释者必须要有"知人论世"的自觉意识。钱谦益在《草堂诗笺元本序》里更把年谱作为注诗的必要程序:"考旧注以正年谱,仿苏注以立诗谱。"(《钱注杜诗》卷首)吴洪泽等人编纂的《宋人年谱丛刊》共十二册(四川大学出版社2003年版),就收录了宋元明清以及现当代学者所编年谱一百六十多种,足见宋人年谱之学的生命力及其影响。比如我自己要做的《石门文字禅校注》,因为涉及诗文作品的编年,所以就不得不先编一部惠洪的年谱,后来编成《宋僧惠洪行履著述编年总案》,其实就是惠洪年谱的变体,这本书已经作为《石门文字禅校注》的前期成

编年谱可以说是最具有中国特色的文本阐释传统

果，在2010年由高等教育出版社出版。

与年谱之体相关，"知人论世"之学也直接影响到诗文集的编纂体例，这就是编年体的出现。无独有偶，诗文集的编年也出现在北宋后期，大体与年谱的出现同时。在北宋以前，诗文集的编纂有两种方式：一种是按主题和题材来编排，这称为"分类"；另一种是按文体、体裁来编排，这称为"分体"。比如萧统编《文选》，先按文体分为赋、诗、骚、七、诏、令、教、文、表等若干类别，再在赋下面按主题分为京都、郊祀、畋猎、纪行、游览、宫殿等，在诗下面按主题分为公讌、咏史、游仙、招隐、游览、赠答等，也就是先分体后分类的编排。又比如别集《白氏长庆集》，分为讽谕、感伤、闲适、杂律四大类。一直到北宋中叶，宋敏求编李白集，仍是按分类的形式。与此同时，诗文集编排出现了编年的因素，如王洙编《杜工部集》，是先按古诗和近体来分卷，在分体的基础上，再"视居行之次，若岁时为先后"，也就是编年从属于分体。

<small>编年体的出现</small>

在稍后的学者眼里，宋敏求、王洙的编纂方式都是混乱的，不足为法。比如曾巩在《李白诗集后序》里说："《李白诗集》二十卷……宋敏求字次道之所广也。次道既以类广白诗，自为序，而未考次其作之先后。余得其书，乃考其先后而次第之。"宋敏求采用分类的方式编李白集，曾巩批评他没有按照作品的时代先后编排，因此重新改编，"考其先后而次第之"，这就是给诗歌作品编年。后来黄伯思校正杜诗，也采用编年方式。李纲在《重校正杜子美集序》中批评王洙所编旧集"古律异卷，编次失序，不

足以考公出处，及少壮老成之作"，称赞黄伯思"乃用东坡之说，随年编纂，以古律相参，先后始末，皆有次第。然后子美之出处及少壮老成之作，粲然可观。盖自开元、天宝太平全盛之时，迄于至德、大历干戈乱离之际……其忠义气节，羁旅艰难，悲愤无聊，一寓于此"。总之，按照曾巩、黄伯思、李纲等人的观点，分类和分体编排的旧诗文集都有瑕疵，"编次失序"，不符合"知人论世"的需要。我们注意到，曾巩所说"考其先后而次第之"，李纲所说"先后始末，皆有次第"，这里面都有一个关键词"次第"，这与前面我提到的吕大防在《杜少陵年谱后记》里说的"次第其出处之岁月"表述几乎完全相同。这表明年谱和编年体是同一种思维方式的产物，也是同一种阐释观念的产物。日本学者浅见洋二将这种思维方式称作"年谱式思维方式"，而我主张把这种阐释观念称为"知人论世的眼光"，因为这种思维方式最终是要服务于诗歌文本的理解和解释。

> 年谱和编年体是同一种思维方式的产物，也是同一种阐释观念（即"知人论世的眼光"）的产物

我曾经说过，诗文集的编纂虽然不等于注释，但采用某种编纂形式却能体现出编者对文学作品性质的独特理解，而这种独特理解就是一种阐释学眼光。比如说，按"分体"编排，意味着把作品看作形式感很强的文本，这是"文"的眼光，目的是方便读者把握这些文体的"有意味的形式"（significant form），便于学习借鉴，假如你要写古体诗或近体诗，就可以去学习体会按分体编排的诗集。又比如按"分类"编纂，意味着把作品看作是某一事类的文本，这是"类"的眼光，目的是方便读者了解这种事类

> 诗文集的编纂形式能体现出编者对文学作品性质的独特理解，这种独特理解就是一种阐释学眼光

的写作传统,好比说你要写《汴都赋》,那么就可以模仿《文选》里的京都赋,诸如《两京赋》《三都赋》之类。同时,"分类"编纂在某些方面使诗集具有"类书"的功能,用作写作时可以检阅的资料。当然,分体和分类的编纂,也可作为注释的对象,比如杜甫诗集就有《集千家注分类杜工部诗集》,苏轼诗集也有《集注分类东坡先生诗》,一直到清代,浦起龙《读杜心解》仍然先分古体、近体,然后在分体下按先后次序编年。然而不可否认的是,"分体"、"分类"的编排,很难满足读者和注释者"以意逆志"的要求,或者说"分体"、"分类"的编排,目的不在于了解作者的"本意"是什么,也不在于了解文本的"本义"是什么。这两种编纂形式的诗集注释,更关注的是章法、句法、事典等知识性内容的分析解释。而按年月先后的编排,即"次第"的方式,意味着把作品看作诗人对其生活时代的时事以及个人经历出处的记述,这是"史"的眼光,目的在于揭示诗人的身世变迁与风格变化的关系,弄清诗人和作品的本来面貌,知道诗中反映的历史事件、日常生活以及诗人当时的心情,更简单地说,是为了弄清作品的"本末",恢复诗人创作过程的原生态,获得诗人的"本意"和诗歌的"本义"。正是在这个意义上,我们也可把制作年谱和诗文编年看成是阐释活动的一部分,二者的区别只在于,年谱是以作者为纲,诗文编年集是以作品为纲。鲁訔在《编次杜工部诗序》中就指出编年体在理解诗歌意义方面的效果:"离而序之,次其先后,时危平,俗媺恶,山川夷险,风物明晦,公之所寓舒局,皆可

> 我们可把制作年谱和诗文编年看成是阐释活动的一部分

概见。"(《草堂诗笺》卷首)我们按照编年诗的先后次序,不仅可以了解杜甫一生的行迹,了解时事的安危变迁、风俗的美好丑恶,也可发现在不同的时间地点背景下每一首诗可能蕴藏的意义。

<small>宋人给本朝著名诗人的诗集作注,也采用编年的方法</small>

宋人给本朝著名诗人的诗集作注,也采用编年的方法,比如任渊注《山谷内集诗》《后山诗》、史容注《山谷外集诗》都是如此。四库馆臣作《后山诗注》提要:"(任)渊生南北宋间,去元祐诸人不远,佚文遗迹,往往而存,即同时所与周旋者,亦一一能知始末。故所注排比年月,钩稽事实,多能得作者本意。"(《四库全书总目》卷一五四)又作《山谷内集注》《外集注》《别集注》提要:"任注内集,史注外集,其大纲皆系于目录每条之下。使读者考其岁月,知其遭际,因以推求作诗之本旨。"(同上)在这里都特别强调"排比年月"、"考其岁月"与"得作者本意"、"推求作诗之本旨"的关系。"本意"、"本旨"正是诗歌阐释所要完成的最终目的。

如果说在宋代还不乏按"分类"、"分体"编排的诗注的话,比如杜诗、苏诗的"集注分类",王安石诗李壁注的"分体"等,那么到了清代,诗注就几乎成了"编年"

<small>到了清代,诗注几乎成了"编年"的一统天下</small>

的一统天下。比如苏诗的注释,清代查慎行的补注、冯应榴的合注与王文诰的集注,都继承了宋代《施注苏诗》的编年形式,只是具体作品的编年各有不同的看法而已,没有人再沿袭《集注分类东坡先生诗》的方式。在注释理念上,崇尚编年也成为清代学者的共识,在诗集编纂的三种形式上,几乎众口一词认为"编年最善"。比如吴见思在

《杜诗论文·凡例总论》里提出："杜诗必应用编年者。"杨伦《杜诗镜铨》卷首《凡例》也持同样的观点："诗以编年为善，可以考年力之老壮，交游之聚散，世道之兴衰。"冯应榴《苏文忠公诗合注》卷首《凡例》也说："编年胜于分类。"就连浦起龙的《读杜心解》，在分体编纂的总框架之下再给作品分别编年，自乱体例，但他在卷首《发凡》中也承认："编年为上，古近分体次之，分门为类者乃最劣。盖杜诗非循年贯串，以地系年，以事系地，其解不的也。"他的认识倒是很清楚，只是具体操作与其观念不合，这令人感到诧异。

第四节 本事与本义

我们说，年谱和诗集编年与"知人论世"之学关系密切，但是不可否认，这两种方式只适用于恢复重建诗人整个生平创作过程的原生态，比如说哪年哪月写了哪些诗，并不能直接显示具体的单篇作品的写作背景，即诗人在什么境况下写出那些诗。所以，要真正读懂一首诗，不仅要了解诗人所处的时代和诗人自身的出处，而且需要知道诗人的"原本立意始末"，也就是要获得诗人创作某篇作品的具体背景资料。前面说过四库馆臣评价任渊的《后山诗注》是"排比年月，钩稽事实，多能得作者本意"。我们的理解是，要得作者本意，只有"排比年月"的年谱和诗集编年是不够的，还必须和"钩稽事实"的方法结合起来。什么叫"事实"呢？这就是古人常说的"本事"，即有关诗歌"本文"的故事，也就是作品的背景资料。"钩稽事

_{要得作者本意，还必须"钩稽事实"，探查搜索有关具体作品的本事}

实"就是探查搜索有关具体作品的本事。

> 诗歌批评中的"本事"这一术语出自孟启《本事诗》

诗歌批评中的"本事"这一术语出自晚唐孟启的《本事诗》。孟启在《本事诗序目》中说:"诗者,情动于中而形于言。故怨思悲愁,常多感慨。抒怀佳作,讽刺雅言,虽著于群书,盈厨溢阁,其间触事兴咏,尤所钟情,不有发挥,孰明厥义?因采为《本事诗》,凡七题,犹四始也。情感、事感、高逸、怨愤、征异、征咎、嘲戏,各以其类聚之。亦有独掇其要,不全篇者,咸为小序以引之,贻诸好事。其有出诸异传怪录,疑非是实者,则略之。拙俗鄙俚,亦所不取。闻见非博,事多阙漏,访于通识,期复续之。"孟启作《本事诗》的思路来自《毛诗序》,首先是他对诗的认识"情动于中而形于言",就见于《诗大序》。第二他把《本事诗》分为"七题",自称相当于"四始",而"四始"也见于《诗大序》,指风、小雅、大雅、颂。第三《本事诗》所载诗歌,"咸为小序以引之",这就是《诗小序》的做法。所以章学诚说:"自孟棨《本事诗》出,乃使人知国史叙诗之意。"并且自注说:"亦本《诗小序》。"(《文史通义》内篇五《诗话》)不过值得注意的是,孟启特别指出情感类诗歌的特点,即"触事兴咏,尤所钟情",由于这类诗歌没有杜诗那种"备叙其事"的纪实性,或者说诗歌自身不具备历史因素,"不有发挥,孰明厥义",意思是如果不找出诗人所触之"事",就无法知晓他所钟之"情",当然也就不明白诗歌所言之"义"。孟启的意思实际上就是,

> 要明白抒情性文本的本来意义,就必须了解作品背后的事件和关于作者的故事

要明白抒情性文本的本来意义,就必须了解作品背后的事件和关于作者的故事:对于诗人而

言,是感情因为事件而触发;对于读者而言,是意义因为故事而发明。所以《本事诗》的意义不在于延续《毛诗序》的传统,而在于将此传统由经学移植到文学阐释活动中,并提出一种新的阐释学思路:由采集触动情感的"本事",而知道诗人的"本意",由知道诗人的"本意",而领悟作品的"本义"。我们可以把这种思路简化为"本事→本意→本义"的公式。在情感类诗歌中,"本事"才是真正可以用来"以意逆志"的背景(background)。

> 本事→本意→本义

到了宋代,"本事"这一概念也和"知人论世"之学联系起来。计有功编《唐诗纪事》,就是受《本事诗》的启发。他在《唐诗纪事序》中说明自己编这本书的过程和目的:"敏夫闲居,寻访三百年间文集、杂说、传记、遗史、碑志、石刻,下至一联一句,传诵口耳,悉收采缮录;间捧宦牒,周游四方名山胜地,残篇遗墨,未尝弃去。老矣,无所用心,取自唐初,首尾编次,姓氏可纪,近一千一百五十家。篇什之外,其人可考,即略记大节,庶读其诗,知其人。"从这里我们可看到计有功编书的新思路。孟棨虽然作《本事诗》,但实际上"知人论世"这种观念在唐代还是没有人注意到的,虽然有《春秋》学的兴起,但毕竟不如宋代兴盛。也就是说晚唐的时候虽有"诗史"、"本事"等历史主义的概念,但还没有出现"知人论世"这种阐释学的观念。我们可以发现,计有功《唐诗纪事序》跟孟棨的《本事诗》有一些不同:孟棨的《本事诗》,根据它的序来看,是与《诗经》有关系的,"凡七题,犹四始也",是《诗大序》中的一种观念;但《唐诗

> 计有功《唐诗纪事》

纪事序》没有强调《诗大序》中的这种意识，其中的理论就是"庶读其诗，知其人"。

我们前面已经讲过，《本事诗》的思路就是由采集触动情感的"本事"而知道诗人的"本意"，由知道诗人的"本意"而领悟作品的意义，即由"本事"到"本意"再到"本义"的这种阐释学思路。这在宋代成为学者的共识。因此北宋初期的几部诗话，都是所谓的"论诗及事"。比如说，欧阳修《六一诗话》题曰："居士退居汝阴，而集以资闲谈也。""资闲谈"即文坛佳话、逸闻趣事，也就是现在所谓的八卦。在这部诗话中，欧阳修曾经引用一首诗，然后说"其语虽浅近，皆两京之实事也"，就是说这首些诗虽然写得不好，但是它记载了当时的实情。司马光的《续诗话》，前面有一篇题记，说："诗话尚有遗者，欧阳公文章名声虽不可及，然记事一也，故敢续书之。"欧阳修的叫《六一诗话》，司马光的叫《续诗话》，明确就是续《六一诗话》的，后来因为要把作者名称加上去，就叫《温公续诗话》，实际上司马光那个时候也不知道自己会被叫"温公"。他的诗话的目的非常明确，与后来严羽的《沧浪诗话》，形态完全不一样。大家可以看郭绍虞先生的《宋诗话考》和《宋诗话辑佚》，谈到了诗话的种种形态：有一种是记事的，有一种是论诗的。论诗的就是后来叶梦得的《石林诗话》和严羽《沧浪诗话》。当然也不可截然分开，有些诗话兼记事和论诗。欧阳修的《六一诗话》相对来说记事的成分比较多，偶尔也有论诗。他们记载的诗歌与"实事"有关系，这在他们看来是一种"资闲谈"的

<small>由"本事"到"本意"再到"本义"的这种阐释学思路，在宋代成为学者的共识</small>

<small>论诗及事</small>

第七讲 历史背景决定诗意理解与解释的观念

写作态度，就像小说一样。另外有刘攽的《中山诗话》，性质差不多。刘攽也称刘贡父，有时我们会看到《中山诗话》又叫《刘贡父诗话》，中山是刘氏的郡望。这几部诗话都是记事性的。这种记事的形式，在北宋末阮阅的《诗话总龟》中也可以看出来。《诗话总龟》是一部诗话总集，里面分了很多个门类，它的分类完全就是《世说新语》等古代小说的那种方法。当然它与《世说新语》也不完全相同，有一点像类书。它是以事类来划分的，这也符合北宋中前期诗话的基本撰述形态。我们知道宋代有三部诗话总集，另外两部中的《苕溪渔隐丛话》是以人为纲，比如柳宗元、白居易都一个人有一卷，苏轼有若干卷，黄庭坚有若干卷，也有一卷中包含若干诗人的，都是有关他们的诗话的记载。《苕溪渔隐丛话》就是按朝代、按人来分的。南宋后期有魏庆之的《诗人玉屑》，是以比如命意、造语等来分类的，这是宋代诗话发展到后来的必然归宿，具有理论形态，就不再是"资闲谈"的，而具有创作指导作用。"玉屑"就是零碎的语言，都有很高的价值。

在北宋后期，有一部比较严肃的诗话超越了"资闲谈"，即蔡居厚的《诗史》。王仲镛先生在《唐诗纪事校笺》的前言里评价蔡居厚《诗史》说："在计有功以前，像他这样网罗一代，以事系诗，以诗系人，以人序时，井然有条的著作，尚未有过。自他创为此体，在诗文评中，可谓别开生面。"一部著作有它学术史的背景，在那个时代出现有其必然性，也就是说当时的一般知识阶层的一种共同的风气。从阐释学的角度来看，"本事"、"纪事"的出

蔡居厚《诗史》

现，跟《诗史》的流行，跟年谱、诗集编年是同一种思潮的产物，是同一种思潮在不同著作形态中的表现。我们可以看出，这是以"史"作为阐释标准的一种思路。

除了《本事诗》以外，还有《续本事诗》《本事集》《本事曲》这一类的著作。宋代最典型的诗集注本，就是任渊的注"排比年月"（即编年）、"钩稽事实"（即本事）。黄庭坚的《次韵中玉水仙花二首》其二："淤泥解作白莲藕，粪壤能开黄玉花。可惜国香天不管，随缘流落小民家。"如果不把本事都列出来的话，我们会以为就是一首咏物诗而已。这是一首咏水仙花的诗，但是经过任渊"钩稽事实"，我们知道背后还有一个故事，原来是黄庭坚见到邻居家有个女子，非常美貌，可惜下嫁给一个下俚贫民，令人感叹。就水仙花诗的文本类型来看，它本身是一个不具备历史性要素的象喻性文本，只有一些意象，这种文本本来是可以有多元化的解释的，它的不确定性就是它的开放性，就像李商隐的《无题》《锦瑟》诗一样，因为不具备历史的要素，所以可以任意地去解释，或者可以有多元化的解释。有一种观点认为，记事性的文本是确定的文本，象喻性文本始终处于变动和不确定的状态之下，无所谓"本义"，很多情况下都是"仁者见仁，知者见知"，"诗无达诂"的说法通常是对象喻性文本而言的，这个时候"以意逆志"、"知人论世"往往无法使用。然而，另外一个方面，由当事人或者当事人同时代的人站出来作证这首诗的"本事"的时候，诗人的"本意"也随之被指认，从而一种按"本事"去理解的意义就被确定下来。所以象

<small>排比年月　钩稽事实</small>

喻性的文本由于"本事"的出现,性质就改变了,转化为记事性的文本。因此,黄庭坚的"淤泥解作白莲藕"就不再是一首普通的咏水仙花的诗了,而是包含了对邻家美女命运的感叹,就变成一种记事性的文本。

> 由于"本事"的出现,象喻性文本转化为记事性文本

相对于诗来说,象喻性文本在词里面出现得更多。因为诗有诗题,题目也可以给我们索隐的可能;但词就不一样了,很多词只有词牌,词牌与词的内容本来没有关系,如果没有小序的话,往往就是象喻性文本。一旦本事加入以后,它的文本意义就会被固定。有的阐释者为了使自己理解的意义固定下来,就会去编造本事,这是本事阐释思路的一个负面的作用。有些词的本义本来根本没有办法追寻,但宋代人相信词的背后一定有某件事,比如苏轼的《卜算子》:

> 缺月挂疏桐,漏断人初静。谁见幽人独往来,飘渺孤鸿影。　惊起却回头,有恨无人省。拣尽寒枝不肯栖,寂寞沙洲冷。

很多学者说它表达了苏轼苦闷的心情,人们考证这是苏轼被贬黄州以后,寓居定慧院写的一首词,"幽人"就是指苏轼自己。但是,在这首词的阐释历史中,就出现了好几种以本事解词的情况。宋代几种笔记都称这首《卜算子》是为女性而作,吴曾《能改斋漫录》说是苏轼在黄州为自己喜欢的王氏女子而作;袁文《瓮牖闲评》说黄州有个邻家女子非苏轼这样的读书人不嫁,竟然无所谐而死,苏词乃为她而作;李如箎《东园丛说》说是苏轼少年时读书和一个女子相约,及第就娶她,结果后来爽约,女

子不嫁而死，苏轼作这首词悼念；王楙的《野客丛书》记载的本事更加离奇，地点由黄州迁到惠州，王氏女变成温氏女。当然，这种"本事"之所以被编造出来，就在于词中有一个"孤鸿"惊起的意象，而"惊鸿"自曹植《洛神赋》首先使用以来，一直是与女性有关的象征，形成了一个写作传统。苏轼自然是不知道自己的词会被这样解读。有的词人为了避免自己的作品被别人误解、被别人乱编本事，就先作一篇小序。因此，北宋中叶开始，词出现了小序，这在晚唐五代是没有的。晚唐五代很多有词牌而无词题的作品，都可以说是"无题词"，实际上是无题诗在词里面的一个表现。很多宋代人相信，没有题、没有序的文本后面，仍然有支撑它、确定它的"本事"存在。苏轼的一个朋友杨绘，作了《本事曲》，苏轼也帮他搜集资料。《苏轼文集》卷五五有《与杨元素之七》，称《本事曲》"足广奇闻，以为闲居之鼓吹也"，认为有这样的功能。所以杨绘的写作态度，与欧阳修写《六一诗话》的态度是非常接近的，一个是"资闲谈"，一个是"以为闲居之鼓吹"。

<small>北宋中叶开始，词出现了小序，文本意义随之而被固定</small>

我们现在可以来讨论一个文学史的概念，文学史上说苏轼对词的改变或提升，用"以诗为词"四个字来概括。"以诗为词"是从写作的角度来说的，但是我们反过来思考的话，也就是从阐释的角度或接受的角度来看的话，"以诗为词"就是把曲子词当成有历史背景支撑的、有记事成分的文本来阅读，即把词当作"言志"的诗来阅读，那么词就是某个人因某件事、某种情感而生发写出来的文本。

<small>从阐释的角度看，"以诗为词"即把词当作"言志"的诗来阅读</small>

第七讲 历史背景决定诗意理解与解释的观念

我们再回过头来说,在宋代的学者中流行这样一种观念:作品的本义是由本事决定的,因此一旦本事确定,就可以决定阐释的有效性。这一点非常重要,有很多现象可以从这里得到解释。这和美国学者赫施提出的"历史性"概念非常相近。我们前面讲过,赫施是强调阐释的客观性的,他所谓的"历史性"不是不断变动的历史,而是历史上的某一个点:"它肯定一个历史事件,即一个本来的传达意图,可以永远地决定意思的恒久不变的性质。"正因为宋人迷信本事的权威性,所以有时致力于史料分析,有时甚至利用对本事的迷信来编造本事以证明自己解释的正确。我们看《九家集注杜诗》卷首郭知达序,就谈到这种情况:"杜少陵诗世号诗史,自笺注杂出,是非异同,多所牴牾。至有好事者掇其章句,穿凿附会,设为事实,托名东坡,刊镂以行,欺世售伪。"所以有时注释者的"钩稽事实",其实是"设为事实",就是编造本事。杜诗注里面有一个现象,"东坡曰"不一定就是东坡说的,这在学术史上被称为"伪苏注"。"伪苏注"的出现,是本事决定本义的这样一种阐释学思路的必然归宿。再比如关于李白《蜀道难》背景的讨论,宋代人就有几种说法,沈括《梦溪笔谈》卷四"辩证"就对史书的记载进行了理性上的质疑,洪驹父的《诗话》中也有论及。

宋代人既然认为本事决定意义,依此逻辑反过来说,作品的本义也可以通过本事的改变而改变。因为本事这个概念至少有两个内涵:一是指客观上发生过的真实事件,二是指经人用文字记录下来的事件。人们记录

> 一旦本事确定,就可以决定阐释的有效性。这与赫施提出的"历史性"概念相近

> 宋人迷信本事的权威性,有时甚至利用对本事的迷信来编造本事以证明自己解释的正确

> 作品的本义也可通过本事的改变而改变

下来的事件与真实发生的事件之间往往有落差，有的时候是人为的改变，有的时候是由于道听途说就记录下来了，造成事实的歪曲。正如宇文所安《诗歌与其历史背景》说："我们决不可能知道事实究竟如何，我们拥有的一切只是事实究竟如何的故事。"（Stephen Owen, Poetry and Its Historical Ground, in *Chinese Literature: Essays, Articles and Reviews*, Vol. 12, December 1990, p.110）历史说到底是一种文学的书写，由于故事是经人记录或讲述的，会因记录者、讲述者的历史局限而产生差异，所以同一个文本可以拥有不同的"本事"。换句话说，决定本义的本事自身也是不能确定的，不仅后人的记载会出现不同的版本，而且作者有时也会记错、弄混。我们在苏轼的集子中，就发现同样一个文本，他自己就有几种说法，比如有一首六言诗："百叠漪漪风皱，六铢縰縰云轻。植立含风广殿，微闻环佩摇声。"《苏轼文集》卷一九《裙靴铭》说是在黄州时作，卷六六《书梦中靴铭》说是"倅武林"时作，也就是任杭州通判时作。还有一种说法见赵刻《东坡志林》，苏轼自称是自蜀到京师应举，途经华清宫，梦唐明皇命作此诗。总共有三种说法，都是苏轼自己说的，我们不知道哪一种是真的。这种本事背景出现的错误，一是有可能是诗人误记，二是有可能是诗人为了避讳或回避一些敏感的话题。如此，连本事都不能确定，那么这首诗究竟写的是什么，就很难说了，也许就是写梦的。

中唐有一个诗人戎昱，写了一首七言绝句："好去春

> 决定本义的本事自身也是不能确定的

风湖上亭,柳条藤蔓系离情。黄莺久住浑相识,欲别频啼四五声。"《本事诗·情感第一》记载了关于戎昱这首诗的故事:"韩晋公镇浙西,戎昱为部内刺史。郡有酒妓善歌,色亦媚妙,昱情属甚厚。浙西乐将闻其能,白晋公,召置籍中。昱不敢留,饯于湖上,为歌词以赠之,且曰:'至彼令歌,必首唱是词。'既至,韩为开筵,自持杯命歌送之,遂唱戎词。曲既终,韩问曰:'戎使君于汝寄情邪?'悚然起立,曰:'然。'言随泪下。韩令更衣待命,席上为之忧危。韩召乐将,责曰:'戎使君名士,留情郡妓,何故不知而召置之,成余之过?'乃笞之,命与妓百缣,即时归之。"这首诗在《本事诗》里面,就是一首与妓女离别的诗。《全唐诗》卷二七〇也收了这首诗,题作《移家别湖上亭》,这样一来,就成了一首搬家的诗,与妓女完全没有关系了。由此可以看出,意义是由本事决定的。本事确定的本义,按理说是固定的,问题就是多元性的本事比较麻烦。这样一来,诗歌文本的多元化诠释,就以"本事的多元化"的形式顽强地表现出来。说到底,这些诗本身不具备历史要素,是象喻性的文本,象喻性文本不决定于文本内部,而决定于文本外部,所以会出现这种"本事多元化"的情形。

> 诗歌文本的多元化诠释,以"本事的多元化"的形式顽强地表现出来

宋人历史主义的观点,或者说"知人论世"之学,就是要避免这种"本事多元化"的情况发生。所以自宋代开始,有的诗歌题目很长很长,有的时候题目不长但下面加了个序,有的时候加了序还不够,还加上了自注。与唐诗中大量普泛化的乐府古题相比较,以苏轼、黄庭坚为代表

> 宋人通过多种方式,来努力避免"本事多元化"
>
> 诗题　诗序　自注

的宋诗诗题变得更加详细繁复,并且常常加上附有本事的序;为了避免读者的误解或歧解,甚至出现了"公自注"的现象,由作者直接充当阐释者。宋词也是如此,从苏轼开始,不少作品除了词牌之外,又有了题和序,这意味着作者在创作时已充分考虑读者接受时的需求,尽可能交代可供读者"以意逆志"的背景。顺便说一下,中国古代的诗歌,特别是宋代的诗歌,我们去阅读的时候,一定要审题,诗歌的内容其实就是按照诗题而写的。反过来说,我们写诗的时候,内容也要围绕诗题来写,不能游离于题目之外,否则会流于肤廓。比如苏轼的《水龙吟·次韵章质夫杨花词》,每一句都是紧紧贴合杨花来写的,这就称为"着题"。

苏轼、黄庭坚等人采用详细繁复的诗题、常常附上序和"公自注"等做法,好处是给读者提供了"以意逆志"的背景,缺点是当诗和词的本事变得很清晰、本意变得很确定的时候,文字的隐喻性、象征性、多义性就渐渐消失了,"意在言外"的寄托因为本事的指正而"意尽句中","见仁见知"的文义因为本意的确认而"必有所指",诗歌含蓄蕴藉的艺术魅力也大大降低了。所以很多人喜欢唐诗、喜欢李商隐的朦胧诗,就因为它们的不确定,每个人都可以在里面找到相应的情感寄托。

清人厉鹗《宋诗纪事序》曰:"以为宋人考本朝尚有未当:如胡元任不知郑文宝、仲贤为一人;注苏诗者不知欧阳闢非文忠之族;方万里不知薛道祖非昂之子。以至阮阅休所纪三李定,王伯厚所纪两曹辅之类,非博稽深订,乌能集事？因访求积卷，兼之阅市借人，历二十年之久。披览既多，颇加汰择。计所抄撮，凡三千八百一十二家，略具出处大概，缀以评论；本事咸著于编。其于有宋知人论世之学，不为无小补矣。"作《宋诗纪事》的目的就是有补于宋代的"知人论世"之学，所以把本事都编进去，这就是所谓的"出处大概"。也就是说，厉鹗的《宋诗纪事序》比计有功更明确，计有功《唐诗纪事序》的"庶读其诗，知其人"说得比较隐约，只说了一半，厉鹗更明确地直接就说"知人论世"。

我们再看王文诰《苏文忠公诗编注集成·凡例》："诗既定编，注亦尽善，本诗本事，血脉贯通，上下相维，合为具体，有咸臻治安之思，相与乐成之意。""咸臻治安，相与乐成"，他用社会学的视野来比喻本诗和本事相互协调的一种方式，认为两者完全融为一体，互相之间都打通了。王文诰还有一部书《苏文忠公诗编注集成总案》，就是"诗"与"事"的汇编考证。

第五节 诗史互证

在宋代，其实还没有真正的"诗史互证"的概念。"诗史互证"这个概念在阐释学上大量运用，是在清代。宋代人强调"诗史"，也有"以史证诗"，但还没有自觉的"以诗证史"或者"诗史互证"。"诗史互证"是由钱谦益最早实现的，《钱注杜诗》就是一个典型。《送重表侄王砅评事使南海》"王珪"条，《钱注杜诗》注："《新书》：珪始

> 在清代，"诗史互证"在阐释学上大量运用

隐居时，与房玄龄、杜如晦善。母李尝曰：'尔必贵，但未知所与游者何如人，而试与偕来。'会玄龄等过其家，李窥大惊，敕具酒食，欢尽日。喜曰：'二客公辅才，汝贵不疑。'《复斋漫录》：房、杜旧不与太宗相识。太宗起兵，玄龄杖策谒军门，乃荐如晦。珪则建成诛后始见召。以史传参考，诗为误也。《西清诗话》：以《新唐书》所载，质之子美是诗，则珪之妇杜，非其母李也。且一妇人识真主于侧微，其事甚伟。史阙而不录，是诗载之为悉，世号诗史，信不诬也。"前面我们讲"诗史"时提到《西清诗话》这条材料，但是钱谦益的考证更进了一步。钱谦益认为，《新唐书·王珪传》的记述是矛盾的，杜甫的这段描述比《新唐书》的记载更原始，就材料来说，杜甫的这首诗比《新唐书》《复斋漫录》等都要早得多。所以钱谦益把《新唐书》和杜诗作了一下比较，得出的结论是杜甫的诗可以"以诗证史"——不仅仅是以史证诗，而是诗史之间可以互证。《钱注杜诗》的方法论就是诗史互证，即看杜甫的诗中写的哪些与史书相合、哪些与史书不合及其原因。这就涉及"三吏三别"、《北征》等叙事性的诗。钱谦益对这些诗注释得特别详细，引用的史料非常多。相对来说，杜甫的一些咏物诗，钱谦益根本不注，直接把它跳过了。《钱注杜诗》的特点非常鲜明，和其他注家不一样。

钱谦益的朋友朱鹤龄，也注过杜诗，后来两人关系破裂。朱鹤龄的《愚庵小集》卷一〇《与李太史论杜注书》批评钱注，提出一些原则："地理、山川、古迹，须

地理、山川、古迹，须考原始及新旧《唐书》、《元和郡县志》，不得已乃引《寰宇记》《长安

考原始及新旧《唐书》、《元和郡县志》,不得已乃引《寰宇记》《长安志》以及近代书耳。"因为杜甫诗是盛唐时期的,那么注的时候就应该用唐代的地理书,不得已才用《太平寰宇记》。《太平寰宇记》之所以还有点用,是因为它虽然是宋太宗太平兴国年间编的,是宋太宗文治的一个标志,但它的地理区划是按照唐代的地理区划来划分的。就像我们读《宋高僧传》,主要是隋唐五代的佛教各派高僧传记,只是成书于宋代而已。"'春风回首仲宣楼',应据盛弘之《荆州记》甚明,今乃引《方舆胜览》高季兴事,季兴,五代人也,季兴之仲宣楼,岂即当阳县仲宣作赋之城楼乎?"所以朱鹤龄提出了一个注杜诗的原则:"注子美诗须援据子美以前之书,类书必如《类聚》《初学》《白帖》《御览》《玉海》等方可引用。"即注杜甫的诗,必须引用比杜甫更早的文献史料,《方舆胜览》是南宋的,跟杜甫隔了几百年,杜甫绝不会引用《方舆胜览》中的典故。

朱鹤龄同时代的人黄宗羲,其《南雷文案》卷一有《姚江逸诗序》:"孟子曰:《诗》亡然后《春秋》作。是诗之与史相为表里者也。故元遗山《中州集》窃取此意,以史为纲,以诗为目,而一代之人物赖以不坠。钱牧斋仿之,为《明诗选》。"黄宗羲和元好问、钱谦益一样,也是处于改朝换代的时代,《姚江逸诗》就是仿《中州集》《明诗选》而来的。所不同的是,《中州集》《明诗选》保留的是一代之诗,而黄宗羲保留的是一地之诗、地方性的文献。他提到了诗与史之间的关系是"相为表里",所以存诗也

志》以及近代书耳。"春风回首仲宣楼",应据盛弘之《荆州记》甚明,今乃引《方舆胜览》高季兴事,季兴,五代人也,季兴之仲宣楼,岂即当阳县仲宣作赋之城楼乎?……注子美诗须援据子美以前之书,类书必如《类聚》《初学》《白帖》《御览》《玉海》等方可引用。(《与李太史论杜注书》)

就是存史。另外《南雷续文案》中有《万履安先生诗序》："今之称杜诗者,以为诗史,亦信然矣。然注杜者,但见以史证诗,未闻以诗补史之阙,虽曰诗史,史固无藉乎诗也。"他批评当时只是"以史证诗",但还没有"以诗补史之阙"。钱谦益也主张"以诗补史之阙",其实践就是《钱注杜诗》。

到了清代中后期,王文诰《苏文忠公诗编注集成》"诗史互证"的意识更加鲜明和强烈。卷首韩畇的序就指出了王文诰的这一特点。"注古人之诗难矣,注大家之诗更难,若夫杜少陵、苏长公二家之诗则尤有难者。"但是注苏轼诗比注杜诗更难,原因是:"盖少陵丁天宝之季,出入戎马,跋履关山,感事摅怀,动有关系,非熟于有唐一代之史者,不能注杜集也。"这是注杜诗的难处。而苏轼的情况是:"长公亲见庆历人才之盛,备知安石变法之弊,进身元祐更化,卒罹绍圣党祸。"石介曾经模仿韩愈《元和盛德诗》,写过一首《庆历圣德诗》,其中大大表扬了范仲淹、韩琦、富弼等几个人,当时苏轼十来岁,应该是"亲闻庆历人才之盛";王安石变法是在神宗时代;"元祐更化",即神宗去世后,由于其儿子年幼,所以由宣仁太后执政,起用旧党,司马光被任命为宰相,苏轼也在元祐年间当上了一生中最大的官——翰林学士;宣仁太后去世,哲宗掌权,恢复新法,凡是当年反对王安石的都遭贬。"凡所感激,尽吐于诗,其诗视少陵为多",与少陵相比,苏轼的诗多得多,"其荣悴升沉亦与少陵仅以奔赴行在者异",仕途升降也比杜甫频繁,因此"少陵事状颇

注古人之诗难矣,注大家之诗更难,若夫杜少陵、苏长公二家之诗则尤有难者。盖少陵丁天宝之季,出入戎马,跋履关山,感事摅怀,动有关系,非熟于有唐一代之史者,不能注杜集也。长公亲见庆历人才之盛,备知安石变法之弊,进身元祐更化,卒罹绍圣党祸。凡所感激,尽吐于诗,其诗视少陵为多,其荣悴升沉亦与少陵仅以奔赴行在者异。少陵事状颇略,而长公政绩独详,唐之杂纂不载少陵,而两宋纪录非长公不道。故注苏较难于注杜,虽熟有宋一代之史,势不能括其全。(《苏文忠公诗编注集成序》)

略,而长公政绩独详,唐之杂纂不载少陵,而两宋纪录非长公不道。故注苏较难于注杜,虽熟有宋一代之史,势不能括其全"。陆游曾经想注苏轼,但最后放弃了,当然这除了上述原因之外,中间还牵涉到苏轼在宋代的评价问题。

第八讲

典故密码的破解以及与作者对话

第一节　以故为新

"以故为新"是从创作的角度来谈的。"故"现在一般叫典故,古代叫"事",用典叫"用事"。"事"这个词在古代有几种不同的内涵:一是本事,指一首诗产生的背景;二指故事,指前朝惯例,如"依本朝故事"、"祖宗故事",也指过去的典章制度,过去发生过的事情具有典范的意义;三是用事,诗话里面经常会看到,就是现在一般所说的典故。典故在文章和诗歌里面的作用是不一样的,我们看刘勰《文心雕龙·事类》:"事类者,盖文章之外,据事以类义,援古以证今者也。"意思是说,古人立论的时候,往往会引经据典,有的时候是引的同一类的事情,用相同的意义来作比喻,比如《劝学篇》就是用很多类比的事例。文章中用事类是为了使论说更雄辩有力,与诗歌中用事不同。"据事以类义,援古以证今",这种情况在先秦诸子文章里经常会出现,我们所说的寓言故事或者是圣人的一些故事都是属于这一类的。"然则明理引乎成辞,征义举乎人事,乃圣贤之鸿谟,经籍之通矩也","成辞"和"人事",就是典故里面的语典和事典,这两个概念是不一样的层次。在诗歌中也是如此,引用前人一句话和压缩前代的故事是不一样的。

我们看"以故为新"在宋代的一些表现。首先是《豫章黄先生文集》卷一九《答洪驹父书》。洪驹父是黄庭坚的外甥,名叫洪刍,字驹父,是《江西宗派图》里面二十五人之一,有诗集《老圃集》,是四库馆臣从《永乐

> 事类者,盖文章之外,据事以类义,援古以证今者也。……然则明理引乎成辞,征义举乎人事,乃圣贤之鸿谟,经籍之通矩也。(《文心雕龙·事类》)

大典》中辑录出来的，日本有享和三年写本。这是黄庭坚指导自己的外甥写诗作文的一封书信，其中谈到"点铁成金"，所以各种文学批评史、文论选都会引用这一段。但如果看整篇文章，"点铁成金"只是其中非常少的一部分，而且黄庭坚谆谆告诫外甥要提高道德修养，使自己的作品写得非常宏大，"推之使高，如泰山之崇崛，如垂天之云；作之使雄壮，如沧江八月之涛，海运吞舟之鱼"。因为只截取这一段，所以黄庭坚就给我们一种印象是形式主义的诗人，或者更进一步说是主张剽窃的诗人。他说："自作语最难，老杜作诗，退之作文，无一字无来处。盖后人读书少，故谓韩、杜自作此语耳。古之能为文章者，真能陶冶万物，虽取古人之陈言入于翰墨，如灵丹一粒，点铁成金也。""陶冶万物"是黄庭坚的一个关键词，"灵丹一粒"的关键在于"陶冶万物"的手段，有了这种手段，即使是古人的陈言被我们所使用，也能够点铁成金。他并不是说我们一定要用古人的陈言，而是说即使取古人之陈言，也要经过"陶冶万物"的手段，把铁化为金。至于"无一字无来处"，这个说法不是不提倡创新，我们看杜甫千家注、韩愈五百家注的确是这样，有些看起来是创新的，其实是有出处的。因为诗人不可能生造一个词，生造的字词会失去交流表达的意义，语言就是陈言的不同组合，创新就在陈言的组合方面。

《文心雕龙·事类》所说"明理引乎成辞"，意思是为了便于说理而引用古人"成辞"以为论据。黄庭坚取古人之陈言是用于诗歌的基本语词，这些语词可以议论，可

> 自作语最难，老杜作诗，退之作文，无一字无来处。盖后人读书少，故谓韩、杜自作此语耳。古之能为文章者，真能陶冶万物，虽取古人之陈言入于翰墨，如灵丹一粒，点铁成金也。（《答洪驹父书》）

以抒情，可以写景。借用词语在上下文中间，原有的成辞可能发生意义的转变，只是在字面上一样而已，构思上则是不同的。所以我们把"点铁成金"叫作"师其辞不师其意"，通俗来说就是旧瓶装新酒，即语言是古人的，而意义是我们自己的。例如，陈与义有一首诗《伤春》："庙堂无策可平戎，坐使甘泉照夕烽。初怪上都闻战马，岂知穷海看飞龙。孤臣霜发三千丈，每岁烟花一万重。稍喜长沙向延阁，疲兵敢犯犬羊锋。"其中"孤臣霜发三千丈，每岁烟花一万重"是典型的"点铁成金"："霜发三千丈"用李白《秋浦歌》"白发三千丈，缘愁似个长"；"烟花一万重"是用杜甫《伤春》"关塞三千里，烟花一万重"。陈与义是用李白、杜甫的陈言入于翰墨，但是表达的是自己的心情。我们还要注意到，古人在对仗中用古人词语时，一般是上下联相同的位置都用古人陈言，而且两个古人大致水平差不多，如李、杜相对。"点铁成金"发展到极端的产物是集句诗。集句诗全部是古人成辞，这个成辞并不是作为论据去论述什么观点，而本身就是诗意的一部分，形式与内容是统一的。

> 师其辞不师其意

> "点铁成金"发展到极端的产物是集句诗

一般的文学史或文学批评史，大多是把"点铁成金"和"夺胎换骨"连在一起来讨论的。下面我们看"夺胎换骨"。"夺胎换骨"最早见于惠洪《冷斋夜话》卷一，其实在《冷斋夜话》中，这叫"换骨夺胎法"："山谷云：'诗意无穷而人之才有限，以有限之才追无穷之意，虽渊明、少陵不得工也。'然不易其意而造其语，谓之换骨法；规模其意而形容之，谓之夺胎法。"这段话中，前半部分是

> 夺胎换骨

引用黄庭坚的话，后半部分是惠洪自己的观点。"夺胎换骨"是惠洪常用术语，与他佛教僧人的身份有关。有些文论引成"脱胎换骨"，是错误的。"脱胎换骨"是道教修炼的羽化升仙，是脱去凡骨换成仙骨。"夺胎换骨"是北宋比惠洪早的海印和尚的故事，高僧转世投胎时夺取本有的胚胎，用他人的生命形式来寄托自己的思想意识。"规模"是模仿的意思，也写作"规摹"。现在的通行本写作"窥入其意而形容之"，这个版本是不正确的，因为宋代诗话里所有引用这段话的都是说"规模其意而形容之"，而且现在日本五山版的《冷斋夜话》也写作"规模其意"。换骨法与夺胎法只有程度上的区别，"形容之"就是进一步加以引申发挥演绎。《冷斋夜话》举了一系列的例子，比如白居易形容自己人老了喝酒后"醉貌如霜叶，虽红不是春"，苏轼对此进行了"夺胎换骨"——"儿童误喜朱颜在，一笑方知是酒红"，这与白居易有点不一样，但基本思路是从白居易那里来的。《冷斋夜话》举了很多这一类的例子，意思都差不多，但是语言变得更精彩。

我自己的观点是：惠洪的"夺胎换骨"与黄庭坚的"点铁成金"并不是双胞胎。"点铁成金"是黄庭坚"亲生"的，见于黄庭坚文集；"夺胎换骨"不是黄庭坚"亲生"的，连"庶出"都算不上。"夺胎换骨"实际上就是"新瓶装旧酒"，用其意不用其辞。浑言之，两者都是学习模仿古人、以故为新；但是析言之，两者是不一样的。关于这一点，我在《宋代诗学通论》中作过辨析。

"以故为新"经常和"以俗为雅"一起出现，《苏轼文集》卷六七《题柳子厚诗》:"诗须要有为而作,用事当以故为新,以俗为雅。"苏轼确定了一个范围就是"用事",在使用典故时应当遵循"以故为新,以俗为雅"的原则。"以故为新"就是上文的"点铁成金"、"夺胎换骨"。"以俗为雅"就是把方言、俗语使用到诗歌中,方言、俗语的层次一下子就提高了,因为整个诗的语言是雅的,一两个方言俗语使诗歌语言变得非常新鲜,增加了诗歌的陌生化感觉,陌生化就使得诗歌变得新奇。黄庭坚有意识地把俗语夹杂到雅语中,形成一种新奇的效果。如果全用《初学记》中的典故,写出来的诗就像西昆体,美是很美,但是不能给人意外的感觉。有时候苏轼、黄庭坚就会使用街谈巷语、方言俗语进入诗歌。黄庭坚在《再次韵杨明叔诗序》中也说过:"盖以俗为雅,以故为新,百战百胜,如孙吴之兵;棘端可以破镞,如甘蝇飞卫之射。此诗人之奇也。"据《山谷内集诗注》卷一一,"甘蝇"、"飞卫"是两个神箭手。宋诗话里经常说"中的","的"就是靶子,有个成语叫"有的放矢"。"中的"就是用的词语非常准确,根本不能换一个字,是最能够表现对象的那一个字。意思是,用事的时候,用的事和你要表现的内容要融合得天衣无缝。

"以俗为雅"、"以故为新"还见于陈师道《后山诗话》引用的梅尧臣的说法:"闽士有好诗者,不用陈语常谈。写投梅圣俞,答书曰:'子诗诚工,但未能以故为新,以俗为雅尔。'"也就是说,包括引用的方言,都应该要有出处,好诗应该是用"陈语常谈"而推陈出新,变俗为雅。关于

> 以俗为雅:把方言、俗语等用到诗歌中

这一点，杨万里《诚斋诗话》里也曾经提到过这八个字："有用法家吏文语为诗句者，所谓以俗为雅"，"皆用古人句律，而不用其句意，以故为新，夺胎换骨"。钱锺书先生《宋诗选注》是一部经典的选本，不在于他选的诗，而在于评语非常精彩。他说杨万里诗中经常有些俗语，但是他只用那些有出处的俗语，一定都是古书里面都有的，比如禅宗语录中的俗语。钱锺书对杨万里的评价可以和杨万里的《诚斋诗话》对照着来看，杨万里提倡的，和苏轼、黄庭坚是一样的。日本学者浅见洋二讲杨万里诗歌，说中国诗中很多都是少年老成的儿童，而杨万里是活泼的儿童、比较接近童年真实的儿童。杨万里的确是很特殊的诗人，但是他的那些很生动的诗都有前人的影子在里面，都是有来头的，只不过他把那些发挥变得更精彩了。

"以俗为雅"、"以故为新"是宋代诗歌创作的一个重要方法或途径。我们说它是"重要"而不是"所有"，因为宋代的诗歌流派比较复杂，我们说的主要是以苏轼、黄庭坚为代表的文学传统，这个文学传统在宋代文学史里一般被表述为元祐文学传统。从诗歌流派来讲，它主要影响到江西诗派。吕本中作《江西宗派图》时把江西诗派里二十五个人都归为黄庭坚的法嗣——"其源皆出自豫章"，豫章（黄庭坚）为宗主，其他二十五人为法嗣，是用佛教禅宗的派别来比喻诗歌的派别。"江西宗派"四个字也是来自禅宗。唐代的马祖道一，创立江西宗派，也称为洪州宗。马祖是四川汉州什邡县马家村人，姓马，在什邡县罗汉寺出家，后来出川在南岳参禅，遇到怀让禅师，马祖说"磨砖岂得成镜",怀让说"坐禅岂能成佛",最重要的是心,心中有觉悟才能成佛,马祖恍然大悟。马祖离开怀让,到江西创立洪州宗,彻底把禅宗从佛教经论和坐禅中解放出来,是六祖慧能之后的又一次禅宗解放、革命。因为道一在禅宗史上影响巨大,所以禅门把他称为"马祖"。吕本中用"江西宗派"来比喻黄庭坚,因为黄庭坚是江西人,也创立了宗派,就像当年马祖创立江西宗派一样。

江西宗派受黄庭坚的影响,信奉同样的创作理论。到了南宋,"四灵"兴起,反对江西诗派的主张,反对使用典故。所以刘克庄认为有两种倾向,可分为两派:一是"资书以为诗失之腐",就是江西诗派"以故为新";一是"捐书以为诗失之野",就是指四灵和江湖诗人之诗。所以我们说,江西诗派主要继承了苏轼和黄庭坚的创作理论。题为王十朋的《集注分类东坡先生诗》的"百家注苏",近一百个人里面,江西诗派二十五人全部在列,对苏轼都有注释。

<small>资书以为诗失之腐
捐书以为诗失之野</small>

以上就是宋代的"以故为新"。它与六朝时代的用事有很大的不同,苏、黄用事的范围极大地扩展了,除了经史里面的典故,还有佛经、道藏、方言、小说、街谈俗语都用进去,所以注释起来难度非常大。

第二节 齐言喻楚

"齐言喻楚"是从注释的角度来看宋代的诗歌。唐代寒山的诗,在我们的印象中被认为是白话诗,白话诗就非常容易懂。项楚教授的《寒山诗注》，发现寒山诗歌照样用了很多典故，很多表面看起来通俗易懂的描述，实际上都出自《战国策》《韩非子》等书。所以说在中国古代，我们只能说用典的多少，而没有绝对不用典的情况。只不过苏轼、黄庭坚用典用得非常厉害，于是就有"齐言喻楚"的说法。

我们先看清代道光年间的学者陈澧《东塾读书记》卷一一《小学》："盖时有古今，犹地有东西，有南北，相隔远则言语不通矣。地远则有翻译，时远则有训诂。有翻译则能使别国如乡邻，有训诂则能使古今如旦暮，所谓通之也。"陈澧不是乾嘉时期的人，但他的治学方法是乾嘉学派的。他认为，训诂相当于翻译，翻译解决地域东西南北的差别，训诂解决古今的差别。也就是说，翻译是跨越空间距离的交通工具，而训诂是跨越时间距离的交通工具。阐释学最大的问题，就是时间距离造成的意义的难通。中国古代的学者，早已知道时间距离怎样去克服。

宋代同时代的人就出现了语言的古今差异。我们看钱文子《蓣室史氏注山谷外集诗序》："书存于世，唯六经、诸子及迁、固之史有注其下方者，以其古今之变，诂训之不相通也。而今人之文，今人乃随而注之，则自苏、黄之诗始也。诗动乎情，发乎言，而成乎音，人为之，人诵之，宜无难知也。""今人之文，今人乃随而注之"的现象，是从苏、黄之诗开始的，这个判断基本上是正确的。本来，按照一般的诗歌生成原理，动乎情，发乎言，成乎音，写诗的是人，诵诗的也是人，人与人之间没有什么难于交流的，那么诗歌也应该是没有什么难懂的。然而苏、

> 书存于世，唯六经、诸子及迁、固之史有注其下方者，以其古今之变，诂训之不相通也。而今人之文，今人乃随而注之，则自苏、黄之诗始也。诗动乎情，发乎言，而成乎音，人为之，人诵之，宜无难知也。而苏、黄二公乃以今人博古之书，譬楚大夫而居于齐，应对唯喏，无非齐言，则楚人莫喻也。如将以齐言而喻楚人，

黄的诗是学者之诗，与一般诗人不同。"而苏、黄二公乃以今人博古之书，譬楚大夫而居于齐，应对唯喏，无非齐言，则楚人莫喻也"，齐国人说的话楚国人不能懂。苏轼、黄庭坚的诗，相当于楚国的大夫到齐国去生活，住在齐国，与齐国人交流都用"齐言"。这样一来，苏黄诗中的"齐言"楚国人就听不懂了，就得需要人翻译。"如将以齐言而喻楚人，非其素尝往来庄、岳之间，其孰能之？"庄、岳是齐国都城里的街里名。这句话的意思是，现在要把齐言翻译给楚人听，如果不是经常往来于齐国的庄、岳，熟悉了齐国的语言，怎么能承担翻译任务呢？这个意思跟陈澧说的"地远则有翻译，时远则有训诂"一样，但问题在于苏轼和黄庭坚是今人，并非古人，这两个今人却说古人的语言，相当于楚国人却说齐国话，要懂得他们，就只能靠训诂和翻译了。那么这就需要一种条件：想要注释山谷诗的人，就必须像山谷一样，懂得古人的语言（即"齐言"）。"山谷之诗与苏同律，而语尤雅健，所援引者乃多于苏。其诗集已有任渊、史会更注之矣"，《山谷内集》是任渊注的。"而公所自编谓之《外集》者，犹不易通，史公仪甫遂继而为之注"，《山谷外集》是史容注的，史容字仪甫。《山谷别集》是史季温注的，史容、史季温都是青神县人。"上自六经、诸子、历代之史，下及释老之藏、稗官之录，语所关涉，无不尽究"，也就是说，史容要注黄庭坚的诗，也要做大量的知识储备。古代的典籍是分等级的，六经的地位最高，说到佛教、道教书则是"下及"，小说是最低端的。"予官成都，得于公之子叔廉而遍

非其素尝往来庄、岳之间，其孰能之？山谷之诗与苏同律，而语尤雅健，所援引者乃多于苏。其诗集已有任渊、史会更注之矣。而公所自编谓之《外集》者，犹不易通，史公仪甫遂继而为之注，上自六经、诸子、历代之史，下及释老之藏、稗官之录，语所关涉，无不尽究。予官成都，得于公之子叔廉而遍读之。其于山谷之诗，既悉疏理，无复凝结，而古文旧事，因公之注发明者多矣。夫读古人之书，得之于心，应之于手，固非区区采之简册而后用之也，而为之注者，乃即群书而究其所自来，则注者之功宜难于作。而公以博洽之能，乃随作者为之训释，此其追慕先辈、嘉惠后学之意，殆非世俗之所能识也。昔白乐天作诗，使妪读之，务令易知，而扬子云草《太玄》，其词艰深，人不能通，乃曰"后有扬子云，必好之矣"。古之君子，固有不徇世俗而自信于后世之知我者。若公于山谷，既以

阅之",钱文子在成都当官,就从史容的儿子叔廉那里得到了史容注。"其于山谷之诗,既悉疏理,无复凝结,而古文旧事,因公之注发明者多矣。夫读古人之书,得之于心,应之于手,固非区区采之简册而后用之也,而为之注者,乃即群书而究其所自来,则注者之功宜难于作",他认为,注诗者的难度远大于原作者的难度,原作者可以信手拈来,而注诗者必须追寻前人的遗迹,要花很多心思。"而公以博洽之能,乃随作者为之训释,此其追慕先辈、嘉惠后学之意,殆非世俗之所能识也",如果没有"博洽之能",那么往往会注错或注漏。"昔白乐天作诗,使媪读之,务令易知,而扬子云草《太玄》,其词艰深,人不能通,乃曰'后有扬子云,必好之矣'",扬雄的文字非常难读,苏轼就曾经在《与谢民师推官书》中批评扬雄"好为艰深之词,以文浅易之说"。扬雄模仿《论语》作《法言》,模仿《周易》作《太玄》,《汉书·扬雄传》说有的儒生讥讽他"非圣人而作经"。"古之君子,固有不徇世俗而自信于后世之知我者。若公于山谷,既以子云而知子云,其为之训释,则又谆谆然为人言之,是亦乐天之志也",史容把黄庭坚像扬雄一样艰深的文字,用白居易那样能使老年妇女都能读懂的方式注释出来,这就是注者的功劳之所在,这是对史容注释的高度评价。

可见阐释是为了跨越语言上的时空距离,使文本的意义与读者相通。按理说,同时代的作者和读者之间,没有古今语言的差异,也没有历史背景的隔阂,因此注本也没有存在的理由。然而,"以才学为诗"的特殊性却使同时

子云而知子云,其为之训释,则又谆谆然为人言之,是亦乐天之志也。(《郪室史氏注山谷外集诗序》)

"以才学为诗"的特殊性使同时代人的注释变得非常必要

代人的注释变得非常必要。

宋代出现了很多当代人注当代诗的现象。比如,任渊、史容、史季温注山谷诗,任渊注后山诗,李壁注荆公诗,赵次公注东坡诗。任渊、史容、史季温、李壁、赵次公都是四川人,宋代四川的注释学非常发达,有学术上、文化上的原因。因为苏东坡出川后,就再也没有回到家乡,填补东坡空缺的是黄山谷,他晚年来到四川,指导四川很多后学写诗作文,任渊就曾跟随黄庭坚游学。

由于"以才学为诗",大量化用古代典故、成语,苏、黄等人之诗为读者设置了语言障碍,拉开了和读者之间的时间距离(所谓"今人博古之书")和空间距离(所谓"楚大夫而居于齐")。换言之,对于才学欠缺的读者来说,苏、黄等人的诗简直就像是古代人、别国人之诗,需要训诂和翻译才能理解。注释者认为,苏、黄诗中所使用的渊博的语言材料以及化用这些材料的高明手段,不仅浓缩了诗意,也为诗歌文本设置了密码,从而使一般的读者很难理解。他们的注释正是出于破解密码、还原诗意的目的而作的。

第三节　抉隐发藏

"抉隐发藏"是注释的目的。任渊《黄陈诗集注序》:"大凡以诗名世者,一句一字,必月锻季炼,未尝轻发,必有所考。昔中山刘禹锡尝云:'诗用僻字,须要有来去处。宋考功诗云:"马上逢寒食,春来不见饧。"尝疑此字僻,因读毛诗《有瞽》注,乃知六经中唯此注有此饧

大凡以诗名世者,一句一字,必月锻季炼,未尝轻发,必有所考。昔中山刘禹锡尝云:"诗用僻字,须要有来去处。宋考功诗云:'马上逢寒食,春来不见饧。'尝疑

> 此字僻，因读毛诗《有瞽》注，乃知六经中唯此注有此錫字。"而宋景文公亦云："梦得尝作《九日》诗，欲用'糕'字，思六经中无此字，不复为。"故景文《九日食糕》诗云："刘郎不肯题糕字，虚负人间一世豪。"前辈用字严密如此。此诗注之所以作也。本朝山谷老人之诗，尽极骚雅之变。后山从其游，将寒冰焉。故二家之诗，一句一字有历古人六七作者。盖其学该通乎儒释老庄之奥，下至于医卜百家之说，莫不尽摘其英华，以发之于诗。始山谷来吾乡，徜徉于岩谷之间，余得以执经焉。暇日因取二家之诗，略注其一二，第恨寡陋，弗详其秘，姑藏于家，以待后之君子有同好者，相与广之。(《黄陈诗集注序》)

字。'"宋考功就是宋之问。可见"錫"是经典中有的字，是有来历的。"而宋景文公亦云：'梦得尝作《九日》诗，欲用"糕"字，思六经中无此字，不复为。'故景文《九日食糕》诗云：'刘郎不肯题糕字，虚负人间一世豪。'前辈用字严密如此。此诗注之所以作也"，宋景文公就是宋祁，梦得是刘禹锡。刘禹锡作《九日》诗，想用"糕"字，但六经中没有，于是不敢用。刘禹锡用字非常讲究出处，只用六经或六经注里出现过的有来历的字。作诗的人写作时都是日锻月炼，所以注诗的人不能轻易放过每一个字。"本朝山谷老人之诗，尽极骚雅之变。后山从其游，将寒冰焉"，"将寒冰焉"是"冰生于水而寒于水"的缩略，是说陈师道的诗出自黄山谷，但是比黄山谷更进一步注重用典，在这方面比黄庭坚做得还要极端一些。"故二家之诗，一句一字有历古人六七作者。盖其学该通乎儒释老庄之奥，下至于医卜百家之说，莫不尽摘其英华，以发之于诗"，是说一句诗里面可能用了六七个古人的诗，两人的学问很大。任渊是新津人，新津有天社山，所以任渊又称"天社"，他与山谷是有交往的。"始山谷来吾乡，徜徉于岩谷之间，余得以执经焉。暇日因取二家之诗，略注其一二，第恨寡陋，弗详其秘，姑藏于家，以待后之君子有同好者，相与广之"，很多注释者都想把诗人的"秘"揭露出来，如何揭露诗人之"秘"就是注释者的任务。这个"秘"除了任渊所讲的古书里面的典故之外，还涉及和时事的一些关系，即陈寅恪先生所说的"古典"与"今典"。对"古典"我们不仅要寻找其出处，更重要的是古

古典　今典

典所要表达的意思是什么、如何与诗人当时的处境发生联系，注古典难，注今典更难。特别是苏轼的诗，很多与时事有关系，包含对时局的评价。比如苏轼在批评扬雄"无其实而窃其名"的时候（《晁君成诗集引》），实际上是在骂王安石，因为《汉书》说扬雄"非圣人而作经"，不是圣人却模仿圣人作书，王安石也是如此，他和吕惠卿、王雱等作《三经新义》，也是把自己的书当成经典教材。黄庭坚的诗与苏轼是不一样的，黄庭坚对王安石的态度和苏轼也是不一样的，尽管苏、黄都属于元祐集团，而且黄庭坚把自己当成苏轼的学生。但是在对待王安石的评价方面，黄庭坚比苏轼更客观，其中有很大原因是他们都是江西人。古代地缘和政治有很大关系，比如元祐时期有蜀党、洛党，两者有很大的冲突。我们也可以看看任渊注陈师道的诗是怎么注的。陈师道的诗比黄庭坚的更艰深，经常把诗歌意脉切断，让人不知所云。关于这一点，钱锺书《宋诗选注》中有一段非常刻薄的评语，大意是：如果说我们读黄山谷的诗，就像听一个外乡人滔滔不绝说一大堆我们听不懂的话，那么读陈师道的诗就像"听口吃的人或病得一丝两气的人说话，瞧着他满肚子的话说不畅快，替他干着急"。

　　再看南宋绍兴年间的许尹作的《黄陈诗集注序》。"宋兴二百年，文章之盛追还三代，而以诗名世者，豫章黄庭坚鲁直。其后学黄而不至者，后山陈师道无己。二公之诗，皆本于老杜而不为者也。其用事深密，杂以儒佛，虞初稗官之说，隽永鸿宝之书，牢笼渔猎，取诸左右"，虞

宋兴二百年，文章之盛追还三代，而以诗名世者，豫章黄庭坚鲁直。其后学黄而不至者，后山陈师道无己。二公之诗，皆本于老杜而不为者也。其用事深密，杂

初、稗官、隽永、鸿宝都是古代小说的名称，"牢笼渔猎"就是把古人的事典、语典都搜罗过来，就像打渔打猎一样。比如李商隐作诗被称为"獭祭鱼"，就是一堆典故的罗列堆砌，把自己的情感遮蔽了；杨炯的诗被称为"点鬼簿"，即爱把古人的名字写进诗里面；骆宾王被称为"算博士"，因为诗里面爱用数字。实际上"牢笼渔猎"是古人的一种基本写作态度。"后生晚学此秘未睹者，往往苦其难知"，我们注意到这里又出现了"秘"字，需要注释者把其中的"秘"揭示出来。"三江任君子渊，博极群书，尚友古人，暇日遂以二家诗为之注解，且为原本立意始末，以晓学者"，"原本立意始末"是我们前面特别提到过的宋代人写诗或注诗所要追求的一种东西，这也是宋诗的一个特点：唐人作诗追求的是情感的感发，六朝人追求的是感物，而宋代人由于"以议论为诗，以才学为诗，以文字为诗"，就非常强调一首诗在根据题目立意之后，前后左右都要照顾，写这个题是为什么而"发"，里面的内容要紧扣它，对"立意始末"非常考究。黄庭坚曾经教导别人写诗要学《礼记·檀弓》和《原道篇》，就会知道什么是"立意始末"。所以宋代诗学是一种"意"的诗学，"意"字非常重要。我们可以说，宋代诗学是"尚意"的诗学；反过来说，从读者的角度，就是"尚意阐释学"。"原本立意始末"，即前引范温《潜溪诗眼》中最后一句"本末立意遣词"。《潜溪诗眼》直接继承了黄山谷的诗学观念。"非若世之笺训，但能标题出处而已也"，注解与笺训不一样的地方，在于注解必须把"原本立意始末"都注

> 以儒佛、虞初稗官之说，隽永鸿宝之书，牢笼渔猎，取诸左右。后生晚学此秘未睹者，往往苦其难知。三江任君子渊，博极群书，尚友古人，暇日遂以二家诗为之注解，且为原本立意始末，以晓学者。非若世之笺训，但能标题出处而已也。既成，以授仆，欲以言冠其首。予尝惠二家诗兴寄高远，读之有不可晓者，得君之解，玩味累日，如梦而寤，如醉而醒，如痿人之获起也，岂不快哉！（《黄陈诗集注序》）

尚意诗学
尚意阐释学

出来，而笺训只要注释一下文字的意思、典故的出处就行了。"既成，以授仆，欲以言冠其首"，任渊请许尹给自己作一篇序。"予尝患二家诗兴寄高远，读之有不可晓者，得君之解，玩味累日，如梦而寤，如醉而醒，如痿人之获起也，岂不快哉！"

任渊还有一篇《后山诗注目录序》。"读后山诗，大似参曹洞禅，不犯正位，切忌死语"，"不犯正位，切忌死语"这八个字是曹洞宗的一条法则。曹洞宗是晚唐时期洞山良价和曹山本寂师徒两人创立，禅法与临济宗、云门宗有很大的不同，有点说理的成分，但说理非常隐晦，而用正和偏来比喻理和事。正位又称为君位，偏位为臣位，有"五位君臣"的禅法。理和事的关系，即空和色的关系，或谓实相和现象的关系。要讨论理和实相，但是不能从正面去说，一定要旁敲侧击地说；君有讳，要避讳，不能犯讳直接讲，叫"不犯正位"。"切忌死语"是说语言要灵活，即上一句和下一句之间不要有联系，有联系就成了"死语"；要有语境跨度很大的跳跃，让人在跳跃之处去填补意义，如果填充太满就变成死的句子。陈师道的句子就是跳跃性的，任渊注的时候，有时会批一句"丛林所谓活句也"。因此陈师道的诗读起来就非常困难，"非冥搜旁引，莫窥其用意深处，此诗注所以作也"。"旁引"就是旁征博引，"冥搜"就是冥思苦想地去搜寻意义，这就是注诗的原因。

我们可以举个例子。陈师道的《送苏公知杭州》："平生羊荆州，追送不作远。岂不畏简书，放麑诚不忍。一代不数人，百年能几见。昔如马口衔，今为禁门键。一雨

读后山诗，大似参曹洞禅，不犯正位，切忌死语，非冥搜旁引，莫窥其用意深处，此诗注所以作也。(《后山诗注目录序》)

五月凉，中宵大江满。风帆目力短，江空岁年晚。"这首诗主题是送苏东坡知杭州——元祐四年，苏轼离开都城开封，到杭州去做知州，路过南京应天府（宋州，今商丘），当时陈师道在徐州做官，苏轼路过宋州时陈师道想去送他，但是按照朝廷法令，官员不得越境。陈师道违反禁令去宋州见东坡，因此后来受到朝廷官员的弹劾。"平生羊荆州，追送不作远"，羊荆州就是羊祜，这里用来比喻苏东坡。《晋书·羊祜传》："督荆州诸军。"又《晋书·郭奕传》："奕字大业，为野王令，羊祜尝过之，奕叹曰：'羊叔子何必减郭大业。'少选复往，又叹曰：'羊叔子去人远矣。'遂送祜出界数百里，坐此免官。"任渊注云："后山既送东坡，为刘安世所弹，乞正其罪。尝除太学博士，又为言者以此事论列，遂罢。此句殆亦诗谶也。""岂不畏简书"，我岂不知道法令是很严厉的吗？"畏简书"亦见于李商隐的《筹笔驿》"猿鸟犹疑畏简书"。任渊注："言法令不许私出也。《诗》云：'岂不怀归，畏此简书。'刘安世章亦云：'士于知己，不无私恩。既效于官，则有法令。师道擅去官次，陵蔑郡将。徇情乱法，莫为此甚。'""放麑诚不忍"，任渊注："此句与上句若不相属，而意在言外，丛林所谓活句也。按《韩非子》：孟孙猎，得麑，使秦西巴载之持归。其母随之而啼，秦西巴弗忍而与之。孟孙大怒，逐之。三月，复召以为子傅，曰：'夫不忍麑，且忍吾子乎！'……呜呼，观过可以知仁，后山越法出境以送师友，亦放麑之类也。"任渊引用了很多经典来注释，说明陈师道当时是冒着犯法的危险去送自己的老师。诗中没有一句说到送苏东坡的事,所以是"不犯正位"。由于陈诗的第四句和第三句之间"若不相属",倘若只将八条材料罗列出来,对诗意的理解并无多少帮助。而任渊注拈出刘安世弹劾陈师道的"本朝故事",便将零星的材料编织成一个意义框架,在"古典"和"今典"之间建立起类比关系,从而揭示出陈诗的"言外"之"意":为了师友的情谊而出境送苏轼,不惜违反法令,如同郭奕追送羊祜不惜免官;宁愿徇情乱法,不忍离别苏轼,如同秦西巴违抗孟孙命令而放麑。这样的注解就把诗歌之"秘"揭示出来了。

而苏轼的诗又是另外一种情况。王十朋《集注分类东坡先生诗序》:"昔秦延君注'尧典'二字,至十余万言,而君子讥其繁。""至十余万言"这种注释法,属于今文经学的章句之学,与训诂不同,是"六经注我",发挥的成分比较多,非常繁琐。"丁子襄注《周易》一书,才二三万言,而君子恨其略。训注之学,古今所难,自非集众人之长,殆未易得其全体",因为书名是"集注分类东坡先生诗",所以必须说明"集众人之长"的好处。"况东坡先生之英才绝识,卓冠一世,平生斟酌经传,贯穿子史,下至小说杂记,佛经道书,古诗方言,莫不毕究。故虽天地之造化,古今之兴替,风俗之消长,与夫山川、草木、禽兽、鳞介、昆虫之属,亦皆洞其机而贯其妙,积而为胸中之文,不啻如长江大河,汪洋闳肆,变化万状。则凡波澜于一吟一咏之间者,讵可以一二人之学而窥其涯涘哉!"这段是说苏东坡才识广博,决非凭一人之力可以注释，因此一定要用"集注"的方式。"予旧得公诗《八注》《十注》，而事之载者，十未能五，故常有窥豹之叹"，关于苏轼的诗，早年有八个人的注和十个人的注，但都还有欠缺。"近于暇日搜索诸家之释，裒而一之，划繁别冗，所存者几百人，庶几于公之诗有光"，这近百家注释大概可以使苏东坡的诗发扬光大。"虽然，自八而十，自十而百，固非略矣，而亦未敢以繁言"，这里的"略"和"繁"是呼应于前文来说的："略"是指丁子襄注《周易》，"繁"是指秦延君注"尧典"二字。意为跟丁子襄相比已经不略了，但是还不敢说有秦延君那么繁。"盖以一人而肩乌获之任，则折筋绝体之不暇；一旦而均之百人，虽未能春容乎通衢，张王乎大都，而北燕南越，亦不难到，此则《百注》之意也"，"乌获"是一个大力士，这句意为一个人如果没有乌获那样的力量，就想承担他那样的重任，那么身体筋骨都会被压断，但是如果把这重量分摊给百人的话，那么虽然不能说悠闲从容，却很远的地方都能到达，用来比喻一百个人注释苏东坡的诗，就能解决很多难题。"若夫必待读遍天下书，然后答尽韩公策，则又望诸后人焉"，有待于后世的人来继续这项工作，后来有清代查慎行的苏诗补注、冯应榴的苏诗合注、王文诰的编注集成，还有川大的《苏轼全集校注》。这里也说到了苏东坡的用典的问题和注释的关系，需要有更多的人来解决这些问题。

下面再看魏了翁的《王荆文公诗注序》。《王荆文公诗注》是四川人李壁作的，魏了翁也是四川人，有《鹤山先生大全集》。"鹤山"即鹤鸣山，是道教张道陵的起源地，在今大邑县。"公博极群书，盖自经子百史以及于《凡将》《急就》之文，旁行敷落之教，稗官虞初之说，莫不牢笼搜揽，消释贯融"，"公"是指王安石，《凡将篇》《急就篇》是字书，"旁行敷落之教"是指佛教、道教。"故其为文，使人习其读而不知其所由来，殆诗家所谓秘密藏者"，我们读王安石的文章，觉得很熟悉，但是不知道是从哪里来的，注释者就要把"秘密藏"揭示出来："石林李公曩寓临川，耆公之诗，遇与意会，往往随笔疏于其下。……其窥奇摘异，抉隐发藏，盖不可以一二数。"是说李壁嗜好王安石的诗，所以为之注解。王安石的诗与苏轼、黄庭坚相比，看起来似乎用典要少一些，但其实里面还是有一些很偏僻的典故。我们举个例子，王安石居钟山时有一首写景诗："岁晚苍官才自保，日高青女尚横陈。""苍官"指松树，"青女"指霜，"横陈"出自司马相如的"华容自献，玉体横陈"，或《楞严经》中"于横陈时，味如嚼蜡"。王安石的诗经常把山水比喻成美人，这一方面是拟人化手法，另一方面也是运用典故，包含了很多"秘密藏"，蕴含着多重涵义。

如果我们能够"抉隐发藏"，就会比作者更好地理解作品，这是阐释学的目的之一。阐释者不一定完全是被动地跟着作者亦步亦趋，有时候还可以有自己的能动性——你的储备越多，学识越丰富，你对作品的阐释就越精彩。所以阐释在某种意义上来说是一种再创造。

上面引用的这些序跋都提及作者的"博极群书"给

> 公博极群书，盖自经子百史以及于《凡将》《急就》之文，旁行敷落之教，稗官虞初之说，莫不牢笼搜揽，消释贯融。故其为文，使人习其读而不知其所由来，殆诗家所谓秘密藏者。石林李公曩寓临川，耆公之诗，遇与意会，往往随笔疏于其下。……其窥奇摘异，抉隐发藏，盖不可以一二数。（《王荆文公诗注序》）

读者带来的"此秘难睹"的困难。由此可见,当代人注当代诗这一现象的出现,是与宋代"以才学为诗"的创作倾向密切相关的。由于诗人"点铁成金",融群书的语言材料于自己的诗中,形成"秘密藏",所以注释者就必须"抉隐发藏",指出诗中语言材料的原始出处,发明诗歌的"秘密藏"。注释者深信,只有推究出每字每句的出处和用法,才能真正了解"原本立意始末"、"窥其用意深处"。这样一来,"以意逆志"就有了一个知识主义的必要前提。也就是说,面对"以才学为诗"的文本,并非任何一个读者都能做到"以意逆志"。

<small>知识主义是"以意逆志"的必要前提</small>

值得注意的是,宋代诗歌阐释学中的知识主义倾向与汉代经学的知识主义颇有差异,它不注重名物制度、古词俗语等知识性内容的训释,而醉心于破解诗中典故密码所蕴涵的作者的真实用意,以及作者使用典故时所采用的独特艺术思维方式。特别因为是当代人的诗集注本,注释者更多是想将今人的秘密传于后世,故而采用了"以古典释今典"的做法,超越了汉代经学"以今词释古词"的传统。

<small>宋代诗歌阐释学着力于破解诗中典故密码所蕴涵的作者的真实用意,以及作者使用典故时采用的独特艺术思维方式</small>

第四节 以才学为注

我们看第四个问题:以才学为注。"以才学为注"这个说法对应于"以才学为诗","以才学为诗"是宋诗的一个特点,同时在严羽和明人的心目中也是一个毛病。但是宋代的读者群普遍是读了大量书的人,所以"以才学为诗"成了他们的共同趣味，有时候写咏物诗、唱和诗等就是要表现自己的才学。在这样的情况下，要进行注释就必须具有与之对等的才学，所以就出现了"以才学为注"的现象。

关于这一点，伽达默尔在《真理与方法》这部阐释学名著中有一段话可以帮助我们认识"以才学为注"与"以才学为诗"的关系："对在对话中要出现的事物所具有的理解，必然意味着他们在对话中已获得了某种共同的语言。"(*Truth and Method*, translation revised by Joel Weinsheimer and Donald G. Marshall, Sheed & Ward, 1985, p.341)"对话"在伽达默尔的阐释学理论中是一个很重要的关键词，我们要强调的就是注释者与作者之间其实是一种"对话"关系。这看起来好像是不可能的，作者已经死了，怎么能进行对话呢？但是作者的文本留在那里，就一定会给我们留下对话的可能性，我们可以和古人交流、对话、争论。对话最基本的是要达到对方的水平，否则就无法进行。只有具备和诗人大致相等的知识储备，获得与文本共同的语言，破译密码，才能真正完成与文本的对话。为了解开诗歌的秘密，注释者有必要与作者一样"博极群书"，经历类似于"以才学为诗"的创作过程。所以赵夔的《注东坡诗集序》特别提出"以才学为注"的重要性，否则无法注释东坡诗。

通过赵夔《注东坡诗集序》中的一段话，可以看出注释的难度。"昔杜预注《春秋左传》，颜籀注班固《汉书》，时人谓征南、秘书为丘明、孟坚忠臣"，"征南"是杜预，

> 注释者与作者之间是一种"对话"关系

> 昔杜预注《春秋左传》，颜籀注班固《汉书》，时人谓征南、秘书为丘明、孟坚忠臣。又李善

死后追赠征南大将军，他注过《左传》。"秘书"是颜师古，名籀，以字行，官秘书监，他注过《汉书》。"丘明"是《左传》作者左丘明。"孟坚"是《汉书》作者班固。"忠臣"喻指忠于原作的阐释者，也就是说杜预是《左传》的忠实注释者，而颜籀是《汉书》的忠实注释者。"又李善于梁宋之间开《文选》学，注六十卷，流传于世，皆仆所喜而慕之者"，"梁宋"是地名，"梁"是现在开封一带，"宋"是宋州，宋朝在那里起家，今商丘。李善、杜预、颜籀的注释都是经典范本，赵夔喜欢和羡慕这些注释，所以他也想做苏轼的"忠臣"，作了《注东坡诗集》。"东坡先生读书数千万卷，学术文章之妙，若太山北斗，百世尊仰，未易可窥测藩篱，况堂奥乎！然仆自幼岁诵其诗文，手不暂释。其初如涉大海，浩无津涯，孰辨淄渑泾渭？而鱼龙异状，莫识其名。既穷山海变怪，然后了然无有疑者。崇宁年间，仆年志于学，逮今三十年，一句一字，推究来历，必欲见其用事之处"，"崇宁"是宋徽宗的第二个年号，崇尚熙宁，重新恢复新法，立元祐党人碑，苏黄文集都遭到禁锢。"志于学"指年十五岁，崇宁年间赵夔十五岁，就不顾朝廷禁令开始阅读注释苏诗。"经史子传，僻书小说，图经碑刻，古今诗集，本朝故事，无所不览。又于道释二藏经文，亦常遍观抄节，及询访耆旧老成间，其一时见闻之事，有得既已多矣"，赵夔在注释时采取了两种方法，一是大量阅读各种古书，二是询访本朝的耆老古旧，尤其是那些曾经见过苏轼的人，向他们了解情况。这就是我们所谓的"文献"，文指文字记载，献即

"耆旧老成"。"顷者，赴调京师，继复守官，累与小坡叔党游从至熟，叩其所未知者，叔党亦能为仆言之"，"小坡叔党"是苏轼小儿子苏过，字叔党，赵夔向他了解苏轼的事迹。"仆既慕先生甚切，精诚感通。一日，梦先生野服乘驴，若世之所画李太白者，惠然见访。仆方坐一室中，书史环列，起而迎见。先生顾仆喜曰：'天下之乐，莫大于此！'"赵夔梦见东坡，这就是所谓"尚友古人"，以古人为朋友。"又一日，梦与先生对谈，因问水仙王事，即答以茫昧之语，殊不可晓。不知何意也"，"水仙王"是苏轼诗中提及过的，《饮湖上初晴后雨二首》其一："此意自佳君不会，一杯当属水仙王。"赵夔注释此诗不明"水仙王"之意，所以在梦中问苏轼，这表明他对注释苏诗的痴迷，以至于日有所思，夜有所梦。"仆于此诗分五十门，总括殆尽"，赵夔的《注东坡诗集》不是编年的，宋代虽然有苏轼年谱，到一直要到南宋施注苏诗才开始编年。赵夔的注还只是分门，即以题材来分类。接着赵夔总结了东坡诗用典的情况："凡偶用古人两句；用古人一句；用古人六字、五字、四字、三字、二字；用古人上下句中各四字、三字、一字；相对止用古人意，不用字；所用古人字，不用古人意；能造古人意；能造古人不到妙处；引一时事，一句中用两故事；疑不用事，而是用事；疑是用事，而不用事；使道经僻事、释经僻事、小说僻事、碑刻中事、州县图经事；错使故事；使古人作用字成一家句法；全类古人诗句；用事有所不尽；引用一时小话；不用故事而句法高胜、句法明白，而用意深远；用字或有未稳，无一字无来历；点化古诗拙言；间用本朝名人诗句；用古人词中佳句；改古人句中借用故事，有偏受之故事，有参差之语言；诗中自有奇对；自撰古无来历;点化古诗拙言;间用本朝名人诗句;用古人词中佳句;改古人句中借用故事,有偏受之故事,有参差之语言;诗中自有奇对;自撰古人名字;用古谣言;用经史注中隐事;间俗语俚谚;诗意物理:此其大略也。"一共有几十种用古人事、用古人语的情况,赵夔一一细致分别,真是用心良苦。这说明,苏轼"以才学为诗",我们就要"以才学为注",只有在双方都达到这样的程度的情况下,才会有共同的语言,才能形成对话的可能。赵夔的《注东坡诗集》即是"以才学为注"的典型。"三十年中,殚精竭虑,仆之心力,尽于此书。今乃编写刊行,愿与学者共之。若乃事有遗误,当俟博雅君子,补而镌之,庶俾先生之诗文与《左传》《汉书》《文选》并传无穷,而仆于杜预、颜籀、李善三子亦庶几焉",这是赵夔作《注东坡诗集》的目的,他希望自己的注释能随着东坡诗集一起流传下去,像古代那些伟大的注释者一样永垂不朽。"虽然,尚有可以言者,先生之用事,不可谓无心;先生之用古人诗句,未必皆有意耳。盖胸中之书,汪洋浩博,下笔之际,不知为我语耶,它人之语也?观者以意达之可也",也就是说,读书读得多的人,下笔之际不知道自己用的是古人的话,这在诗话里面经常用"暗合孙吴"、"闭门造车,出门合辙"来形容。对于这种情况,注释者不必太拘泥。比如任渊注黄庭坚《咏猩猩毛笔》"平生几两屐,身后五车书",对"平生"、"身后"两个词也注了出处,这其实是没必要的。这就是任渊注的一个特点:释事而忘义,只注出处,而没有释义。这是从李善以来就经常会发

人名字;用古谣言;用经史注中隐事;间俗语俚谚;诗意物理:此其大略也。三十年中,殚精竭虑,仆之心力,尽于此书。今乃编写刊行,愿与学者共之。若乃事有遗误,当俟博雅君子,补而镌之,庶俾先生之诗文与《左传》《汉书》《文选》并传无穷,而仆于杜预、颜籀、李善三子亦庶几焉。虽然,尚有可以言者,先生之用事,不可谓无心;先生之用古人诗句,未必皆有意耳。盖胸中之书,汪洋浩博,下笔之际,不知为我语耶,它人之语也?观者以意达之可也。(《注东坡诗集序》)

生的一种情况，他的《文选注》被其子李邕批评为"释事而忘义"。这种知识主义的态度往往造成对成语典故出处的追寻超过对诗歌意义的探究，也就是说，诗人所使用的"故事"本身成了注释者关注的对象，而"本意"、"本义"的探寻反倒成了次要的任务。注释者注古人之诗，归根结底还是为了自己"立言"，只不过这种"立言"以一种学术的方式得以实现。

再看王彦辅《增注杜工部诗序》。"逮至子美之诗，周情孔思，千汇万状，茹古涵今，无有端涯，森严昭焕，若在武库，见戈戟布列，荡人耳目，非特意语天出，尤工于用字，故卓然为一代冠，而历世千百，脍炙人口。予每读其文，窃苦其难晓，如《义鹘行》'巨颡拆老拳'之句，刘梦得初亦疑之，后览《石勒传》，方知其所自出"，刘梦得就是刘禹锡，刘禹锡作诗，非常讲究出处，他读杜甫《义鹘行》的故事见于韦绚记载的《刘宾客嘉话录》。他本来怀疑"老拳"二字没有出处，后来读到《石勒传》有"卿既遭孤老拳"一句，才知道是有出处的词语。"盖其引物连类，掎摭前事，往往而是。韩退之谓'光焰万丈长'，而世号为诗史，信哉！予时渔猎书部，尝妄注绎，且十得五六，宦游南北，因循中辍。投老家居，日以无事，行乐之暇，不度芜浅，既次其韵，因旧注惜不忍去，搜考所知，再加笺释。又不幸病目，无与乎简牍之观，遂命子澂、洎、孙端仁，参夫讨绎，俾之编缀，用偿夙志焉耳。在昔圣人，犹曰有所不知，丘盖阙如。顾惟闻见之寡，兹所不免，但藏箧中，以贻来裔，非敢示诸博古之君子"，因为杜甫作诗有"引物连类,掎摭前事"的习惯,所以要读懂杜诗,就不得不"渔猎书部",在图书典籍中如同捕鱼打猎一样搜寻出处。在搜考之后,又加以笺释。"丘盖阙如","丘"指孔丘、孔子,圣人尚且有很多不知道的东西付诸阙如,何况自己这样的人呢?我们看古人著述,要注意序。一个人的序,可能阐释学的思路还不是那么明显,如果看一群人的序,就能够从中找出共同的规律,就可以发现中国古代的阐释者有哪些共同的心理、共同的学术原则,他们之间的差异在哪里,他们想告诉读者什么,或者他们想对古人证明什么,等等,这里面有很多值得思考、进一步探讨的问题。

黄希、黄鹤《补注杜诗》表明了同样的"以才学为注"的倾向。其卷首有吴文《补注杜诗跋》。"山谷尝谓:老杜作诗,无一字无来处,第恨后人读书少,不足以知之。今生乎数百载之后,欲探古人之心于数百载之前",这就是时间距离,时过境迁,语言有变化,环境有变化,如何能"探古人之心于数百载之前"呢?所以"凡诸家笺注之所未通者,皆断以己见,自非胸中有万卷书,其敢任此责耶?黄氏之于此诗,盖如班、马父子之作史,凡两世用工矣",黄希、黄鹤父子注杜诗,花了两代人的工夫才注出来,所以用班彪和班固、司马谈和司马迁父子来作比喻。"积两世之学以研精覃思,是宜援据淹该,非诸家之所敢望也。博洽君子以诸家旧注与此合而观之,则是非得失当有能辨之者",这里称赞黄希、黄鹤父子的注释"援据淹该",意味着宋人认定优秀的注释者的标准,不仅在

边注:

子澄、洎、孙端仁,参夫讨绎,俾之编缀,用偿夙志焉耳。在昔圣人,犹曰有所不知,丘盖阙如。顾惟闻见之寡,兹所不免,但藏箧中,以贻来裔,非敢示诸博古之君子。(《增注杜工部诗序》)

山谷尝谓:老杜作诗,无一字无来处,第恨后人读书少,不足以知之。今生乎数百载之后,欲探古人之心于数百载之前,凡诸家笺注之所未通者,皆断以己见,自非胸中有万卷书,其敢任此责耶?黄氏之于此诗,盖如班、马父子之作史,凡两世用工矣。积两世之学以研精覃思,是宜援据淹该,非诸家之所敢望也。博洽君子以诸家旧注与此合而观之,则是非得失当有能辨之者。(《补注杜诗跋》)

于是否能揭示作者的"原本立意始末",而且要看他的注释本身是否拥有渊博的知识,是否能旁征博引,也就是说是否能真正做到"以才学为注"。

这一讲主要讲宋代,从"以故为新"的写作态度到"以才学为注"的注释态度。宋代出现了很奇特的景观,即当代人注当代诗,这些当代诗人都是当代的大家,当然也有对前代的注释。如"千家注杜"、"五百家注韩"、"百家注苏轼",千家、五百家、百家,本身就说明杜甫、韩愈、苏轼在宋代是经典性的。所以有些同学问我该读哪些书,我说研究唐宋文学的,李、杜、韩、苏、黄五家诗你弄清楚了,读其他人的诗就相对容易了。

还有一种现象值得注意,就像注杜时"设为事实"、编造本事的情况那样,注释苏诗者也会为苏诗中的某些词语编造出处。"事"这个字,在宋代诗歌阐释学中包含两个意义,一是"本事"的"事",有关诗歌创作背景的故事;二是"用事"的"事",指诗歌使用的典故,有文献出处的词语和故事。由于苏轼读书多而博,才气又大,所以注释者往往会对其所用的词语疑神疑鬼,总觉得有出处。比如苏轼有《雪后书北台壁二首》,这是两首咏雪的诗,两首诗的末句分别用"尖"字和"叉"字为韵,后世称为"尖叉诗",是著名的险韵诗的代表,王安石、苏辙都有和诗。第二首诗中有两句"冻合玉楼寒起粟,光摇银海眩生花",从字面上看"玉楼"、"银海"似乎都是写雪景。但赵令畤《侯鲭录》引用王安石的解释,说这是用道书典故,"玉楼"是肩膀,"银海"是眼睛。我们去查道

注释苏诗者也会为苏诗中的某些词语编造出处

书，发现里面没有这样的记载。赵令畤曾与东坡有交往，但记载仍有错误，道听途说。这个道书典故显然是编造出来的，正如注杜中的"设为事实"。然而，后人以讹传讹，南宋人所作诗歌中，"银海"就常常被用来指眼睛了。这种注释就是小说家言。另外第一首诗中最后两句是"试扫北台看马耳，未随埋没有双尖"，北台在密州，就是著名的超然台。密州有两座山，一座是常山，另外一座是马耳山。苏轼《超然台记》曾经写道："南望马耳、常山，出没隐见。"所以这首咏雪诗里描写的是下雪之后"千岩俱缟"的景象，意思是群山为雪所封，仅露出马耳山的双尖峰。赵次公注也说："马耳，山名也。"然而南宋孙奕《履斋示儿编》提出另一种解释，他认为"马耳"是指马耳菜，并引证一个故事："雪夜王晋之与霍辩对谈，雪盈尺。王曰：'雪太深乎？'霍曰：'看北台马耳菜何如？'左右曰：'有两尖在。'坡盖用此。"这当然不可信，孙奕的注释虽号称有故事为证，但情理上很有问题，正如王文诰在此诗案语中所驳斥的那样："如以菜论，是此菜种于台之上矣。远则漫无所别，何以独见此菜双尖乎？"更重要的是，孙奕所说的"王晋之与霍辩雪夜对谈"的故事，根本就是一种无中生有的捏造，王晋之、霍辩史无其人。关于这一点，莫砺锋教授在《苏诗札记》中有透彻的说明，认为孙书中的"马耳"一条很可能来自苏诗的伪注（《推陈出新的宋诗》，辽宁古籍出版社1995年版）。

<small>杜诗、苏诗中的"伪注"，是宋人阐释思路推向极端的产物</small>

这种杜诗、苏诗中的"伪注"，是宋人阐释思路推向极端的产物：既然"本事"可确定"本意"、"本义"，那么注释者不妨编造"本事"来兜售自己的理解；既然被

注的诗歌"无一字无来处",那么注释者不妨编造"来处"以证明自己的博学。所以,无论是"年谱式思维方式"与"知人论世"之学,还是"抉隐发藏"的"以才学为注",一旦成为一种决定注释著作价值的普遍原则,那么利用此原则贩卖伪劣产品的弊端就不可避免会出现。这是我们研究古人的阐释思路和方法时需要随时警惕的。

第九讲

从去意图、尚韵味到反诠释、非诗史倾向

第一节　无意于文

宋代的阐释学还发展出另外一种倾向,即反对从比兴寄托的角度去解释诗歌本意的方法。我们在第四讲曾经谈到,宋代人关于诗之"兴"的理解,主要不在于寄托,或者说"兴寄",而在于触发情感,或者说"发兴"。寄托是一种有意的创作,而触发是一种无意的创作,两者的态度差别很大。

<small>兴寄：有意创作
发兴：无意创作</small>

"无意于文"是宋代诗歌创作的一个重要理念,在一些宋代诗人看来,一旦"有意"作诗,就落入了第二义。同样如果从"有意"的角度来理解诗作,也是落入第二义。先看黄庭坚的《大雅堂记》。大雅堂在眉山的丹棱县,该县有个姓杨的人搜集了一些杜甫的诗,修了一座大雅堂。当时黄庭坚正好贬官到四川,到了青神县,青神县紧挨着丹棱,这个姓杨的人就请黄庭坚写记,于是有了《大雅堂记》。在《大雅堂记》中,黄庭坚有一个观点:"子美诗妙处,乃在无意于文。夫无意而意已至,非广之以《国风》《雅》《颂》,深之以《离骚》《九歌》,安能咀嚼其意味,闯然入其门耶?故使后生辈自求之,则得之深矣。使后之登大雅堂者,能以余说而求之,则思过半矣。彼喜穿凿者,弃其大旨,取其发兴于所遇林泉人物草木鱼虫,以为物物皆有所托,如世间商度隐语者,则子美之诗委地矣。"黄庭坚这段话的意思是说,杜诗的最高妙之处在于"无意于文",而不是有意识地去作文。杜诗的"无意于文"本来与他的生活有关,但黄庭坚这里

要指导后生读书,所以没有强调生活这个方面,而是从读书方面去说。杜甫熟读《风》《雅》《颂》《离骚》《九歌》之类,有深厚的修养,所以无意间就把这些写进了诗歌中,以至自己的诗与这些作品有相合之处。如果我们不知道杜甫有《风》《雅》《颂》《离骚》《九歌》的知识储备,就无法很好地理解杜诗。然而有些解释杜诗的人,喜欢穿凿附会,把无意间触发杜甫写诗兴趣的自然景物,都看作杜甫有意寄托思想的物象,于是像猜谜语一样,用索隐的方法去解释这些鸟兽虫鱼寄托了什么,那些林泉草木又寄托什么。黄庭坚认为,这样"商度隐语"的方法,完全丧失了杜诗的价值。后来元好问在他的《杜诗学引》中也引用了这个观点。黄庭坚曾经要求他的外甥要"点铁成金",实际上他更强调要多读书,读多了才能"理得而辞顺",化为自己胸中固有的一种文化修养。苏轼所说的"腹有诗书气自华"也是这个意思,读书会改变人的气质、风度、语言习惯。所以我们在黄庭坚的书信里面可以看到他劝告后生读书的很多名言,其中有一句名言是"胸中有万卷书,笔下无一点尘俗气"。

宋代很多人都提倡读书,跟书籍印刷发展有很大关系,印刷改变了阅读习惯。但这里黄庭坚特别批评了注杜的情况。黄庭坚的时代还没有"千家注杜",但是注杜的人已经很多很多了。庆历以前诗坛最受关注的是韩愈,北宋中叶以后杜甫的名气逐渐盖过韩愈,成了诗坛标志性的人物,像王安石、张方平都提倡杜甫的诗,所以杜诗的注释者非常多。但当时很多人把杜甫的诗当作谜语来猜，"以为物物皆有所托，如世间商度隐语者"，把杜甫的诗当作李商隐的诗来读。当时有几个人就是这么做的，如题名为梅尧臣的《续金针诗格》、张商英的《律诗格》、惠洪的《天厨禁脔》。《诗人玉屑》收有这三人对杜甫的评论。《金针诗格》题名为白居易，是告诉读者作诗的方法。诗格类的作品很多就是诗歌的口诀与法则，没有什么理论性，一般的文学批评史都是比较忽视的，但它们是一种文学现象，是一种启蒙性读物。当然它们的学术性比较糟糕，比如《续金针诗格》评杜甫"旌旗日暖龙蛇动，宫殿风微燕雀高"，说旌旗喻号令，日暖喻明时，龙蛇喻君臣，意思是号令正当明时，君出号令，臣奉行；又说宫殿喻朝廷，风微喻政教，燕雀喻小人，意思是朝廷政教使小人受到风化。又比如《天厨禁脔》也把"老妻画纸为棋局，稚子敲针作钓钩"这样的日常生活书写，看作政治隐喻，用君臣、父子关系等观念去穿凿附会，认为杜甫诗每一辞句皆有寄托，这非常荒谬。这种解释方法在宋代非常盛行，正是黄庭坚所坚决反对的。

_{宋人注杜诗，多穿凿附会，认为杜诗每一辞句皆有寄托}

关于"无意于文"，还可以看吕本中的一篇文章《夏均父诗集序》，他在其中提出了著名的"活法"说。夏均父即夏倪，是《江西宗派图》中的二十五名诗人之一，吕本中在《夏均父诗集序》中，说完"活法"说之后，认为"活法"还是"有意于文者之法，而非无意于文者之法"，更高明的诗法是无意于文。

_{活法}

"无意于文"在宋代是一个非常重要的创作理念，陆

游有两句诗——"文章本天成,妙手偶得之",代表了宋人对诗歌的最高标准的看法。这与唐代不一样。唐代李贺有一句诗,代表了唐人对文学的认识——"笔补造化天无功"(《高轩过》),主张人力对造化不足的弥补,这与宋人"偶然"、"天成"、"无意"的观念很不相同。杨万里的《答建康府大军库监门徐达书》更加突出了这种观念,他把诗歌分为三个等级:"大抵诗之作也,兴,上也;赋,次也;赓和,不得已也。""赓和"就是唱酬。接着他解释为什么兴是上,赋是次,赓和是最差:"我初无意于作是诗,而是物、是事适然触乎我,我之意亦适然感乎是物、是事。触先焉,感随焉,而是诗出焉,我何与哉?天也!斯之谓兴。"因为"兴"是天然的,就是诗人本来无意于写诗,但是被外在事物触动和刺激,所以就写诗了,这诗不是自己"写"的,而是天然形成的,得之于天。就像我今天走到化学楼前,不得不拍银杏树,不是我有意要拍它,而是它太美了。杨万里说不是他自己要写诗,"触"和"感"非常重要。前面我们讲"比兴"的时候曾经讲到宋代人对"兴"的解释,其中的核心关键词就是"触","触"在苏轼、罗大经等的著作中都出现过,比如:"意有所触乎当时,时已去而不可知,故其类可以意推,而不可以言解也。"(《苏轼文集》卷二《诗论》)这个"兴"是作诗的最高等级。其次的等级是"赋",什么是"赋"呢?"或属意一花,或分题一草,指某物课一咏,立某题征一篇,是已非天矣,然犹专乎我也,斯之谓赋。""赋"有点"赋得"的意思,是自己想作诗,比如看到一朵牡丹

> 大抵诗之作也,兴,上也;赋,次也;赓和,不得已也。我初无意于作是诗,而是物、是事适然触乎我,我之意亦适然感乎是物、是事。触先焉,感随焉,而是诗出焉,我何与哉?天也!斯之谓兴。或属意一花,或分题一草,指某物课一咏,立某题征一篇,是已非天矣,然犹专乎我也,斯之谓赋。至于赓和,则孰触之?孰感之?孰题之哉?人而已矣。出乎天,犹惧笺乎天;专乎我,犹惧弦乎我。今牵乎人而已矣,尚冀其有一铢之天、一黍之我乎?盖我未尝觌是物,而逆追彼之觌;我不欲用是韵,而抑从彼之用,虽李、杜能之乎?而李、杜不为也。(《答建康府大军库监门徐达书》)

花,于是想歌咏它。就像我们望江诗社的做法,先出一个题,大家按照题来写诗,但个人的主观能动性还在,"专乎我",我可以考虑怎么围绕这个题写得天衣无缝,写得最圆满。第三个等级就是"赓和":"至于赓和,则孰触之?孰感之?孰题之哉?人而已矣。"这里的"人"指他人。"出乎天,犹惧笺乎天;专乎我,犹惧弦乎我。今牵乎人而已矣,尚冀其有一铢之天、一黍之我乎?盖我未尝觌是物,而逆追彼之觌;我不欲用是韵,而抑从彼之用,虽李、杜能之乎?而李、杜不为也。"诗歌在古代也是一种外交的手段,是文化礼仪的一个部分,"赓和"就是自己本来不打算写诗,但是有个朋友写了诗寄来,叫自己次韵,出于外交的或礼节的或应酬的等各种各样的原因,不得不写诗,这就是得之于人(他人)。"笺"就是"笺注"。"出乎天,犹惧笺乎天"是害怕不能天然,害怕对"天"的笺注;"专乎我,犹惧弦乎我",是害怕与自己之前写的如和弦一样相重合。被人牵着走,还能写出有自我的诗吗?不能了。这是最低级的一个层次。

前面这种观点,苏轼和黄庭坚都提到过,但苏轼、黄庭坚的创作实践却经常是第三种,即赓和,这类作品占了他们创作的大约一半。怎么理解这种理论与实践的矛盾呢?我们或许可以这样理解:苏轼、黄庭坚这样的诗人才气太高,作出的次韵诗,经常比别人的原倡还要好。比如苏轼有一首词《水龙吟·次韵章质夫杨花词》,一点都看不出次韵的痕迹。"无意于文"这个理念在宋代很流行,杨万里把它推向了一个极端。"无意于文"对读者或阐释者来说比较困难：作者当时是因为有所触动而写作，现在要去寻找"立意始末"，了解他的创作意图，就比较困难。由此，引发出一些不同的阐释学思路。

第二节 九方皋相马

下面先看"知音"的问题。欧阳修《唐薛稷书跋》本来是论书法的，但顺便谈到了作诗。欧阳修与梅尧臣关系很好，两人都认为对方是自己的知音："昔梅圣俞作诗，独以吾为知音。吾亦自谓举世之人知梅诗者莫吾若也。吾尝问渠最得意处，渠诵数句，皆非吾赏者。以此知披图所赏，未必得秉笔之人本意也。"本来是审美趣味的问题，但欧阳修把它纳入阐释学的思路，变成是否能得到作者本意的问题。不同的人，阅读立场也不相同。

许尹《黄陈诗集注序》："虽然，论画者可以形似，而捧心者难言；闻弦者可以数知，而至音者难说。天下之理，涉于形名度数者，可传也；其出于形名度数之表者，不可得而传也。"这样的观点，来自我们前面所讲的"言不尽意"，我们讲言意之辨的时候，荀粲就说过类似的话。"昔后山答秦少章云：'仆之诗，豫章之诗也。然仆所闻于豫章，愿言其详。豫章不以语仆，仆亦不能为足下道也。'呜呼！后山之言殆谓是耶？"后山是陈师道，秦少章是秦观的弟弟秦觏，豫章是黄庭坚。陈师道诗学黄庭坚，但他对秦少章说，黄庭坚并没有告诉他如何作诗。这有点像轮扁斫轮，精微要妙的地方说不出来。"今子渊既以所

虽然，论画者可以形似，而捧心者难言；闻弦者可以数知，而至音者难说。天下之理，涉于形名度数者，可传也；其出于形名度数之表者，不可得而传也。昔后山答秦少章云："仆之诗，豫章之诗也。然仆所闻于豫章，愿言其详。豫章不以语仆，仆亦不能为足下道也。"呜呼！后山之言殆谓是耶？今子渊既以所得于二公者，

得于二公者，笔之于书矣。若乃精微要妙，如古所谓味外味者，虽使黄陈复生，不能以相授，子渊尚得而言乎？学者宜自得之，可也。"子渊就是任渊。二公指黄庭坚、陈师道。任渊的《山谷诗注》《后山诗注》已经出了，但黄庭坚、陈师道诗的"精微要妙"，就像是"味外味"。"味外味"典出司空图《与李生论诗书》里说的"味外之旨"，"旨"就是味的意思，"味外味"是宋代人对司空图诗论的简单概括。即使作者重生，"味外味"也说不出来，要靠读者去理解。一旦作品形成以后，所有权就不再属于作者，就像一支箭射出去，落在什么靶子上，跟作者已经没有关系了，也就是后来法国学者罗兰·巴特（Roland Barthes）说的"上帝死了"或"作者死了"。注释者只能注释典故、注释形名度数、注释诗意，但是有比诗意更精微的东西，从诗意里得出的感受、味道，每个人有自己不同的体会，"味外味"是不能解释的。比如"遥知兄弟登高处，遍插茱萸少一人"这句诗，是要随着年龄的增长和生活阅历的丰富才能体会到其中的"味外味"。许尹《黄陈诗集注序》前面说任渊的注是如何好，后面又说其中的"味外味"要靠读者自己去体会，一篇序中包含了这样两层意思。

那么怎么才能阐释诗歌文本"出于形名度数之表者"呢？古人提出了一种类似"九方皋相马"的解释方法。"九方皋相马"是一个比喻，其实就是我们所说的"得意忘言"在注释里面的体现。这个故事本来出自《列子·说符》，我们前面已讲过。相马高手伯乐认为：九方皋相马高不可及

> 笔之于书矣。若乃精微要妙，如古所谓味外味者，虽使黄陈复生，不能以相授，子渊尚得而言乎？学者宜自得之，可也。（《黄陈诗集注序》）

"九方皋相马"其实就是"得意忘言"在注释中的体现

之处，在于他能"观天机"、"得其精而忘其粗，在其内而忘其外"。《列子》据说是伪书，有东晋张湛注。但无论如何，"九方皋相马"的故事深入人心，历代学者爱用来比喻"得其精而忘其粗"的认识事物的方法。《世说新语·轻诋》刘孝标注引《支遁传》："遁每标举会宗，而不留心象喻，解释章句，或有所漏。文字之徒，多以为疑。谢安石闻而善之曰：'此九方皋之相马也，略其玄黄，而取其俊逸。'"支遁就是支道林，支道林曾经用佛教观念注《庄子》，对一般的读者来说，支道林的注释有点问题，学术含量不高，字句都没有讲清楚，但谢安很欣赏他的注释。"九方皋相马"作为一种方法的比喻，即略其玄黄，取其俊逸，也就是略其形名度数，取形名度数之表者。宋代陈善《扪虱新话》中曾说："知九方皋相马法，则可以观人文章。"可见这是宋人认可的一种阅读理解的普遍方法。《扪虱新话》打通佛、儒，在宋代的笔记小说里带有理论色彩，有点像罗大经的《鹤林玉露》。但是读书是否可以只取其大意，当然这要分不同的书，有些书需要细读精读。

现在学术界有人提倡把研究杜甫诗的学问称为"杜诗学"，并将其源头追溯到金代元好问。"杜诗学"本是元好问编的一本书的书名，内容包括杜甫的传志、年谱和唐以来评杜的言论。元好问自撰的《杜诗学引》是一篇很重要的文章，他提出关于注释杜诗的一些观点："杜诗注六七十家，发明隐奥，不可谓无功，至于凿空架虚，旁引曲证，鳞杂米盐，反为芜累者亦多矣。要之，蜀人赵次公作证误，所得颇多，托名于东坡者为最妄。……切尝谓子美之妙,释氏所谓学至于无学者耳。"佛教中关于"学至于无学"的比喻比较多,比如宋僧知讷《证道歌注》说:"有无不学,至于无学,谓之绝学。"道家也有类似的说法,比如《老子》所谓的"为学日益,为道日损"。杜甫诗的妙处在哪里?"今观其诗,如元气淋漓,随物赋形,如三江五湖,合而为海,浩浩瀚瀚,无有涯涘,如祥光庆云,千变万化,不可名状,固学者之所以动心而骇目。""元气淋漓"是用的杜甫的话,杜甫有一首诗《奉先刘少府新画山水障歌》写画家画画,"元气淋漓障犹湿"。"随物赋形"是苏轼的说法。"三江五湖"是黄庭坚的说法,他称赞苏轼诗"公如大国楚,吞五湖三江"。元好问这里借用杜甫的话、苏轼的话、黄庭坚的话来称赞杜诗的千汇万状,可能自己也没有意识到是借用,但这些话都是有出处的。"及读之熟,求之深,含咀之久,则九经百氏,古今精华,所以膏润其笔端者,犹可仿佛其余韵也。夫金屑、丹砂、芝朮、参桂,识者例能指名之。至于合而为剂,其君臣佐使之互用,甘苦酸盐之相入,有不可复以金屑、丹砂、芝朮、参桂名之者矣。故谓杜诗为无一字无来处,亦可也;谓不从古人中来,亦可也。前人论子美用故事,有着盐水中之喻,固善矣。但未知九方皋之相马,得天机于灭没存亡之间,物色牝牡,人所共知者,为可略耳。"杜甫有两句诗"五更鼓角声悲壮,三峡星河影动摇",其实"声悲壮"、"影动摇"都是有出处的,但是一般读者看不出来,这就是"水中着盐"——盐融在水中看不出来,要饮水才知道有盐味,是用典的最高境界。"灭没"一词出

妙,释氏所谓学至于无学者耳。今观其诗,如元气淋漓,随物赋形,如三江五湖,合而为海,浩浩瀚瀚,无有涯涘,如祥光庆云,千变万化,不可名状,固学者之所以动心而骇目。及读之熟,求之深,含咀之久,则九经百氏,古今精华,所以膏润其笔端者,犹可仿佛其余韵也。夫金屑、丹砂、芝朮、参桂,识者例能指名之。至于合而为剂,其君臣佐使之互用,甘苦酸盐之相入,有不可复以金屑、丹砂、芝朮、参桂名之者矣。故谓杜诗为无一字无来处,亦可也;谓不从古人中来,亦可也。前人论子美用故事,有着盐水中之喻,固善矣。但未知九方皋之相马,得天机于灭没存亡之间,物色牝牡,人所共知者,为可略耳。先东岩君有言,近世唯山谷最知子美……山谷之不注杜诗,试取《大雅堂记》读之,则知此公注杜诗已竟,可为知者道,难为俗人言也。(《杜诗学引》)

自《列子·说符》"若灭若没",是专门形容骏马的,奔跑的时候快得连影子都看不清了。注释者不要注大家都知道的"物色牝牡"之类的外在的东西,而应该发掘诗歌中蕴藏的"天机"。元好问认为黄庭坚才是杜甫的知音:"近世唯山谷最知子美……山谷之不注杜诗,试取《大雅堂记》读之,则知此公注杜诗已竟,可为知者道,难为俗人言也。"元好问的这篇文章,不仅有道家学说,也有佛家学说在其中。"已竟"的说法特别像禅宗公案"傅大士讲经竟",傅大士什么也没有讲,但已经是"讲经竟",强调不要执着于表面的文字。《大雅堂记》也是告诉人们不要执着于杜诗的文字,元好问认为《大雅堂记》已经把杜诗注完了。我们把《大雅堂记》和《杜诗学引》合起来看就知道,元好问真正继承了黄庭坚的精神。

第三节　去意尚味

在南宋,杜诗学发达的同时,又出现另一种思潮——"尚味"。这种思潮萌芽于南宋,明代发展到极致。杨万里《颐庵诗稿序》是设想两个人的对话,回答者是杨万里自己:"夫诗,何为者也?尚其词而已矣。曰:善诗者去词。然则尚其意而已矣。曰:善诗者去意。然则去词去意,则诗安在乎?曰:去词去意,而诗有在矣。然则诗果焉在?曰:尝食乎饴与荼乎?人孰不饴之嗜也,初而甘,卒而酸。至于荼也,人病其苦也,然苦未既,而不胜其甘。诗亦如是而已矣。""饴"是麦芽糖,先甜后酸。而"荼"先

_{夫诗,何为者也?尚其词而已矣。曰:善诗者去词。然则尚其意而已矣。曰:善诗者去意。然则去词去意,则诗安在乎?曰:去词去意,而诗有在矣。然则诗果焉在?曰:尝食乎饴与荼乎?人孰不饴之嗜也,初而甘,卒而酸。至于荼也,人病其苦也,然苦未既,而不}

苦后甘。诗应该像茶一样，先苦后甜。"昔者暴公谮苏公，而苏公刺之，今求其诗，无刺之之词，亦不见刺之之意也。乃曰：'二人从行，谁为此祸？'使暴公闻之，未尝指我也，然非我其谁哉？外不敢怒，而其中愧死矣。"苏公讽刺暴公的事情，见于《诗经·小雅·何人斯》，诗小序说："苏公刺暴公也。暴公为卿士，而谮苏公焉，故苏公作是诗以绝之。"苏公讽刺背后诋毁他的暴公，但是没有用讽刺的词语，这就非常高明。杨万里认为："《三百篇》之后，此味绝矣，惟晚唐诸子差近之。寄边衣曰：'寄到玉关应万里，戍人犹在玉关西。'吊战场曰：'可怜无定河边骨，犹是春闺梦里人。'折杨柳曰：'羌笛何须怨杨柳，春光不度玉门关。'《三百篇》之遗味，黯然犹存也。"这里有一些知识错误，我们知道，王之涣是盛唐诗人，而不是晚唐人。在宋代诗学中，"晚唐"是不好的词，宋人常称晚唐"格调卑下"，比如陆游对晚唐诗非常痛恨，严羽《沧浪诗话》称"不作开元天宝以下人物"。杨万里是一个特例，比较喜欢晚唐绝句，尤其是陆龟蒙的诗。杨万里每到一个地方当官就编一个小集，《诚斋集》共有九集，每集的序中记载了自己诗歌的进步，一开始学黄庭坚、陈师道，后学王安石，再学晚唐诸子，然后学《国风》，不断创新，不断变化。宋代人普遍鄙视晚唐体，是因为宋人"尚意"，要让读者一眼看出诗歌所要表达的意义，由此就略乏含蓄，比如苏轼"不识庐山真面目，只缘身在此山中"直接把道理说出来了；王安石"不畏浮云遮望眼，只缘身在最高层"有议论成分；欧阳修写画眉鸟"始知锁向金笼听，不及林间自

胜其甘。诗亦如是而已矣。昔者暴公谮苏公，而苏公刺之，今求其诗，无刺之之词，亦不见刺之之意也。乃曰："二人从行，谁为此祸？"使暴公闻之，未尝指我也，然非我其谁哉？外不敢怒，而其中愧死矣。《三百篇》之后，此味绝矣，惟晚唐诸子差近之。寄边衣曰："寄到玉关应万里，戍人犹在玉关西。"吊战场曰："可怜无定河边骨，犹是春闺梦里人。"折杨柳曰："羌笛何须怨杨柳，春光不度玉门关。"《三百篇》之遗味，黯然犹存也。（《颐庵诗稿序》）

在啼"出现了一个判断,把自己的想法、理念直接说出来了;朱熹的"问渠那得清如许,为有源头活水来"也是如此,我们很容易把握其中的意义。这就是所谓的"尚意"。尚意的诗即使是用意象,意象之间也有一些判断性的词,包括苏轼的"欲把西湖比西子,淡妆浓抹总相宜",也是表达一种"意",不是"言外之意",而是意就在言中。杨万里喜欢"去意尚昧"的诗,不直接把意思说出来的诗。司空图曾经讲过"味外之旨"(味外味);梅尧臣说过"状难写之景如在目前,含不尽之意见于言外",举了温庭筠"鸡声茅店月,人迹板桥霜"为例。杨万里所欣赏的"《三百篇》之遗味"实际上就是继承这一条线索下来的。

我们再看南宋后期的徐鹿卿所作的《跋黄瀛父适意集》:"余幼读少陵诗,知其辞而未知其义。少长,知其义而未知其味。迨今则略知其味矣。"他最开始的时候,喜欢的是诗的辞藻;后来有了一些阅读的经验,就懂得了诗歌的意义;随着年龄的增长,有了一些人生经历之后,看到的就不仅是诗歌的意义了,还有同情的理解,化成了一种"味"。比如杜甫有一首《赠卫八处士》:"人生不相见,动如参与商。今夕复何夕,共此灯烛光。少壮能几时,鬓发各已苍。访旧半为鬼,惊呼热中肠。焉知二十载,重上君子堂。昔别君未婚,儿女忽成行。怡然敬父执,问我来何方。问答乃未已,儿女罗酒浆。夜雨剪春韭,新炊间黄粱。主称会面难,一举累十觞。十觞亦不醉,感子故意长。明日隔山岳,世事两茫茫。"它除了"意"之外,还有一种"味",写得非常平淡,我们根本没办法去分析,

第九讲 从去意图、尚韵味到反诠释、非诗史倾向

语言可以表现思想，但有时候情绪、感受、体验是语言无法表达的，这是语言的局限性，也就是它的"味"。但有时候语言也有它的魅力，通过词语的组合，能表达出深刻的体验和感受。杨万里用先苦后甜的"荼"来比喻"味"。在宋代，更多是用"橄榄"来比喻宋诗的味，把宋诗比作橄榄，唐诗比作荔枝。欧阳修论梅尧臣的诗，就称之为橄榄。

再看罗大经《鹤林玉露》乙编卷四："诗莫尚乎兴。圣人言语，亦有专是兴者。如'逝者如斯夫，不舍昼夜'，'山梁雌雉，时哉时哉'，无非兴也，特不曾檃括协韵尔。盖兴者，因物感触，言在于此，而意寄于彼，玩味乃可识，非若赋比之直言其事也。""逝者如斯夫，不舍昼夜"出自《论语·子罕》，是孔子感叹人生流逝的话。"山梁雌雉，时哉时哉"出自《论语·乡党》，孔子行于山梁，见到雌雉飞下来，感叹山梁雌雉得其时，而人不得其时。罗大经认为，这些因物而引起的感叹都是"兴"的体现，只不过孔子的感叹没有改写成押韵的诗歌罢了。"檃括"是制作弓箭的一种方法，后来就指诗歌或文章的剪裁，到宋代成为专门体裁——檃括体。《文心雕龙》用过"檃括"一词，整体都是用工艺制作比喻文学创作，里面提到的"檃括"只是剪裁、制造的意思。宋代的檃括体中，檃括词最多，比如苏轼把韩愈的一首诗《听颖师弹琴》改写为《水调歌头》，又比如欧阳修的《醉翁亭记》，黄庭坚把它改写成《瑞鹤仙》。宋代甚至有诗人专门写檃括词的，檃括的对象一般都是经典作品，由一种文体

> 檃括体

改写为另一种文体。我们现在说改写，但檃括与改写又不一样，它一般不是字数的增加，而是字数的减少。比如韩愈《听颖师弹琴》:"昵昵儿女语，恩怨相尔汝。划然变轩昂，勇士赴敌场。浮云柳絮无根蒂，天地阔远随飞扬。喧啾百鸟群，忽见孤凤皇。跻攀分寸不可上，失势一落千丈强。嗟余有两耳，未省听丝篁。自闻颖师弹，起坐在一旁。推手遽止之，湿衣泪滂滂。颖乎尔诚能，无以冰炭置我肠。"苏轼的檃括词《水调歌头》:"昵昵儿女语，灯火夜微明。恩怨尔汝来去，弹指泪和声。忽变轩昂勇士，一鼓填然作气，千里不留行。回首暮云远，飞絮搅青冥。　　众禽里，真彩凤，独不鸣。跻攀寸步千险，一落百寻轻。烦子指间风雨，置我肠中冰炭，起坐不能平。推手从归去，无泪与君倾。"是对韩愈诗的改写，保留了一些关键性的词语，自己又作了一些化用，以符合词的格律。檃括实际上是宋代人的一种文字游戏，我们也可以说是语言艺术的实验，虽然没有原创性，但展示了语言艺术的多种可能性。我曾经用《浪淘沙》檃括徐志摩的《沙扬娜拉》:"最是一低头，无限温柔。凉风水面送飕飗。恰似莲花摇曳态，怎地娇羞。　　珍重更迟留，半敛星眸。一声甜蜜带忧愁。左样奈良人去也，欲忆还休。"语言要自由地穿梭于古今中外之间，这其实就是语言的一种可能性。

回到《鹤林玉露》，"言在于此，而意寄于彼"，言与意分离了，不是同一体了。更重要的是彼处的"意"是难以把握的，难以用索隐的方法猜测的。"玩味乃可识，非若赋比之直言其事也",但是"玩味"这个词本身,就是一个解构意义的概念。既然"意"无法把握,那么读诗者怎么去体会那种"味"?这就埋下了一个伏笔。于是到明代出现了一种反诠释、反阐释的倾向,主张杜诗不必注,直接用白文版或评点版。评点与注释不一样,经常就评一个字"妙"、"好"等之类。如果按照这样来理解的话,那么任何一种固定的阐释,都不能传递作者的"味",因为任何阐释都是把"味"固定下来了,而"味"是不能固定的。所以阐释学的另一种思路就自然出现了——"观诗各随所得"。关于这一点,我们在后面要讲到。

> 明代出现了一种反诠释、反阐释的倾向

第四节 水月镜象

严羽《沧浪诗话·诗辨》:"盛唐诸人,惟在兴趣,羚羊挂角,无迹可求。故其妙处,透彻玲珑,不可凑泊。如空中之音,相中之色,水中之月,镜中之象,言有尽而意无穷。""水月镜象"在宋代以前的诗论里很少使用。关于"兴趣",我有一篇文章《〈沧浪诗话〉的隐喻系统和诗学旨趣新论》,写了六点,与前人的一些说法进行商榷。一般认为,"兴趣"以王维、孟浩然诗为代表,但其实在《沧浪诗话》中,严羽最推崇的是李白、杜甫。"兴趣"最根本的是"感兴的趣味"。与"兴趣"相近的词语是"兴致"、"意兴"。严羽说宋人作诗"不问兴致",又说"唐人尚意兴"。一个抽象的理论,古人建构体系必定是在作品的基础上进行的,我们就要看严羽欣赏的是什么

> "兴趣"最根本的是"感兴的趣味"

样的作品。王维的作品，严羽没有提到过。我们之所以会感觉"兴趣"跟王维诗有关系，是因为受了清代王士禛"神韵说"的误导。关于这一点，我们在第五讲中已经讲过。在《沧浪诗话》中，王维出现过两次，两次都像点花名册一样，他的作品一首都没有提到过。李白、杜甫的作品都举了若干首，比如《梦游天姥吟留别》《北征》《兵车行》《三吏》《三别》等。严羽非常推崇楚辞、苏武李陵诗、《胡笳十八拍》，认为唐代最好的诗是征戍、贬谪一类的诗，岑参、高适的边塞诗，韩愈《琴操》之类的"高古"之诗，等等。总之，严羽欣赏的是"令人感动的趣味"。严羽除了《沧浪诗话》以外，还有诗集《沧浪集》。我们看他的作品，有一半是拟古，拟乐府诗、《塞下曲》、《古诗十九首》之类。所以严羽的《沧浪集》和《沧浪诗话》完全是对应的。严羽认为汉魏之诗最好，盛唐诗也好，大历以下诗就不行了。杜诗中一句诗或一首诗里同时出现"诗"、"兴"的，例子有很多很多，李白诗也是如此，譬如"俱怀逸兴壮思飞，欲上青天揽明月"等。"兴趣"两字最早见于杜甫的诗，李白诗中也有"兴"、"趣"二字在同一句出现的。所以严羽的"兴趣"以李白、杜甫的诗为代表，是非常正确的。因此，兴趣不是空灵的、朦胧的、玲珑的趣，而是情感深厚、情感勃发的趣。

接下来我们就面临一个阐释的困境：既然严羽的"兴趣"指的是感情澎湃的诗篇，那么如何解释"盛唐诸人，惟在兴趣，羚羊挂角，无迹可求"这句话呢？严羽说整部《沧浪诗话》的方法论是"以禅喻诗"（见《沧浪诗话》

附《答吴景仙书》),这说明"禅"和"诗"不相等,两者是比喻关系,借用禅宗来比喻诗歌。为什么后来我们会认为有"兴趣"的诗是王维那些"雨中山果落,灯下草虫鸣"之类的作品呢?这是因为受了王士禛《渔洋诗话》的误导。《渔洋诗话》把"以禅喻诗"改成"以禅入诗",或"字字入禅",诗就成了禅。但严羽的原意是两者之间是一种比喻关系,"羚羊挂角,无迹可求",比喻的是语言和思想之间的关系。这就涉及禅宗的一个观念——"不立文字,教外别传",严羽说的"别材"、"别趣"就是这个"别"。"羚羊挂角,无迹可求"出自禅宗的一则公案,雪峰义存对他的学生说:"我若东道西道,汝则寻言逐句;我若羚羊挂角,汝向什么处扪摸?"这就涉及一个问题:一种思想,如果不留下文字的痕迹,那么它怎么表现出来?严羽说:"故其妙处,透彻玲珑,不可凑泊,如空中之音,相中之色,水中之月,镜中之象,言有尽而意无穷。"唐代皎然《诗式》里有八个字:"但见性情,不睹文字。"题名为司空图的《二十四诗品》中有两句:"不着一字,尽得风流。"宋僧惠洪说读经书的时候,识字的人"但见义理,不碍纸墨"(《智证传》)。诗歌语言如果过分深奥和晦涩,那么阅读者就只见文字,不睹性情。"以才学为诗",往往会让阅读者受到文字的障碍。严羽说的是语言的透明性问题,把它比作"空中之音,相中之色,水中之月,镜中之象","空"、"相"、"水"、"镜"代表的是文字,即我们所说的媒介,"音"、"色"、"月"、"象"代表的是意义、思想或情性。传递情性的媒介,是没有障碍的、澄明的,就

> 《渔洋诗话》的误导

> 语言的透明性

是所谓"不隔"。"感兴的趣味"就是不要用语言去遮蔽性情,盛唐诗不像宋代那样以才学为诗、以文字为诗。严羽说的"以文字为诗",反过来就是"不立文字"。这种语言观,来自禅宗。禅宗希望既要表达出禅的道理,又不要用文字,对此禅宗采取的策略是使用指东道西的暗示性的话。但诗歌不能像禅宗那样,诗歌必须要表意,因此诗歌的"不立文字"其实是不用繁琐、晦涩的文字,而用一些让我们感觉不到其存在的透明的文字。

水月镜花　　严羽说的是"水月镜象",后世也有人说成是"水月镜花",使用的比喻大致相近,不过比喻的内容却各有所指。元代揭傒斯《傅与砺诗集序》说道:"天下文章莫难于诗。刘会孟尝序余族兄以直诗,曰:'诗欲离欲近。夫欲离欲近,如水中月,如镜中花,谓之真不可,谓之非真亦不可。谓之真,即不可索;谓之非真,无复真者。'惟德机、与砺知之及此,言之及此,得之及此,故余倾倒于二君焉。"(《傅与砺诗文集·诗集》卷首)揭傒斯为"元诗四大家"之一,另三人为虞集、杨载、范梈。刘辰翁,字会孟,号须溪,是宋代遗民。德机是范梈的字。"离"是远的意思。"欲离欲近"就是欲即欲离的意思,是说既要有距离感,同时又要真切。这实际上是中国美学的一个原则,用西方美学理论来说就是"距离感"或"距离说"。这里主要是从"不可索"的角度去讲的,要有一定的距离感,但同时又要真切,是一种说法的两个方面。诗歌不能是生活的复制品,但同时也不能与生活一点关系都没有;诗似真非真,既在生活之中,又超越生活;诗既在当下,又在远方;诗既熟悉,又陌生。这里讲"水中月"、"镜中花",不是强调语言的透明度,而是强调其似真非真的性质,与严羽的说法有所不同。这告诉我们,同一个比喻,有很多走向,即"形象大于思想"。钱锺书先生曾说"比喻有两柄而复具多边",同一个比喻可以向不同的方向发散。

清人吴景旭《历代诗话》卷六七引元人黄子肃(字清老)述《诗法》:"是以妙悟者,意之所向,透彻玲珑,如空中之音,虽有所闻,不可仿佛;如象外之色,虽有所见,不可描摸;如水中之味,虽有所知,不可求索。……每每有似真非真、似假非假、若有若无、若彼若此之意,为得之。"这就谈到艺术的真实与非真实问题。我们听得到空中的声音,但是形容不出来;象外之色、水中之味,无法描摹和求索。这个观点也是来自禅宗,禅宗有个说法"如人饮水,冷暖自知",我们可以确定一杯水物理上是多少度,但同样温度的水,对于每个人来说,体验是不一样的。更进一步,水中放了盐,我们可以尝出咸的味道,但不能把盐捞出来。这个比喻来自《景德传灯录》中傅大士《心王铭》:"水中盐味,色里胶青,决定是有,不见其形。"黄子肃讲到的是"似真非真、似假非假、若有若无、若彼若此",跟严羽的主张并不一样,但我们可以看到严羽《沧浪诗话》的比喻在后世不断地被引申发挥。

元代王礼《麟原文集》前集卷四《伯颜子中诗集序》:"诗之为道,似易而实难,言近指远者,天下之至言也。先辈有云:诗如镜中灯,水中盐,谓之真不可,谓非真亦不可。盖所咏在此,而意见于彼,言有尽,思无穷,非风

艺术的真实与非真实

人所以感物者乎！"这里用了一个类似的比喻——镜中灯，这在佛教典籍里经常出现，如《华严经疏》里有镜灯之喻。这里的镜中灯其实跟镜中象、镜中花意思差不多，而水中盐的比喻，与黄清老的比喻比较接近，大意是说，诗意是一种摸不着、看不见的东西，言在此而意在彼，只有用自身的经验去体会感受。

到了明代，文学理论体系比宋代更为完善，诗歌理论的自觉意识越来越强烈，"水月镜象"的比喻开始向不同的方向发散。李梦阳《空同集》卷六六《论学下篇第六》："古诗妙在形容之耳，所谓水月镜花，所谓人外之人、言外之言。宋以后则直陈之矣。于是求工于字句，所谓心劳日拙者也。形容之妙，心了了而口不能解，卓如跃如，有而无，无而有。"从这段话可以看出，李梦阳等前后七子之所以提倡"诗必盛唐"，是因为他们认为宋以后的诗太"尚意"，意思表达得过于明确；宋以前，比兴手法相对用得较多，常给人一个比兴的意象去理解。"夜来风雨声，花落知多少"，即使是惜花，也是淡淡的，没有说出来，但我们可以体会到惜花的心情，以及闲适的情绪。到了宋代，这就变成了"试问卷帘人，却道海棠依旧。知否，知否，应是绿肥红瘦"。可见，唐以前的"水月镜花"妙在形容。

明代诗学有两个重要的关键点——"音节"和"意象"。李梦阳、何景明都非常重视音节，何景明特别喜欢王杨卢骆体的风调。这与宋代人不同，宋代人主张历史主义、知识主义、理性主义。历史主义表现为"诗史"的概念,知识主义就是"以才学为诗",理性主义就是作诗讲究"理趣"。这些都是明代人所反对的。

接下来看《王廷相集》卷二八《与郭价夫学士论诗书》:"夫诗贵意象透莹,不喜事实粘着。古谓水中之月,镜中之影,可以目睹,难以实求是也。《三百篇》比兴杂出,意在辞表;《离骚》引喻借论,不露本情。""水中之月,镜中之影"在这里就变成了"含蓄"的代名词。我们读严羽的《沧浪诗话》,往往是用明代人的眼光去读的。"水中之月,镜中之影",严羽说的是不遮蔽本情,这里说的是不露本情;"透彻玲珑",严羽指的是语言,王廷相指的是意象。"不喜事实粘着"的"事实"有两种含义,一种是指典故、典实,一种是指写的题目上规定的事件。所以"意象透莹"不是强调情性,而是注重诗歌的"景中含情",与"兴趣"是不一样的。比如李白的"黄河之水天上来,奔流到海不复回"、"高堂明镜悲白发,朝如青丝暮成雪"、"人生得意须尽欢,莫使金樽空对月",并不是意象,而是情感的爆发,自由的抒写。王廷相主张一种意象主义的诗歌,主张含蓄,不露本情,"兴趣"之"兴"被放逐,而回到了《三百篇》的比兴。《三百篇》的"兴"与"兴趣"之"兴"是不一样的,有一种暗喻、隐喻的意味在里面。

> 王廷相主张一种意象主义的诗歌,主张含蓄,不露本情,"兴趣"之"兴"被放逐

既然诗歌是"水月镜花",那么诗歌不能被注解。所以"后七子"之一谢榛《四溟诗话》卷一说:"诗有可解,不可解,不必解,若水月镜花,勿泥其迹可也。"即有些诗可以注释,有些诗不能注释,也不必去注释。像"水月

镜花"这样的诗,就不要去拘泥,不要去坐实。黄庭坚就曾批评一些杜诗注解过于泥迹,求之过深:"彼喜穿凿者,弃其大旨,取其发兴于所遇林泉人物草木鱼虫,以为物物皆有所托,如世间商度隐语者,则子美之诗委地矣。"(《大雅堂记》)

再看《明文海》卷三〇八胡胤嘉《诗艺存玄选序》。"存玄"这个书名很有意思,唐代和明代都重视"玄"字,唐代的姚合编了一本《极玄集》,后来韦庄续编了一本《又玄集》。在唐代人心目中,诗歌是极其玄妙的东西,明代继承了唐代的观念,所以叫"存玄"。"夫诗异于文也,味之跃然于胸,歌之欲溢于口,而解之卒不易解。水中之月,镜中之花,严仪(卿)氏仿佛言之矣。"他认为自己读的那些诗是不用解的。"今夫怀人者,瞩于其目,致于其心,感而落涕,劳而咳呻;久之而时物之变迁,梦寐之恍惚,皆仿佛焉,踯躅焉,何无已也。及见,而感者忽散,劳者忽畅,而意已尽矣。不见之妙于见,如是也。诗之为道,所最忌者,长言咏叹而意先尽也。故理穷于《易》,情穷于《诗》,法穷于《春秋》。非以能尽为穷,正以其不必尽为穷。伏羲氏画卦,有象而无文,故苞理极;《风》《雅》《颂》有言而无说,故怀情深;圣人作麟史,亦有案而无断,故用法曲。"这里先用见面比喻作诗,唐诗、古诗像没有见面的诗,给人以遐想,"所谓伊人,在水一方";宋诗则像是见面的诗。朦朦胧胧、恍恍惚惚的诗,才是好诗。"水月镜花"这里就被改成了含蓄。接着举了几部儒家经典:"理穷于《易》,情穷于《诗》,法穷于

夫诗异于文也,味之跃然于胸,歌之欲溢于口,而解之卒不易解。水中之月,镜中之花,严仪(卿)氏仿佛言之矣。今夫怀人者,瞩于其目,致于其心,感而落涕,劳而咳呻;久之而时物之变迁,梦寐之恍惚,皆仿佛焉,踯躅焉,何无已也。及见,而感者忽散,劳者忽畅,而意已尽矣。不见之妙于见,如是也。诗之为道,所最忌者,长言咏叹而意先尽也。故理穷于《易》,情穷于《诗》,法穷于《春秋》。非以能尽为穷,正以其不必尽为穷。伏羲氏画卦,有象而无文,故苞理极;《风》《雅》《颂》有言而无说,故怀情深;圣人作麟史,亦有案而无断,故用法曲。(《诗艺存玄选序》)

含蓄

《春秋》。""穷"不等于"尽",而是以不尽包含无穷。这句话让我们联想到汉代董仲舒的"《诗》无达诂,《易》无达占,《春秋》无达辞",但这里是从含蓄的角度而言的,穷和尽是有别的。

总的来说,到了明代,"水月镜花"越来越向意象和含蓄的方向发展,与严羽主张的情性的抒发、感兴的趣味是有所不同的。

第五节 诗不必注

"水月镜花"的阐释学思路,必然引发出"诗不能注";既然"不能注",也就"不必注"。所以到了明代,一些反对诗歌注释的声音就出现了。在宋代,千家注杜、五百家注韩、百家注苏,这种情形在明代遭到了反驳。陈如纶《杜律序》:"杜少陵诗足嗣风雅正响,凡注家谓其句有攸据,意有攸寓,旁质曲证,匪泛即凿,俾读者心目徽缰,莫不了了也。然杜虽思闲而绪密,语迩而旨函,所以言旨者唯此理耳。以意逆志,以我观理,则人己同题,古今一揆,随其所见,各有得矣,讵资注?"陈如纶认为那些杜诗的"注家",都把杜诗的句子看成是有出处的,把意思看成是有寄托的,所以不是泛泛而论,就是穿凿附会。这样就把读者的心灵捆绑起来,固定下来。徽缰,是用绳索捆绑的意思。他认为,每个人读杜诗,都是"以意逆志",以自己的立场来观理,随自己所见,各有所得,因此杜诗就没有必要再注了。"乃因《杜律》虞、赵本钞

> 杜少陵诗足嗣风雅正响,凡注家谓其句有攸据,意有攸寓,旁质曲证,匪泛即凿,俾读者心目徽缰,莫不了了也。然杜虽思闲而绪密,语迩而旨函,所以言旨者唯此理耳。以意逆志,以我观理,则人己同题,古今一揆,随其所见,各有得矣,讵资注?乃因《杜律》虞、赵本钞得五言二百四十章,七言一百五十章,厥注皆削焉。於乎!天下之学散于注诂,岂唯杜哉!岂唯杜哉!(《杜律序》)

得五言二百四十章,七言一百五十章,厥注皆削焉。於乎!天下之学敝于注诂,岂唯杜哉!岂唯杜哉!"于是他把元代虞集、赵汸注的《杜律》里的注释都删掉了。对此陈如纶发表了一番感叹,认为注释和训诂遮蔽了杜诗的本来面目;而且不光是杜诗,其他诗也是如此。

这种观点在明代不是偶然出现的,明代还有一些诗人也有类似的说法,比如李齐芳《杜工部分类诗序》:"杜诗传者甚多,有古本,有蜀本,有《集略》,有《小集》,有《少陵》,有《别题》,有《杂编》,有《千家虞赵注》,序者持异同,解释分户牖。高明者加以傅会,卑凡者则胶漆其见。予深慨夫学人之无宗也。""胶漆其见"就是穿凿附会、刻舟求剑、胶柱鼓瑟的意思,认为杜诗每一句都有比兴,其实也就是黄庭坚批评过的认为杜诗都有寄托的那种看法。"暇日得别本玩之,为之分门别类,加以裁割。……且但存本义,不载群解,又可撤障耳目,自索之于心臆之中。虽不能千载悉符,而镌研揆度,畅然于心者必多也。于是命工梓之,以为海内同志者共。"他把杜诗的"群解"都删掉了,这样就把障碍耳目的东西都撤掉了,直接与杜诗对话,其实也就是"诗不必注"的意思。这里有趣的是,李齐芳认为,不是注解能发明"本义",而是不注解才能保存"本义",注解成了妨碍读者"以意逆志"的障碍。

再比如傅振商《杜诗分类叙》:"予日与少陵集对,服膺其诗,更论其人,益羡能重其诗。每厌注解,本属蠡测,妄作射覆,割裂穿凿,种种错出。是少陵以为诠性情

> 杜诗传者甚多,有古本,有蜀本,有《集略》,有《小集》,有《少陵》,有《别题》,有《杂编》,有《千家虞赵注》,序者持异同,解释分户牖。高明者加以傅会,卑凡者则胶漆其见。予深慨夫学人之无宗也。暇日得别本玩之,为之分门别类,加以裁割。……且但存本义,不载群解,又可撤障耳目,自索之于心臆之中。虽不能千载悉符,而镌研揆度,畅然于心者必多也。于是命工梓之,以为海内同志者共。(《杜工部分类诗序》)

> 予日与少陵集对,服膺其诗,更论其人,益羡能重其诗。每厌注

第九讲 从去意图、尚韵味到反诠释、非诗史倾向 329

之言,而诸家反以为逞臆妄发之的也。""蠡测"是管窥蠡测的意思,"射覆"类似于猜谜游戏,"的"是射箭的靶心。杜甫抒发性情之言,却成了诸家任意穿凿附会的靶子。其实古人的作品经常被后人当作"的",各种各样的箭射在上面,累积在一起。但傅振商认为,这种把注释与杜诗合在一起的做法,"何异以败蒲藉连城,以鱼目缀火齐乎?"简直相当于把败蒲和连城璧、鱼目和玫瑰宝珠混在一起。"因尽剔去,使少陵本来面目如旧,庶读者不从注脚盘旋,细为讽译,直寻本旨,从真性情间觅少陵。性情之薪火不灭,少陵固旦暮遇之也耶!"所以他要把那些如同败蒲和鱼目的注解从杜诗原作上删除。我们看到,明代这几个人都谈到了杜诗的性情,怎样与杜诗进行心灵的对话,都反对宋代注释的历史主义、知识主义、理性主义,提倡"性情"直接与文本对接,来玩味杜诗。这种方法就是把杜诗看作单纯的文本,认为只需要了解其性情,其他的知识点没有必要关注。

周光燮《杜诗分类跋》:"汝南傅公君奭直指畿南,畀燮重梓杜诗,去注释而从其类,意固深矣。谚云:'僧闭口,佛缩手。'盖默于不知也。"傅君奭请周光燮重新刊刻杜诗,把它的注释去掉,按类来分,这里面是有深意的。"僧闭口,佛缩手",用沉默来代替注释。这种思想大概是受到禅宗"不立文字"的影响。实际上,这种思想自严羽以来就一直都存在。严羽反对"以文字为诗",实际就是提倡"以不立文字为诗",这当然不是无字天书,而是"但见性情,不睹文字"。周光燮删去杜诗的注释,从注释

> 解,本属蠡测,妄作射覆,割裂穿凿,种种错出。是少陵以为诠性情之言,而诸家反以为逞臆妄发之的也。何异以败蒲藉连城,以鱼目缀火齐乎?因尽剔去,使少陵本来面目如旧,庶读者不从注脚盘旋,细为讽译,直寻本旨,从真性情间觅少陵。性情之薪火不灭,少陵固旦暮遇之也耶!(《杜诗分类叙》)

> 把杜诗看作单纯的文本,认为只需要了解其性情,其他的知识点没有必要关注

学上来讲就是反对"以文字为注",与禅宗"不立文字"是相关的。所以他特别强调"默"。"默"是一个非常重要的概念,出自《维摩诘经》,文殊师利菩萨讲入不二法门,三十二个菩萨各讲了一段大乘佛教的教义,而维摩诘居士默然无语,文殊师利菩萨叹道:"无有文字语言,是真入不二法门。""维摩一默"或"净名一默",是很高的境界。所以注释也没有必要。宋代禅宗是文字禅,明代禅宗是反文字禅,主张心灵感应。读者和杜甫的关系,就像迦叶尊者和佛祖的关系,是心灵之间的对话。

<small>默</small>

第六节　诗非史

我们曾经讲过诗集的编排主要有三种形式:分体(文体的眼光)、分类(事类的眼光)、编年(历史的眼光)。从前面讲的可看出,明代杜诗编排,大多是分类,偶尔有分体,但是没有编年,对"知人论世"之学是完全忽视的。"文必秦汉,诗必盛唐"是从文体学的角度来讲的,主张模仿其格调、音节,都属于审美形式的范畴,而不是历史意识。杜诗学是明代阐释学的一面镜子,我们可以看出明代阐释学有这样一个倾向:反对历史主义。

<small>明代阐释学的倾向:反对历史主义</small>

杨慎的《升庵诗话》就大肆反对"诗史"的说法。"诗史"在宋代是一个褒义词,在明代变成了一个贬义词。《升庵诗话》卷一一《诗史》:"宋人以杜子美能以韵语纪时事,谓之诗史。鄙哉,宋人之见!不足以论诗也。夫六经各有体,《易》以道阴阳,《书》以道政事,《诗》以道

<small>杨慎反对"诗史"之说,进而不满宋人树立的诗歌典范杜诗</small>

性情,《春秋》以道名分。后世之所谓史者,左记言,右记事,古之《尚书》《春秋》也。若《诗》者,其体其旨,与《易》《书》《春秋》判然矣。《三百篇》皆约情合性而归之道德也,然未尝有道德字也,未尝有道德性情句也。《二南》者,修身齐家其旨也,然其言琴瑟钟鼓,荇菜苤苢,夭桃秾李,雀角鼠牙,何尝有修身齐家字耶?皆意在言外,使人自悟。至于变风变雅,尤其含蓄,言之者无罪,闻之者足以戒。如刺淫乱,则曰'雝雝鸣雁,旭日始旦',不必曰'慎莫近前丞相嗔'也;悯流民,则曰'鸿雁于飞,哀鸣嗷嗷',不必曰'千家今有百家存'也;伤暴敛,则曰'维南有箕,载翕其舌',不必曰'哀哀寡妇诛求尽'也;叙饥荒,则曰'牂羊羵首,三星在罶',不必曰'但有牙齿存,可堪皮骨干'也。杜诗之含蓄蕴藉者,盖亦多矣,宋人不能学之。至于直陈时事,类于讪讦,乃其下乘末脚,而宋人拾以为己宝,又撰出'诗史'二字以误后人。如诗可兼史,则《尚书》《春秋》可以并省。又如今俗《卦气歌》《纳甲歌》,兼阴阳而道之,谓之'诗易',可乎?"杨慎义愤填膺,反对宋人的"诗史"说,进而不满宋人树立的诗歌典范杜诗。他以《丽人行》中"慎莫近前丞相嗔"以及其他几首诗为例,批评杜甫这些诗说得太直白,一点也不含蓄。但他在论述的概念和逻辑上也有一些问题,他实际上是把比兴和赋对立起来,又把赋偷换成"诗史"的概念。"直言其事"是赋的手法,并不是特指"诗史",诗史主要是指一种纪实性诗歌,与题材有关。杨慎的批评体现了一种复古主义思想,如果中国的诗歌都采用《三百篇》的手法,那么就太单一了。而且随着社会的发展变化,有些比兴已经不能起作用了。比兴有一些原始思维的成分在里面,在先秦时代,说到某一事物,人们马上就会联想到另一种事物。但是到了宋代,有些联想关系已经消失了,失去了那种语境。宋诗与唐诗之所以不同,是因为宋代的社会形态和知识结构变了。春秋时代有一种说法"饥者歌其食,劳者歌其事",写自己的事情才是真实的;而宋代士大夫接触的东西已经和古代不一样了,有很多题材是"歌其书",其实也是对自己生活的反映,是另外一种生活。宋代的英雄不是在边疆马上,而是在科举场中。杨慎提倡含蓄是对的,但过度反对"诗史",有点过分。杨慎因贬官云南,没有加入"前七子"的阵营,但他的思维和"前七子"多有相似之处,这就是时代的风潮。

"前七子"之一王廷相《与郭价夫学士论诗书》中的观点与杨慎差不多:"若夫子美《北征》之篇,昌黎《南山》之作,玉川《月蚀》之词,微之《阳城》之什,漫敷繁叙,填事委实,言多趁帖,情出附辏,此则诗人之变体,骚坛之旁轨也。浅学曲士,志乏尚友,性寡神识,心惊目骇,遂区畛不能辩矣。嗟乎!言征实则寡余味也,情直致而难动物也。故示以意象,使人思而咀之,感而契之,邈哉深矣,此诗之大致也。"他举了四个名篇:杜甫《北征》是典型的"诗史",开篇就说"皇帝二载秋,闰八月初吉。杜子将北征,苍茫问家室",这首诗在宋代评价非常高,包括严羽本人也对它非常推崇。韩愈《南山》也非常受宋人推崇,用了五十多种比喻来写终南山,

"或……或……",典型的铺张扬厉,以赋为诗,就像古代色彩丰富的壁画,把所有的空白都填满了。晚清沈曾植就评价韩愈诗像密宗曼荼罗画,陈允吉先生《唐音佛教辨思录》中曾讲到韩愈诗歌与佛教壁画的关系。玉川子是卢仝,属于韩愈险怪派,《月蚀》的想象力非常丰富,句子长长短短,是以文为诗。卢仝还是唐代最喜欢写喝茶的诗人,"两腋生清风"就从卢仝茶诗来。微之是元稹,元稹的《阳城驿》诗也是叙事诗,一共有一百五十句,一开头就是"商有阳城驿,名同阳道州"。总之,这几首诗的篇幅都非常长。王廷相认为它们的写法都是堆砌铺排,把典故填塞进去,语言、情感都像是贴上去的一样。他认为这些诗是变体,与《诗经》以及一般的唐诗不一样。韩愈、元稹等诗人主要生活在元和时期,李肇《国史补》说"元和之风尚怪"。元和之前以"大历十才子"为代表的大历诗坛,大部分是五言律诗,而且有些诗之间的风格非常接近,个性化不够突出,韩愈等人就有意识地要纠正这种诗风。但明人则认为"言征实则寡余味也,情直致而难动物也",情感太直接,不够含蓄,语言又太实在,没有味道。所以王廷相提出一个重要的概念——"意象"。

<small>王廷相提出"意象"的概念</small>

我们现在谈意象、意象论,其实"意象"作为一个专门的概念,要到明代才真正出现。虽然《文心雕龙·神思》有"窥意象而运斤"之句,但并无说明,也不重要。唐代关于"意象"的说法非常少,基本上没有。所以意象更像是中国现当代学者建构起来的一种诗学术语,并不是一个中国诗学的源远流长的传统。这种建构是非常有意

的,但不是历史的真实写照。王廷相这里说"故示以意象,使人思而咀之,感而契之",即通过意象来感动人,很多情感和观念都不直接说出来,让人去咀嚼,比如李白的《玉阶怨》"玉阶生白露,夜久侵罗袜。却下水晶帘,玲珑望秋月",是写一个宫女,里面没有一个"怨"字,全部是意象,我们就要追寻她为什么望秋月。白居易就写得太直接了:"上阳人,上阳人,红颜暗老白发新。绿衣监使守宫门,一闭上阳多少春。……唯向深宫望明月,东西四五百回圆。"(《上阳白发人》)但是,如果没有阅读的经验,我们怎么能咀嚼出"玉阶生白露"里面有多少寂寞和愁怨呢?元稹也写过非常含蓄的诗:"寥落古行宫,宫花寂寞红。白头宫女在,闲坐说玄宗。"(《行宫》)但是如果没有他的《连昌宫词》和白居易的《长恨歌》作为阅读背景,我们就不会知道此诗中的"说玄宗"是说什么。

明代人注重意象,我们现在也认为中国诗歌的最高境界是意象式的,但是这会遮蔽历史上曾经存在过的诗歌的另外一种审美,比如《北征》《南山》等。我们不仅有过水墨画,还有过壁画,甚至还有可能有过油画那一类的画,六朝张僧繇的画就有明暗深浅的立体感,不用线条而用色彩。中国的诗歌史,可以与美术史对照起来看。

张缵《杜工部诗通》卷一:"观杜诗固必先考编年,据事求情,而后其意可见。然编年非公自订,不过后人因诗意而附之耳。夫史传编年,已有失其真而不可尽信者,又况数百年之后,徒因诗意以求合史传之年耶?……且如《寄临邑舍弟黄河泛溢》诗,诸家皆编在开元二十九

> 中国诗歌的最高境界是意象式的,但是这会遮蔽历史上曾经存在过的诗歌的另外一种审美

年,公是时年甫三十,而诗中有'吾衰同泛梗'之句,是岂其少作耶?徒以唐史此年有'伊洛及支川皆溢,河南北二十四郡水',遂为编附。然黄河水溢,常常有之,岂独是年哉!集中如此类者甚多,不能遍举。"这段话举《寄临邑舍弟黄河泛溢》为例,批评了"以史证诗"的做法,认为编年是人为根据诗意去编的,所以不可信。给杜诗编年,有时候会遇到"阐释的循环":因为杜诗中写到什么,我们就去历史上考证;因为历史上有某个事件,于是就认为杜诗就是写这个事件的。杜甫官当得很小,所以史书中对他没有多少记载,很多事情我们只能去推测,由此诸家考证的结果很不一样。但杜甫有一些诗是比较明确的,不用怀疑,如《北征》。苏轼诗编年就比较可信,他哪一天干什么事,很多人都会注意,史书上也有不少记载,除了一些细节,大部分都没有多大争议。比如他去某地当知州,皇帝的诏书哪一天下、他哪一天出发,《续资治通鉴长编》等都记载得清清楚楚。只有一些细节问题,比如他黄州的贬谪结束,移汝州团练副使,在这空隙时间,他去江西筠州看望担任监盐酒税的弟弟苏辙,于是从黄州沿长江下去,到九江上岸,然后游庐山,写了一些诗,再往南到苏辙那里去。与苏辙见面结束后,返程时又要经过庐山,也写了一些诗。那么他的庐山诗,到底是去的时候写的,还是回的时候写的呢?对此,各家的编排稍微有点区别。但大部分诗各家基本上都没有什么争议。而关于杜甫诗的争议就太大了。所以后来钱谦益提倡的"诗史互证",有其好处,但有时候还是摆脱不了"阐释的循环"的陷

"以史证诗"的做法有其局限

给杜诗编年,有时会遇到"阐释的循环"

阱。所以张继的《杜工部诗通》就提出杜诗没有办法编年的这样一个问题,既然杜诗的编年不可靠,那么他当然就不采用这种方式了。

再看《问斋杜意》。问斋是清代学者陈式,《杜意》有好几个学者为它写过序,这些学者的籍贯多是桐城,方孝标也是桐城人,其《问斋杜意序》说道:"少陵志在用世,而无热中善宦之心。而说之日'诗史'也,曰'一饭不忘君'也,于其稍涉隐见者,必强指之,以为某章讥宫廷,某章讥藩镇……岂少陵哉!"他认为"诗史"、"一饭不忘君"的说法是不对的。"一饭不忘君"是苏轼在《王定国诗集叙》中提出的,说到杜少陵饥寒流落,终生不用,一饭不忘君,是忠君爱国的典范。苏轼在给王定国的私人书信中也讲到过。苏轼讲"一饭不忘君"的时候,两次都是在黄州,"流落饥寒,终身不用",这是苏轼借杜甫表忠心,希望能被朝廷重新起用。王定国即王巩,其祖父王旦为真宗朝宰相,父亲王素是开封府尹。王定国与苏轼有很多交往唱和,因此受到苏轼"乌台诗案"的牵连,被贬到广西。苏轼在信中鼓励王定国"一饭不忘君",对后人影响很大,后人解读杜诗,都引用此语。因为受此思想指导,后来出现了很多穿凿附会的解释。这是方孝标所反对的一种方法。

钱锺书《宋诗选注·序》:"文学创作的真实不等于历史考订的事实,因此不能机械地把考据来测验文学作品的真实,恰像不能天真地靠文学作品来供给历史的事实。历

第九讲 从去意图、尚韵味到反诠释、非诗史倾向

史考据只扣住表面的迹象，这正是它克己的美德，要不然它就丧失了谨严，算不得考据，或者变成不安本分、遇事生风的考据，所谓穿凿附会；而文学创作可以深挖事物的隐藏的本质，曲传人物的未吐露的心理，否则它就没尽它的艺术的责任，抛弃了它的创造的职权。考订只断定已然，而艺术可以想象当然和测度所以然。"古希腊哲学家亚里士多德（Aristotle）在论述诗歌与历史的区别时，曾说过类似的话："历史家描述已发生的事，而诗人却描述可能发生的事。"（《诗学》第九章）有人认为钱锺书这段话实际上是批判陈寅恪的，陈寅恪《元白诗笺证稿》就是采用历史考证的方法，历史越界到了文学领域。但这段话逻辑上有点问题，因为历史考订与历史书写不同，两者不在同一层面。所谓"穿凿附会"，是从阐释学的角度而言的，后面也应该拿文学的阐释去比较历史的阐释，但他是拿文学创作去跟历史考订相比较，这个比较是不合理的。总的来说，钱先生点出了两种看待文学作品的思路：一是历史考据的思路，一是艺术想象的思路。宋代也许在"诗史"的路上走得太过头，所以明代人有意反对"诗史"，不惜矫枉过正。

> 钱锺书指出了两种看待文学作品的思路：历史考据；艺术想象

第十讲

以解释者为中心的主观性诠释观念

第一节　观诗各随所得

罗大经《鹤林玉露》乙编卷二《春风花草》："杜少陵绝句云：'迟日江山丽，春风花草香。泥融飞燕子，沙暖睡鸳鸯。'或谓此与儿童之属对何以异。"这四句是杜甫的五言绝句，对仗非常工整，所以有人就说这与儿童的属对有什么差别呢？"余曰：不然。上二句见两间莫非生意，下二句见万物莫不适性。于此而涵泳之，体认之，岂不足以感发吾心之真乐乎！"如果从道学家的眼光来看这四句诗，那么会越看越觉得有道理，"两间"指天地之间，"迟日江山丽"两句表现了天地之间生机勃勃的景象；"泥融飞燕子"两句表现了各种生物都过得很适性的样子。就是所谓的形象大于思想，形象中蕴含了哲理。所以对这首诗有两种看法：一种看法是"与儿童之属对何以异"，把它看成是儿童声律启蒙所教的对仗，这是诗论家的眼光；另一种看法是"岂不足以感发吾心之真乐乎"，从天地万物的生机和适性中感受人心真正的快乐，这就是道学家的眼光。"大抵古人好诗，在人如何看，在人把作什么用"，看诗的人很重要，不同的审美眼光、不同的阐释学眼光对诗歌意义的体认，是不一样的。就像我们读书会读黄庭坚诗的一样，每个人都会有不同的看法。罗大经又进一步举例说："如'水流心不竞，云在意俱迟'、'野色更无山隔断，天光直与水相通'、'乐意相关禽对语，生香不断树交花'等句，只把做景物看亦可，把做道理看，其中亦尽有可玩索处。""水流心不竞，云在意俱迟"是杜甫的诗句，"野

> 杜少陵绝句云："迟日江山丽，春风花草香。泥融飞燕子，沙暖睡鸳鸯。"或谓此与儿童之属对何以异。余曰：不然。上二句见两间莫非生意，下二句见万物莫不适性。于此而涵泳之，体认之，岂不足以感发吾心之真乐乎！大抵古人好诗，在人如何看，在人把作什么用。如"水流心不竞，云在意俱迟"、"野色更无山隔断，天光直与水相通"、"乐意相关禽对语，生香不断树交花"等句，只把做景物看亦可，把做道理看，其中亦尽有可玩索处。大抵看诗，要胸次玲珑活络。（《鹤林玉露》乙编卷二）

> 不同的审美眼光、不同的阐释学眼光对诗歌意义的体认，是不一样的

色更无山隔断,天光直与水相通"、"乐意相关禽对语,生香不断树交花"分别是郑獬(字毅夫)、石延年(字曼卿)的诗句,但前一句常被误认为是杜甫的诗(如张九成《心传录》等)。本来写的是景物,但我们看"野色更无山隔断,天光直与水相通",感觉与朱熹的"半亩方塘一鉴开,天光云影共徘徊"有相通之处,都是表现读书读通了的那种境界;"乐意相关禽对语,生香不断树交花"表现了万物充满生命力,即《周易》里所谓的生生不息之意。有一个故事,传说周敦颐窗前长了很多草,但他不划去,要看其生之意。景物中包含哲理,古人的自然观念和哲学观念经常是融为一体的,通过观照自然而生发出哲理。所以读诗"只把做景物看亦可,把做道理看,其中亦尽有可玩索处","大抵看诗,要胸次玲珑活络。""胸次玲珑活络"也就是自由地解释。罗大经有一个著名的观点:"活处观理"。"鸢飞戾天,鱼跃于渊"就是活泼泼的样子;孟子说"观水有术,必观其澜"(《孟子·尽心上》),观这些活动的东西,可以使心灵活泼泼的,充满生命力。读诗的时候,可以从一般诗人的角度去读,也可以从哲学家的角度去读,站在不同的立场,会得到不同的体悟。

再看刘辰翁。刘辰翁是宋末元初的文学家,可能文学史上对他介绍比较少,文学史上介绍他的《永遇乐》词,是模仿李清照的,是宋朝灭亡以后过元宵的时候怀念故国的一首词。刘辰翁的主要贡献在评点方面,评点了很多著作,提出了很多新的观点,是一位评点大家。南宋王十朋集注、刘辰翁批点的苏轼诗集,是宋末元初最流行的苏诗注本。刘辰翁的杜诗评点中，常常联系到自己的身世，寄托了很多故国之思。他的文集《须溪集》卷六《题刘玉田选杜诗》："凡大人语，不拘一义，亦其通脱透活自然。""通脱透活自然"受到禅宗思想影响，也受到理学家的影响，就像刚才罗大经《鹤林玉露》说的"胸次玲珑活络"。"活"是禅宗的一种思维方式，后来道学家把它继承过来，叫"活泼泼地"，就是不要拘泥，不要刻舟求剑，不要胶柱鼓瑟。"旧见初寮王履道跋坡帖，颇病学苏者横肆逼人"，初寮指王安中，字履道，生活于北宋末南宋初，有《初寮集》。王安中在东坡帖的跋文中，对那些学苏的人很不满。"因举'不复知天大，空余见佛尊'二语"，这两句诗本出自杜甫《望兜率寺》，朱长孺注："言佛之尊于天也。"意思是只知有佛，不知有天。王安中借用来指那些学苏的人只知有东坡，不知道有其他。"乍见极若有省，及寻上句，本意则不过树密天少耳。'见'字亦宜作'现'音，犹言现在佛。即见读如字，则'空余见'，殆何等语矣。"刘辰翁认为"不复知天大"，是指树密遮住天，因为这首诗首句就说"树密当山径"。"见"字有"jiàn"、"xiàn"两种读音，这里应该读"xiàn"，指现在佛。"读如字"就是读正字的读音，"见"读"jiàn"，就不通了。"观诗各随所得，别自有用。"王安中读杜诗就随自己所得来运用，可能并非杜诗本意。刘辰翁又举例说："因记往年福州登九日山，俯城中，培塿不复辨。倚栏微讽杜句：'秦山忽破碎，泾渭不可求。'"他讽诵的"秦山忽破碎"两句，出自杜甫《同诸公登慈恩寺塔》："秦山忽破碎，

凡大人语，不拘一义，亦其通脱透活自然。旧见初寮王履道跋坡帖，颇病学苏者横肆逼人，因举"不复知天大，空余见佛尊"二语。乍见极若有省，及寻上句，本意则不过树密天少耳。"见"字亦宜作"现"音，犹言现在佛。即见读如字，则"空余见"，殆何等语矣。观诗各随所得，别自有用。因记往年福州登九日山，俯城中，培塿不复辨。倚栏微讽杜句："秦山忽破碎，泾渭不可求。"时彗见，求言。杨平舟栋以为蚩尤旗见，谓邪论，罢机政。偶与古心叹惜我辈如此。古翁云："适所诵两言者得之矣。"用是此语本无交涉，而见闻各异，但觉闻者会意更佳。用此可见杜诗之妙，亦可为读杜诗之法。从古断章而赋皆然，又未可訾为错会也。（《题刘玉田选杜诗》）

泾渭不可求。俯视但一气,焉能辨皇州。"刘辰翁在福州登山的那段时间,"时彗见,求言。杨平舟栋以为蚩尤旗见,谓邪论,罢机政",天上出现彗星,古人认为彗星出现是政治不清明的表现,所以朝廷征求意见和建议。杨栋认为彗星代表蚩尤旗,蚩尤主兵象,他的话被朝廷认为是异端邪说,被罢免。刘辰翁感到惋惜,"偶与古心叹惜我辈如此。古翁云:'适所诵两言者得之矣。'"古心名叫江万里,号古心,当过南宋的丞相,是正直的政治家。杜甫的两首诗,本来是写景的,而江万里用来比喻朝廷政治。于是刘辰翁得出结论:"用是此语本无交涉,而见闻各异,但觉闻者会意更佳。"对这两句诗,一个是"见者",刘辰翁俯瞰福州城,"培塿不复辨",于是想到"秦山忽破碎"的描写;一个是"闻者",江万里听到刘讽诵这两句诗,于是联想到时政。刘辰翁认为还是闻者的理解更好。这就是古代诗歌的魅力,有些诗看起来是写景,但不是单纯的写景,而是包含了很多内容。"用此可见杜诗之妙,亦可为读杜诗之法。从古断章而赋皆然,又未可訾为错会也",刘辰翁拿出了"断章取义"这种读《诗经》的方法,也就是说杜甫的这两句诗完全可以从《同诸公登慈恩寺塔》里剥离出来,作为国事的象征。刘辰翁读杜诗的时候,不是追求如何去切合杜诗的原意,不是去恢复杜诗的语境,不是去以意逆志,而是"断章取义","借杜诗之酒杯,浇自己之块垒"。这种方法,从宋末元初到明代一直延续下来,包括李卓吾、金圣叹等都采用这种方法。严羽、刘辰翁的理论对明代影响非常大,明代很多诗论家都是严羽、刘辰翁的崇拜者，我们耳熟能详的"文必秦汉，诗必盛唐"的口号，就是从严羽那里继承、发挥出来的。

"观诗各随所得"的观点，与德国美学家姚斯《审美经验与文学阐释学》里面的观点比较接近。他说："审美经验不仅仅是在作为'自由地创造'的生产性这方面表现出来，而且也能从'自由地接受'的接受性方面表现出来。"(*Aesthetic Experience and Literary Hermeneutics*, Preface, trans. Michael Shaw, University of Minnesota Press, 1982) 在读诗过程中，用玲珑活络的态度去"各随所得"，这就是一种"自由地接受"的接受性。这种主张其实来自中国阐释学的一个古老观念，即"仁者见之谓之仁，知者见之谓之知"，刘辰翁说的对杜甫两句诗"见者"和"闻者"的理解差异，差不多是相同的意思。

前面我们讲过罗大经说"大抵古人好诗，在人如何看，在人把作什么用"，这是从"用"的角度来讨论"自由地接受"；到了明代的钟惺，直接把诗歌称为一种"活物"，一种活泼泼有生命的不断生长的物体，这可以说是从"体"的角度证明了对诗歌文本"自由地接受"的必然性。从本体上说，诗歌文本自身会随着时间的推移，不断产生出新的意义，这因为它是一个在鲜活成长着的东西，而不是一个摆在神龛上任人膜拜的僵化的经典。钟惺《隐秀轩集》卷二三《诗论》："《诗》，活物也。游、夏以后，自汉至宋，无不说《诗》者。不必皆有当于《诗》，而皆可以说《诗》。其皆可以说《诗》者，即在不必皆有当于《诗》之中。非说《诗》者之能如是，而《诗》之为物，

> 钟惺把诗歌称为一种"活物"，从"体"的角度证明了对诗歌文本"自由地接受"的必然性

> 《诗》，活物也。游、夏以后，自汉至宋，无不说《诗》者。不必皆有当于《诗》，而皆可以说《诗》。其皆可以说《诗》者，即在不必皆有当于《诗》之中。非说《诗》者之能如是，而《诗》之为物，不能不如是也。何以明之？孔子，亲删《诗》者也。

不能不如是也。何以明之？"这里说的是《诗经》，当然我们也可把它看成是具有普遍意义的诗歌文本。自从孔子的弟子子游、子夏解释《诗》以后，从汉代到宋代，有很多学者解说《诗》，有各种各样的观点，他们说的不一定非要与《诗》的本义相当，但是大家都可以解说。这并不是说《诗》者能够决定的，而是因为《诗》本身的性质使之然。钟惺举例说："孔子，亲删《诗》者也。而七十子之徒，亲受《诗》于孔子而学之者也。以至春秋列国大夫，与孔子删《诗》之时，不甚先后，而闻且见之者也。以至韩婴，汉儒之能为《诗》者也。今读孔子及其弟子之所引《诗》，列国盟会聘享之所赋《诗》，与韩氏之所传《诗》者，其事、其文、其义，不有与《诗》之本事、本文、本义绝不相蒙，而引之、赋之、传之者乎？既引之，既赋之，既传之，又觉与《诗》之事、之文、之义，未尝不合也。其何故也？夫《诗》，取断章者也。断之于彼，而无损于此。此无所予，而彼取之。说《诗》者盈天下，达于后世，屡迁数变，而《诗》不知，而《诗》固已明矣，而《诗》固已行矣。……今或是汉儒而非宋，是宋而非汉，非汉与宋而是己说，则是其意以为《诗》之指归，尽于汉与宋与己说也，岂不隘且固哉！"关于孔子删《诗》、其弟子引《诗》、列国盟会聘享赋《诗》、韩氏传《诗》（指《韩诗外传》）的情况，前面已经讲过，一方面这些引、赋、传《诗》所涉及的其事、其文、其义与《诗》之本事、本文、本义"绝不相蒙"，没有半点关系；但另一方面，读者又会觉得这些引、赋、传与《诗》之事、之文、之义"未尝不合"。钟惺认为,这种现象是由《诗》之为"物"的性质决定的,《诗》任人断章取义,而并无损失,无论有多少人说《诗》,说法有多少变迁,《诗》本身是不自知的。钟惺指出,说《诗》的汉儒、宋儒与明儒(己说)互相鄙薄,都以为自己是《诗》本义的终结者,自己把《诗》之指归说尽了,这岂不是太狭隘固执。钟惺把《诗》看作一个灵活多变的开放性文本,一个具有派生能力和再生能力的"活物",它没有僵死的唯一的意义,而是在不断的理解与解释中获得新的生命。因为《诗》意义本身的多元性和不确定性,所以各家的解说既是"不必皆有当",同时又"未尝不合",任何解说,哪怕是误解,都有它的合理性。还有一点,钟惺说无论后世解释是如何"屡迁数变","而《诗》不知",这意味着《诗》一旦问世以后,它的意义就再也不能自我掌控,它不知解说者会赋予自己什么样的意义。在钟惺看来,"观诗各随所得"的现象,并不是诠释者所采取的态度造成的,并不是"在人把作什么用"而造成的,而是《诗》文本本身"活物"的特性所决定的,所以任何企图垄断《诗》意、"是其意以为《诗》之指归"的拘泥态度,都是对这"活物"的桎梏和扼杀。我们再来看看钟惺与友人的对话:"友人沈雨若,今之敦《诗》者也,难予曰:'过此以往,子能更取而新之乎?'予曰:'能。'夫以予一人心目,而前后已不可强同矣。后之视今,犹今之视前,何不能新之有?盖《诗》之为物,能使人至此,而予亦不自知。"就自己一个人而言,对《诗》的认识前后已不相同,今天不同于过去的看法,

> 更取而新之乎?"予曰:"能。"夫以予一人心目,而前后已不可强同矣。后之视今,犹今之视前,何不能新之有?盖《诗》之为物,能使人至此,而予亦不自知。……故说《诗》者散为万,而《诗》之体自一;执其一,而《诗》之用且万。(《诗论》)

未来也一定不同于今天的看法,为什么不能另立新说?这是《诗》的性质使人这样,解说者自己也不明白为什么会出新。钟惺最后进一步用中国哲学中"体用"的概念来说明自己的观点:"故说《诗》者散为万,而《诗》之体自一;执其一,而《诗》之用且万。"《诗》之"体"为一,《诗》之"用"为万,《诗》的本体只有一个,而《诗》的作用却有万端,这有点像宋明理学家提倡的"理一分殊"的概念。这样一来,可以说钟惺从诗歌本体论的角度,解释了"《诗》无达诂"的根本原因,同时为解说者的"见仁见知"的现象进行了有力的辩护。这里关于《诗》的讨论,也可推衍到广义的诗歌文本,由此,钟惺为自己的主观评点,也为一切"断章取义"的理解找到哲学依据,他编的《诗归》就是以"诗为活物"为评点古人诗的指归。

第二节 借杯浇臆

明代评点大师李贽说:"夺他人之酒杯,浇自己之垒块;诉心中之不平,感数奇于千载。"(《焚书》卷三"杂说")"垒块",指胸中郁结不平,《世说新语·任诞》:"阮籍胸中垒块,故须酒浇之。""数奇",就是命数不好,"奇"读音为jī。中国古代有很多命运不好的悲剧英雄,会引起后来怀才不遇的文人的同情。而这些文人也会借对古人的作品的评论解释,来释放自己胸中的郁结不平,就像夺取他人的酒杯来为自己浇愁一样。"借杯浇臆"是中国阐释学的另一传统,有些人注别人的作品,其实是在表

<small>在文化比较受压制的情况下,往往会借阐释古人的文本来表达自己的感情</small>

现自己的志趣,抒发自己的情感。这种传统,尤其是在文化比较受压制的情况下,自己不能畅所欲言的时候,往往就借阐释古人的文本来表达自己的感情。

这里我们举一些元明清的作家。元初刘辰翁是宋代遗民,他批点杜甫《乾元中寓居同谷县作歌七首》,第六首"呜呼六歌兮歌思迟,溪壑为我回春姿",刘批云:"独此歌回春姿者,愿车驾反正之辞也。心所同然,千载如对。"刘辰翁的理解是,"回春姿"指杜甫在同谷县避难的时候,希望皇帝能够重新返回长安。刘辰翁生活的时代,南宋灭亡,刘辰翁也希望宋朝能够"车驾反正",所以说"心所同然"。这可以说是一种设身处地的解释,但我们看到更多的是杜诗在千年以后引起的同情和共鸣。刘辰翁的很多批点里面,都带有故国之思,也就是"借杯浇臆"。比如评点杜甫《蜀相》诗,尤其是"出师未捷身先死,长使英雄泪满襟"两句,他说:"千年遗下此语,使人意伤,又因老宗,添我憔悴。"诸葛亮出师未捷,壮志未酬,引起杜甫的伤怀;抗金将领宗泽北伐未捷,因病去世,临终前讽诵这两句诗,留下遗恨。刘辰翁身为南宋遗民,却无能为力,如何不泪流满襟。在这里,他借诸葛亮、杜甫、宗泽一系列英雄之泪,来抒发自己的满腔悲愤。

当然不光是评点者,明代的杜诗笺注也可看到相似的观点,比如张拱幾在《杨次庄先生注杜水晶盐序》里面提倡这样一种注释态度:"冷拈旷引,借杯浇臆,戛去训诂窠臼,绝不为《法华》所转,则稽古而古懵,作古而古亦获,即摭据繁重,亦立干垂条,不得不沛涌泉斛耳。"杨次庄

刘辰翁

张拱幾

名叫杨德周,《注杜水晶盐》应该是《注杜水中盐》,出自《西清诗话》载杜少陵云:"作诗用事,要如释氏语:水中着盐,饮水乃知盐味。"水晶盐与杜诗无关。《法华》是指著名佛经《妙法莲华经》,简称《法华经》。《六祖坛经》说:"心迷《法华》转,心悟转《法华》。"禅宗认为,真正的理解应该是各随所得,没有自心的觉悟,就是被《法华》所转。这里用来指寸步不离文本框架的注释方式。张拱幾认为,只要是把古人文本当作浇自己胸臆的酒杯,那么不管如何注释,是"稽古"还是"作古",也不管注释如何繁复、旁征博引,都可以做到畅通条贯,奔涌而出。苏轼曾经说自己的写作,"吾文如万斛泉源,不择地皆可出",在这里,张氏借用其比喻来形容注释活动,"不得不沛涌泉斛",可见注释几乎等同于自由的创作,这与亦步亦趋的训诂式的注解大不一样。

<u>陈式</u>　　清初桐城人陈式的《问斋杜意》也是如此,借杜甫的诗歌文本来进行自己的创作。为陈式作序者,很多人虽然已经入清,但心还挂念着明朝,注杜其实就有一种故国之思在里面。张英在《问斋杜意序》中谈到陈式的经历以及与杜甫的共鸣:"陈子天才奇迈,学有本源,少卓荦于名场,老退隐于丘壑。负济世之志,曾不获自见于世,其中之结轖沉郁者多矣。少际寇乱,播迁琐尾,长而授经四方,于闽、于齐、于豫、于燕,羁旅离别之苦往往有之。孤洁伉直,磊落狷介,不谐于俗而醇厚真挚,复有过人之性。其与少陵千载相合者如此,且沉酣枕藉于少陵之诗者,又四十年。故有时言少陵之意,而无非陈子之意;

有时言陈子之意,即无非少陵之意。平素不轻发一言,酒酣耳热之后,人请之论杜诗,则掀髯高吟,目光如电,当筵亦少陵也;退而书之于纸,干百言如泉涌风发,则短檠书卷之前,又一少陵也。于千余首之中拓而为二十万言之多,然后少陵与陈子两无憾也。故曰'杜意'也,区区注杜云尔哉!"陈式也是一个怀才不遇的奇人,胸中也郁结着失意的情感,所以他诵读杜诗会有"掀髯高吟"的情感投入,注释杜诗更是有"泉涌风发"式的创作冲动。这样的注释,不仅是与杜甫发生共鸣,而且是把杜甫完全当作自己倾诉的对象,注释也成了自己情感的演绎发挥,一千多首杜甫,他拓展为二十万言的注释,这当然不是"注",所以名为"意"——到底是杜甫之意,还是陈式自己之意,已经浑然莫辨了。这就是一种主观性很强的阐释。

另外一个桐城人姚文燮在《昌谷集注》自序中说:"郭之注《庄》也,可以庄自庄而郭自郭也;即可以郭为庄也;即可以郭不必为庄,而庄不必有郭。……使我尽如贺意,我之幸也,贺之幸也。即我未必尽如贺意,而贺亦未必尽如我意。第孤忠哀激之情,庶几稍近。且我见如是,而令读者不得不信为是,即令贺亦自爽然不得不认为是。是耶? 非耶? 如相告焉,如相觌焉。我亦几乎贺矣,安得谓非我之幸而又非贺之幸欤?"他举郭象注《庄子》为例,认为在郭象的注本里,庄子是庄子的意思,郭象是郭象的意思,郭象的注解可以合庄子本意,也可以不必合其本意,而庄子也不必有郭象的注解。以此为借口,那么姚文燮注李贺诗也就可以自由发挥了,不必一定要获得李

姚文燮

贺的本意。"孤忠哀激之情"是姚文燮注李贺诗的理由，其实就是对明朝灭亡的同情，但又不能表达出来，他不是以注释准确为目的，而是注重是否能表达自己对李贺的理解，或是自己的有些情感不得不借助李贺而来表达，里面含有一种深刻的沉痛感。在自序里，姚文燮还表达这样的意思，相信自己的见解使读者"不得不信为是"，而且会令李贺也不得不同意自己的解释，这就有点接近于所谓的"强制阐释"了。在桐城人陈式的《问斋杜意》和姚文燮的《昌谷集注》中其自序和友人作的序，都显示出强烈的借杯浇臆的阐释思路，所以我曾经戏称这是中国古代阐释学领域的"桐城派"。

阐释学领域的"桐城派"

第三节　公共产权

杜甫有两首《屏迹》诗："用拙存吾道，幽居近物情。桑麻深雨露，燕雀半生成。村鼓时时急，渔舟个个轻。杖藜从白首，心迹喜双清。""晚起家何事，无营地转幽。竹光团野色，山影漾江流。废学从儿懒，长贫任妇愁。百年浑得醉，一月不梳头。"写自己的村居生活，非常生动亲切。苏轼在书写这两首诗后发出感叹，认为"此东坡居士之诗也"，直接把这两首诗据为己有，公然窃取。有人说："此杜子美《屏迹》诗也，居士安得窃之？"苏轼回答说："夫禾麻谷麦，起于神农、后稷，今家有仓廪。不予而取辄为盗，被盗者为失主。若必从其初，则农、稷之物也。今考其诗，字字皆居士实录，是则居士诗也，子美安得禁吾有哉!"(《苏轼文集》卷六七《书子美屏迹诗》)因为杜甫的诗写的内容,完全是苏轼生活的"实录",所以苏轼把它看成是自己的诗。诗歌就像粮食作物一样,家家户户都可以拥有,不属于写诗者个人。苏轼的说法看起来有点开玩笑的口吻,而且有点强词夺理,但实际上这里面包含了一种意识:诗歌一旦由诗人写出来,就不再属于诗人自己,而具有一种"公共产权",每一个读者都有权利把诗歌窃为己有。杜甫的《屏迹》诗既然是苏轼生活的"实录",那么就无权禁止苏轼拥有它。

实际上宋代不止苏轼有这样的"公共产权"意识,只不过他最早公开提出来而已。早在苏轼之前出现的"集句诗",其实就可以看作这种意识的产物。苏轼的朋友孔平仲(毅父)特别善于作集句诗,尤其是集杜诗,作了好几十首,比如他的《寄孙元忠》诗:"君不见潇湘之山衡山高(《朱凤行》),八月秋高风怒号(《茅屋为秋风所破歌》)。草木黄落龙正蛰(《乾元中寓居同谷县作歌七首》),哀鸿独叫求其曹(《曲江三首》)。男儿生无所成头皓白(《莫相疑行》),漂零已是沧浪客(《惜别行》)。呼儿觅纸一题诗(《立春》),此心炯炯君应识(《偪仄行》)。"括号里的诗题就是这些句子的出处。孔平仲把杜甫不同诗歌中的句子抽出来重新排列,按照自己的需要组合成一首全新的诗。每一句诗的产权本来属于杜甫,但是孔平仲却相当于把杜诗的房子拆掉,用杜诗的门窗砖瓦当成是构建自己新诗的建筑材料。那么《寄孙元忠》诗还是属于杜甫的吗?当然不是。苏轼作了《次韵孔毅父集古人句见赠五首》,一针见

> 诗歌一旦由诗人写出来,就不再属于诗人自己,而具有一种"公共产权"

> 集句诗可以看作"公共产权"这种意识的产物

血地指出了集句诗的若干性质。其一,"今君坐致五侯鲭,尽是猩唇与熊白",他把集句诗比作"五侯鲭",集他人诗歌佳句而成的集句诗,就如同混合各种山珍海味烹调而成的佳肴。善于集句就相当于善于烹饪,古人诗句就是食材,菜肴做得好不好全靠集句者的巧妙构思。这使我们想起黄庭坚说的一段话:"古之能为文章者,真能陶冶万物,虽取古人之陈言入于翰墨,如灵丹一粒,点铁成金也。"(《答洪驹父书》)陶冶和烹饪,都可视为利用古人陈言的比喻。其二,"路傍拾得半段枪,何必开炉铸矛戟",半段枪放在路上,相当于放在公共场所,谁捡到就属于谁。苏轼用"拾得"一词来形容集句,而不是用"窃得"之类的说法。其三,在这组游戏性质的诗里,苏轼再次明确提到诗歌的公共产权的问题:"世间好句世人共,明月自满千家墀。"好的诗句就像月光一样,千家都可共享,好比说是"千里共婵娟"。其四,苏轼还特别说明面对古人的诗句,"用之如何在我耳",也就是说,"我"(集句者)有如何使用古人诗句的权利,没有人能禁止。苏轼自己并不怎么写集句诗,但他戏谑孔平仲的这几首诗,可以说把集句诗的性质讲得很清楚了。

_{文天祥集杜诗,真正继承了杜甫的"诗史"精神}

南宋末抗元英雄文天祥在燕京监狱中作了二百首集句诗,全部是集杜甫诗句。他在《集杜诗自序》中说:"余坐幽燕狱中,无所为,诵杜诗,稍习诸所感兴,因其五言,集为绝句。久之得二百首。凡吾意所欲言者,子美先为代言之。日玩之不置,但觉为吾诗,忘其为子美诗也。乃知子美非能自为诗,诗句自是人情性中语,烦子美道耳。子

美于吾隔数百年,而其言语为吾用,非情性同哉!"(《文山先生全集》卷一六)这段话很明显受苏轼影响,就像苏轼说杜甫《屏迹》是"东坡居士之诗"一样,文天祥也说杜甫诗是"吾意所欲言者",是自己想写的诗,只不过是杜甫"先为代言之"而已。在这里杜甫并不享有著作权,作为作者他对自己的诗是无能为力的,他只是文天祥的代言人;作为读者的文天祥对杜诗拥有占有权,"但觉为吾诗",同时也拥有使用权,"其言语为吾用"。杜诗的诗句言语以及其表现的情性,都属于文天祥。"吾意"是阅读理解的中心,诗意并不仅仅属于原作者杜甫。在《自序》里,文天祥承认昔人评杜诗为"诗史"的说法,同时认为自己"颠沛以来世变人事"都概括表现于集杜诗里,这可给后世史家提供史料,或许也可算作"诗史"。因此,文天祥集杜诗就不像孔平仲那样是"路傍拾得半段枪"的文字游戏,而是真正继承了杜甫的"诗史"精神。所以苏轼称赞孔平仲"前生子美只君是,信手拈得俱天成"之语,用来送给文天祥更为合适,因为他更像是杜甫转世的后身。

集句诗的现象和评论出现在宋代,而实际上它有一个很古老的传统,这就是我在前面专讲过的"断章取义"。沈德潜《古诗源·例言》说:"《诗》之为用甚广。……断章取义,原无达诂也。"劳孝舆《春秋诗话》说得更清楚:"然作者不名,述者不作,何欤?盖当时只有诗,无诗人。古人所作,今人可援为己诗;彼人之诗,此人可赓为自作,期于'言志'而止。人无定诗,诗无定指,以故可名不名,不作而作也。"沈德潜说的是《诗》的使用问题,劳孝舆则干脆说，没有诗人署名的《诗》，大家都可"援为己诗"，都可使用，只要可以"言志"就行。这是春秋时期的情况，《诗经》是群体之诗，不属于个人，因此属于公共产权。"断章取义"主要是《诗经》文本的使用方式和理解方式。不过，从"诗之为用"这个角度来看，集句诗的性质和"断章取义"差不多，苏轼说的"用之如何在我耳"，文天祥说的"其言语为吾用"，都是这个意思。集句诗中的句子，因为脱离原作的语境而失去本意，而成为集句者的"吾意"，我们可以把集句诗看作是"点铁成金"的极端做法，也就是"取古人之陈言入于翰墨"的创作理念的体现；也可以从阐释学的角度，把它看作是对古人诗"断章"的重新"取义"，即重新理解和解释。

从"诗之为用"的角度来看，集句诗的性质近似于"断章取义"，是"点铁成金"的极端做法；从阐释学的角度看，集句诗是对古人诗"断章"的重新"取义"

"公共产权"意识也在一些注释本和评点本中存在，成为隐藏的不绝如缕的传统。比如张拱幾《杨次庄先生注杜水晶盐序》中说："人人共读之杜，次庄不得而私之；至次庄所读之杜，少陵亦不得而私之者。""私"的反义词是"公"，张拱幾认为杨次庄不得把杜诗占为私有，杜甫也不得把次庄所理解的杜诗占为私有。也就是说，原作者不能垄断文本的意义，而注释者也不能垄断理解和解释的意义。诗歌文本的意义不属于私人所有，它应该始终处于开放性的公共场域中，任人共读共享。清初金圣叹在批本《西厢记》中把这个意识表述得更生动，而且更富有煽动性："圣叹批《西厢记》是圣叹文字，不是《西厢记》文字；天下万世锦绣才子读圣叹所批《西厢记》，是天下万世才子文字，不是圣叹文字。"这里他强调不同时空中的

"公共产权"意识也在一些注释本和评点本中存在

原作者不能垄断文本的意义，而注释者也不能垄断理解和解释的意义

每个读者都有自己的权利,他的评点不是《西厢记》的附庸,不是还原《西厢记》的文字,而是有其自身的价值,也就是读者的诠释和批评的文字具有独立于原文之外的自身价值,理解可以与作者的原意不一样,这就是读者"我"的文字。这种对原作文本的"自由地接受",实际上成为"自由地创造"。金圣叹的可爱之处在于,他不像那些传统注释者那样往往批评前人,把自己的理解看作文本意义的终结者,而只是把它视为"天下万世"无限延伸的效果历史(effective history)中的一环,只要还有"才子"型的读者出现,那就一定有新的意义和文字产生。"效果历史"的概念我在第一讲有过介绍,大家可以参见。

> 读者的诠释和批评的文字具有独立于原文之外的自身价值

金圣叹有这样的认识,因此我们说主观性最强的杜诗阐释,非金圣叹的《杜诗解》莫属。这还不算他真正的评点性著作,因为书名还号称"解",是对杜诗的解释,而不是批点评点。比如杜甫有首《黄鱼》诗:"日见巴东峡,黄鱼出浪新。脂膏兼饲犬,长大不容身。筒桶相沿久,风雷肯为神?泥沙卷涎沫,回首怪龙鳞。"金圣叹于题下发出这样一段感叹:"为儿时,自负大才,不胜侘傺。恰似自古迄今,只我一人是大才,只我一人独沉屈者。后来颇颇见有此事,始悟古来淹杀豪杰万万千千,知有何限?青史所纪,磊磊百十得时肆志人,若取来与淹杀者比较,乌知谁强谁弱?嗟哉痛乎!此先生《黄鱼》诗所以始之以'日见'二字,哭杀天下才子也!"这好像是在讲"破题"的艺术,更像是金圣叹自己抒发一肚子牢骚感慨。杜甫是否有这样的本意不得而知,我们在这段评语中看到的完全是

> 金圣叹《杜诗解》,可谓主观性最强的杜诗阐释

"借杯浇臆"的发泄,不是金圣叹在解释《黄鱼》本意,而是《黄鱼》成了痛惜天下才子的祭文的注脚。金圣叹评点选择的对象,都是那些合自己之意的书,他称之为"才子书",而这些"才子书"说到底都是为他这个当今"大才"站台的。正如赵时揖为他评选的杜诗集作序所说:"先生为一代才子,而乐取古才子之当其意者解其书。"所以金圣叹常常把自己理解的意义,甚至是自己觉得应该如此的意义,强加给原作者,赵时揖说:"先生意之所及,实有老杜意之所不能及。"(《贯华堂评选杜诗序》)正如金圣叹解《黄鱼》诗那样,解读者和文本之间的"对话",完全成了解读者自我的心灵"独白",他已不管老杜如何想,自负大才的"我"成为他阐释文字的核心。

解读者和文本之间的"对话",完全成了解读者自我的心灵"独白"

第四节 精神融合

中国古代注诗者往往要讲到他们作注的内在驱动力,为什么有的人花几十年时间来注释杜甫、苏轼的诗歌呢?这个内在驱动力就是古代源远流长的"尚友"传统。我们在讨论"知人论世"时曾提到孟子说的一段话:"一乡之善士,斯友一乡之善士;一国之善士,斯友一国之善士;天下之善士,斯友天下之善士。以友天下之善士为未足,又尚论古之人。"(《孟子·万章下》)"尚友"就是上与古人为友的意思,当然必须是古往今来被世人公认的"善士"。换句话说,"尚友"就是以古人为自己的榜样、知音、朋友。选择某个古人的诗文集作注释,就相当于选择这个古

"尚友"传统

人为自己的隔代朋友。

我们知道这样一个常识,好朋友之间有时会梦见对方,特别是崇拜者这方,有时会梦见自己喜爱尊重的朋友,比如杜甫就写过《梦李白》的诗。这种情况在"尚友"中也存在,注释者会梦见自己作汴的对象,梦见隔了几百年的古人。冯应榴《苏文忠公诗合注自序》曾提到梦见苏轼的事:"先是己酉嘉平,忽梦与文忠相见,曾倩人绘《梦苏图》,并自为文记之。后阅赵尧卿序,亦载作注时两经梦苏事。夫以尧卿之去公未远,创始为注,积三十年,其见梦也固宜。乃若余之撷拾旧编,了无心得者,而梦适相类,益慨然于古今人智愚虽不同,而向往之殷无异,则文忠之灵昭然于七百余载间者,随学人所得之深浅,而皆有以启牖之乎?若谓余之合注,足以希踪往哲,亦致默相感召,此实瞿然不敢自信者已。"冯应榴因为作《苏诗合注》,对苏轼产生感情,从而与苏轼在梦中相见。第一讲中我们已经说过,德国哲学家伽达默尔把解释者与作者之间的关系称为"对话",认为"理解总是以对话的形式出现"。而梦中相见是一种中国式的"尚友"的"对话",因理解而进入迷思的状态。按照冯应榴的说法,这种"对话"是双向的,一方面是后人对苏轼殷切的向往之情,另一方面是苏轼的神灵昭然地向后人展现,这是一种精神的冥契,甚至无关乎文本的语言。冯应榴提到的赵尧卿,名叫赵夔,字尧卿,我在前面讲到过他的《注东坡诗集序》,序中提到他两次梦见苏轼,而且两人之间还有交谈,也就是真正意义上的"对话"。赵夔认为这两次梦都与崇拜苏

轼的感情有关,"仆既慕先生甚切,精诚感通"。更早的"尚友"之梦见于苏轼的记载:

> 仆尝梦见一人,云是杜子美,谓仆:"世多误解予诗。《八阵图》云:'江流石不转,遗恨失吞吴。'世人皆以谓先主、武侯欲与关羽复仇,故恨不能灭吴,非也。我意本谓吴、蜀唇齿之国,不当相图,晋之所以能取蜀者,以蜀有吞吴之意,此为恨耳。"此理甚近。然子美死近四百年,犹不忘诗,区区自明其意者,此真书生习气也。(《苏轼文集》卷六七《记子美八阵图诗》)

本来"对话"一词在阐释学语境里是一种比喻,但在苏轼这里,"对话"却是真真切切地存在着——杜甫曾在苏轼梦中亲口说了一些话,这在《杜工部诗集》中是查不到的。苏轼借杜甫托梦纠正了世人对杜诗的误解,杜甫在梦中出现自明诗意,其实不过是苏轼自己对《八阵图》诗的理解而已。无论如何,这个梦不仅表明苏轼梦中犹不忘诗的书生意气,而且表明他认为自己才是杜甫真正的知音。同时这个梦还说明苏轼与杜甫之间的"精诚感通"。

<u>精诚感通</u>

"精诚感通"可以说是中国阐释学中的一个重要观念。伽达默尔在《真理与方法》中提出"视野融合"(fusion of horizons)的概念,是阐释学的重要概念之一,意思是指解释主体(即解释者)的视野与解释对象(即前人文本)的视野相互交融的状态。<u>相比较而言,中国阐释学更倾向于读者与作者的"精神融合",是人与人之间的情感共鸣、精神冥契,而不特别强调读者与文本的视野问题</u>。晚明竟陵派文人钟惺、谭元春一起编《古诗归》,又编《唐诗

归》。钟惺《诗归序》说："选古人诗，而命曰《诗归》。非谓古人之诗，以吾所选为归，庶几见吾所选者，以古人为归也。引古人之精神，以接后人之心目，使其心目有所止焉，如是而已矣。""归"意思是指归、旨趣。《诗归》的选诗、评诗都是以探求古人作诗之真正旨趣为核心。钟惺表示《诗归》所"归"，是指古人的精神，把古人的精神与后人的心目连接起来，这就是一种作者与读者之间的精神交接。所以钟惺论诗，特别强调"精神"二字，他说："真诗者，精神所为也。察其幽情单绪、孤行静寄于喧杂之中；而乃以其虚怀定力，独往冥游于寥廓之外。如访者之几于一逢，求者之幸于一获，入者之欣于一至。"他喜欢古人的"幽情单绪"、"孤行静寄"，在阅读中体会孤独的精神旅行，在寥廓久远的空间时间中展开思绪的冥游，与古人相逢，获得其精神，进入其境界。钟惺还谈到读古人诗的感受："取而覆之，见古人诗久传者，反若今人新作诗；见己所评古人语，如看他人语。仓卒中，古今人我心目为之一易，而茫无所止者，其何故也？在吾与古人之精神，远近前后于此中，而若使人不得不有所止者也。"我们有时也会有同样的阅读感受，古人诗就像今人的新诗，而自己曾经写的评语，看起来已像别人的观点。这种情况的产生，其实就是文本意义的"效果历史"所起的作用：意义随着时代的演进而变动，同时也随着阐释者自身阅历的增长而变动。但是钟惺却认为这种古人和今人、自者和他者相互交换的情况，乃是为一种形而上的"精神"本体所决定的，"精神"贯穿于一切"真诗"之中，贯穿于"古今人我"之中,当读者无法辨别哪个是古人诗、哪个是新作诗、哪个是己评语、哪个是他人语的时候,就在"茫无所止"的混沌中实现了"视野融合",也就是"精神融合"。

谭元春《诗归序》说得更生动:"夫真有性灵之言,常浮出纸上,决不与众言伍。而自出眼光之人,专其力,壹其思,以达于古人,觉古人亦有炯炯双眸从纸上还瞩人。"诗歌文本中有"性灵"的语言,就像是有生命的语言,能够从纸上浮现出来,从语言队伍中脱颖而出。不仅如此,而且有独特眼光的读者,能通过专心致志的阅读,看到古人的双眸从纸上反过来凝视自己。古代诗歌文本在读者的谛视下满血复活,就像古代小说里描写的一样,那些因情而死的女子,在痴情男子的抚摸下还魂醒来,睁开眼睛深情相视。这种阅读体验生动得近于恐怖,选诗评诗者仿佛手持"点鬼簿"唱名,一一唤醒沉睡安息的灵魂。"对视"是阐释学上"对话"的隐喻,不过在《诗归》中,出现在"对话"中的真理不是理性的"逻各斯"(logos),不是读者的现今视野(the present horizon)与古人的原初视野(the past horizon)的交融,而是非理性的"性灵"的共鸣。当然,在谭元春这里,有眼光的阅读者所看到纸上浮现出的古人的"炯炯双眸",倒更像是面对镜子看到的目光炯炯的自己,因为所谓古人的"幽情单绪"之类的精神,归根结底是评点者强烈的主观性灵投射到文本上而出现的幻觉。

金昌为金圣叹作《叙第四才子书》说道:"余尝反复杜少陵诗,而知有唐迄今,非少陵不能作,非唱经不能批也。大抵少陵胸中具有百千万亿漩陀罗尼三昧,唱经亦如之。乃其所为批者,非但刳心抉髓,悉妙义之闳深;正复祛伪存真,得天机之剴挚。盖少陵,忠孝士也,非以忠孝之心逆之,茫然不历其藩翰,况于壶奥!"(《杜诗解》卷首)"唱经"即金圣叹,他有室名唱经堂。漩陀罗尼,佛教指旋转自在之力,《法华义疏》卷一〇:"得无量旋陀罗尼,于法门中,圆满具足,出没无碍。"金昌用来比喻杜甫和金圣叹的胸中都有这种圆满具足、出没无碍的能力,所以金圣叹能在解释杜诗时去伪存真,获得杜诗的真谛,这是因为忠孝之心相共鸣的缘故。

不管是评点者还是注释者,大多是带着"尚友"的态度去对待自己心仪的古人的。仇兆鳌《杜诗详注序》:"是故注杜者,必反覆沉潜,求其归宿所在,又从而句栉字比之,庶几得作者苦心于千百年之上,恍然如身历其世,面接其人,而慨乎有余悲,悄乎有余思也。"从技术上说,仇兆鳌的"句栉字比"的详注方式与钟惺、谭元春"不说破"的评点方式大不相同,也不同于金圣叹那种自由发挥、不厌其烦的解说,但是从追求与古人的精神融合方面来说却完全是一样的。仇兆鳌用"身历其世,面接其人"代替了传统的"知其人,论其世"的说法,这意味着他想通过自己的注释,超越千百年的时间距离,前去与杜甫见面,与杜甫共同感受悲欢的经历。《杜诗详注》并不是主观性很强的注本,但是仇兆鳌在精神融合方面的追求和体验,与那些评点者并没有什么两样。

我们再看看浦起龙《读杜心解·发凡》:"是故诗之兴

也，心声之；其传也，心宅之。作诗、读诗、解诗，胥是物焉。千载遇之，旦暮也；毫厘失之，千里也。夫锋丽于刃，却刃求锋而寻诸欧冶，则近而远之也；月入于棂，倚棂求月而问诸方空，则远而近之也。吾读杜十年，索杜于杜，弗得；索杜于百氏诠释之杜，愈益弗得。既乃摄吾之心印杜之心，吾之心闷闷然而往，杜之心活活然而来，邂逅于无何有之乡，而吾之解出焉。合乎百氏之言十三，离乎百氏之言十七。合乎合，不合乎不合，有数存焉于其间。吾还杜以诗，吾还杜之诗以心，吾敢谓信心之非师心与？第悬吾解焉，请自今与天下万世之心乎杜者洁齐相见。"他把诗看作是"心"的声音，是"心"的住宅，因此作诗、读诗、解诗都是"心"的表现。诗之"心"是非常微妙的东西，解诗者可以穿越时间与古人之心相遇，但也可能差之毫厘，失之千里。他发现前人注杜诗有两条思路：一种是"近而远之"，抛开文本去寻求作者身世，如同抛开锋刃去寻求冶炼高手；另一种是"远而近之"，把知人论世都纳入文本解读中来，如同在窗棂里观察月亮，远空都纳入窗棂方框。但是浦起龙承认，自己十年读杜、索杜都无所得，跟着百家诠释杜诗去索杜，还是无所得，可见前人注杜不能解决诠释杜诗的问题。这是为什么呢？因为这两条思路都没有涉及杜诗的"心"。所以浦起龙采用一条新思路："摄吾之心印杜之心。"这有点像禅宗以心传心的方式，用读者自己的心去印证作者之心，达到"心心相印，印印相契"（《宗镜录》）的结果。这样一来，"吾之心"向杜走去，"杜之心"向吾走来，"吾之心"和"杜

"之心"就在无何有之乡不期而遇,于是"吾之解"也就自然形成。"无何有之乡"出自《庄子·逍遥游》,是指空无所有的地方,也指不确定的虚幻的地方,有点像钟惺所说"茫无所止"的状态。前面说过,在西方阐释学看来,文本的意义既不在文本那里,也不在读者那里,而是存在于读者视野和文本视野的融合之中,存在于视野融合的无限过程中。这意味着文本的意义具有不确定性,它处于读者视野和文本视野相交重合的某个位置,这就是茫无所止的无何有之乡。浦起龙的《读杜心解》,想在"百氏诠释"之外,另开辟一种"心心相印"的解诗方式,或者说是"悬吾解"的方式,说到底,也就是一种解诗者与作者"精神融合"的方式。因为在他的眼里,"心"才是诗歌真正的本体。

> 文本的意义具有不确定性,它处于读者视野和文本视野相交重合的某个位置

我们再看看别的清代学者关于诗注的看法,比如达三为王文诰《苏文忠公诗编注集成》作的序:"至于前人往矣,后人生于数百千年以下,取数百千年以上之诗,伏而诵之,若非脱去形骸,独以神运,以古人之心为心,以古人之境为境,设身处地,情性融洽,则我之精神命脉,与古人之精神命脉,隔碍不通,又何能领略其中之甘苦? 读书岂易事哉! 迨夫声入心通,神与古会,复念天下至大,来世正长,我既窥古人之堂奥,又欲天下共窥;我既通其性情,亦欲来世尽通。此注之所以不容已也。"(《苏文忠公诗编注集成》卷首)虽然他说要"设身处地"去理解古人,看上去就是"以意逆志"的意思,但是关注点不在文与辞上面,而是强调"情性融洽","精神命脉"相通,成为古人精神

上的知音。王文浩注苏诗是否做到了这点姑且不论，而达三的期待可以说代表了清代注诗者的普遍愿望。

第五节 意解与心解

最后我们再来看看明清人关于诗歌文本诠释不同形式、不同目的、不同功能的讨论。中国古代解释诗歌文本的著作有多种名称，比如传、注、疏、笺、故、诂、训、通、释、解、阐、音义，等等，五花八门，但明清一些人好像对客观性诠释和主观性诠释的区别更感兴趣，同时也对主观性诠释给予更高的评价。下面我给大家介绍明清人的一些说法。

<small>明清人对主观性诠释给予更高的评价</small>

明代胡应麟《诗薮》杂编卷五："余每谓千家注杜，犹五臣注《选》；辰翁解杜，犹郭象注《庄》，即与作者语意不尽符，而玄言玄理，往往角出，尽拔骊黄牝牡之外。昔人苦杜诗难读，辰翁注犹不易省也。"胡应麟为晚明"末五子"之一，论诗主张"体格声调，兴象风神"。他受严羽影响较深，也常常以禅喻诗。这里他把注杜诗的著作分为两种：一种是千家注杜，就是那种"排比年月，钩稽事实"的知识主义和历史主义的注释方法，给杜诗编年，注杜诗的本事、典故等，这和五臣注《文选》相类似，注重"释事"；另一种是刘辰翁解杜，表面看来与杜甫的语意不尽相符合，就像郭象注《庄子》一样，不注重知识性的训诂章句，但是对文本所蕴藏的"玄言玄理"往往有杰出的见解。所谓"尽拔骊黄牝牡之外"，就是前面我讲过

的"九方皋相马"式的解释,能得杜甫的真正精神于"形名度数之表"。胡应麟把诠释杜诗的著作分为"注杜"与"解杜",可见"注"和"解"在他心目中是两种不同的著述形式,而他更欣赏的是后者。他的这种观点影响到后来金圣叹的《杜诗解》和浦起龙的《读杜心解》等。

"注"与"解"

浦起龙《读杜心解·发凡》说道:"注与解体各不同:注者其事辞,解者其神吻也。神吻由事辞而出,事辞以神吻为准。故体宜勿混,而用贵相顾。《骚》、汉、邺中、江左诸诗,代各有注。李善、五臣注《选》,解行于注之中。降自唐初以后,诗注本渐少,大都所谓流连景光、陶写性灵之什,不注可也。惟少陵、义山两家诗,非注弗显,注本亦独多。然义山诗可注不可解,少陵诗不可无注,并不可无解。"浦起龙把古诗注本分为"注"和"解"两种,"注"是注其事辞,"解"就是解其神吻。"神吻"二字很玄妙,我的理解是指超越于语言之上的精神口吻,更能体现诗人内心世界的东西。我们也可以这样说:"注"就是训释词语、探究典故,"解"就是内在精神的分析发掘。浦起龙认为,自己做的就是"解",而且是"心解",是在注的基础上对杜诗更为心心相印的解说。

清初几位阐释学"桐城派"的成员,也把知识性注释和精神性理解有意区别开来。陈式的《问斋杜意》是实践桐城派阐释观念的范本,注释者的好几位朋友都围绕着"意"字发表看法。比如《问斋杜意》张英序就提到两种注诗方法,一种叫作"注":"注者,征引事实,考究掌故,上自经史,以下逮于稗官杂说,靡不旁搜博取,以备注

注者,征引事实,考究掌故,上自经史,以下逮于稗官杂说,靡不旁搜博取,以备注脚,使

脚，使作者一字一句，皆有根据，是之谓注。"我前面讲过的以破解典故密码为目的的"抉隐发藏"，在张英看来就是"注"。这种"注"所关注的是"一字一句，皆有根据"，无一字无来处，其基本思路是"以才学为注"。还有一种叫作"意"："意者，古人作诗之微旨，有时隐见于诗之中，有时侧出于诗之外，古人不能自言其意，而以诗言之，古人之诗，亦有不能自言其意，而以说诗者言之。是必积数十年之心思，微气深息，以与古人相遇。"严格说来，"意"并不是一种具体的阐释体例，而是张英根据陈式的《杜意》予以演绎发挥而创造出的名词，是指一种以古人作诗的微旨为诠释目的的著述形式。换句话说，"意"的目的在于对古人微旨的同情理解，是一种"微气深息，以与古人遇"的精神融合。具体而言，对于杜诗，重在作情感上的体会理解，而不作知识上的考古发掘。"意"这种诠释形式的主观性在于，它能把古人之诗不能自言的"意"说出来。我们知道，在陈式之前，明末的王嗣奭有一本《杜臆》，其《杜臆原始》说："草成而命名曰《臆》。臆者，意也。'以意逆志'，孟子读诗法也。"陈式《杜意》的命名，也是来自"以意逆志"的说法，"逆"的意思是"迎"，迎着古人走过去，最后"与古人遇"，实现"视野融合"或"精神融合"。

方孝标作《问斋杜意序》："二如注杜三十年，犹不敢名其编曰说诗，曰说意，盖以为少陵之所重在意，而不在国地、官爵、制度与风俗也。二如以稷契之才，遭乱困顿，遇亦略与少陵同。故有时以二如说少陵之意，亦有时

> 作者一字一句，皆有根据，是之谓注。意者，古人作诗之微旨，有时隐见于诗之中，有时侧出于诗之外，古人不能自言其意，而以诗言之，古人之诗，亦有不能自言其意，而以说诗者言之。是必积数十年之心思，微气深息，以与古人相遇。(《问斋杜意序》)

以少陵说二如之意。苟得其合,则二如之意即少陵之意,若少陵复起,亦不能违二如之意。又岂在国地、官爵与制度、风俗之备不备乎?"方孝标是桐城人,由明入清,康熙朝因为戴名世《南山集》案被牵连,死后被挫骨扬灰,是清朝文字狱的受害者。二如就是陈式,陈式字二如。这篇序里,方孝标认为陈式重在"说意"二字,因为杜诗本身就重在"意",而不在国地、官爵、制度与风俗。陈式的才能与遭遇与杜甫大体相同,二人之间很有共鸣之处,所以二人之"意"是注杜的关键。"有时以二如说少陵之意,亦有时以少陵说二如之意",有时是陈式解说出杜甫的本意,有时却是杜诗表达了陈式之意,陈式心中的情感由杜诗宣泄出来,杜甫是陈式的代言人。解诗者和作者相互说出对方之意,这不就是阐释学的基本概念"对话"吗?把"意"和国地、官爵、制度、风俗对立起来,把"意"看作更高层次的东西,这就是方孝标对《杜意》的理解。总之,张英和方孝标的序言,扩展了传统的"以意逆志"的内涵,它不再仅仅是如同赫施(Hirsch)所说依据同一意志类型而设身处地的心理重建,而是增加了类似伽达默尔(Gadamer)所说注者与作者视野融合与对话的因素。关于这一点,大家可以复习前面所讲内容。

钱澄之为姚文燮《昌谷集注》作序曰:"甚矣!注书之难于著书也。著书者亦欲自成一家言耳,其有言也,已为政;注者者己无心,而一以作者之心为心,其有言也,役焉而已。故曰:著书者无人,注书者无我。然自孔子《系辞》以来,如郭象之注《庄》,王辅嗣之注《易》,旁通发挥，往往出于古人意言之外，亦何尝不用我也！曰：非我也，古人之意之所在也。'书不尽言，言不尽意'，'以意逆志，是为得之'。若惟言之是尊，毋敢略出己见，疑者阙之，未详者置之，惟通其章句而已，是训诂之学也。是以无我之弊，流为训诂。"在一般情况下，著书和注书是有很大区别的。著书是为了自成一家之言，主动权在自己手中，即所谓"己为政"。注书则不同，其目的是求得作者之心，没有自己的心，所以注书者之言，都是为作者打工，"役焉而已"。这非常像翻译者所做的事，所以我前面讲过"译者，释也"的说法。"著书者无人，注书者无我"，这句名言指出了写作与诠释的根本区别：如果著书者有人，那么就会迁就读者，丧失自我；如果注书者有我，那么就很难忠实于原著。所以注书者必须"无我"，做到客观性的阐释，才能获得阐释的有效性。但这是就一般情况而言，在中国古代的文本阐释史上，实际上还出现过不少"注书者有我"的情况，而且这些"有我"的注书，往往还成为经典，比如孔子说《易》的《系辞》、郭象注《庄子》、王弼注《周易》，都是名注，为人称道，而这些注释里都有他们"旁通发挥"出来的思想，超出古人的意思和语言之外。钱澄之认为，这些经典"何尝不用我"，正是有"我"的主体的介入，这些名注才获得成功。但另一方面，他又指出这些名注也可算作"非我"，因为注书者发挥出的是"古人之意之所在"，并不是"我之意之所在"。既然"书不尽言，言不尽意"，那么拘泥于古人之言就肯定不能完全得到古人之意，所以这才要用"以意

著书者无人 注书者无我

钱澄之肯定"注书者有我"的阐释态度，并认为这是一种有效的阐释

逆志"的方法。从这个角度说,姚文燮注李贺诗也是如此,合理推测李贺诗歌文本语言之外的微言大义。钱澄之借此批判了训诂家的注书态度,缩手缩脚,一切只尊重语言,不敢抒发己见,遇到有疑问之处就不敢注,只求疏通章句,这就是"无我之弊"。也就是说,注书者、特别是注诗者如果完全"无我",就根本无法获得"古人之意之所在",也就是注诗者根本无法与作者展开"对话",更遑论达到"视野融合"了。归根到底,钱澄之肯定了"注书者有我"的阐释态度,同时也认为这是一种有效的阐释。

余 论

中国古典诗歌的文本类型与阐释策略

在中国历朝历代，对诗歌的注释大家的看法是不一样的。这不一样中间除了时代的风气之外，还包括他们讨论的文本其实是不一样的文本。那么我们就从文本的类型，来看看中国古代的评论家们到底是怎样针对具体的文本，来提出自己的阐释策略的。

> 对不同类型的文本，必须采用不同类型的阐释策略

对中国古代阐释学、诗歌阐释来说，我们不可能用一条标准就统帅所有的作品。我们面对不同的作品，要采用不同的阐释方法。当我们看到一堆材料，应该怎样去把这些材料从不同的角度进行串通、分类，然后把它逻辑化，使它具有学理性呢？

中国古典诗歌解释传统源远流长，从先秦《诗经》到清代的注释，有两千多年的历史。在各个历史时期形成的不同阐释观念和方法，与诗歌批评交相呼应。阐释方法和诗歌批评不是全等的，中间有交叉的地方，但是它们不一样：阐释学主要是文本解释与理解的问题，并不是像诗歌批评那样说哪一首诗好、哪一首不好，而是要阐释。这种传统又反过来对诗人的创作取向产生了巨大的影响。比如我们前面所讲的"以才学为注"，其实是与"以才学为诗"互为因果关系的。值得注意的是，中国诗歌阐释策略的选择，与其对应的文本类型或阐释者判定的文本类型密切相关，二者互相制约。比如有一种诗歌，我们看起来它写的完全是一些意象，就是所谓的象喻性文本，但是阐释者认为这是记事的，或认为是比兴的，那么他把它当成记事性文本来理解的话，就会去给它编年，就会去给它寻找本事，等等。换句话说，诗歌文本类型与阐释策略之间存

> 中国诗歌阐释策略的选择，与其对应的文本类型或阐释者判定的文本类型密切相关，二者互相制约

在着一种互动的关系。下面我就把这种互动关系分为四大组，来看看四组两两对立的文本类型及与其相对应的阐释策略。这里所谓的四组，中间存在交叉现象，是从不同的角度来进行分组的。

<small>从作诗者的著作权来看，可分为群体之诗与个体之诗两种类型</small>

第一组是：从作诗者的著作权来看，可分为群体之诗与个体之诗两种类型。最典型的例子就是《诗经》，其中除了极少数篇章提到了作者名字以外，绝大多数都无法确定作者。无名作者之诗，或许是个人创作的，或许是集体创作的，我们无从考证。不管是个人创作的还是集体创作的，在春秋时代，《诗经》这样一种文本普遍是被当作群体之诗这种类型来看待的。它不是属于个人的，而是属于群体的，是大家公有的。清人劳孝舆著有《春秋诗话》，他认为春秋时期"当时只有诗，无诗人。古人所作，今人可援为己诗；彼人之诗，此人可赓为自作，期于言志而止。人无定诗，诗无定指"。这段话说得很明确，即春秋时期只有诗，没有诗人；古人所作的诗，今人可以作为自己的诗来引用；他人所作的诗，别人可以把它看成自己的作品，只是为了"言志"而已。我们前面讲过的"赋诗言志"，就是在春秋的各种场合。他说的"人无定诗，诗无定指"，也就是说，没有诗人的诗，如同公共财产；诗既是属于公共的，那么每个引诗者都有权根据自己的需要，不顾原诗的上下文，任意截取诗中的句子或割断诗歌的背景，来表达自己的意愿。所以春秋列国在四种外交场合，即聘、盟、会、成，诗人往往用《诗经》来表达自己的意愿，可任意赋他人之诗，言自己之志，这叫作"断

章取义"。比如《左传·成公三年》,外交家使用《卫风》 　断章取义
"氓之蚩蚩"那首诗里的"士也罔极,二三其德",这两句
诗本来是谈男女关系的,但外交家用它来谈国与国之间的
盟约关系,也就是《诗经》里面的婚约关系被作为国与国
之间的盟约关系来引用。又比如《左传·昭公三十二年》,
引用《小雅·十月之交》里面的诗句"高岸为谷,深谷为
陵",这句诗本来在《小雅》里面说的是自然灾害,地震
使地壳发生了变化;《昭公三十二年》里面的大臣引用它,
来比喻君臣关系的位置颠倒互换。像这样的一些诗句,在
"断章取义"的时候,当然有约定俗成的含义,大致上他
们引用的含义,在当时是被认同的。在春秋列国聘、盟、
会、成的外交场合,他们可以任意赋他人之诗来表达自己
的意志。

　　关于这种"断章取义",清代的学者钱大昕在《虞东
学诗序》中指出:"赋诗断章,不必尽合乎诗之本旨。"钱
大昕是乾嘉学派的代表人物之一,乾嘉学派本来十分推
崇治学要实事求是,对经典的解释,是从文字、训诂以至
声音、义理推导而成的。但是我们会发现,在乾嘉学派里
面,这些学者对儒家的一种经书是放得比较宽的,那就
是《诗经》。他们认为《诗经》有自己的独特性,所以钱
大昕在《虞东学诗序》里面就提出"赋诗断章,不必尽合
乎诗之本旨"。在儒家其他的经典文本里面,他们是一定
要去追求"本旨"的,但《诗经》是一个例外。钱大昕的
这种态度,是"引诗者"的态度,而不是"说诗者"的态 　引诗者　说诗者
度。所以"引诗者"可以断章取义。"引诗者"其实不是

理解和解释，而是一种使用，是使用《诗经》而不是解释《诗经》。钱大昕在讲《诗经》可以断章取义的时候，也谈到了孟子说的"以意逆志"那一段话："说诗者，不以文害辞，不以辞害志。"所以他对"说诗者"和"引诗者"的不同区别得非常清楚：孟子说的"以意逆志"是"说诗者"的态度，"赋诗断章"是"引诗者"的态度。但是，由于赋诗者在"断章"之时带有自己对诗章意义的理解，"取义"之时也在事实上对诗章进行了阐释，所以"赋诗断章"后来也被称为"断章取义"，"断章取义"也可看作诗歌阐释的方法之一。换句话说，"断章取义"的诗歌，"断章"的人都把它看作公有财产，看作群体之诗。

　　到了战国时代，情况有所变化。我们从《孟子》里面就可以看到，孟子与他的学生已开始讨论《诗经》中《小弁》和《凯风》的作者，可以看出《诗经》已经开始被视为个体之诗了。至少在孟子的眼里，《诗经》每一首诗是表达的每一个人个体的意志。孟子谈《诗经》，不仅仅是《小弁》和《凯风》，还有前面已经讲到过的"普天之下，莫非王土"那一首诗，还有《云汉》之诗、《大雅》《小雅》里面的诗，都被孟子看成是个体之诗。

　　《孟子》提出的"以意逆志"的"说诗"方法，不同于"断章取义"引诗的方法。当"断章取义"引用诗歌的时候，是把诗歌当成集体之诗；孟子说诗的时候，认为每一首诗都有一个对应的作者。因此"以意逆志"的说诗方法，是讨论如何根据读者的测度去稽考诗歌的本旨和诗人的本意。前面我们已说过，"以意逆志"是中国诗歌阐

以意逆志

释学的"开山纲领",在这中国诗歌阐释学的"开山纲领"中,诗人个体的创作意图受到重视,阐释的重心由诗章之义转移到诗人之志上来。"断章取义"的时候,不关注断得如何,只管这一章本身呈现出来的意义,即诗章之义。这诗章之义可以跟作者之义没有关系,比如"普天之下,莫非王土;率土之滨,莫非王臣",这四句就是"断章取义"的理解,如果进行全面的理解,那么这四句只是诗歌的背景而已。阐释的重心由诗章之义转移到诗人之志上,关于诗人的背景信息成为阐释者关心的内容,于是便有"知人论世"的说法出现。"知人论世"的提出,从《孟子》的原文来看,虽然本身无关乎诗歌的阐释,但"颂其诗,读其书,不知其人可乎"的说法,却指明了阅读和理解个人之诗需要个人身世、时代背景的支持:"知人"要理解个人的身世,"论世"要了解时代的背景。这个"知人论世"的方法,一直到1949年以来我们的文学史,现代的学术主流,仍然是相当重要的一个研究方法。需要说明的是,"知人论世"是为了辅助读者和解释者更有效地"以意逆志",它不是一种阐释的方法,而只是一种辅助的方法。

> 诗章之义→诗人之志

> 知人论世

  由于有群体之诗和个体之诗这两种文本类型的区别,或者以《诗经》来说,《诗经》中同样的文本,在春秋的时候被当作群体之诗来看待,在战国的孟子那里被当作个体之诗来看待,《诗经》文本本身没有变,但在阐释者心目中它的文本类型变了。因此"断章取义"和"以意逆志"分别奠定了中国古代对待群体之诗和个体之诗的两个

> "断章取义"和"以意逆志"分别奠定了中国古代对待群体之诗和个体之诗的两个阐释传统

阐释传统,这在后来的诗歌诠释中一再得到证明。比如,在今文经学的《韩诗外传》中,作者之所以一再使用"断章取义"的方法,就是因为《诗经》在他眼里是"人无定诗,诗无定指"的群体之诗,《诗经》也就是一部格言集,一部体现了群体社会伦理原则的经典。作为普世的经典,《诗经》可以任意截取来印证解经者信奉的政治道德观念。今文经学采用的就是这种"断章取义"的方法。不光是今文经学,先秦其他的儒家经典,包括孟子本人,孟子在说诗时,当然是一个解释者,《孟子》里面有很多地方是引用《诗经》里面的句子的,在《左传》《论语》等里面也都有很多引用《诗经》的地方,引用的时候,它们并不注意背景,就是作为经典,有的时候甚至是格言的引用。但是另一方面在古文经学的《毛诗故训传》中,其诗序的设置则体现出"以意逆志"的倾向。很多篇的开头都会说比如"刺厉王"或"美××"等,"美"和"刺"都要在前面作一篇序来说明,作序的目的就是交代这首诗的背景。尽管很多诗小序把"美刺"之作称为"国人"的集体创作,但这些诗实际上已因时代背景的明确而近于个体创作。后来郑玄作的《诗谱》和《诗笺》,《诗谱》相当于《诗经》作品的系年,在古文经学的毛诗阐释系统里面,这些关注者都是关注它的背景,认为它接近于个体的创作,不是普世的经典,而是在某个特殊时代的一种文本,因此与《韩诗外传》认为的普世经典文本大为不同。郑玄笺释毛诗,更将孟子"说诗"的方法运用到实践中去。王国维在《玉溪生年谱会笺序》中称赞郑玄的《诗谱》《诗笺》:"谱也者,所以论古人之世也;笺也者,所以逆古人之志也。"也就是说,《诗谱》和《诗笺》分别是"知人论世"和"以意逆志"的结果。所谓"古人",更具有个体作者的成分。换言之,《诗经》里的诗在毛诗的阐释系统里面不是没有作者的公共财产,而是属于某个特定的时代、国度里的某个无名诗人,是有"定指"之诗。所以后来毛诗的阐释系统,对于每一首诗到底是什么样的、到底说的是什么,从毛传、郑笺、孔颖达的《毛诗正义》,到宋代欧阳修《诗本义》、王质的《诗总闻》,一直到朱熹的《诗集传》等,对每一首诗具体的含义、具体的所指,进行了阐释。当他们对每一首诗的含义进行探讨的时候,实际上已经把《诗经》这部著作当作有定指之诗,只是每个人心目中的"定指"不一样而已。那么《诗经》的每一篇就不是公共财产、集体之诗可以随便引用,而是一定要探明它究竟是指什么。

由此,关于"诗言志"的概念也可从两方面来看,当诗歌文本被当作群体之诗的时候,"诗言志"往往指的是赋诗者所言之"志",你能够背多少《诗经》,那么你在不同的场合就能把《诗经》恰如其分地背出来来表达你自己的意志。正因为有"赋诗言志"的要求,所以孔子说"小子何莫学夫诗",又说"诗可以兴,可以观,可以群,可以怨"、"不学诗,无以言"。"不学诗,无以言"实际上就是说《诗经》是先秦时代春秋各国精英阶层必备的普遍知识,没有这种知识,就没有资格说话,这相当于18、19世纪欧洲贵族一定要会说法语,如果不能说法语,就无法

当诗歌文本被当作群体之诗的时候,"诗言志"往往指的是赋诗者所言之"志"

在社交圈中立足。所以在春秋时期，一般的君子、士大夫，一定要学《诗》和背《诗》。当诗歌文本被当成群体之诗的时候，"诗言志"指的就是"断章而赋"的"志"，虽然原文是别人的，但自己拿来使用的时候，就成为自己的"志"了。关于这一点，我们在第一讲中讲到赵孟观七个人赋诗，能看出七个人赋的都是《诗经》里面的诗，但都是赋自己的"志"。只有当诗歌文本被看作个体之诗时，人们才会去推测、揣摩作诗者所言之"志"。个体的"诗言志"，屈原的《离骚》里面已经提到了，但还不直接是"诗言志"这几个字。后世的作家，比如东汉末期的曹操，像《短歌行》"幸甚至哉，歌以咏志"等很多诗都提出诗是用来表达个体的"志"的。当这些诗明确提出言个体之"志"的时候，我们才会去推测、揣摩作者所言之"志"。所以"断章取义"和"以意逆志"是针对两种不同类型的文本而提出来的。

> 只有当诗歌文本被看作个体之诗时，人们才会去推测、揣摩作诗者所言之"志"

以上是从第一个方面个体之诗和群体之诗，即著作权的角度来看的。第二组两种对立的文本，是从作品的艺术性质来看，可分为记事之诗与象喻之诗两种类型。再以《诗经》为例，记事性文本以《雅》《颂》为主，也包括部分主要采用赋的手法的《国风》。《大雅》里面有好多诗篇是被当作周民族的史诗来看待的，比如《生民》《公刘》《绵》等，都是被当作反映周民族迁徙等的史诗来看的，这些诗就具有记事性的功能。在《国风》中也有，刚才提到的《氓》，中间虽然也有比兴手法，但大部分是赋的手法，它也可以算是一种记事之诗。《诗经》里面记事性文本比较多，对此孟子有一句名言"《诗》亡然后《春秋》

> 从作品的艺术性质来看，可分为记事之诗与象喻之诗两种类型

作",即《诗》最初是一种历史文本,具有记录的功能,《诗》衰落了以后,《春秋》才作,暗示着他理想中的诗歌是通于《春秋》之"史"的文本。闻一多在《歌与诗》里面谈到"志"字的三个用法:"志"最初是一种记忆,然后是记录,第三是怀抱。从记忆、记录到怀抱,可以看出诗实际上是言志的,诗最初应该是一种记诵的歌诀,然后是一种历史性的文本。在后来出现的"变风"、"变雅",特别是"变风"里面,可以看到很多没有明确的叙事因素的诗,即所谓的象喻性文本。象喻性文本以《风》诗为主,包括部分主要采用比兴手法的《小雅》。这种文本接近《周易》之"象"。李梦阳说:"知《易》者可与言《诗》,比兴者,悬象之义也。"明代很多诗人反对或不喜欢宋代人的"以诗证史"或者"诗史"的说法,李梦阳等前、后七子,更多地是把诗看作象喻性文本,讲究诗的兴象、意象,等等。象喻性文本的特点,一是包蕴极为丰富,"其称名也小,其取类也大",即一个形象中就包含很多种可能。现代文艺学里面有一句名言"形象大于思想",即一个小的意象可以反映出很多内容。"其称名也小,其取类也大",刘勰在《文心雕龙》中使用过,而最早的出处是《周易·系辞》。《周易》认为小小的"象",可以反映广阔的世界、广大的思想、深微的奥义,诗的比兴也有这样的道理。象喻性文本的第二个特点是意义变动不居,即意义变化莫测,并不固定,任由每一个读者去确定,"化而裁之存乎变,推而行之存乎通,神而明之存乎其人",这三句话也是出自《周易·系辞》,在此我们也可以把它当作

以"神而明之存乎其人"的方法阅读象喻性文本

阅读象喻性文本的方法。对一个象喻性文本，能不能理解得很深透，取决于读者自身的艺术感悟能力。比如李商隐的《无题》一类的诗，你对李商隐理解得越多、对中国古典诗歌理解得越多、感受能力越强，能够发现的东西就越多。至于怎么讲，那就取决于个人。所以李商隐的《无题》诗，包括《锦瑟》，一千多年来有很多人作出不同的解释，每个解释者作的解释，跟他们的学识修养以及对诗歌的认识都是密切相关的，即味道存乎其人。

<blockquote style="float:left">以"知人论世"的方法阅读记事性文本</blockquote>

记事性文本和象喻性文本这两种不同的文本类型也决定了各自适宜采用的阐释方法。以"知人论世"的方法来对付记事之诗，往往行之有效。如《毛诗序》以《小雅》的《十月之交》《雨无正》《小旻》《小宛》四篇为刺幽王作，而郑玄根据《国语》的记载以及纬候断定为刺厉王之诗。幽王与厉王，时代完全不一样。郑玄的考证之所以可信，乃在于文本中有提供背景的"皇甫艳妻"之类的记事性句子。后来王国维又根据同治年间出土的地下文物，证明了郑玄的说法是正确的。毛与郑千年的是非，由于地下文物的出土，通过"二重证据法"得以证明，郑玄的"知人论世"是正确的。《十月之交》这类的文本，是可以去查找它的背景的，因为它中间有记事性的因素、记事性的句子，我们能够找到蛛丝马迹。然而，同样的方法在推测《秦风·蒹葭》《陈风·月出》这类"事"的色彩由显而隐的作品的时候未必可靠。像《秦风·蒹葭》，"蒹葭苍苍，白露为霜，所谓伊人，在水一方"，每一个秋天都可能产生；《陈风·月出》，"月出皎兮，佼人僚兮，舒窈纠兮"，

只要天晴，每个月都会有月亮出来，它只是说月而已，没有提供任何写诗的人物、时代等背景。当这些背景都没有的时候，如果我们一定要去给《秦风·蒹葭》《陈风·月出》系年或找出它们的背景，要用"知人论世"的方法去考证它们，那就是错的。闻一多在《歌与诗》这篇论文里，就谈过从《大雅》《小雅》到"变风"、"变雅"，"事"的因素由显而隐，也即"史"的因素由显而隐；到《秦风·蒹葭》《陈风·月出》的时候，这类诗实际上已经是歌谣，是民歌的"歌"了，是抒情的；"诗言志"的"志"，也由记忆、记载变成了怀抱的"志"，就是情感。换言之，面对记事性文本游刃有余的"知人论世"方法，在解释象喻性文本时却不免方枘圆凿，扞格不通。

相对而言，记事性文本具有确定性，可以在历史的坐标中找到对应的位置。如郑玄《诗谱序》所说："欲知源流清浊之所处，则循其上下而省之；欲知风化芳臭气泽之所及，则傍行而观之。""循其上下"是纵向的研究方法，"傍行而观之"是横向的研究方法，用诗谱的形式从纵向和横向交叉的坐标点确定诗歌的"次第"。而象喻性文本却完全是开放性的，它的意义由读者而非作者来决定。象喻性文本通过象征和隐喻来表达情感和意义，但是象和意之间并非一对一的关系，绝非有一个圈定的死义，而是有很大的弹性。一个"象"可能对应若干种意义，钱锺书在《管锥编》中谈到"比喻有两柄而复具多边"，即一个比喻它可以是正面的、反面的，也可以是中性的，一个"象"可以比喻很多东西。《周易·系辞》所谓"仁者见之谓之

> "见仁见知"是阐释象喻性文本的必然结果

仁，知者见之谓之知"，既是指对易之"象"理解的不确定性，也可以借用来说明对诗之"兴"的不同诠释。既然象的特点是"神而明之，存乎其人"，那么"见仁见知"便是阐释象喻之诗的必然结果。值得注意的是，这种我们可以称为中国古代的读者反应批评的观念，其前提是文本须具有象喻性的特征。比如杜甫的《北征》这首诗，已经写得很清楚，如果你硬要跟传统的理解不一样，那就没有道理。再比如《锦瑟》，有十多种解释方法，甚至可能有几十种、上百种，这就是因为李商隐并没有给我们圈定它的意义，他给我们的那些意象可以使我们自由地联想、自由地解释。董仲舒在《春秋繁露》中转述的"《诗》无达诂"之说，其实就是和"《易》无达占"相类比而提出来的，可见《诗》的理解和解释中存在的"见仁见知"现象，与易象的关系何等密切。

> 对文本类型性质的不同认识，形成中国古代诗歌阐释史上的"知人论世"和"见仁见知"两大传统，即中国古代的阐释观念分别受到史学和易学的影响

对文本类型性质的不同认识，形成中国古代诗歌阐释史上的"知人论世"和"见仁见知"两大传统。这也可看作中国学术中"史学"传统和"易学"传统分别在诗歌阐释领域的投影。这个判断虽然比较简单，但是有它的合理性。我们从最大的方面来看，中国古代的阐释观念分别受到史学和易学的影响。当然这只是一个大的判断，大判断之下可能还需要我们用很多细节去补充，但这个大的判断应该是可靠的。明代的诗论，很多会谈到《周易》之象的内容，而宋代的诗论很少谈这些，更多地是谈到史学。宋代批评家往往注重诗歌的记事性因素，诸如"诗史"概念的提出，年谱、编年、本事等背景研究的流行，乃在于注

重诗中或诗后之"事",其观念则多半来自"知人论世",所以后来清人厉鹗在《宋诗纪事序》里声称"有宋知人论世之学",把"知人论世之学"专门归给"有宋一代"。在宋代流行的"诗史"观念,后来受到明代诗评家的冲击。明人更注重诗歌的象喻性因素,推崇"水月镜花"般的文本类型,欣赏"难言不测之妙"、"心了了而口不能解"的诗歌。明代评点之学盛行,很大原因在于他们认为"心了了而口不能解"。李梦阳说:"夫诗比兴错杂,假物以神变者也。""假物以神变",这显然是脱胎于《周易》的说法。王廷相说:"夫诗贵意象透莹,不喜事实粘着。"也是从易象的角度来理解诗歌文本。与此观念相对应,评点、心解、臆说等印象式批评成为明代诗歌阐释的重要形式。也就是说,他们所认定的文本类型,决定了他们采用什么样的阐释策略:宋代人喜欢的是记事性的文本,因此年谱、编年、本事考索比较兴盛;而明代人评点、心解、臆说等印象式批评较多,就因为他们认为文本本来就是不确定的,是象喻性的文本。

　　第三个角度,从作诗者的创作态度来看,可分为有意之诗与无意之诗两种类型。苏轼在关于《诗经》研究的论文《诗论》中指出,前人所讨论的"兴"里其实有"比"和"兴"两种方法的区别,一种"兴"其实是"比",是诗人有意识取物象来表意,"有所象乎天下之物,以自见其事";而真正的"兴"则是一种无意识的偶然触物有感,"意有所触乎当时,时已去而不可知,故其类可以意推,而不可以言解也"。他认为"兴"的文字没有表达诗

> 从作诗者的创作态度来看,可分为有意之诗与无意之诗两种类型

人创作意图的功能，因而对"兴"的诗歌就只能作推测式的理解，而不能作语言的诠释。——当我们要取一样东西来比喻的时候，其实有一种理性存在，即认为此物与彼物之间可以抽取出一些共同点，当我们抽取它们之间的共同点时，其实已经是有意识地进行创作了；而真正的"兴"是偶然的"触物有感"，只能根据创作意图去作大致的推测，不可能解释得很清楚，因为当时创作时，触动"我"的那个东西已经过去了，就像灵感一样转瞬即逝，当它已经逝去的时候再要重新恢复、建构它是怎样的有意创作，实际上作者自己都说不清楚，作者自己都是无意识的创作，阐释者又如何去寻找作者的"意"呢？只能是推测而已。苏轼认为，诗人在"兴"的状态下作的诗，对其进行"以意逆志"，是不太可能的，因为诗人自己都说不清楚自己是怎样写的，它只是一种灵感、一种偶然。

因此自苏轼以后，"兴"这一概念在后人的理解中分化为两种形态：一种是"兴托"之兴，寄托着作者的创作意图，这就是有意之诗；另一种是"兴会"之兴，表达着作者的偶然感触，即无意之诗。此人谈兴与彼人谈兴，其实他们所谈的兴不一样。兴托是有意为诗，兴会是无意为诗。对于读者和阐释者而言，诗歌也由此分为"可解"与"不可解"两种类型。"可解"的是兴托之诗，它们并不是作者偶然写成的，我们从中可以看出作者寄托了什么，可采用史实考证和典故训释，即考释古典与今典的"双重证发法"来追寻作者之意。"双重证发法"是陈寅恪先生提

<small>兴托：有意之诗/可解
兴会：无意之诗/不可解、不必解</small>

出来的，也就是说一个诗人使用了一个典故，我们不光要找出这个典故是出自哪里、弄清典故的意思，而且我们还要查出这个典故是影射的那个时代的哪一件事。比如苏轼的诗用典故来讽刺王安石的新法，我们就不仅要知道苏轼诗里典故的出处，而且要知道苏轼在写这首诗的时候在当什么样的官、有什么样的思想。举个例子，苏轼有一组诗《山村五绝》，其中有一首讽刺王安石新法中的盐法，即国家管理盐务，不准个人贩卖私盐。其中有两句"岂是闻韶解忘味，尔来三月已无盐"，写一个老农民没有盐吃，因为官盐太贵，私盐又不许贩卖。"闻韶忘味"这个典故出自《论语》，夫子闻韶，三月不知肉味，孔子听了古代先王留下的古乐，觉得这样美妙的音乐可以使自己忘记肉的味道了。这个老农民也像孔子一样忘记味道了，但他是因为已经三个月没有盐。《论语》中的"闻韶忘味"是古典，苏轼《山村五绝》写于任杭州通判的时期，去山村考察农民生活状况的时候，苏轼当时有一个"今典"，这个今典就是他对新法的不满，只要我们考察苏轼反对王安石新法的其他文章，就会发现这首诗里是带有对新法的讽刺的。这首《山村五绝》后来被人笺注，苏轼在"乌台诗案"中就招供了。这种诗，可以说就是有意之诗。我们可以用考释古典与今典的"双重证发法"来追寻作者之意。苏轼这首诗比较简单，还有更复杂、更晦涩的诗，但是只要我们知道它的寄托，就可以知道它的讽刺之所在。比如杨亿的《汉武》，我们通过其中历史的典故，就可以知道杨亿是讽刺汉武帝，同时也可能讽刺宋真宗迷信道教。这是有意之诗。另一种兴会之诗，是一种控制不住的创作冲动，这种冲动写出来的诗，我们就无法探求作者之意，只能靠读者自己的心领神会。在宋代，有"千家注杜"的盛况，注释者多半把杜甫的每一首诗都看作兴托之诗。比如杜甫有一些写风景的诗、写身边琐事的诗，但这些注释者认为它们都与朝廷大事有关系，都要把它们作政治的联想。对杜甫诗进行政治联想的，有几部诗格特别明显，一是题名为梅尧臣的《续金针诗格》，二是惠洪《天厨禁脔》，把杜甫在曲江写的描写宫殿的诗都看作有寄托，结果这些解释都非常可笑。黄庭坚对这种注杜的倾向深表不满，他在《大雅堂记》中强调杜诗的妙处"乃在于无意于文"，反对那些"以为物物皆有所托"的穿凿附会者，认为那些主张"物物皆有所托"者是把杜甫诗当成谜语来猜，这种方法是非常不妥当的。黄庭坚主张对杜甫诗采用"无意于文"的态度，即很多杜诗不要把它们看作有意的寄托，而只是老杜的一时兴会而已。金代元好问的《杜诗学引》，专门讲杜甫的诗应该怎么理解，他也认为黄庭坚的这种态度就像九方皋相马一样，不拘泥于杜诗中"牝牡玄黄"这一类的东西。明代谢榛的《四溟诗话》，也把诗歌分为"立意造句"和"漫兴成篇"两种类型。陆时雍《诗镜总论》则把诗人的创作分为"以意为诗"和"以情为诗"两种形态。所谓"立意造句"、"以意为诗"都是有意之诗，而"漫兴成篇"、"以情为诗"都是无意之诗。因为"意"是固定的，陆时雍有个说法"意死而情活"，分了两种类型：如果先立"意"再写诗，那么人为的痕迹就很重；感情冲动不得

一往而至者，情也；苦摹而出者，意也。若有若无者，情也；必然必不然者，意也。意死而情活，意迹而情神，意近而情远，意伪而情真。（《诗镜总论》）

已写出来的诗,就是"无意"的诗,是一种真实的诗。

很多诗人都注意到这两种类型的诗,对这两种诗我们也应该有不同的阐释方法。有意之诗必然包含着作者的意图,即使作诗者有"书不尽言,言不尽意"的遗憾,解诗者也可以循着"书"去追寻未尽之"言",循着"言"去追寻未尽之"意",通过语言来"以意逆志",通过文辞去找寻"志",通过探究本事、破译典故、体察性情、还原存在等手段找到作品的"本义",恢复作品的本来面目。把作品里面的每一个典故弄清楚,然后我们再去体察作者的情绪,这样就可以找到作品的本义。然而无意之诗却完全产生于偶然的冲动,时过境迁,作诗者也难以说出有何确切的意旨。这样的诗只表现一时的心境兴趣,而心境兴趣是无法从语言中剥离出来的。严羽说"盛唐诸人,惟在兴趣,羚羊挂角,无迹可求",其实就是说兴趣无法从语言中剥离出来,所以这样的诗既不可解,也没有必要去解。比如孟浩然的诗"春眠不觉晓,处处闻啼鸟。夜来风雨声,花落知多少",根本就没有必要去解。同时,无意之诗往往单纯透明,既无复杂的深意,也就不必再作诠解。像刚才孟浩然的诗,还有李白的"床前明月光,疑是地上霜。举头望明月,低头思故乡",都是很简单、很单纯的,是作者当时的冲动,要去追寻它的背景,李白是因为受到唐明皇的不公平的对待而想念家乡了吗?这样去解释就没有必要,而且可能根本也不是这么一回事。朱鹤龄《辑注杜工部集序》说得比较深刻:"诗有可解,有不可解乎?指事陈情,意含风喻,此可解者也。托物假象,兴会适然,此不可解者也。""托物假象"可能尚可解,而"兴会释然"就完全不可解了。对于注释者来说,首先要判断诗歌的文本类型,确认其可解还是不可解,否则将事倍功半,甚至南辕北辙。一般说来,宋代、清代阐释者倾向于把诗歌看作有"必然"之意的文本,而明代阐释者却更欣赏"不必然"的无意的文本。对文本类型的不同认识,造成意图论和反意图论、诠释和反诠释的对立。明代的"反诠释"、"反意图"、"反诗史"其实都是基于他们对文本的认识,他们认为只有"不必然"的诗、"无意"的诗才是最高的诗。现在我们看唐代诗歌中,注释最多的一是杜甫的诗,一是李商隐的诗,孟浩然的诗注得就很少,王维的诗有人注,但其实中有些是不必注的,王昌龄等盛唐诸公的诗,很多都没有人去注。但宋代的苏轼、王安石、黄庭坚、陈师道、陈与义等很多人的诗,当代就有人去注,的确这两种文本类型是有所区别的。

意图论/反意图论/诠释/反诠释

第四个方面,从作诗者的身份来看,可分为学人(文人)之诗与风人之诗两种类型。"风人"即诗人,"风人之诗"即诗人之诗。刘克庄指出:"以情性礼义为本,以鸟兽草木为料,风人之诗也;以书为本,以事为料,文人之诗也。"前者是由情感伦理和自然物象融合而成的文本,后者是由书本知识和历史事实熔铸而成的文本。刘克庄提出的这两个概念,其实是针对南宋诗坛提出来的。南宋诗坛上有一部分人是江湖诗人,另外一部分是江西诗人,江西诗人实际上是继承了元祐文学的传统和江西诗派的传统。刘克庄分析南宋诗坛的两种情况,说"资书以为诗失之

从作诗者身份看,可分为学人(文人)之诗与风人之诗

资书以为诗失之腐——江西派(文人之诗)

捐书以为诗失之野——江湖诗(风人之诗)

腐，捐书以为诗失之野"。

中国历代批评家对这两种文本褒贬不一。以评论孟浩然诗为例，《后山诗话》引苏轼的话："孟浩然之诗，韵高而才短，如造内法酒手，而无材料尔。""韵高而才短"，是说虽然有诗人的味道，但是才学太少，没有厚度，没有材料，这是站在"学人之诗"的立场来批评孟浩然。而严羽《沧浪诗话》则说："孟襄阳学力下韩退之远甚，而其诗独出退之之上者，一味妙悟而已。"是说孟浩然虽然学力不及韩愈，而且差得很多，但他的诗却比韩愈写得好，因为他"一味妙悟"。严羽是站在"风人之诗"的立场。我们可以说，苏轼的评价代表了北宋以来蔚为风气的"以才学为诗"的倾向；至于严羽的说法，则基于"诗有别材，非关书也；诗有别趣，非关理也"的认识。对于杜甫、韩愈这样"无一字无来处"的"学人之诗"，读者或解释者必须具备充分的知识储备，并通过对"古典"和"今典"的密码破译来完成与诗人的对话，或者说是需要"以才学为注"的手段才能对付"以才学为诗"。顺便说，韩愈诗在宋代也受到高度评价，后来有所谓的《五百家注昌黎文集》，可以看出韩愈在"学人之诗"中很受欢迎。对于孟浩然这样"一味妙悟"的"风人之诗"，读者或解释者需要体会的是"别材"、"别趣"，超越知识和理性，通过情感的共鸣与物象的感发去把握"风人妙义"，用神秘的"悬解"和主观的"意逆"完成与诗人的对话。

正是对"资书以为诗"和"捐书以为诗"这两种不同类型文本的欣赏，形成了诗歌阐释史上的又一组相互对

文人之诗——笺释训诂
风人之诗——评点批注

立的传统——笺释训诂和评点批注。理解与解释的重心，笺释训诂在"故实"、"来历"，即知识学问；评点批注在"兴趣"、"诗法"，即艺术审美。这就是明代薛冈《天爵堂笔录》所说："风人与训诂，肝肠意见绝不相同。训诂者，往往取风人妙义，牵强附会。老杜身后，受虞、赵两君之累不浅。"虞、赵是元代的虞集和赵汸，他们两人都注过杜诗。训诂者所持的是一种学术性的"肝肠意见"，强调实事求是，相信通过释事、释史、释理能够得到诗人的本意。而评点者则站在"风人"的立场，超越知识、史实与理性，致力于发现作者神在象先、意存言外的艺术魅力。薛冈批评训诂家"往往取风人妙义，牵强附会"。而反过来，清顾炎武却在《日知录》中指责评点者《诗归》的知识性错误，"此皆不考古而肆臆之说"，批评其没有学术含量，因为顾炎武是站在学者的立场。

以上几组相互对立的诗歌类型的划分，既与其作者自身的因素、文本本身的性质相关，也与不同的读者所采取的阅读态度有关。一方面，在诗歌理解和解释的活动中，同一文本往往在不同的读者和解释者那里被划归为不同的类型。比如杜甫之诗，在笺注者那里被当作个体之诗（生平出处）、记事之诗（"诗史"）、有意之诗（"一饭不忘君"）、学人之诗（"无一字无来处"），是"以意逆志"和"知人论世"的对象；而在评点者那里却被当作群体之诗（"心所同然，千载如对"）、象喻之诗（"兵家读之为兵，道家读之为道"）、无意之诗（"妙处乃在于无意于文"）、风人之诗（"有不可名言之妙"），是"断章取义"、"见仁

<small>同一文本被不同的读者和解释者划归为不同的类型</small>

见知"的对象。这是一种情况，即同一个诗人的作品被不同的人看作不同类型的文本。另一方面，持不同阐释策略的解释者，也会分别在各种文本中选择最适合自己阐释观念的类型。意图论者常选择典型的记事之诗、有意之诗、学人之诗，如杜甫、苏轼、韩愈的诗；反意图论者常选择典型的象喻之诗、无意之诗、风人之诗，如王维、孟浩然的诗。比如清代王士禛提倡"神韵说"，他选的《唐贤三昧集》，李、杜就不在其中，而是选了王维、孟浩然等诗人。

> 持不同阐释策略的解释者，分别在各种文本中选择最适合自己阐释观念的类型

从阐释学的角度去重新审视中国古典诗歌的文本类型，或许可为学术界重写文学史提供一条新的思路。因为它促使我们反思这样一系列问题：过去的文学史著作在解释历代作品时，是否采用了对应于其各自文本类型的阐释策略？在评价不同文本类型的优劣时，是否采用了同一评判标准？这种评判标准到底有多大的合理性？在今后的文学史研究中，怎样才能根据文本类型的不同，来选择或制定最行之有效的研究方法？

后　记

又是一年的盛夏，天热雨多，好处是学校放假，正好有完整的时间来修改书稿。窗外骤雨初歇，斜阳染红晚霞，数日伏案击键，终于又到了写后记的时候，一身轻松。

本书是在我讲授的"中国文学阐释学"课程录像、录音和学生笔记基础上整理而成。鉴于录像和录音都有缺漏，因此我在整理时补写了一部分内容，修订了一些错误，重新编排了目录，总之，与网络上的视频相比，有了不少改动和补充。本书的性质相当于课堂讲课实况的文字转换，超星提供了录像，学生提供了部分笔记和录音，帮忙整理书稿，责任编辑作了大量补充。作为课堂讲授实况的展示，本书谈不上有什么行文风格，多有重复啰嗦之处，依照讲义大纲，随意发挥，有时不免信口开河，尽管在整理过程中删掉了过分离谱的内容，却还可能存在一些问题。这时特别羡慕那些出口成章的天才演讲家，人家"十讲"之类的书稿，想必直接根据录音抄写便是一部好书，而拙著却免不了一般演讲记录的涣散枝蔓，敬请读者谅解。

本书的框架是我的"中国文学阐释学"课程讲义，其中有些内容我在拙著《中国古代阐释学研究》中已经写过，并不新鲜。所不同之处在于，本书不仅有新的理论发现，有更多细致的文本解读和阐释举例，而且主题更集中，更专注于文学阐释方面的内容，而将经学、玄学、佛学、理学的诠释基本排除在外。从某种意义上说，本书是一本更适合中文系研究生的教材，因为原本这门课就属于四川大学文学与新闻学院博士生的"中外语言文学与文化专题研究"平台课。开课十多年来，选课的有中文各专业方向的学生，包括古代文学、文献学、现代文学、外国文学、比较文学、文艺学、语言学，等等。当然，若是哲学、历史学及其他人文科学的研究生和学者对拙著感兴趣，我相信也不会空手而归。

在本书即将付梓之际，我要感谢学生阎慧、汪义军提供笔记和课堂录音资料，感谢薛守砚、刘欢、李刚、温煦、黄金菊、杨婧文帮忙整理书稿，尤其要感谢责任编辑王汝娟女士为策划、整理、编辑本书所付出的辛勤劳动。四川大学文新学院"中国语言文学与中华文化全球传播学科群"资助本书出版，在此一并感谢！

华阳梦蝶居士周裕锴谨志于成都江安花园锅盖庵。

2019年7月30日

图书在版编目(CIP)数据

中国古代文学阐释学十讲/周裕锴著. —上海:复旦大学出版社,2020.1(2021.1 重印)
ISBN 978-7-309-14501-4

Ⅰ.①中… Ⅱ.①周… Ⅲ.①中国文学-古典文学研究 Ⅳ.①I206.2

中国版本图书馆 CIP 数据核字(2019)第 157566 号

中国古代文学阐释学十讲
周裕锴 著
出 品 人/严　峰
责任编辑/王汝娟
装帧设计/马晓霞

复旦大学出版社有限公司出版发行
上海市国权路 579 号　邮编:200433
网址:fupnet@ fudanpress.com　http://www.fudanpress.com
门市零售:86-21-65102580　团体订购:86-21-65104505
外埠邮购:86-21-65642846　出版部电话:86-21-65642845
浙江新华数码印务有限公司

开本 890×1240　1/32　印张 12.625　字数 336 千
2021 年 1 月第 1 版第 2 次印刷

ISBN 978-7-309-14501-4/I·1177
定价:86.00 元

如有印装质量问题,请向复旦大学出版社有限公司出版部调换。
版权所有　　侵权必究